김상렬 소설집

백두산 아리랑

나남
nanam

나남창작선 151

백두산 아리랑

2022년 10월 15일 발행
2022년 10월 15일 1쇄

지은이   김상렬
발행자   趙相浩
발행처   (주) 나남
주소   10881 경기도 파주시 회동길 193
전화   (031) 955-4601 (代)
FAX   (031) 955-4555
등록   제 1-71호 (1979.5.12)
홈페이지   http://www.nanam.net
전자우편   post@nanam.net

ISBN   978-89-300-0651-4
ISBN   978-89-300-0572-2(세트)

이 책은 (재)공주문화재단 '2022 이 시대의 문학인출판지원사업' 선정에 따라
제작되었습니다.

나남창작선 151

김상렬 소설집

백두산 아리랑

나남
nanam

소설의 재미와 오늘의 시대정신을 위해

힘겹고 어려운 일은 혼자 오지 않는다. 파도처럼 떼 지어 온다.

오늘의 한반도 현실이 딱 그렇지 않은가. 미국과 중국 간에 불붙은 패권전쟁, 부끄러운 과거사를 진정으로 사과할 줄 모르는 일본의 야만성, 우크라이나를 침공한 러시아의 만행, 치솟는 물가고, 언제 또 무슨 바이러스가 온 지구촌을 휩쓸지 모르는 질병에 대한 불안 등, 어쩌면 이리 나라 빼앗긴 구한말이나 냉전 이데올로기로 어지러웠던 저 혼돈의 해방정국 때와 엇비슷할까. 날탕 먹고 먹히는 약육강식의 동물세계, 그것이 곧 우리네가 감내하지 않으면 안 되는 냉혹한 국제 지정학의 환경조건이며 업보일지 모른다.

거기에다 이즈음엔 극심한 기상이변까지 더해 뭔가 안 좋은 세기말의 조짐마저 불쑥 다가와, 온갖 수모와 오욕으로 점철된 기막힌 우리의 지난날을 반추하는 것만 같다. 오랜 중국의 변방에서 일제 식민지로, 다시 눈물겹게 해방된 땅을 반쪽으로 가른 미소 분할 점령시대로, 거기에서 참혹한 6·25전쟁을 거쳐 몹쓸 군사독재와 민주화 열풍을 두루 겪은 이 나라는, 세계에서 그 유례를 찾아볼 수 없는 수난의 수레바퀴였다고 단언한다. 그중에서도 특히 저 치욕의 일제시대를 치른 선대들의 경험은, 그 어떤 재난보다도 더 참담하고 뼈아팠을 터이다. 따라서 이 작품집은 바로 그분들에게 바치는 헌사로서의 의미를 우선해야겠다.

여기에 실린 중, 단편들은 〈백두산 아리랑〉 연작으로 쓰인 것들이다. 중국과 수교하기 직전인 1991년 초가을 백두산 다녀와서, 1993년 3월 《현대문학》에 중편 〈백두기행〉을 발표한 이후, 이를 토대로 한 연작의 마지막 편인 〈믹스커피 마시는 사람들〉과 〈무서운 꽃비〉를 2019년 여름에 마쳤으니, 햇수로 따지면 거의 30년 가까이 걸린 셈이다. 작품 속 시, 공간 역시 태평양전쟁이 한창이던 1942년쯤에서 우리의 남북통일 시점으로 가정한 2032년까지이니, 거의 한 세기쯤의 과거와 현재, 미래가 널뛰듯 뒤섞여 펼쳐진다고 보아야 한다. 그리고 매 편마다 사건의 얼개는 조금씩 다른 독립성을 유지하되 그 주제와 맥락은 하나로 통일돼 있는, 조금은 특이한 형식을 취한 연작이거니와, 나는 이 원고를 쓰고 다듬으면서 '소설의 재미와 오늘의 시대정신'을 어찌 절묘하게 접합시키느냐에 많은 신경을 썼다.

눈부시게 발전하는 의료기술에 의해 인간의 수명은 날로 늘어날지라도, 어느 순간 뒤를 돌아보면 모든 삶이 한 찰나의 하루살이에 불과

하다는 생각이 들 때가 있다. 그 어떤 영욕의 궤적도 그 사람의 소멸과 함께 저 허공으로 스르르 스러지는 게 아닐까 하는 상념 때문이다. 맨 뒤 연작으로 딸린 듯 실린 〈하루살이〉는 살아생전 그렇게나 많은 욕바가지를 뒤집어 쓴 전두환 씨가 갑자기 운명하던 날, 그날 하루치의 어느 소설가의 일상을 그린 작품으로, 그와 같은 생각의 연장선상에서 집필되었다. 뜬금없는 코로나 사태에 갇혀버린 채 외딴 산 속에서 유폐 아닌 유폐의 나날에 길들여진 주인공은, 여러 곡진한 과거의 크고 작은 사건들을 소환하면서 이야기를 끌어가는데, 그래서 그 철학적 개념의 '하루'는 또한 길고도 뼈아픈 우리네 현대사를 중층으로 함의하며 변주하기도 한다. 〈백두산 아리랑〉 연작에서 조금 비켜나 있긴 하지만, 그 역사성이나 현장감은 또 묘하게 한데 닿아 있어 여기에 함께 실었다.

이제 우리에게 남은 실천적 과제는 어쨌든 다름 아닌 민족통일일 터이다. 미우나 고우나 서둘러 하나로 지혜롭게 만나, 한민족이 함께 힘을 합치지 않으면 안 되는 간절한 속사정이기도 하다. 어느 날 문득 남북지도자가 한날한시에 벼락처럼, 새벽빛 첫눈처럼 '통일'을 선포할 날은 과연 언제쯤에나 가능할 것인가.

2022년 가을, 공주 함박덕 담담재淡淡齋에서
김 상 렬

김상렬 소설집

백두산 아리랑

차례

백두기행

1991년, 죽竹의 장막을 걷다

흰 수염을 길게 늘어뜨린 한 노인이 자꾸만 오라, 오라, 손짓하였다. 좀더 가까이 내게 다가오라고 한낮의 곡두●처럼 손짓하다가, 저 옛 고구려의 무용총 복식 같은 도포자락을 희번득 펄럭이며 웬 연기가 스멀스멀 새어나오는 석굴 안으로 안개인 듯 들어가 버렸다. 그 음험한 굴 안에선 불기운에 타는 마늘 냄새가 쉬지 않고 풍겨 나왔다.

그 마늘 냄새가 너무 역겨워 멈칫 망설여졌지만, 나는 노인에 대한 알 수 없는 두려움과 외경심에 이끌려 그가 사라진 신비의 석굴 속으로 빨리듯 들어가지 않을 수 없었다. 노인은 이미 촛불이 켜진 제단 앞에 가부좌를 틀고 앉아, 가까이 다가온 내가 냉큼 엎드려 절하기를 기다렸다. 제단 뒤 한구석에서는 작달막한 몸피의 호랑이와 곰과 능구

● 곡두: 눈앞에 없는 것이 있는 것처럼 보이는 것.

11

렁이가 서로 둘러앉아 쩝쩝 마늘을 구워 먹는 중이었다. 나는 엉거주춤 무릎 꿇어 노인한테 절하였다.

그러자 노인은 금빛 일렁이는 엽전을 한 소쿠리 고린전•인 양 내 앞에 쏟아부었다.

아, 눈부셔!

놀란 내가 모들뜨기•로 눈을 가렸다가 다시 치뜨자 노인은 또 어디론지 온 데 간 데 없이 사라지고, 그 대신 내 주변으로는 조금 전의 호랑이와 곰과 능구렁이가 활짝 웃거나 서로 겯고틀어• 희롱하며 어슬렁 다가들었다. 귀살쩍은• 장난꾸러기처럼 생긴 호랑이는 웬 짚신을 물어서 내게 건네주며, 번뜩이는 황금 엽전들을 거기에 주워 담으라 이르고, 몸길이는 그다지 길지 않아도 백 년은 능히 묵었음직한 심술궂은 능구렁이는 자꾸만 내게 없는 나물반찬을 어서 내놓으라고 닦달하였다. 그러더니 내가 정작 무나물과 고사리무침을 애써 준비해 가져가자, 그 역시 슬그머니 똬리를 풀고 형체 없는 안개 속으로 사라져 버렸다.

그런데 엉덩이가 펑퍼짐한 다산성多産性의 회색 곰은 잔뜩 볼이 부어 터져서, 무슨 영문을 몰라 하는 나한테 전혀 엉뚱한 투정만을 자발없이• 부려 댄다. 어디론지 사라진 노인을 당장 내놓으라는 것이다. 사

- 고린전: 보잘것없는 푼돈.
- 모들뜨기: 두 눈동자가 안쪽으로 치우친 눈. 또는 그런 눈을 가진 사람.
- 겯고틀다: 시비나 승부를 다툴 때에, 서로 지지 않으려고 버티어 겨루다.
- 귀살쩍다: 일이나 물건 따위가 마구 얼크러져 정신이 뒤숭숭하거나 산란하다.
- 자발없다: 행동이 가볍고 참을성이 없다.

랑하는 내 남편을 어디로 빼돌렸냐는 드잡이여서, 그건 나 역시 모른다고 고개를 가로저었다. 그러자 잔뜩 부아가 오른 회색 곰은 촛불을 몽짜● 부려 쳐서 옆으로 쓰러뜨렸고, 석굴 속은 이내 검붉은 화염에 휩싸여들면서 무서운 기세로 타올랐다. 나는 꼼짝없이 그 불 속에 갇혀 갈팡질팡 허둥거렸다.

앗, 뜨거, 살려줘!

놀라 눈을 뜨자 꿈이었다.

아침 식탁에서 아내한테 이 황당한 꿈 이야기를 전했더니, 그네는 당장 복권부터 사라고 농담한다. 신성한 단군신화의 이미지와 중첩되는 이야기 얼개인 데다가, 거기에 황금 엽전을 짚신에 주워 담고 활활 치솟는 불길에 갇혔으니 얼마나 상서로운 길몽이냐는 거였다.

"당첨되면 당신 혼자만 갖진 않겠죠?"

아내는 아직 사지도 않은 복권의 당첨을 아예 기정사실로 못박았다. 나는 이 어마한 복권 꿈을 당신한테 고스란히 공짜로 넘길 테니 부디 보짱 좋게 당첨돼서 그 권리를 자유롭게 당신 맘대로 행사하라고 일러 주었다. 그리고 다시 덧붙였다.

"만약 거짓말처럼 그게 당첨되면 맨 먼저 어디에 쓸 건데?"

"집 사는 데!"

아내는 서슴없이 판막음하듯● 되받았다. 욕실 문 앞에서 거추장스런

● 몽짜: 음흉하고 심술궂게 욕심을 부리는 짓. 또는 그런 사람.
● 판막음하다: 그 판에서의 마지막 승리 또는 승부를 가리다.

옷가지를 홀홀 벗어 내던지던 나는, 문득 찔리는 기분으로 생게망게● 손길을 멈췄다. 오래 묵은 단독주택에서 사는 게 얼마나 불편하고 옹색하면 저런 말이 툭 터져 나왔을까 싶어서였다. 그런 아내한테 멋쩍은 웃음을 날린 후 욕실에 들어가 샤워기를 틀자, 이거 보란 듯 오래된 그 꼭지가 툭 떨어져 나갔다. 허리가 끊어질 것 같다는 아버지의 안쓰러운 신음소리가 건넌방에서 들려온 것도 바로 이때. 올봄 들어서부터 줄곧 강파른● 병석의 구들장만 지고 사는 처지니, 욕창이나 허리 끊어질 것 같은 통증은 고스란히 당신의 몫일 수밖에 없었다. 차라리 하루라도 빨리 눈감으시는 편이 좋으실 거야, 하고 나는 황망히 욕실 바닥에 떨어진 샤워기 꼭지를 주워 들면서 속으로 생각했다.

분리된 샤워기 이음새 부분을 유심히 들여다보면서, 나는 울컥 치밀어 오르는 짜증을 삭이지 못한다. 찌든 몸뚱이에 물을 끼얹고 머리 감는 일은 이제 순전히 바가지로 퍼부어 댈 수밖에 없을 노릇. 나는 실오라기 하나 걸치지 않은 맨몸에 좍좍 물 끼얹고 머리를 감으면서, 제기랄 소리를 속으로 몇 번이고 되풀이했다. 제기랄, 왜 모든 물건들이 적당히 시간이 흐르고 나면 하나같이 녹슬고 삐거덕거리고 바닥으로 굴러 떨어지는가. 어느 날 갑자기 짯짯하던● 시력이 흐릿해지듯, 집안 구석 어디에고 온전히 성한 곳 없으니 이 또한 어쩔 수 없는 무상의 십년강산에 비유되는 것인가. 우리가 결혼한 지도 벌써 십몇 년을 시뜻하게● 넘겼거니와, 내가 소유하거나 소유당한 모든 것들이 은연중

● 생게망게: 하는 행동이나 말이 갑작스럽고 터무니없는 모양.
● 강파르다: 몸이 야위고 파리하다.
● 짯짯하다: 빛깔이 맑고 깨끗하다.

에 탈색되고 닳는 경우가 실로 한두 가지가 아니었다.

　나이 들자 맨 먼저 머리칼이 무서리로 희어졌으며, 평소 무슨 소리
든 탈 없이 잘 들리던 귀에서는 이상한 벌레 소리가 들려오기 시작했
고, 선명하게 잘 보이던 텔레비전 화면도 가끔씩 희부옇게 흐려졌다.
발밤발밤● 세월을 갉아먹은 낡은 집구석은 또 어떤가. 조금씩 뒤틀린
다용도실 문짝은 이제 보란 듯 함부로 삐거덕거렸고 아래층 베란다의
알루미늄 새시 문틀도 볼성사납게 뒤틀렸다. 그리고 녹, 녹…. 도대
체 무슨 시간의 눈석임이 그 무섭도록 견고한 광물질 쇠붙이들을 이리
녹슬게 하고 시나브로 잠식해 가는 것일까. 그럼에도 그 녹은 쉼 없이
수챗구멍으로 빨려들어 갔다.

　그것들은 어지간한 물줄기에도 아랑곳없이 매끄러운 바닥에 찰싹
달라붙어 엉기듯 옴짝달싹하지 않았다. 웬 흙부스러기가 이래, 하고
꼼꼼히 들여다보면 그것은 어김없는 녹 가루들이었다. 수챗구멍이나
변기가 자주 막히는 것도 따지고 보면 다 이 녹 때문일지 모른다. 나는
또 새 집으로의 이사를 먼저 생각한다. 집을 어중치기● 수리하는 쪽보
다 차라리 변두리나 교통 불편한 신도시로 서둘러 이사하는 게 훨씬
더 유리할 듯싶었다. 애초에 값싸고 넓어서 편하다는, 단지 그 이유만
으로 낡은 단독주택을 서둘러 선택했던 게 잘못이라면 잘못이었다.
연로한 부모님과 일남일녀의 자식까지 딸린 식솔이고 보면 안성맞춤

● 시뜻하다: 어떤 일에 물리거나 지루해져서 조금 싫증이 난 기색이 있다.
● 발밤발밤: 한 걸음 한 걸음 천천히 걷는 모양.
● 어중치기: 이도 저도 아니어서 어느 것에도 알맞지 아니한 물건이나 사람, 또는
　　　　　그런 상태.

인 가옥 구조와 조건이었지만, 한군데 붙박여 오래 살아온 이즈음에 이르러선 절로 민주고주● 신물이 난다. 그 미세한 알갱이의 녹은 삶에 지친 우리 식구들의 가슴속으로도 무수히 흘러 떠다녔다.

"애비야, 아직 멀었냐?"

문 밖에서 어머니의 쉰 목소리가 들려왔다. 별다른 기척 없이 너무 오래 변기 딸린 욕실을 아들 혼자 차지하고 있으니 당신도 지레 어지 간하다 싶은 모양이었다. 또 똥을 쌌지 뭐냐, 급하게 불러 대는 이유 를 변명이라도 하듯 당신은 후렴처럼 다시 내뱉는다.

"빨리 집수리를 서둘러야지, 이거 원 …."

문을 열고 나오면서 나는 어머니의 손에 들린 오물 뭉치를 외면한 채 혼잣말처럼 뇌까렸다. 어머니는 또 변명처럼 말씀을 늘어놓았다.

"암만혀도 며칠 못 넘길 것 같구나. 뒤를 보면서 허리가 끊어진다 헛소리치는 게 암만혀도 …. 자꾸만 두고 온 고향산천이 눈에 뵌다지 뭐냐."

어머니가 욕실 안으로 들어갔다. 이어서 변기 물 내리는 소리가 요 란스레 흘러나온다.

나는 흘깃 아버지가 든 방을 건너다보다가 마루를 가로질러 가 여닫 이창을 열고 바깥 풍경을 내다보았다. 상큼하고 푸른 풀 냄새가 일시 에 코끝을 스친다. 어김없이 계절은 바뀌어 겨우내 숨죽였던 만물을 다시 소생시키는데, 인간의 시간은 어찌 한번 가면 다시 못 돌아오는 것인가, 하고 잠깐 감상에 젖는다. 아무래도 아버지는 얼마 더 못 버

───────────────

● 민주고주: 지긋지긋하도록 귀찮은 일.

틸 것 같은 감사나운● 예감이었다. 그동안 몇 번씩이나 속아 오기만
한 터여서 가족이나 일가붙이들은 아예 말기 간암 환자인 아버지의 속
임수에 면역되어 놀라지도 않지만, 이번에는 정말로 당신의 마지막을
맞게 될지 모른다는 상념이 새벽녘 눈뜨면서부터 자꾸만 엄습해 오던
것이다.

"갈 사람은 하루라도 빨리 가야지, 원. 간다간다 하면서도 안 가니
까니 옆에 있는 식구들이 되레 말라 죽갔구나."

세숫대야에 물을 받아 나오면서 어머니가 다시 푸념하듯 늘어놓았
다. 필시 뼈만 앙상하게 남아 있는 허깨비 같은 당신 남편의 뒤를 씻기
기 위해서일 터였다. 하지만 알고 보니 그게 아니었다. 아들이 왜 대
야 가득 물을 떠오느냐고 건성으로 물었을 때, 어머니는 전혀 엉뚱한
이유를 덤터기 씌워 들려주었다.

"글쎄, 니가 저번에 갖다 준 백두산 돌인가 뭔가, 그걸 띄워 달라고
저리 떼를 쓰지 뭐냐."

헛것이 보이는 간성혼수나 몹쓸 치매 상태가 아니더라도, 이즈음의
아버지는 자주 엉뚱한 말승강이로 식구들을 곧잘 곤혹의 수렁에 몰아
넣곤 하는데, 가령 당신의 별 소용없는 틀니를 신주 모시듯 지방함에
다 넣어 머리맡에 고이 모셔 두는가 하면, 옛 소련의 인공위성이 찍은
북녘 고향땅의 혜산진 조감사진을 필요 이상 크게 복사하여 맞은편 벽
에 걸어 달라고 한 것 등이 그것이었다. 신문에 전면 원색으로 난 것을
어떻게 알아보고, 금방 눈물 글썽해진 당신의 타는 염원을 더는 외면

● 감사납다: 생김새나 성질이 억세고 사납다.

할 수 없었다. 그래서 곧 어지간한 달력보다도 더 크게 확대해 벽에 붙여 놓았던 것인데, 이번에는 또 무슨 돌멩이 타령인가.

그것은 가벼운 화산석이었다. 둥둥 물에 뜨는 그 볼품없는 부석만 아니라면, 내 자신이 정말 백두산에 갔다 왔는지조차 얼른 기억나지 않을지도 몰랐다. 몇 장의 판박이 기념사진이 아니라면, 내가 정말 그곳에 갔다 왔는지도 증명이 수월치 않을 터이다. 내 자신의 기억 속의 필름 또한 어쩌면 꿈 같기도 하고 또 생시 같기도 한, 아슴푸레한 수묵화 정도로만 남아 있을 따름이었다.

돌이 뜬다. 여윈 어른 주먹만 한 돌멩이가 세숫대야 물 위에 둥둥 떠 있는 것을, 아버지는 흐릿한 시선으로 뚫어질 듯 응시한다. 아니, 응시라기보다는 차라리 넋을 놓아 버린 방심이나 체념이라고 표현해야 옳을까. 당신은 이제 다시는 볼 수 없는 영험한 백두의 형상과 정기를, 그에서 안타까운 불씨울이듯 확인하고 싶었던 건지도 모른다. 지레 지쳐 물리지도 않는지 당신은 내가 중국 여행에서 돌아온 이후 지금껏, 당신 방 안을 온통 백두산과 북녘 고향땅의 분위기로만 가득 채워 놓고 지내 온 거였다. 천지를 배경으로 한 내 기념사진 역시 당신의 뜻에 따라 큼지막하게 현상시킨 것도 예외가 아니었다. 그리고 틈만 나면 그때 일행 중 한 선배가 촬영해 주었던 비디오테이프를 돌려 보는 일에도 게으르지 않았다. 영화 연출까지 경험한 적이 있는 다재다능한 그 선배는, 일행의 일거수일투족을 죄 빠뜨리지 않고 여행 내내 휴대용 촬영기를 작동해 댔던 것이지만, 정작 그 작품의 절정이라고 할 수 있는 백두등정 대목에선 그만 중국 당국의 제지를 받고 끝내 목적을 못 이루고 말았다. 어떻게든 조심스레 숨겨 들어갔어도 별 탈이 없었으련만, 워낙 순진하고 요령부득의 허수로운 위인이었고 보면, 처음 맞닥뜨린 중국 공안원의 존재에 대해 선배는 필요 이상 겁을 집어먹었을 게 뻔하다. 아니면 천지天池에 대한 외경의 신비감이 지레 주눅 들게 만들었거나.

"야, 미인송美人松이군. 백두산 미인송이 보여!"

누군가가 열띤 음성으로 그렇게 입을 열었을 때만 해도, 나는 거의 무감동하게 전세버스 차창 밖을 일별할 수가 있었다. 그런데 그 미인송 솔잎 위에 걸쳐진 초가을 하늘이 너무 짙푸르다 못해 눈물이 뚝뚝 돋을 것 같은 심청深靑이라는 걸 눈여겨보고선, 진정 알 수 없는 슬픔이 느닷없이 가슴속을 쥐어짜기 시작한 것이다. 그 솔잎들 하나하나가 날카로운 비수로 다가왔으며, 내가 들이마시는 공기와 햇살마저도 감당할 수 없는 어떤 슬픔으로 가득 채워지는 것을 느꼈다.

아, 여기가 정말 백두산이구나. 내가 과연 백두 천지에 오르고 있구나.

지난해 초가을, 내가 중국행 대형 여객선에 몸을 실을 때만 해도 아버지는 전혀 죽음 같은 심각한 문제를 안고 있지는 않았다. 비록 일흔 넘긴 삭정이 연세이긴 할지라도 일찍이 병원에 입원 한 번 해보지 않은 타고난 강골답게, 몸이 부실한 아들의 여로를 오히려 당신이 심드렁히 걱정해 주기까지 하였다.

"물을 갈아 먹으면 각별히 배탈에 신경 써야 헌다. 단체 여행할 땐 뭣보다도 멀미나 설사가 제일 골칫거리지비."

손수 지사제까지 챙겨 준 아버지는, 그날 아침 아들의 뒷모습이 골목 밖으로 사라질 때까지 우두망찰하게 붙박여 움직이지 않았다.

사실은 나 역시 썩 유쾌한 기분으로 집을 떠날 수가 없는 형편이었다. 정작 백두산에 오르고, 먼발치로나마 그리운 북녘 땅을 바라보아야 할 사람은 다름 아닌 아버지, 바로 당신이었기 때문이다. 살아생전에 그 고향을 기어이 한번 밟고 나서야 눈을 감겠다는 비원을 화인火印처럼 속 깊이 새겨 온 아버지였고 보면, 자식으로서의 불효라든가 민망스런 자괴감이 절로 우러나오지 않을 수가 없었다.

하지만 백두기행은 어쨌든 이미 저질러진 일. 국내 괜찮은 시인, 작가들로 구성된 어느 문인단체의 객원 겸업작가로 여행단에 편승할 수 있었던 것은 어찌 보면 놓칠 수 없는 행운에 속할 터였다. 신문사에서도 쾌히 허락하고 여러모로 배려해 주었으므로, 나는 모처럼 찾아든 이 기회를 애써 물리지 않았다. 어쩌면 미지의 세계에 대한 강한 호기심(특히 민족의 성지라는 백두 천지에의 환상) 때문에, 속으로는 아지 못할 기대에 잔뜩 부풀어 있었다는 게 훨씬 더 솔직한 표현이겠다.

과연 그랬다. 아버지에 대한 공연한 죄책감에서 벗어나 웨이하이행威海行 여객선 갑판에 올랐을 때는, 어느덧 찌뿌듯하던 몸과 마음이 날듯 가벼워졌다. 늘 다람쥐 쳇바퀴 도는 양 따분한 직장생활, 녹이 슬어 스러질 것 같은 집안 분위기라든가 별의별 공해와 탐욕에 찌든 일상에서 한때나마 박차듯 벗어날 수 있다는 건 진정 얼마나 웅숭깊은 행복감이겠는가. 무엇보다도 검푸른 황해바다의 짭짤한 갯바람과 넘실대는 물너울이 그렇게나 청량하고 가슴 벅찰 수가 없었다. 둥그런 수평선 너머로 타들어가는 일몰의 벌건 햇덩이 또한 실로 장엄한 신비감이나 비극미를 절로 우러나게 했는데, 이튿날 새벽 동살을 뚫고 솟아오르는 그 벌건 태양을 바라보고서는, 우리가 떠나온 땅이 진정으로 '해 돋는 나라'라는 사실도 온몸으로 절감하지 않을 수 없었다. 그 동쪽 수평선 너머가 바로 옛 중국의 속방屬邦이기도 했던 한 많은 한반도였다.

"세상 이치는 참 묘하고도 묘한 거지. 음지가 양지 되고, 친구가 적이 되고, 적국이 우방 되고…. 그게 다 돌고 도는 숙명이고 업보 같은 거지."

쇳물처럼 붉게 이글거리며 떠오르는 수평선 위의 거대한 햇덩이를 바라보며 강 작가가 말했다. 여행 내내 한방을 쓰기로 미리 약조해 둔 터라, 벌써부터 은근한 동지애를 느껴 온 그 역시 이번 중국 여행이 꽤나 유별나고 감동 깊게 다가오는 모양이었다. 문득 눈앞으로 다가온 웨이하이 항구의 원경을 그는 한순간도 놓치지 않고 유심히 지켜보고 있었다. 내가 말했다.

"그러고 보면 무슨 이념이나 사상은 한낱 시답잖은 유행가에 지나지 않은 게 분명해. 저놈의 대륙이 우리처럼 파랑물 든 자본주의 떨거지들을 반겨 맞아들일 줄 꿈도 꿔보지 않았으니까. 세상은 역시 일단 살고 볼 일이라구."

"그래서 죽은 사람만 불쌍한 거지, 뭐."

늘쩡이는 가락으로 받는 강 작가의 옆얼굴이 부서지는 아침빛으로 발그레 물들어 있었다. 저 참담한 6·25 전쟁 때 그만 애먼 사상범으로 내몰려 선바람에 총살당한 자기 부친의 억울한 죽음을, 꿈인 듯 저주인 듯 떠올리고 있는 것 같았다. 나는 괜스레 그의 아픈 상처를 건드린 게 아닌가 싶어 벌거벗은 먼 산 쪽으로 시선을 돌렸다. 하지만 그와 같은 내밀한 가슴의 통증은 나에게도 곧 전이되었다. 어지러운 해방정국의 와중 북한이 붉은 사회주의로 거침없이 물들어 갈 무렵, 젊은 아버지는 감연히 압록강변의 고향 땅을 버리고 홀홀 상경, 독장수 셈하듯 얼렁뚱땅 새 삶을 시작했다. 그리고 이 민족 막장 끝탕의 6·25전쟁. 거푸 밀려 피난 내려간 부산에서 어쭙잖은 돌팔이 의사 노릇으로 겨우 생계를 꾸려 가던 아버지가 느닷없는 간첩으로 몰려 억울하게 옥살이했던 빨갱이 가족으로서의 전력을 나 역시 숙명처럼 지닌 터였고 보면, 강 작가와 똑같은 피해자로서의 동병상련을 가슴 깊이 나눠 갖지 않을 수가 없었다. 나중에 알게 된 일이긴 하지만, 서른두 명의 일행 중에서 이처럼 기막힌 과거사를 속병으로 간직한 이들이 우리 말고도 네댓이나 더 포함돼 있다는 의외의 사실에 나는 은근히 놀랄 수밖에 없었다.

거의 반나절가량을 놀치는● 외항 밖에서 서성이던 여객선이 이윽고 낯선 이역 항 부두에 접안, 우리를 퍼 내렸다. 역시 뙤놈들 만만디는 알아줘야 한다니까, 하고 누군가가 웃으며 불평했는데, 처음 발을 내딛은 그 미지의 대륙은 역시 알 수 없는 풍물들로 가득 차 있었다. 부두의 웃통 벗은 노무자들은 적당히 게으르며 불결하고, 나무 없는 벌거숭이 민둥산이라든가 근원을 알 수 없는 특유의 중국 냄새는 어기차게● 나를 따라다니며 무람없이● 괴롭혔다. 까다로운 세관 수속을 콩켸팥켸● 통과한 다음 어렵사리 전세버스에 몸을 싣고 거리를 내달릴

● 놀치다: 큰 물결이 사납게 일어나다.
● 어기차다: 한번 마음먹은 뜻을 굽히지 아니하고, 성질이 매우 굳세다.
● 무람없다: 예의를 지키지 않으며 삼가고 조심하는 것이 없다.
● 콩켸팥켸: 사물이 뒤섞여서 뒤죽박죽된 것을 이르는 말.

때에도 식초가 발효되는 듯한 그 이상야릇한 냄새, 상한 식용유가 타는 것 같기도 하고 장마철 물걸레가 쉬는 듯싶기도 한, 그 후줄근하고 역겨운 냄새가 산지사방에서 솔솔 쉼 없이 풍겨 오는 거였다. 외국인이 한국 땅을 맨 처음 밟을 적에도 이와 같은 묘한 이질감의 냄새(이를테면 두엄더미나 똥거름, 신김치, 마늘 냄새 같은)가 맨 먼저 독특한 후각으로 맡아지리라 여겨지자, 나는 조금쯤 그 모든 걸 더덜없이 받아들이고 이해하는 쪽으로 맘을 바꿔 견디다가, 마침내는 그런 걸 차라리 곱다시● 즐기는 쪽으로 전환시켜 나갔다.

하지만 태생이 워낙 비위 약한 강 작가는 아예 밥숟갈조차 제대로 들지 못할 지경이었다. 꽤 고급스런 호텔 식당의 진수성찬을 눈앞에 차려 두고도, 그는 음식상에 반드시 따라 나오는 반주와 몇 점 안주거리만으로 주린 배를 겨우 채울 따름이었다. 낯선 식당을 엉겁결에 처음 들어섰을 때 역시 예의 그 고약한 중국 냄새가 코끝에 훅 끼쳐 오는 것인데, 거의 모든 요리(심지어는 오이나 토마토까지도)가 쩐 식용유에 덥석 튀겨지거나 나라지게● 익혀 나오기 때문이 아닌가 어림짐작할 뿐, 그 숨은 정체를 곰파● 밝혀내는 데에는 속수무책이었다.

그 대신 나는 한국음식의 때깔 고운 다양성과 맛깔스러움을 새삼 도스르는 것으로, 현지 음식 냄새에서 오는, 찌푸려지는 불만을 어물쩍 삭여 넘겼다. 동서양의 그 모든 장점을 두루 접목시킨 절충주의가 바로 한식이 아닌가 싶거니와, 신선도에서 비롯된 보는 즐거움과 청결

● 곱다시: 그대로 고스란히.
● 나라지다: 심신이 피곤하여 나른해지다.
● 곰파다: 사물이나 일의 속내를 알려고 자세히 찾아보고 따지다.

문제만 잘 해결된다면, 세계에서도 결코 뒤처지거나 빠지지 않는 훌륭한 음식 문화를 여보란 듯 보여 줄 수 있겠다는 자부심이 그것이었다. 은근과 끈기의 발효식품을 중심으로 한 생식과 가열식의 중간 단계에서, 그 양쪽을 균형감 있게 조화시키는 게 바로 한식의 빼어난 특성임에랴. 한 가지 식재료를 가지고서도 '굽고 지지고 볶고 데치고 무치고 초치고 살짝 덜 익히거나 날것 그대로 …' 하는, 별의별 손재주와 변용이 빚어내는 그 오묘한 갖가지 감칠맛을 어느 나라 무슨 음식이 감히 대거리하며 나설 수 있겠는가. 특히나 그 음식 맛들을 빚어내는 수질에 있어서는, 어디를 가나 나무바다의 울창한 산악으로 비잉 둘러싼 금수강산의 우리 땅, 우리 물이 암만해도 그중 으뜸일 수밖에 없지 않겠느냐는 긍지가 절로 우러나왔다.

그리고 나는 역시 적당히 맞춤한 크기의 한반도에서 태어나기를 참 잘했다는 생각을, 드넓은 중국 땅의 여러 인심과 풍광으로부터 자주 비사쳐 전해 받았다. 작은 자드락● 하나 걸리지 않은 채 끝없이 펼쳐진 붉은 수수밭, 가없는 지평선 너머로 뉘엿뉘엿 저무는 햇덩이를 바라보면서는, 땅덩이가 너무 출무성하게● 드넓어도 꽤나 재미없고 멋대가리 없는 삶일 수도 있겠구나 싶은 상념이 절로 고개 드는 것이었다. 엄청난 무게와 양감으로 짓누르며 다가오는 자금성의 궁궐이나 만리장성 등을 둘러보면서도, 오히려 자그마하면서 한껏 여유로운 우리의 기와 팔작지붕 처마와 하늘 향해 내뻗은 그 에움의 곡선 문화가

● 자드락: 나지막한 산기슭의 비탈진 땅.
● 출무성하다: 굵거나 가는 데가 없이 위아래가 모두 비슷하다.

훨씬 더 인간스럽고 완성도 높은 미학 쪽으로 한눈에 다가왔다. 단지 공간을 차지하는 덩치만 볼썽사납게 거추장스러울 따름, 그 모든 공간의 분위기가 어딘지 황량하고 거칠다는 느낌이 자주 나를 먼저 사로잡았다. 공자의 예의범절은 온데간데없이, 나이 든 어떤 사내들은 아무데서나 웃통을 훌훌 벗어던지고 만무방으로● 나대기 일쑤였으며, 칸막이 안 된 몰염치의 공중변소와 금방 빈대가 기어 나올 것 같은 호텔의 고린내 나는 침대 …. 이것이 누구나 평등한 공산 사회주의의 본모습인가 하고, 나는 속으로 혼자 혀를 끌끌 차기도 하였다.

용은 결코 존재하지 않았다. 중국의 어디를 가더라도 신비로운 가능성으로 포장된 용의 전설, 용의 무늬로 훨훨 도배되고 채색되어 있긴 했지만, 꿈틀대는 현실의 용은 그곳에 있지 않았다. 환상은 도처에서 자주 깨어지고 짓밟혔다. 여행은 꿈처럼 품어 온 환상을 하나둘 아프게 깨뜨려 나가는 과정인지도 몰랐다. 그런데 그렇게 산지사방에서 깨어지던 나의 환상은, 실로 엉뚱한 곳에서 호기심 어린 대상으로 서서히 복원되기 시작했다.

그날 밤 호텔 로비에서 림형옥林莉玉을 만난 건, 그래서 문문한 행운이었다.

초저녁부터 일행과 마신 술기운에도 아랑곳없이 쉬 잠을 이룰 수 없어 잠시 바깥바람이라도 쐴 겸 방에서 내려왔던 것인데, 엘리베이터 쪽으로 걸어오다가 나와 마주친 그녀는 스스럼없이 알은체를 해왔다. 누구시더라, 하고 내 편에서 오히려 의아한 눈길을 끔벅이자, 단박 서

● 만무방: 염치가 없이 막된 사람.

운한 기색으로 힐끗 시선을 흘겼다.

"해 지기 전까지 함께 다녔으면서도 절 모르시겠어요?"

거기다 느닷없는 호의까지 덤터기로 베풀고 나섰다.

"시원한 맥주 한잔, 어떠세요?"

나는 그녀의 조심스런 조선식 억양을 귀담아 듣고서야, 오늘 아침 베이징공항에 내렸을 때부터 줄곧 우리를 이리저리 이끌고 다닌 현지 안내인이라는 걸 알아차렸다. 나는 주저 없이 그녀의 물썽한• 제의를 받아들이면서, 오히려 나한테 맥주 한잔 사달라는 쪽으로 넙죽 해석했다.

"복무시간이 끝났으니, 이젠 낯선 외국인과 술 마셔도 괜찮습니까?"

적당한 경계심을 늦추지 않으면서 내가 농담하듯 물었다. 현지 안내인은 소속 당黨이나 조직의 핵심 세포원이라는 귀띔을 미리 귀동냥했던 터여서 일말의 작은 떨림도 없지 않았지만, 그보다도 이국에서의 열뜬 하룻밤을 잠시나마 젊은 여인과 함께 보낼 수 있다는 데 대한 기대가 훨씬 더 컸다. 그런 촉촉한 상념은 저쪽에서도 마찬가지인지 그녀가 말했다.

"마침 퇴근하려던 참이었는데 기자선생님이 내려오시기에 … ."

"기자보다는 문인에 더 가까워요. 그런데 어떻게 내 신분을 다 아시고?"

나는 내심 흠칫 놀라며 되물었다. 뭔가 감시를 받고 있거나 알 수 없는 공작(?)에 휘말려드는 건 아닌가 하는, 떨떠름한 기운도 얼핏 스치고 지나갔다. 그녀가 입가에 잔잔한 미소를 머금고 계속한다.

• 물썽하다: 몸이나 성질이 물러서 손쉽게 다루거나 대할 만하다.

"아까 낮에 자금성에서 뵈니까 어딘지 다르시더라구요. 만리장성에 갔을 때도 그랬고. 뭐랄까, 동료 문인들하고는 잘 어울리지 않는 체질에다 후각도 별나시구요. 냄새 때문에 저녁식사 제대로 못 드셨죠?"

"정말 관찰력이 괜찮으신 분이군요. 그렇게 관심 가져 줘서 고맙습니다."

"그게 제 임무니까요. 다른 분들은 지금 두 패로 갈려서 천안문 광장으로, 한국술집으로 밤나들이 가셨지요. 그 나머지는 각자 호텔방에서 이른 잠을 재촉하시거나 술을 마시거나 고국에 전화 걸거나 그러실 거예요. 하지만 아직은 두 나라가 정식 국교 터진 건 아니니까, 낯선 밤나들인 조금 신경 쓰셔야 해요."

"직업의식이 철저하시군요. 그럼요, 아직은 적성국인데 조심해야죠."

호텔 현관을 벗어나온 우린 머슬머슬한● 연인처럼 거리를 걸었다. 찌든 달빛을 받은 그녀의 옆모습이 더욱 희멀겋게 드러나 보였다. 그녀가 뭔지 모를 의미를 담아 뇌었다.

"세상에 우연은 없는 것 같아요. 이렇게 갑자기, 우연처럼 기자선생님을 뵙게 된 것도 그렇고 … ."

나는 입꼬리를 말면서 침묵했고, 우린 곧 호텔 맞은편 가라오케 술집으로 주춤 들어섰다. 그녀가 계속했다.

"괜히 주눅 들거나 쭈뼛거릴 필요 없으세요. 여기도 생각보단 훨씬 느슨히 풀려 있는 곳이니까요. 근데, 기자선생님은 왜 그 시간에 혼자

● 머슬머슬하다: 탐탁스럽게 잘 어울리지 못하여 어색하다.

내려오셨죠? 일행은 다 어디에 두시고?"

"집에 전화 걸고 마음이 울적해져서 …. 룸메이트는 지금 옆방에서 술꾼들과 어울려 있어요."

사실이 그랬다. 우리 일행은 내일 아침이면 백두산 가까운 창춘長春으로 출발하기 때문에 안부 삼아 한번 집에 전화 걸었던 것인데, 미리 짐작했던 대로 늘 바쁜 아내는 집에 붙어 있지 않았다. 철야기도를 위해 교회에 나갔다고 했다.

어쭙잖은 가라오케 술집 안에서도 역겨운 중국 냄새는 또 후끈 덤벼들었다. 조악한 실내장식과 어지러이 번쩍이며 돌아가는 점멸등 …. 음악은 마침 서울에서 한창 유행 중인 대중가요가 흘러나오는 중이었다. 그 생게망게한 분위기에 맞춰 좁은 무대에 나가 거들먹대고 춤추는 이들도 거의 한국인이었다. 우리는 술청 뒤쪽에 엉거주춤 자리 잡고 앉아 시원한 맥주부터 주문했다.

한 한국인 사내가 다시 마이크를 휘어잡았다. 뒤듬바리●처럼 살이 오르고 이마가 번들거리는 그는 제법 힘이 실린 노랑목●으로 흘러간 옛 노래를 거추없이● 불러 댄다. 저 휘늘어진 유행가를 부르기 위해 저 사람이 머나먼 여기까지 달려왔을 수도 있겠다 싶어, 나는 혼자 고소하며 잔을 비웠다. 나는 다시 코를 큼큼거리며, 실없는 혼잣소리로 조금은 엉뚱한 질문을 여자 쪽으로 던졌다.

"이 냄새의 정체가 뭘까요?"

● 뒤듬바리: 어리석고 둔하며 거친 사람.
● 노랑목: 판소리 창법에서, 목청을 떨어 지나치게 꾸며 속되게 내는 목소리.
● 거추없다: 하는 짓이 어울리지 않고 싱겁다.

눈치 빠른 그녀는 곧 '공기' 때문이라고 대답한다.

"거의 모든 음식을 기름에 달달 튀겨 내니까, 그게 공기 중에 섞여 아마 외국인들한테는 십중팔구 역하게 맡아질 거라구요. 하지만 여기 현지인들 역시 우리 조선족한테서 묘한 냄새를 맡는다더군요. 그게 뭔지 아세요?"

"글쎄요."

"고린내에요. 옛날 고려 때 사람들이 몸을 너무 안 씻고, 한번 신은 버선도 통 벗지를 않아서, 그 고린내가 너무 지독해 아예 '고려인'이 되었다는 우스개가 있을 정도지요."

그래, 고린내!

꽤나 그럴듯하다 싶어 나는 쓸쓸한 웃음을 베어 물었다. 사실 그보다도 더 지독하게 썩은 고린내는, 지금도 여전히 한국 땅을 뒤덮고 있지 않은가. 온 산천이 온갖 쓰레기와 악취의 오물로 넘쳐나고, 거의 모든 기존의 도덕과 가치관은 몹쓸 물질만능에 오염되어 폭넓게 무너져 가고 있지 않은가 말이다. 정치인이든 경제인이든, 오늘의 대한민국을 살아가는 거의 모든 구성원들이 적당히 썩지 않으면 온전히 살아갈 수 없는, 막가는 혼돈의 자본주의 나라가 바로 저 무당꽃● 같은 우리네 한국 땅인지도 몰랐다.

"대충 둘러보신 중국 첫인상이 어땠나요?"

림형옥이 이를 반짝 드러내며 묻는다. 나는 '어디에나 용은 많지만 정작 그 용은 실재하지 않았다'고 짧게 응답해 주었다. 그러자 그녀가

● 무당꽃: 백정의 칼을 이르는 말.

다시 친절한 자기 느낌을 풀어놓았다.

"환상은 빨리 깨질수록 좋은 게 아닐까요? 그래야 그 사람이 몸담은 현실이 든든한 뿌리를 내릴 수 있을 테니까. 하지만 중국인은 용이 실재할지도 모른다는 기대와 가능성으로 항상 꿈을 잃지 않고 살아가지요. 겉으로는 꽤나 게으르고 가난해 보이지만, 속엔 또 엄청난 자존심과 낙천주의가 천성처럼 흐른다구요. 우린 결코 물질에 끌려다니는 저급한 자본주의 족속이 아니라는 …. 그런데 요즘에는 서서히 물질 숭배 풍조도 나타나고 있긴 해요. 이들이 그 맛에 한번 길들여지기 시작하면, 또 무섭게 들고 일어나 온 세계시장을 마구발방● 휘저을 날도 머지않겠죠. 한족은 그만큼 저력이 있는 민족이라고 할까요."

"하긴 유대인과 중국인을 가장 무서운 장사꾼이라고 하잖아요."

내가 짐짓 능쳐서 받았다. 하지만 그녀의 말은 어지간히 옳은 평가로서, 그동안의 다양한 경험에서 우러난 결론이리라. '지止에서 활活을 찾는' 우슈라는 중국의 전통무술이 이를 상징적으로 잘 증명해 보여주거니와, 그들은 어디에서나 떼를 지어 이 우슈를 즐겼으며, 남의 여자, 남의 남자와도 아무런 거리낌 없이 춤을 추는 길거리 무도생활에 익숙했다. 그 당당한 몸짓이나 태도, 만만한 여유는 기실 타고난 낙천성과 거침없는 보짱 때문으로 여겨졌다. 얼핏 정지된 듯싶지만 그 속에서 또 무한한 활력이 솟는 우슈, 그것이 곧 중국인의 너볏하게 타고난 기본 생리가 아닐까 싶었다.

제멋에 겨워 유행가를 불러 대는 한국인 사내 뒤로, 벌거숭이 서양

● 마구발방: 분별없이 함부로 하는 말이나 행동.

무희들의 현란한 춤사위 스크린이 숨 가빠 돌아가고 있었다. 그런 개감스런 분위기에 시뜻해진 나는 곧 자리에서 일어설 낌새를 내비쳤고, 여자도 내 뜻에 쉬 동의해 주었다.

우리는 다시 어둠의 거리로 나섰다. 그러나 아직 여자와 헤어지고 싶지는 않았다. 여자가 시계를 들여다보았지만 그것은 단순한 습관일 뿐, 정작 시간이 없어서 그러는 것 같지는 않았다.

"바쁘세요?"

붉은 달빛을 쳐다보며 내가 물었다.

"바쁘긴 하지만 캔 하나 마실 만큼은 아직 시간이 있어요."

그녀가 노천가게 앞 나무걸상에 이미 엉덩이를 반쯤 걸치며 받았다. 저만큼 떨어진 골목 어귀에선 수박, 참외 따위를 팔던 청과물 리어카 행상이 한창 단내 나는 과일들을 거두어들이는 중이었다. 카바이드 불빛에 드러난 행상의 벗은 웃통도 건장한 구릿빛이었다.

"여긴 더위가 오래가는군요. 초가을 날씨가 밤에도 이리 푹푹 찌다니 ⋯."

맥주 캔 하나를 건넨 내가 땅콩을 입 안에 집어넣으며 말했다. 여자가 받는다.

"달빛이 붉어지는 걸 보니 아무래도 비가 오려나 봐요. 산들이 둘러싼 평퍼짐한 분지라서 이 도시가 원래 무덥긴 하지만, 오늘 밤은 더욱 유별나네요."

"모든 게 붉은 색조, 붉은 이미지라구요, 중국은."

뚱딴지처럼 내가 주절거렸다. 굳이 사회주의 국가라는 선입견을 배제하고서라도, 보이는 모든 사물과 그들의 마음속 내면 풍경마저도 왠지 붉은 색깔로만 굴절돼 다가와서였다. 그리고 여자 …. 비록 나이 든 노처녀이긴 할망정 알싸한 알코올 기운이 가랑비에 옷 젖듯 몸속으로 스며들자, 옆에 자리한 여자를 향한 는실난실한● 정염도 함께 스멀거리며 퍼져 나가는 걸 느꼈다. 적당히 풀어헤쳐진 의식의 잔달음과 이국의 객고客苦에서 비롯된 야릇함이, 여자와 함께 벌거숭이로 나뒹구는 유혹의 그물망이 자꾸만 나를 잡아당겼다. 그런데 시원한 맥주 한 모금 입에 적신 여자의 다음 말이 몽긋거리는● 나의 심사를 화들짝 곤두세웠다.

"두어 달 전에 평양 다녀왔는데, 그곳은 역시 민족의 숨결과 질서 같은 게 느껴져요. 서울은 안 그렇죠?"

예? 하고 반문할 겨를도 없이 그녀가 계속한다.

"기회가 닿으면 서울도 한번 다녀오고 싶은데, 혹시 기자선생님이 주선 좀 해주실 수 없을까요? 제 전공이 고고인류학이거든요. 부담은 갖지 마시구요."

그리고 그녀는 작고 예쁘장한 자기 명함을 내게 내밀었다. 나는 그제야 여자의 진정한 셈속을 대강이나마 헤아릴 수가 있었다. 잘 계산된 어떤 저의에 의해 다름 아닌 내가 지목되었다는 사실도 조금쯤 알아차릴 수 있었으며, 인사치레로 내 명함을 건네어 준 다음, 그녀의 이름이 림형옥이라는 사실도 좀더 분명히 뇌리에 새겨 넣을 수 있었다. 소속은 국영집단의 관광 안내원으로 되어 있으되, 대학원에서 석사과정까지 마친 지식인 계층이었으며, 중국에서는 그 직업이 상당한

● 는실난실하다: 성적(性的) 충동으로 인하여 야릇하고 잡스럽게 굴다.
● 몽긋거리다: 나아가는 시늉만 하면서 앉은 자리에서 머뭇거리다.

선망의 대상이 된다는 사실도 넌지시 새겨 알았다. 그런데 고고인류학 전공자가 서울엔 무슨 일로 가고 싶으며, 정작 어렵사리 초청을 부탁해 놓고선 부담은 갖지 말라니 그건 또 무슨 수작인가.

약간은 곤혹스런 기분을 지그시 눌러 깨물면서, 나도 농담처럼 평양을 한번 가보고 싶다고 말했다. 머지않아 통일도 이루어질 수 있을 것 같다는 너스레를 덧붙임으로써, 나는 자연스럽게 림형옥이 던져준 부담감에서 조금쯤 옆으로 비켜설 수가 있었다.

여자 쪽에서도 그런 내 속내를 이내 간파하고 이번 여행의 다음 일정으로 화제를 돌렸다. 내일부터 본격 백두등정에 오른다는 것, 그쪽에 가면 어딘지 조선의 체취가 물씬 풍길 거라면서 함께 가지 못해 유감이라는 것, 자신은 베이징지역 담당이나 당신 여행단이 귀국할 때 이곳을 경유하게 되어 있으므로, 혹시 그때 다시 만나게 될지도 모르겠다는 등의 이야기를 들려주었다.

그리고 우리는 곧 아쉬운 밤의 작별인사를 나누었다.

이튿날 아침 베이징공항에서 창춘행 비행기에 올랐을 때, 나는 뜬금없는 죽음의 예감에 사로잡혔다. 미끄럽게 활주로를 벗어난 비행기 동체가 날랜 이륙을 시도하며 한공중으로 치솟는 순간 '죽는다는 게 바로 이런 느낌이 아닐까' 하는 묘한 감정이 그것이었다. 좁은 기창 밖으로 솜뭉치 같은 구름 떼가 그림처럼 내려다보일 무렵에야, 나는 가까스로 그 이상한 고소공포증에서 벗어날 수가 있었다. 그리고 비로소 내 자신이 중국 국적의 민항기에 몸을 싣고, 드넓은 대륙의 상공을 유유히 날고 있다는 사실을 새삼스럽게 음미했다. 말만 들어도 으스스 떨지 않으면 안 되었던 저 지난한 세월의 '중공中共'을 떠올린다면, 실로 머슬머슬한 격세지감이 아닐 수 없었다.

나는 눈을 감았다. 그리고 지난 한때의 꽤나 우울하고도 기막힌 한 삽화를 기억해 내고는, 다시금 아버지의 아픈 과거 속으로 침잠해 들어갔다.

그해 여름은 몹시도 무더웠다. 복중의 한낮 찌는 날씨도 날씨지만, 우연찮게 시작된 케이비에스 중앙방송의 이산가족 찾기 생방송 때문에, 전국은 온통 눈물의 도가니를 연출해 내는 판국이었다. 지구상 어디에서도 유례가 없는 이 분단민족의 때늦은 비극의 실제 상황이 점점 더 점입가경으로 접어들던 어느 날, 아버지는 마침내 당신 속마음의 일단을 드던지듯● 털어놓기에 이르렀다. 당신도 애써 찾아볼 사람이 있다는 것이었다. 어머니는 마침 무엇인가를 둘둘 싸들고 딸네 집으로 외출해 버린 다음이었는데, 당신은 그 틈을 이용해서 아들인 나만을 살짝 불러 놓고, 여태껏 어림짐작으로만 알아 왔던 속 깊은 비밀을 흔연스레 까발렸던 것이다.

"아범아, 니한테도 이복누나가 하나 있었니라. 암만해도 그 애 에미가 내 뒤를 따라 내려왔을 성싶다. 혹 모르는 일이니 헛일 삼아라도, 내도 한번 저 티비에 얼굴 내밀어 볼거나?"

요 며칠 거의 매일이다시피 여의도 출입을 일삼던 당신의 몽긋거리는 행동거지를 주춤 수상쩍게 눈여겨 오던 터라서, 나는 속으로 결국 올 것이 왔구나 싶었다. 조금 전까지만 해도 '또 나가 보시게요, 아버

● 드던지다: 물건 따위를 마구 들어 내던지다.

34

님?' 하는 아내 목소리가 들렸고, 그러자 당신은 '내사 심심해서 구경 삼아 나가 보는 게지 뭐. 준비는 다 됐냐?' 하시더니, 불쑥 내가 든 방으로 들어와 그 느닷없는 홍두깨를 내민 거였다.

그때까지만 해도 나는 한창 생중계 중인 전국고교 야구대회 화면에 잔뜩 두 눈을 꽂아 박고 있었다. 덩치 좋은 투수가 던지는 낙차 큰 스트라이크 볼을 좇던 내 시선이 일시에 정지되었다가, 아버지 쪽으로 천천히 옮겨 갔다. 당신은 잠시 뜸을 들인 후 나머지 말을 뱉어내듯 빠른 어조로 마무리 지었다.

"니네 어무니는 다 아는 일이다. 까맣게 잊은 과거지사 다시 꺼내서 미안하다만, 어차피 널 속이면서까지 눈감을 수는 없을 것 같구나. 어떠냐, 나하고 여의도로 바람 좀 쐬러 가지 않으련?"

꽤나 태연하고 당연한 듯한 일상의 어투여서, 나는 더 이상 지리산가리산● 따지거나 캐고 덤빌 일이 아니란 걸 눈치 챘다. 그것은 어쩌면 바람기 많은 당신의 성정을 익히 알고 있는 데서 비롯된 자포자기였을지도 모르겠다. 한창때의 아버지는 실로 어머니 애간장이 다 녹을 만큼, 걸핏하면 여자문제를 일으켜 집안을 뒤흔들곤 했는데, 그것이 타고난 당신의 기질 탓이건 일가붙이 없는 실향민으로서의 외로움 탓이건 내가 가리새 있게 관여할 바는 아니었으나, 젊은 한때 북한에서까지 그런 일이 있었다는 데엔 벌린 입이 다물어지지 않을 지경이었다. 그런데도 당신은 거기에 한술 더 떠, 그때 뿌린 씨앗을 다시 찾아보겠다는 게 아닌가. 신음처럼 내가 입을 열었다.

● 지리산가리산: 이야기나 일이 질서가 없어 갈피를 잡지 못하는 것을 이르는 말.

"그래서 그리 열심히 여의도엘 다니셨군요?"

"왜? 그러면 안 되겠냐?"

아버지의 당찬 반문이 여보란 듯 되돌아왔다. 그런 팽팽한 긴장감과 갈등 속에 빠져 있던 바로 그때였다. 산지사방에서 귀청을 때리는 요란한 사이렌이 사정없이 울려 퍼졌다.

"아니, 이게 대체 무슨 소리냐?"

황망히 자리를 뜬 아버지가 놀라 사방을 두리번거렸다. 무더위 팔팔 끓어 대는 한여름 하늘에서 들려오는 것 같기도 하고, 아이들이 놀러 나간 학교 운동장 쪽에서 들려오는 것 같기도 하고, 야구경기가 한창 진행 중인 텔레비전 속에서 들려오는 것 같기도 했다. 아버지가 다시 외쳤다.

"공습경보 아니냐!?"

아내와 나, 그리고 아버지는 서로 삼각형의 대칭점을 이루어 붙박인 듯 서 있다가, 소리의 진원지가 바로 눈앞의 텔레비전이라는 사실을 후딱 알아차리고는, 거의 동시에 그 화면 앞으로 달려들었다.

"국민 여러분, 이 공습경보는 훈련이 아니라 실제 상황입니다. 국민 여러분!"

긴급특보를 알리는 자막의 흐름과 함께 잔뜩 긴장되고 겁먹은, 그러나 애써 태연하려고 애쓰는 웬 민방위본부 통보관의 달뜬 목소리가 터져 나오고 있었던 것이다. 여자가 달거리 치르듯 매달 한 번씩 어김없이 들어야 했던 그 달갑잖은 목소리가, 그러나 그날만은 진정 예사롭지가 않았다. 오, 마침내 터졌구나, 나는 순간 그렇게 단정했다. 가족들은 시퍼렇게 질린 채 그저 멍한 상태로 서로의 얼굴만 마뜩잖게 건너다보는데, 청천벽력은 다시금 황망히 이어졌다.

"국민 여러분, 절대 동요하지 마십시오. 각자의 현 위치에서 비상식량과 구급약 등을 챙겨 안전한 곳으로 대피하시고, 민방위본부에서 알려드리는 안내 말씀에 적극 귀를 기울여 주시기 바랍니다. 적기는 현재 서울과 경기도 일원 상공으로 접근 중에 있으며, 긴급 출동한 우리 측 공군기가 섬멸작전을 수행 중에 있습니다. 이것은 실제 상황입니다. 통상적인 민방위 훈련이 아니라, 실제로 벌어진 준전시 상황입니다. 그러니 전 공무원은⋯."

에구머니나, 외마디를 내지른 아내가 그제야 제정신을 다잡아 추스르고 나서, 놀러 나간 아이들 이름을 번차례로 불러 대며 대문 밖으로 뛰쳐나갔다.

"아이구, 경아, 율아!"

내 가슴도 비로소 쿵쾅거리며 함부로 널뛰기 시작했다.

이 꿈 같은 준전시 상태를 과연 어떻게 맞받아 헤쳐 나가야 한단 말인가. 식구들은 어디로 어떻게 소개疏開시켜야 하며, 차들이 넘쳐 나는 요즘에도 6·25 때 같은 재래식 피난길이 가능하기는 할까? 이럴 땐 뭐니 뭐니 해도 현금이 우선이니까 일단 은행으로 달려가야 해. 통장 잔액이 얼마 남지 않았을 텐데?

"여보, 큰애가 안 보여요! 빨리 수돗물 좀 받아 놔요. 빈 통 남김없이!"

숨을 헐떡이며 집 안으로 들어선 아내가 다짜고짜 외쳐 대더니, 또 어느 틈에 쏜살같이 대문 밖으로 내달렸다. 얼핏 보기에도 이미 이성을 잃은 듯한 그네는, 거의 우는 것처럼 보였다. 아버지는 빈 함지박과 주전자, 세숫대야까지 닥치는 대로 끌어 모아, 이미 수돗물을 받고 있다가 헛소리처럼 중얼거렸다.

"저놈들이 기어이 일을 저질렀구나. 이런 때일수록 냉정히, 침착해야 헌다!"

말씀은 그러면서도 정작 당신의 행동거지는 매우 침착하지 않았다. 입술이 시퍼렇게 질린 아내의 양손에, 영문 알 바 없는 두 남매자식이 끌려 들어왔다. 사이렌은 계속해서 사방에 울려 퍼지고 있었고, 골목 밖의 이웃들 역시 불안스레 서성이며 적기가 떴다는 마른하늘 쪽으로 어지러운 시선을 망연자실 던지고들 있었는데, 그러나 보이는 건 덧없이 떠도는 구름 몇 조각과 뜨거운 여름날 땡볕뿐이었다. 기총소사를 퍼붓는 적기는 어디에서도 눈에 들어오지 않았으나, 텔레비전에서는 여전히 동요의 빛이 역력한 민방위본부 통보관의 떨리는 '국민 여러분!'이, 적기 출현의 위기감을 절정으로 치켜 올렸다.

"여보, 은행에 좀 다녀올래요?"

안방에서 주섬주섬 통장을 들고 나오며 아내가 왜장쳤다.● 그네는 오늘이 일요일이라는 사실을 까맣게 잊고 있었다. 조금 전까지만 해도 나 역시 아내와 똑같은 착각의 순간을 겪었던 터이므로 피식 실소를 터뜨렸다. 울먹이듯 떨리는 아내의 음성이 내 웃음 뒤끝에 달라붙는다.

"아니, 당신은 이 판국에 웃음이 나와요? 빨리 돈 긁어 찾아서 라면이랑 통조림, 쌀 같은 거 사들일 생각은 않고?"

발그레 상기된 두 뺨과 어리어리한 물기 감도는 두 눈이 겁에 질린

● 왜장치다: 쓸데없이 큰 소리로 마구 떠들다.

공포심을 착실히 증명해 주었다. 내가 말했다.

"이런 때일수록 침착해야 된다고 아버님이 말씀하셨어."

"아무튼 그렇게 서 있지만 말고 저 빨랫감들이나 어서 걷어요."

아내는 내 뒤의 빨랫줄을 가리키면서 안방으로 다시 뛰어들었다. 곧이어 어디론지 전화질을 해대는 기척이 들려왔는데, 그 사이 잠깐 보이지 않던 아버지는, 마루 건너 당신 방에서 얼굴을 내밀고 안방 쪽 며느리한테 일렀다.

"어멈아, 이 비상금은 니가 챙겨 갖고 있거라."

아버지는 아내한테 웬 돈 봉투를 건네려 드는 거였다. 그러나 아내는 당장의 자기 관심사에만 잔뜩 몰두해 있었다. 통화의 상대자는 그네의 친정아버지였다.

"네, 아버지. 두 분이서 꼼짝 마시구요, 방 안에만 앉아 계세요. 네, 네. 여긴 별일 없으니 걱정 마시구요, 무슨 일 생기면 곧장 연락 주세요. 네, 네."

나와 눈이 마주친 아버지는 곧 머쓱한 표정으로 손을 내렸고, 나는 아직 다 마르지 않아서 축축한 빨랫감들을 바삐 안방으로 던져 넣었다. 그리고 송수화기를 내려놓고 나오는 아내한테, 아버님이 웬 돈 봉투를 꺼내셨다고 알렸다. 무슨 봉툰데요, 하고 그녀가 눈으로 묻는다.

"내 언젠가 이런 날이 올 줄 알고, 장판 밑에다 간수해 왔느니라. 자, 단단히 챙겨 쓰거라."

당신은 쾌히 며느리 손에 그 봉투를 건네었다. 유비무환을 늘 염두에 도스른● 결과로서, 평소 야금야금 떼어내 비축해 두었던 비상금인가 보았다. 고맙습니다, 아버님, 하고 봉투를 곱다시 받아든 아내는 다시 안방으로 뛰어들어 화장대 서랍과 묵은 고리짝 따위를 뒤지더니, 애들 돌반지며 실팍한 다이아몬드 결혼반지, 손목시계, 목걸이 따위의 금붙이를 서둘러 챙기기 시작했다. 나는 아내의 용의주도한 행동거지를 힐끗 훔쳐보면서, 한편으로는 널뛰는 텔레비전 화면에 시선을 더욱 집중시켰다. 어지러운 화면은 여전히 야구경기가 중단된 야구장 상공을 어지러이 비춰 주고 있었는데, 그때 느닷없는 비행기 편대가 하늘 한가운데를 가르고 정면으로 덤벼드는 장면이 휘익 눈에 들어왔다.

정말이구나. 정말로 터지고 말았구나!

순간 내 가슴속은 경악과 두려움으로 마구발방 쿵쾅거렸다. 그러나 다시 정신을 차려 살펴보니, 그것은 전투기 편대가 아니라 난데없는 비둘기 떼였다. 그런데도 거푸 흥분한 통보관의 안내방송은 또 이렇게 방아 찧듯 터져 나오고 있었다.

"국민 여러분, 모든 전원 스위치를 꺼주시고 주변의 안전한 곳으로 대피하십시오. 적당량의 비상식량과 구급약, 손전등을 준비하시고 …."

전원 스위치를 꺼버리라니, 그렇다면 이제 어떻게 안내방송을 보고 듣지?

시간은 숨 가쁘게 쿵쾅대면서 속절없이 흘러갔다. 길고도 짧은 절망스런 시간들이 흐르면서, 사위는 잠시 오솔한● 고요로 뒤덮였다. 그리고 우리들은 비로소 무엇엔가 깜빡 속았다는 사실을 곧 알아차리게 되었다. 한반도 남쪽을 한때나마 발칵 뒤흔든 그 정체불명의 적기

● 도스르다: 무슨 일을 하려고 별러서 마음을 다잡아 가지다.
● 오솔하다: 사방이 무서울 만큼 고요하고 쓸쓸하다.

는, 다름 아닌 망명을 요청하는 중국 공군기였던 것이다. 자유와 평화를 갈망하는 중국군 조종사 한 명이 황해에서의 비행훈련 도중 예고 없이 급거 귀순해 왔다고, 또 다른 긴급뉴스로 황당하고도 겸연쩍게 엄벙통● 알려주었다.

"이런 벼라먹을, 꼭 도깨비에 홀린 것 같구나."

허탈한 표정의 아버지는 너무 어이없이 속았다는 듯 연신 끌끌 혀를 차댔고, 한동안 넋 나간 채 이리저리 설쳐댔던 아내는 녹작지근 심신이 풀리면서, 벽을 그대로 등진 채 그 자리에 맥없이 주저앉았다. 나도 그동안 누르고 있던 긴장과 울화통을 바가지로 터뜨리지 않을 수 없었다.

"올핸 무슨 놈의 비행기 사건이 이리 많지? 북에서 자유 찾아 넘어오는 건 혹 몰라도, 엉뚱한 짱깨들까지 느닷없이 날아들다니!"

어쨌든 실제 상황이 아니어서 다행이지 뭐냐, 하고 아버지가 한숨처럼 내뱉었다. 나는 약장 서랍에서 신경안정제를 한 알 꺼내어 아내한테 건네었다. 그녀의 입술은 아직도 창백하게 지쳐 있었고, 나는 문갑 위에 놓인 누르스름한 아버지의 돈 봉투를 힐끗 내려다보았다. 당신은 지금쯤 봉투를 너무 성급히 꺼내놓았던 자신의 선심 과오를 은근히 후회하고 있을지도 몰랐다. 나는 슬그머니 돈 봉투를 집어 들고 방밖으로 나왔다.

"에미, 아직도 제정신이 아니냐?"

아버지가 엉거주춤 묻는다. 내가 돈 봉투를 건네자 당신은 잠시 저어하는 표정을 지어 보이더니, 못 이기는 척 바지 주머니에 집어넣었다.

● 엄벙통: 어리둥절하여 정신을 차리지 못하는 판국.

"허긴 언제 또 이런 일이 생길지 모르지. 그때를 위해서 내가 다시 간수하마."

그러고는 다시 이었다.

"가자. 오늘은 내가 너한테 한턱 쏘고 싶구나."

아버지는 여태껏 여의도행을 결코 포기한 게 아니었다.

나는 잠시 새로운 혼란 속으로 빠져들었지만, 마루 끝에 내동댕이쳤던 낡은 손가방을 당신이 챙겨 들었을 땐, 또 맥쩍게● 당신 뒤를 따르지 않을 수 없었다. 무더운 일요일 한낮, 따분하게 방구석에 틀어박혀 빈둥빈둥 야구중계나 들여다보고 있을 게 아니라, 여전히 온 국민의 관심이 집중되고 있는 방송국 앞 '만남의 광장'으로 나가, 거기에 모인 수많은 비극의 주인공들을 동무삼아 요모조모 살펴보는 것도 썩 괜찮을 듯싶기도 하였다. 누가 어디서 어떻게 모여들기에 저토록 엄청난 일체감의 눈물바다를 연출해 내는지 몹시 궁금하기도 하거니와, 동병상련의 아버지는 과연 거기 가서 무슨 일로 어떻게 시간 메우기 할까도 꽤나 궁금했다. 더욱이 방금 전 '실제 상황'이 불러일으킨 홍두깨 같은 충격의 여파가 아직껏 가슴 한구석을 맴돌고 있던 참이어서, 나는 쉽게 그쪽으로 마음을 다잡아먹었다. 웬 중국군 조종사가 잔뜩 흙탕물을 일으켰던 여름 한낮의 불꽃 하늘은, 이제 구름 한 점 없이 말짱한 얼굴로 거짓말처럼 활짝 개어 있었다.

벌거숭이 같은 여의도 광장은 정녕 한 많은 이 민족의 슬픔 자체로

● 맥쩍다: 열없고 쑥스럽다.

놀치듯 뒤범벅이었다. 벽보와 벽보, 잃어버린 세월 저쪽의 사람찾기 인파로 뒤덮여 있었다. 거기에서 조금 한갓진 곳의 나무그늘 밑에 휴대용 비닐 돗자리를 편 아버지가 곧 이어서 소주와 삶은 계란, 김밥 따위를 주섬주섬 꺼내었다. 두 부자는 겸연쩍게 마주앉아 때 이른 낮술을 주고받았다. 아버지의 빈 잔을 채운 나는 속으로 은근히 긴장하면서 또 무슨 말씀이 나올까 조마조마했으나, 아버지는 정작 아까참의 난데없는 비행기 사건만을 화제로 삼을 따름이었다.

"난 말이다. 맨 먼저 성냥과 양초를 준비해야겠다고 생각했다. 폭격으로 암흑천지가 한번 돼봐라, 그땐 너나없이 오갈 데 없는 야수로 변해 버린다. 외부의 침략을 경계하는 것도 중요하지만, 내부에서의 자중지란을 더 경계해야 된다는 거지. 6·25가 딱 그걸 잘 설명해 주잖더냐? 같은 동족에게 총부리를 겨누었던 그놈의 못난 6·25 전쟁은, 분명히 우리의 자중지란이었다. 봐라, 세상천지에 이렇게 갈기갈기 찢겨진 인심과 땅덩이가 또 어디 있겠냐? 아까 나는 참말이지 가슴이 덜컹 내려앉더라. 6·25 때 그렇게 무참히 풍비박산 났으면 됐지, 또 우리 가족이 피난민으로 갈가리 헤어지게 되면 어쩌나 하고. 이렇게 남북 이산가족 찾기가 한창인 이 판국에, 만약 그놈의 적기가 여기 이산가족들 머리 위로 마구잡이 폭격이라도 퍼부었다면 얼마나 끔찍했겠냐? 북쪽이 아니고 핏줄 다른 외국하고 붙게 된다면 차라리 당당해지기라도 하지, 이건 생짜 같은 동족, 피를 나눈 형제끼리 치고받는 꼴이니!"

"아마 그런 일은 앞으로 결코 생기지 않을 겁니다. 전 우리 한민족이 활짝 피어나, 아시아는 물론 세계 중심국으로 당당히 행세할 날이 반드시 오리라고 믿는 편이니까요."

"아따, 애국자 났구나. 글쎄다, 그리운 사람끼리 이리 무참히 헤어지지나 말고 살았으면 좋겠다."

그리고 아버지는 비로소 낡은 손가방 속에서 미리 준비해 가져온, 고이 접은 갱지 한 장을 꺼내어 펼치더니, 거기에 굵은 매직펜으로 당신이 찾고자 하는 한 여인의 신상명세를 또박또박 적어 나갔다.

〈강영순姜永順, 함경남도 혜산군 혜명리 26번지.〉

어색한 두 부자 사이에 한동안 무겁고도 설면한 침묵이 흘렀다. 이제 와서 새삼 어쩌시겠다는 건가, 하고 내 속에서는 미묘한 갈등과 불만이 발싸심하듯● 부풀어 올랐지만, 속으로 꾹 눌러 참았다. 그런데도 당신은 한술 더 떠 아예 이렇게 대못을 박고 나섰다.

"너도 이참에 중요한 일기장이나 수첩 같은 데에다 이 내용만은 꼭 적어 두고 있거라. 내 죽고 남북이 맘대로 오갈 수 있을 때, 내 대신 이 강영순하고 하나밖에 없는 딸애만은 꼭 한번 찾아봐 다오. 니 누나 이름은 다옥多玉이. 니들한테는 참 면목이 없다만, 어쩌겠냐, 그냥저냥 운명으로 받아들여라. 기왕 내친김에 이 자리에서 유언 삼아 몇 가지 더 덧붙이마. 그래, 그것은 그리움이라고밖에는 달리 표현할 길이 없구나. 자나 깨나, 언제 어디서나 그리움에 사무쳐 온 게 내 일생이었다. 단지 그 여자와 딸애한테의 그리움만이 아니라, 압록강변의 혜산 고향땅이며 부모형제, 집안 인척들, 그 모든 것들을 못내 그리면서 살아왔다는 이야기이다. 그건 물론 해방 직후 새로운 살길 찾아 무작정 상경했던 내 불찰에서 비롯된 과오이긴 한데, 그땐 그게 최선인 줄

─────────────

● 발싸심하다: 어떤 일을 하고 싶어서 안절부절못하고 들먹거리며 애를 쓰다.

알았다. 더 이상 김일성 사회주의로 급변하는, 이 외진 국경마을에서 살 순 없다면서, 난 도망치다시피 혜산진을 빠져나와 서울을 찾았던 것인데, 그런데 남쪽은 이미 미군한테 점령당해 통치되고 있었지 뭐냐. 그래도 난 어렵게 새 직장 얻고 니 어무니 만나 단란한 가정 이루었지만, 금방 끝날 거라 믿었던 미군정은 쉬 끝나질 않더구나. 해방의 기쁨은 조국의 통일 대신 원수 같은 남한만의 단독정부로 이어지고, 전쟁 터지고⋯. 그리움은 그리해서 오늘날까지 그만 깊은 속병이 되고 말았다. 그리고 또 하나의 그리움이 있는데, 그건 다름 아닌 너의 큰아버지시다. 아주 똑똑하고 유능한 형님이셨는데, 일제 때 일본으로 건너가시고는 이후 소식이 영영 끊어지고 말았지. 당시 어떤 안 좋은 일로 피신을 겸해 집을 떠나고 나서, 여태껏 생이별을 했지 뭐냐. 정말 죽기 전에 꼭 뵙고 싶은 피붙이시다. 허나 이제는 다 부질없는 일, 다만 내 죽거든 간단히 화장해서 납골당에 간수해 두었다가, 언젠가 남북통일이 되거든 고향땅으로 이어지는 영험한 백두산 줄기 어디쯤에 뿌려 다오. 많이 번거롭겠지만 그것이 내 마지막 소원이다. 백두산, 거기 천지에서 흘러 내려오는 물이 압록강을 이루고, 우린 그 쓸쓸한 국경마을에서 강물 위 뗏목을 바라보곤 했지. 한겨울 얼음이라도 꽁꽁 얼어붙을라치면 맞은편 중국의 창바이長白 마을로 쉬 건너갈 수 있을 만큼 좁은 강폭이었다. 내가 다녔던 혜명국민학교며 동네 우체국, 경찰서, 법원 건물이 눈앞에 삼삼하구나. 거기서의 내 마지막 일터는 한동네에 있던 작은 도립병원이었다. 참고로 새겨 두거라."

당신은 꿈을 꾸듯 말끝을 흐리면서 거푸 쓴 소주잔으로 마른 입술을 적시었다. 그리고는 무릎 앞에 놓인 종이쪽지(강영순과 혜산 주소가 적

흰)를 집어 들더니, 한동안 아무런 말없이 보물 다루듯 만지작거렸다. 나는 순간 그것을 당신의 헐거운 상체에, 또는 벽보용 건물 벽에 갖다 붙일 줄 알았는데, 당신은 또 엉뚱하게도 꾸깃꾸깃 접으며 뒤뚱 일어 서더니, 저만큼 떨어져 있는 쓰레기통 쪽으로 걸어가 미련 없이 버렸다. 당신은 애초부터 북에 두고 온 옛사랑을 다시 조우하리라고 기대하지도 않았거니와, 꼭 찾아야겠다는 긴절한 소망을 갖고 있지도 않았다는 걸, 나는 그제야 슬며시 알아차릴 수가 있었다. 당신은 단지 숨겨 온 지난 시절의 어두운 비밀 한 자락을, 당신의 늘 불안한 흉중을 믿을 만한 아들자식한테 솔직하게 까발려 놓은 다음, 그 알 수 없는 훗날을 잡도리하듯● 담보해 두고 싶었는지도 몰랐다. 이런 드라마 같은 만남의 장소와 시간을 이용해 그걸 훤히 밝혀 둠으로써, 살아 있는 날의 실수를 나름대로 정리하고 좀더 너볏한 여생을 갈무리할 수 있지 않을까, 스스로 판단한 게 틀림없었다.

뉘엿뉘엿 땅거미 질 무렵 우리가 귀가를 서둘 때까지도, 거대한 방송국 건물 주변은 온통 사람 찾는 벽보와 인파의 후끈한 땀내로 진동했다. 갖가지 사연이 피맺힌 벽보는 쥐똥나무 울타리와 건물 층계, 가로수와 잔디밭과 아스팔트 위에까지 물너울처럼 넘쳐 났다. 발 디딜 틈조차 없는 그 그악스런 통한의 광장을, 아버지와 나는 말없이 헤쳐 걸었다.

고막이 터질 것 같은 맹렬한 굉음이 들렸다.
비행기는 어느새 목적지인 창춘공항에 착륙하고 있었다. 하강하는

───────────
● 잡도리하다: 단단히 준비하거나 대책을 세우다.

순간의 기분은 역시 삶 쪽에 더 가까운 법인가, 땅에 발을 내려딛고 섰을 때 나는 비로소 안도의 한숨을 내쉬며 끈끈한 생명감에 잠깐 사로잡혔다.

옛 만주국의 수도 창춘. 그때는 물론 '신경新京'이라 불리었던 이 도시에 들어서자, 짜장 낯익은 조선족 냄새가 사방에서 스멀스멀 뿜어나오기 시작했다. 현지 문인들과의 벗트는 회합이 끝나고 모꼬지할 때, 우리의 오랜 전통 기호식이라 할 단고기●가 자랑스럽게 등장했으며, 독한 화주가 몇 순배 돌자 바람서리● 같은 타향살이에 시달려 어딘지 강퍅해 뵈는 조선 문인들의 군가 같은 합창과, 간드러진 춤사위가 더욱 활기를 띠어 갔다. 우리 민속 노래와 춤사위마저 단순한 고음, 규격화로 일방 처리되고 있다는 사실에 은근한 비애감을 맛보기도 했지만, 그처럼 도식화된 상투성에도 어쨌거나 우리네같이 군드러진 음주가무를 느실난실 즐기는 족속은 지구상에서 그리 흔치 않을 거라는 생각도 내처 들었다. 짐짓 근엄하기 짝이 없던 저 박정희마저, 한밤중 최후의 만찬장에까지 인기 가희를 불러다 놓고 한껏 노래 지르며 놀아났음에랴. 그가 당찬 군인정신을 기르며 먼 앞날의 모반을 꿈꾸었던 관동군사령부(현재는 지린성吉林省 공산당본부)를 둘러보고, 이른바 청나라 마지막 황제로 불린 푸이溥儀가 한때 감금되다시피 망국의 세월을 보냈던 자그마한 자금성의 별궁도 둘러보면서는, 인간은 결국 누구나 때가 되면 가뭇없이● 사라져 가는 하찮은 자연의 일부에

● 단고기: '개고기'의 북한어.
● 바람서리: 폭풍우로 말미암아 피해를 입는 일.
● 가뭇없다: 보이던 것이 전혀 보이지 않아 찾을 곳이 감감하다.

지나지 않는다는 사실을 또 새삼스레 짓씹듯 음미하지 않을 수 없었다. 어두운 지하 깊숙이 생시와 똑같은 호화 궁전의 능陵을 축성하고, 드높은 성城을 지키기 위해 해자를 파, 그 성 둘레를 물길로 감싸거나 인공 축대를 쌓아올리며 보신한 그 숱한 황제들도, 때가 되면 다 어김없이 한줌 바람이나 흙으로 돌아가지 않는가. 인민을 이끌었던 그들이 어떻게 인민을 이용, 학대하고 고혈을 짰으며, 어디를 어떻게 강제 침략하고 약탈과 방화를 일삼아 왔는가를 두 눈으로 직접 보고 배우기 위해, 우리는 애써 먼 길 여행하는지도 모른다. 그 웅대한 자금성이나 만리장성, 명明 13능 등지를 통해서도 이와 같은 자연법칙에 순응하지 않고, 마치 억겁이라도 살아낼 것 같은 착각 아래 자행된 압제자들의 어리석은 적공積功을 쉬 확인하고 눈여겨 지켜볼 수가 있었다.

여행의 꿈, 야간열차를 탔다.

길고 지루한 밤으로의 들뜬 여정이 시작되자, 그동안 쌓이고 쌓인 여독 때문에 심한 피로감이 한꺼번에 몰려들었다. 군드러지게 술을 마셨다. 그리고 육담肉談이 뒤섞인 이국 풍정에 대한 왁자한 담소. 그래도 잠은 오지 않았다. 목적지인 백두산으로 달리고 있다는 데 대한 설렘 때문인가, 다른 일행들도 계속 열차 소음과 진동에 몸을 내맡긴 채 흘러간 옛 노래를 흥얼거리거나, 차창 밖 깊은 어둠을 응시하며 불면의 밤을 뒤척이는 모습들이었다.

그리고 아침이 왔다.

희붐한 동살이 밝아지면서 차창 밖으로 북향北鄕 특유의 차고 맵고 알싸한 풍광이 전개되었는데, 무엇보다도 낮게 중첩되는 유현한 산등성이와 굽은 소나무들, 납작납작 엎드린 지붕들 위로 옅게 감도는 이

내 같은 연기 따위가 그동안 황량한 벌판뿐이던 것과는 달리, 우리네 사람살이가 여기 와서 비로소 어떤 동질의 공감을 시나브로 불러일으킨다는 느낌이었다. 그리고 냄새 …. 뭔가 구수한 청국장이거나 두엄 냄새 같기도 하고, 화덕 연기가 스멀스멀 새어 나오는 것 같기도 한 냄새가 맡아졌다. 역두 맞은편의 화물열차에 얼기설기 실린 원목 더미를 바라보면서는, 역시 북조선과의 국경이 가까워지고 있다는 게 실감났다. 검은 화차는 화통 가득 잿빛 석탄 연기를 내뿜으며, 우리가 방금 전에 떠나 왔던 반대 방향으로 미끄러지듯 천천히 내달렸다.

백두로 오르는 길목, 통후아通化.

영화로웠던 우리의 옛 고구려와 발해의 발원지인 통후아 역에 내리니, 바뀐 안내원부터가 벌써 사복을 입은 군인 신분의 사내로, 그의 언어 또한 센 북조선 억양이다. 아침식사는 시간에 쫓겨 멍든 물빛의 압록강 변을 달리는 버스 안에서 건성으로 때워야 했는데, 배당된 도시락 속에는 또 어김없이 삶은 계란이 똬리 틀고 있었다.

아, 그래 삶은 계란 ….

소풍 갈 때나 기차 타고 먼 길 떠날 때면 거의 어김없이, 볏짚 꾸러미에 고이 감싸 두었던 계란이 팔팔 끓는 물에 삶아져서, 도시락 반찬 외의 별미로 따로 차지하곤 했거니와, 그 가년스런● 찰가난●도 이제는 아름다운 추억일 따름. 그런데 여기 와서 보니 중국 인민들이나 조선족 나들이 식성 행태가 꼭 그때 그 모양이어서, 내심 혀를 내두르지

● 가년스럽다: 보기에 가난하고 어려운 데가 있다.
● 찰가난: 여간하여서는 벗어나기 힘든 혹독한 가난.

않을 수 없었다. 길고 지루한 야간열차 안에서나 바닷물 맑은 칭다오 해변, 가파른 만리장성 층계와 번잡한 호텔 식당에서마저, 그들은 결코 이 추억의 삶은 계란을 내동 빠뜨리지 않았다.

버스가 털털털, 좁은 비포장도로로 접어들었다.

흙먼지를 흠뻑 뒤집어쓴 토담과 낮은 슬레이트집들, 통나무로 얼기설기 엮은 돼지우리 역시 영락없는 우리네 농촌, 산촌의 지난날을 그대로 빼어다 박았다. 그래서 찌든 살림살이도 때로는 정감 어린 향수를 불러일으키는 법, 질긴 남루의 이곳 조선족 풍경이 곧바로 압록강 건너 북녘 땅으로 이어지면 또 어쩌나 하는 연민과 조바심도 없지 않았다.

앞자리에 나란히 앉은 강 작가와 이 형의 입씨름은 아직도 끝나지 않은 채 끈적끈적 되풀이 진행되는 중이었다. 둘의 입에서는 여전히 진한 문뱃내●가 풍겨 나왔다. 둘 다 사회주의 쪽 아버지를 두었던 덕분에 신산의 과거지사를 공유하긴 하였으나 서로의 삶의 방식이나 품은 이념에 있어선 그 방향이 또 확연히 달랐던지, 어젯밤 열차간에서부터 벌어진 줄기찬 노선투쟁을 지금껏 주정처럼 벌여 오는 것이었다.

그런데 이게 웬일인가. 정작 꿈에 그리던 압록강 철교(전쟁 때 미군한테 폭격당해 끊어진)가 눈에 들어오자, 둘은 약속이나 한 듯 버스에서 내리지 않았다. 한쪽은 훌쩍훌쩍 소리 죽여 울고 있었고, 또 다른 한쪽은 우는 친구의 등을 슬겁게 다독거리며, 차창 밖 철교와 그 건너 북녘 땅을 멍한 눈길로 바라보고만 있었다.

손을 뻗으면 금방에라도 닿을 것 같은 지척의 거리에 그 땅은 있었

───────────────

● 문뱃내: 술 취한 사람의 입에서 나는 냄새. 문배 냄새와 비슷하여 이르는 말이다.

다. 수채화 같은 강마을과 원경으로 오가는 개미 같은 인민들, 그리고 초소 망루에 나부끼는 붉은 인공기.

끊어지지 않은 북녘 쪽 다른 철교 위로 몇 칸 안 되는 짧은 국경열차가 달려 나왔다. 이때다, 하고 일행은 그 달리는 열차를 배경에 두고 열심히 카메라 셔터를 눌러 댔다. 어떤 이는 바지춤을 둘둘 말아 올린 채 강물 속으로 걸어 들어갔고, 또 어떤 이는 작고 귀해 보이는 차돌맹이를 두어 개 골라 자랑하듯 주워 들기도 하였다. 헤엄을 제법 치는 이라면 별다른 장애 없이 북조선 쪽으로 너끈히 건너갈 수도 있겠다 싶은 강폭이요, 유속이었다. 붉은 선전탑이 서 있는 강마을 뒤쪽 산중턱을 멀리 바라보면서, 나는 왠지 허망하고 또 허망하다는 생각이 자꾸만 엄습해 오는 것이었다. 이렇게 먼발치로만 그저 하릴없이 바라보기 위해, 우리는 여기까지 애면글면● 그리 숨차게 달려왔단 말인가.

그렇게 터벅거리며 부질없는 압록강 가에서 돌아 나오는데, 이쪽 강둑 안 포도밭에서 한 떼의 해맑은 소녀들이 별 인기척 없이 뛰쳐나와, 탐스런 포도송이를 우리한테 건네었다. 여름내 가맣게 그을린 소녀들은 찐 옥수수를 뜯어 먹으면서, 뭐가 그리 재미있는지 연신 재잘거리며 웃었고, 나는 포도송이 대가로 몇 닢 잔돈부스러기를 서둘러 찾아 주춤 내밀었다. 그러나 소녀들은 단호하게 고개를 내젓는다. 군인 신분의 안내원 설명에 따르면, 물건을 파는 게 아닌 한 절대 이유 없이 돈을 받아서는 안 된다고 교육받았기 때문이란다. 어느 기념품 가게 아가씨도 거스름돈의 호의를 단박 거절하며 그렇게 말했었다.

● 애면글면: 몹시 힘에 겨운 일을 이루려고 갖은 애를 쓰는 모양.

이 광활한 옥수수밭이, 그리고 방금 전 낯선 소녀들이 건넨 포도송이가 난 포도밭이, 옛날 한때는 다 우리네 영토였겠다고 실소하면서 나는 포도알을 뜯어 달게 입에 넣었다.

광개토대왕을 기리는 호태왕비好太王碑나 장수왕이 묻힌 것으로 추정되는 거대한 장군총을 살펴보고 나선, 그 당시 요동벌을 누비고 다니던 선대들의 말발굽 소리가 귓가에 쟁쟁 되살아나는 듯싶었다.

바이허白河.

우리가 탄 야간열차는 하늘 아래 첫 동네라는 그곳을 향해 또 밤새 어둠 속을 내달렸다. 지명으로 봐선 하얀 물보라가 소용돌이치는 계곡이라도 흐르겠거니 하고 역에 내렸는데, 희멀건 여명 속의 그 산간마을은 역시 북촌이 갖는 남루의 분위기와 한기寒氣를 가장 먼저 안겨주었다.

하지만 이번에는 열차의 화통에서 뿜어져 나오는 석탄연기 냄새가 아니라, 상큼한 숲 냄새가 우선 맡아졌다. 어디선지 깊은 산울음이 들려오는 듯도 싶었다. 넓지 않은 역 광장에 조랑말이 끄는 허름한 마차들이 줄지어 서 있고, 우리가 올라탄 전세버스 차창 주변으로는 이끼 낀 산삼을 파는 아낙들이 거의 안간힘으로 앞다퉈 몰려들었다. 초가을 아침공기가 이렇게 서늘하다니, 하고 누군가가 말했고, 역시 백두정기는 다르구먼, 하고 또 누군가가 화답했다.

구수한 된장찌개의 조선식당에서 아침을 때운 후 우리는 다시 백두산을 향해 출발했다. 안개가 어리마리 깔려 있는 산촌을 벗어나자 이상한 정적이 천천히, 아주 천천히 주위를 감싸들었다. 안개가 조금씩 더 벗겨지면서 한순간 거짓말처럼 쪽빛 하늘이 성큼 다가들고, 코에서는 전혀 엉뚱하게도 시퍼런 갯내가 맡아졌다. 그리고 나는 왜 갓 건조해 낸 살색 목선木船을 떠올렸던 것일까. 아직 바닷물에 몸을 적시지 않은, 숫처녀처럼 순결한 무늬살의 목선이 싱그러운 생나무 향기를 잔뜩 내뿜으며 막 진수식을 기다리는 환상을 나는 보았다.

하늘을 찌를 듯 손짓하는 미인송들이 눈에 띄기 시작하는가 싶더니, 이어서 전설 같은 자작나무 숲이 군락을 이루며 나타났다. 그리고 삼나무들.

저 스기목, 왜놈들이 참 많이도 베어 갔지. 놈들처럼 삼나무 좋아하는 족속도 아마 없을 게야, 하고 뒷자리의 노선생이 한숨 섞어 웅얼거렸다. 뿔난 일본인들이 베어 간 게 어디 삼나무뿐이랴. 백두산 그 자체, 이 나라의 혼과 정기까지 말짱 빼앗고 베어 간 덕분에, 오늘 이 순간에도 어엿한 내 땅으로 오르지 못한 채 엉뚱한 중국 대륙으로 멀리 우회하여 등정하고 있지 않은가. 산을 오를수록 가슴이 답답해지는 이유는 단지 강밭은• 산소 결핍에서 비롯된 것만은 아닐 터였다.

우거진 원시림 사이사이로 벗은 고사목이 더러 눈에 띄었다. 잘 닦인 길이 꽤나 완만하게 경사져 있어서, 산을 오른다는 느낌이 거의 들지 않았으나, 왠지 가슴 속 숨이 아름차게 가빴다. 그러다가 문득 나타나는 백두의 훤한 이마. 가파르게 정상이 올려다 뵈는 지점에서 다시 대절 지프차로 갈아타고 급한 비탈길을 올랐다. 거기서부터는 상당히 거친 너덜경• 에움길로, 오를수록 키 작은 관목들이 차츰 보이지 않게 되더니,

---

• 강밭다: 몹시 야박하고 인색하다.

이윽고 부드러운 민둥산이 훌쩍 부드러운 곡선을 그리며 나타났다.

지프에서 내리자 벌겋게 타버린 화산석 자갈들이 자갈자갈 발에 밟혔다. 아, 드디어 목적지에 왔구나 싶으면서도, 여기가 과연 백두 정상이라는 사실은 도무지 피부로 살갑게 와 닿지 않았다.

그러나 급경사진 자갈길을 위태롭게 타 넘어서자, 거기 광활한 천지天池가 눈앞에 활짝 펼쳐졌다. 거울보다도 더 맑고 투명한 옥색 물결이 아득한 그리움으로 너울너울 손짓했다. 말로는 표현할 길 없는 엄청난 감격이 가슴 저 깊은 바닥에서 눈물처럼 소용돌이쳤다.

그것은 오직 '무거운 침묵'으로밖에 달리 표현할 길이 없었다.

그것은 오묘한 신의 조화였으며 장엄 그 자체였다. 특히나 화산이 폭발할 때 형성된 산세山勢의 위용은 거의 질식할 것 같은 감격을 절로 일으켰는데, 흡사 천군만마가 하늘을 향해 치솟거나, 아니면 저 아래 천지를 향해 내달리는 듯싶었다. 상상 속의 용이 실재한다면 바로 저런 형상이지 않을까 싶기도 하였다. 깎아지른 절벽과 절벽이 산지사방으로 병풍처럼 둘러쳐졌는가 하면, 유현한 곡선을 그리며 감싸 안은 위대한 자연의, 그 장중하고도 엄숙한 섭리의 흐름도 거기 함께 요동치고 있었다. 우리네 곰과 단군이 함께 웃고 있었으며, 온갖 혼돈의 천지창조가 새롭게 용솟음치고 있었다.

바로 그때, 위아래 허연 두루마기를 두른 한 늙은 조선 사내가 겁도 없이 시퍼런 천지 안으로 걸어 들어가는 게 보였다. 아버지였다.

● 너덜겅: 돌이 많이 흩어져 있는 비탈.

조선여자

1993년, 서울의 꿈

"백두산은 장백폭포가 있는 상류 계곡으로 들어가, 거기에서 훌쩍 위로 올려다봐야 해요. 사방을 에워싼 천지조화가 사람을 금방 압도해버리거든요. 정상에서 내려다보았을 때와는 사뭇 다른 감동이, 정말 엄청난 양감으로 저 가슴 밑바닥에서 솟구쳐 오르는데, 기자선생님은 어떠셨어요?"

찻잔을 내려놓으면서 림형옥이 나를 구순한 눈빛으로 건너다보았다. 나는 그 말에 쉽게 동의했다.

"정말 그렇더군요. 천지에서 내려올 땐 장백폭포 쪽이었는데, 천군만마를 거느린 듯한 그 장중한 기암괴석과 산줄기의 형세 때문에 우리 일행은 또 저마다 감탄사 내지르기에 바빴지요."

사실, 그때의 느낌이 짜장 그랬다. 희디흰 포말을 는개•로 흩날리며 사정없이 내리퍼붓는 폭포의 위용도 위용이지만, 그 폭포를 중심

축으로 한 산세는 '용솟음친다'는 표현 외에는 달리 어떻게 표현할 길이 없을 것 같았다.

그 산을 쳐다보고 내려다보면서 나는 왜 하필 비상하는 용을 떠올렸던 것인가. 수많은 용과 용들이 떼를 지어 하늘로 솟구쳐 오르는 환영을, 그 숨 막히게 압도해 오는 절벽 위의 우렁찬 물줄기와 들끓는 용암이 폭발할 때 형성된 바위들에서, 나는 놀치는 용솟음의 환영을 충분히 전달받았다.

그것은 단순하게 납신거리는• 혀끝 감탄사에서 그치는 감동이 아니라, 납덩이처럼 무겁고도 이상한 슬픔을 절로 불러일으키는 거대한 비장감, 바로 그것이었다. 콸콸콸 회도리치며 저 바이허(백하) 쪽으로 쉼 없이 흘러 내려가는 계곡물은 아직 시퍼런 얼음장처럼 시렸다. 자주 눈에 띄는 조선족 여행객들은 그 계곡물을 기갈 들린 짐승처럼 엎디어 벌컥벌컥 들이켜기 일쑤였으며, 영험 많은 백두정기를 고스란히 뒤집어쓰겠다면서 잔뜩 이를 사려 문 채 물속으로 풍덩 뛰어들거나 머리 감는 이들도 여럿이었다.

계곡 바로 옆 길가에는 노천 온천탕이 벌건 녹물처럼 여기저기로 갈래져 흐르면서 모락모락 김을 피워 올렸는데, 사람들은 그 더운 물웅덩이 속에 날계란을 집어넣어 삶아 먹기도 하고, 몸피만 겨우 가릴 만한 크기의 함석 막사로 들어가 번갯불에 콩 볶아 먹듯, 민족의 영산인 백두산에서의 온천욕 체험을 무슨 신성한 의례이기라도 하듯 공들여

• 는개: 안개비보다는 굵고 이슬비보다는 가는 비.
• 납신거리다: 입을 자꾸 빠르고 경망스럽게 놀려 말하다.

해치우는 이들도 적지 않았다. 그곳에서의 모든 행동이나 말은 물론이려니와, 눈에 보이는 사물과 낯선 연변 조선족들까지도, 앞뒤 가릴 것 없는 드센 동포애의 흡인력으로 곰살궂게● 다가들었다.

그중에서도 나는 특히 각설이 같은 싸구려 한복으로 한껏 치장하고 나선 세 아가씨들의 어설픈 매소賣笑에 오래도록 눈길이 갔다. 가무잡잡한 피부를 값싼 나일론 천의 한복 속에 감춘 세 아가씨는, 하나같이 헤프게 웃는 낯으로 우리 곁을 느실난실 배회하며 '오늘밤 어디서 묵게 되느냐'고 되풀이 묻고 있었던 것이다. 그 차림새와 표정들이 너무 측은하고 가살스럽고● 기이하기까지 해서, 나는 기념 삼아 그네들과 한데 어울려 한 장의 사진을 찍어 주는 것으로 위안을 삼았다. 그리고 문득 베이징의 림형옥을 떠올렸다. 베이징 중심의 수도권 관광 안내원인 그녀를 만날 수 있는 방법은 이제 귀국길에 다시 그곳에 들르는 도리밖에 없으되, 백두산으로 떠나기 전날 밤 그녀와 단둘이 가라오케 주점에 들러 한때나마 함께 술잔을 나누었던 사이였고 보면, 낯선 여자애들이 몸 팔고자 서성대는 이국의 젖빛 풍정 속에서 그녀를 떠올리는 건 너무나 당연한 노릇이겠다.

림형옥은 그날 밤 나와 헤어지면서, 언제 한번 서울구경 좀 시켜 줄 수 없겠느냐고 불쑥 말했고, 나는 그때 약간의 당혹스런 기분을 지그시 눌러 깨물면서 건성으로 고개를 끄덕였다. 그런데 문득 너름새 요란한 조선족 논다니●들과 함께 기념사진을 찍고 나니까, 어떤 알지 못할 연

● 곰살궂다: 태도나 성질이 부드럽고 친절하다.
● 가살스럽다: 말씨나 행동이 되바라지고 밉상스러운 데가 있다.
● 논다니: 웃음과 몸을 파는 여자를 속되게 이르는 말.

정으로 그녀의 우수 어린 표정이 망막을 얼핏 스치고 지나간 것이다.

그러나 백두등정을 끝내고 조선족의 한 많은 유랑의 땅인 연변을 거쳐 베이징을 다시 경유했을 때, 안내원 림형옥은 유감스럽게도 거기에 마중 나와 있지 않았다. 그래서 나는 뭔가 꽤 소중한 것을 잃어버린 느낌으로 그 중국 여행에서 돌아왔고, 귀국한 다음에는 곧 다람쥐 쳇바퀴 도는 바쁜 일상에 쫓겨, 림형옥의 존재 자체를 상막한● 무관심 저편으로 가뭇없이 밀어내야만 했다.

그런데 그로부터 2년여가 지난 지금 그녀는 놀랍게도 내 앞에 뜬금없이 다시 나타나, 이렇게 반갑고도 설면하게 마주앉아 있는 것이다. 그것도 중국이 아닌 한국 땅의, 내가 재직하는 신문사 근처 커피숍에서. 내가 다시 침묵을 깼다.

"어쨌든 백두산이 우리 한반도에 있다는 건 하늘이 내린 축복이라는 생각이 들더군요. 세계에서 가장 높은 곳에 자리한 화산호수로서의 천지는, 민족의 모든 상징성으로 가득 차 있는 것 같았고."

"상징 정도가 아니지요. 비록 중국과의 국경선 한복판에, 거의 반반씩으로 천지를 차지해 걸쳐 있는 안타까운 산이긴 하지만, 이역 타관에서 떠도는 우리 조선족에게는 민족 정체성 그 자체지요."

빈 찻잔을 유심히 들여다보면서 뭔가 상념에 잠겨 있던 림형옥이 고개를 들어 화답한다. 낯선 이역에서 떠돌았을 그네들의 절절한 삶의 궤적을 짐짓 방관자의 어투로 흘려버린 것 같아, 나는 얼른 화제를 돌려 말을 이었다.

● 상막하다: 기억이 분명하지 않고 아리송하다.

"그래, 서울 오시니 첫인상이 어떻던가요?"

"글쎄요, 뭐랄까 … ."

림형옥은 잠시 머뭇거리다가 내처 계속한다.

"좋게 표현하면 역동성, 좀 나쁘게 말하면 어떤 무서운 광기 같은 걸 느꼈어요. 모두가 오로지 한 방향으로만 냅다 치달려 가는 … . 솔직히 말해서 '미친 듯'이라는 표현이 맞겠네요. 무엇엔가 미친 듯 잔뜩 쫓기고 홀린 나머지, 모두들 제정신을 못 차리는 것 같아요. 하지만 바로 그것이 이 나라를 이끌어 가고 발전시키는 어떤 추동력이 될 수도 있겠지요. 아침저녁 출퇴근길의 소용돌이치는 전철 인파를 보니 그런 생각이 절로 들더라구요. 정말 엄청난 생존경쟁의 전쟁터 같아요. 그렇게 서로 짓밟고 짓밟혀 넘어지면서도 악착같이 다시 일어나 뛰어가는 모습은, 어쨌거나 무서운 이 사회의 역동성으로 연결되는 게 아니겠어요?"

"그 광기라는 낱말이 정곡을 찌르는데요. 그래요, 맞아요. 우리 한국인들은 내남없이 어떤 광기에 젖어 살아가고 있지요. 정글과도 같은 황금만능과 천민자본주의에 찌들어, 저마다 들짐승이 된 기분으로 미쳐 날뛰는 형국이랄까. 남에 대한 배려는 거의 없이, 극도의 이기심으로 무장한 채 하루하루를 전투하는 기분으로 살아가니까요."

"하긴 저도 그 광기를 배우러 여기 왔는지 몰라요. 우리 중국도 지금 그 광기 때문에 몸살을 앓기 시작했거든요. 아마 이대로 조금 더 지나가면, 한동안의 혼란기를 거쳐 엄청난 경제대국으로 탈바꿈할 거예요."

"벌써 앞서가는 경제대국으로 훌쩍 발돋움하고 있잖습니까. 옛날부터 중국인 상술은 알아주었지요. 달콤한 장사 맛에 한번 길들여지면, 그 무서운 상혼이 거대한 집단의 힘으로 엄청나게 발휘될 거라구요."

나는 그녀가 말한 '우리 중국'을 새삼 낯설게 음미하면서 받았다. 림형옥은 비록 출신이 조선족이긴 할망정 엄연한 중국 국적의 외국인이라는 걸 그제야 더 훤히 실감할 수가 있었다.

내가 중국 여행 중에 만났던 그녀는 어떤 육친의 정까지도 선뜻 불러일으킬 만큼 가깝고도 따뜻한 동포애를 발휘해 주었다. 단체 관광객을 이끌고 다니는 친절한 안내원으로서뿐 아니라, 문인 관광객 중의 유일한 기자 성분인 나에겐 유독 별난 호의를 내보이며, 서울로 초청할 것을 은근슬쩍 의뢰해 오던 성격 밝은 노처녀였다.

어쨌거나 이렇게 서울 한복판에서 생뚱맞게 다시 만난 이상, 림형옥은 이제 나로부터 함부로 따돌림 당할 수 없는 소중한 손님이었다. 한국인 관광객 유치를 위한 업무 교섭차 상용비자로 서울에 온 거라고, 그녀는 나를 만나자마자 서둘러 변명처럼 강조했던 터지만, 앞으로 3개월쯤 머무를 것 같다는 대목에선 왠지 모를 의혹이 뇌리를 슬쩍 스쳐 지나는 것 또한 숨길 수 없었다.

혹시 관광안내원 자리를 그만두고 소위 '기회의 땅'으로 일컬어진다는 한국으로, 여느 조선족 동포들처럼 한탕 뗴돈을 벌어 보고자 한달음에 달려온 건 아닐까. 그리하여 혹 골치 아픈 불법체류라도 각오하고서 만약의 사태에 대비, 그 보호막으로 어물쩍 이용할 셈속의 용의주도한 복선을 깔고 나를 찾아온 건 아닐까 하는, 속된 방어 본능이 꿈틀 치켜드는 것도 사실이었다. 오랜 자본주의 체제 아래에서 은연중 길들여진 불신의 관행 탓인지도 몰랐다. 상대방을 무작정 가상의 적으로 간주해 놓고 보는 무한 경쟁사회에서의 그릇된 겁怯과 의심의 타성.

나는 그런 자신의 열적은 부끄러움을 에둘러 감추기라도 하듯 흘깃 손목시계를 들여다보며,

"마침 점심시간이 가까우니 제가 한턱 쏘지요. 여기 한국에서, 뭘 가장 먹고 싶으세요?"

자리에서 일어날 채비를 갖췄다. 손님 쪽에서도 흔연스레 고개를 끄덕여 준다.

"글쎄요, 고맙습니다만 비싼 건 사양할래요. 그냥 아무거나."

"'아무거나'는 메뉴에 없는데요."

우리는 함께 웃으며, 가까운 골목의 내 단골 식당을 찾아 들었다.

나는 그녀가 현재 묵는 숙소를 물었는데, 놀랍게도 아직 정해지지 않았다는 대답이었다. 그녀는 이렇게 덧붙였다.

"정해지는 대로 제가 다시 연락드릴게요."

"아니, 여기 오신 지가 언젠데, 아직도 숙소가 정해지지 않았다는 거죠?"

내가 놀라 반문하자, 그녀는 약간 머슬머슬한 표정으로 다시 고쳐 말한다.

"제가 의미하는 숙소는 호텔이나 여관을 지칭할 뿐, 잠자고 생활하는 곳이야 물론 정해져 있죠. 안산역 앞 국경 없는 이주민 마을, 한 조선족 친구 집에 임시로 머물고 있어요."

"아, 새로 형성되었다는 그 외국인촌 말이죠?"

그럼 이 여자도 정말 한국에 노다지 캐러 온 대열인가? 하고, 나는 한숨 더 뜨악해져서 새삼스런 눈빛으로 그녀를 건너다보았다. 하지만

여자는 그에 대한 더 이상의 보충 설명 없이, 그만 꾹 입을 다문 채 애매한 웃음만 머금고 있었다.

　가벼운 인사치레의 식사 대접으로 싱겁게 림형옥을 떠나보낸 지 열흘이 넘도록, 그녀한테서는 영 소식이 없었다. 적당히 궁금했고, 은근히 기다려졌다. 그날 헤어질 때 어떻게든 연락처를 알아 두었어야 하는 건데 하는 후회가 뒤늦게 꾸물거리기도 했다. 하지만 또 한편으로는 머리 무거운 숙제가 유야무야 해결된 듯한 안도감 같은 느낌도 없지 않았다. 실상은 집으로 한번 데려가 따뜻한 저녁식사라도 한 끼 대접하고 싶었는데, 그렇게 식사를 대접해도 좋을 만큼 집안 사정이 여유롭거나 한가하지 못한 까닭이었다. 거기에 아내는 또 친정 쪽의 우환으로 해서 매일이다시피 병원 출입하며 정신없이 바쁜 처지이고 보면, 생면부지의 이국 동포 여자를, 그것도 남편의 시답잖은 떠돌이 손님을 집에 불러들여 식사대접까지 기대하는 건 애당초 어불성설이었다.

　귀국하기 전, 한 번쯤 더 연락이 오겠지.

　그녀의 앞뒤 형편을 잘 가늠할 수 없어 내 쪽에서 무작정 소식 오기를 기다리는 수밖에 다른 방법이 없다는 결론에 이르자, 나는 내친김에 큰처남이 든 병원으로 발길을 돌렸다. 몇 번을 오늘내일 벼르면서도, 일이 바쁘다는 핑계로 노상 미루어 오던 문병을 위해서였다. 신장 기능이 악화될 대로 악화되어 장기 입원 중인 큰처남은, 이제 건강한 남의 콩팥을 이식받는 수술을 기다리는 것 외에 다른 처치가 없다고 했다.

　큰처남은 신심 깊은 목사였다. 오로지 거룩한 신神의 은혜로운 은총

속에 귀의하는 삶만이 가치가 있다며 독실한 목회자의 길을 선택했던
그는, 그러나 어느 날 갑자기 그의 신한테서 무심히 버림받고 말았다.

대개의 세상 일이 흔히 그렇듯, 불행은 어느 날 문득 아무 예고도
없이 파도처럼 찾아들게 마련이었다. 의식주 문제에 별로 구애받지
않고, 민주고주 고생 끝에 어렵사리 좀 살 만하다 싶으면, 전혀 엉뚱
한 곳에서 음험한 숙명처럼 다가와 새로운 모순을 불러일으키거나,
독버섯 같은 불행의 그물로 그 안락과 사랑과 평화를 일시에 앗아가
버리기 십상이었다.

그래서 처가 쪽 식구들은 하나같이 안달복달, 법석을 피워 대는 데
바빴다. 그중에서도 아내의 극성은 눈에 띄게 별나서 내가 보기에도
힘에 겨워 숨 가쁠 지경이었는데, 무엇보다도 그네는 병석의 자기 남
동생한테 건강하고 신선한, 그러면서도 하나님의 은혜가 충만한 그런
콩팥을 아낌없이 이식해 줄 희생양을 찾는 데 혈안이었다.

병원 입원실에 들어서자 처가 식구들이 거의 다 모여, 아까 투석透析
을 위해 병실을 빠져나간 환자 없는 빈방에서 각다분한● 가족회의가
열리고 있었다. 모두들 가볍게 나를 일별하며 곧 본래의 자리로 되돌
아갔다. 장인어른이 지그시 감았던 눈을 치뜨며 결심한 듯 입을 연다.

"그래, 이식 받을 수 있는 임자를 협회 쪽에서 더 적극 알아보도록
하자. 전문적인 공식 단체로 가야 기증할 사람이 쉬 나타나든지, 그
주변에서 마땅한 임자 만나 돈으로 사든지 할 기회가 생길 게 아니냐."

그동안 처가 식구들은 큰처남의 신장이식 문제로 꽤나 심각한 대화

● 각다분하다: 일을 해 나가기가 힘들고 고되다.

를 나눈 모양이었다. 다른 식구들은 아무런 응답이 없는데, 불쑥 환자의 아내인 맏며느리가 우울한 침묵을 깨고 나섰다.

"신장 하나쯤 떼어내도 일상 생활하는 데는 전혀 불편이 없다지 뭐예요, 아버님. 가능하면 혈액형이 똑같은 형제분 중에서 이식받는 게 적응이 잘 되고 좋다던데. 맘 같아선 제 것을 떼어 주고 싶지만, 전 O형이라서요."

지금껏 아무 말 없이 강 건너 불구경하듯 지내 온 시댁 식구들한테의 섭섭함을 적당히 퍼지른 어조로 내뱉자, 식구들의 시선이 일제히 그녀한테로 날아가 꽂혔다. 어색하고 거북한 침묵 끝에 장인이 다시 입을 연다.

"글쎄다, 그게 꼭 두 개가 필요하니까 하나님께서 두 개를 달아 주시지 않았겠냐? 어쨌거나 이거 보통 일이 아니로구나."

"A형인 제가 드리겠습니다."

맞은편 벽을 말없이 응시하던 둘째 아들이 참다못해 불쑥 나선다. 별 깊은 생각 없이 내뱉은 말 같지만, 그는 그 한마디를 꺼내기 위해 오래도록 속 태워 번민해 온 흔적이 뚜렷해 보였다. 거짓 없이 양심 바르게 살아온 목사 형님을 둔 아우로서의 의리가, 지금까지의 자신의 침묵을 스스로 용납할 수 없게 만들었을까. 그가 다시 말을 이었다.

"형수님 말씀마따나 신장 하나쯤 없어도 일상을 살아가는 데는 아무런 불편이 없어요. 아무튼 제가 희생하겠습니다."

"……."

모두들 입을 굳게 다문 채 다시금 말없음이다. 그러나 환자의 아내만은 어느새 화색이 환히 피어났다. 형제들이 신장 하나 안 떼어 주었

64

다는 사실 하나만으로도, 그녀는 그동안 시댁의 보이지 않는 갈등을 불러일으키는 역할을 맵자하게 행사해 왔던 터였다. 심지어 그녀는 상류층 사회의 용골때질● 같은 부도덕성과 가진 이들의 깍쟁이 이기주의에 대해 한껏 성토하고 조소하는 듯한 분위기마저 은연중 내비치곤 했었다.

하지만 살포시 피어나던 그녀의 얼굴은 자기 신장 하나를 떼어 주겠다고 나섰던 시동생의 다음 말에 또 그만 머쓱해진다.

"하긴 형님하고 딱 들어맞는 혈액형이 아버지와 저밖에 없어서 제가 나서긴 했지만, O형도 이식시키는 덴 전혀 지장이 없다더군요."

둘째처남의 농담 비슷한 이 말에, 드레질하듯● 발끈하고 나선 이는 엉뚱하게도 아내였다. 그네 역시 O형이었다.

"나도 얼마든지 콩팥 하나쯤 제공할 용의가 있어. O형은 A형과 서로 수혈이 가능하고, 신장이식 또한 거부반응을 일으키지 않는다는 것도 충분히 알고 있구. 뭔가 썩 내키지 않아서 그러는 모양인데, 그렇다면 내가 하마. 지금이라도 당장!"

"누님도 참, O형이 어디 누님밖에 없어요? 우리 식구 모두가 A형 아니면 O형이잖아요."

"그러니까 니가 더욱 돋보이잖니!"

아내는 칭찬인지 핀잔인지 모를 흰소리를 드던지듯 내뱉고 나서, 비스듬히 열린 문 밖으로 횡하니 나가 버렸다. 두 남매의 가살스럽고

● 용골때질: 심술을 부려 남의 부아를 돋우는 짓. 병자호란을 일으킨 용골대처럼 못된 짓을 한다는 뜻에서 나온 말이다.
● 드레질하다: 사람의 됨됨이를 떠보다.

도 열띤 입씨름을 잠자코 귀담아 듣던 장인이 눈살을 찌푸리며 결론을 내듯 내질렀다.

"그만들 둬라. 협회나 자선단체 중에서 쾌히 응해 오는 한 소식이 있을 터이니, 조금만 더 기다려 보기로 하고."

자리에서 일어서는 당신의 안경 너머 뿌연 눈빛이 노경老境의 쓸쓸한 비애를 잔뜩 머금고 있었다.

장인이 먼저 귀가하고 나자 둘째처남은 기다렸다는 듯 내 팔을 잡아당기며 밖으로 나가자는 채근이다. 숨 막힐 것 같은 병실 분위기에서 둘은 쫓기듯 빠져나왔다.

"매형 혈액형이 우리하고 다른 B형이란 걸 다행으로 여기십쇼. 안 그랬으면 이 갈등의 회오리 속으로 여지없이 휩쓸려들었을 테니까. 모처럼 만났는데 요 앞 호프집에서 간단히 목만 축입시다. 이거 답답해서 원, 누님이 말이 통해야지."

"그러게 말이야. 쓸데없이 고집 세고 띠앗도 유난히 깊어 놓으니까, 서로들 아끼는 마음에서 그러는 거지. 아무튼 심각하군."

"띠앗이 뭡니까?"

"깊은 형제애!"

그리고 둘은 길모퉁이의 시원한 생맥주집을 찾아 들었는데, 해질녘의 술집 안은 벌써 달뜬 손님들로 북새통이었다.

"난 신장병이 저리 무서운 줄 몰랐네. 건강은 정말 누구든 장담 못한다니까."

진한 오줌 색깔의 생맥주를 쭈욱 들이켜고 난 내가 말했다. 그 거품과 색깔을 통해 큰처남의 고통을 곧바로 느끼는 기분이었다.

"세상은 어떤 형태로든 공평히 굴러가게 돼 있으니까 너무 걱정할 필요는 없어요. 주어지는 대로 살다가 가는 거죠, 뭐."

"그래서 앓지 않고 살다 가는 게 젤 큰 복이지. 장인어른 말씀대로 다른 해결책이 곧 생길지 모르니, 아까 한 약속은 신중히 더 생각해 보라구. 늘 격무에 시달리는 사람이 그게 어디 쉬운 일인가."

"……."

슬쩍 떠보는 투로 핵심을 짚었더니, 아닌 게 아니라 둘째처남은 곧 긍정의 침묵으로 일관하였다.

아내는 거의 날마다 병원 쪽 나들이를 일삼았다. 간병인마저 갑자기 그 자리를 그만둔 바람에 환자 돌보아 줄 일손이 딱하다고 했다.

가족들 앞에서 호기롭게 내뱉었던 둘째처남의 약속은 이내 빛 좋은 개살구로 변질되어 버린 대신, 처가 쪽 식구들은 다시금 신장을 살 수 있는 대상 찾기에 바짝 애달아 있었다. 장기매매 중간 브로커한테서 자세한 매수 방법까지 귀띔 받은 게 틀림없는 아내는, 오늘 아침에도 신장협회에 가보겠다면서 나보다 한발 먼저 집을 나섰다.

나 역시 중국에서 온 손님인 림형옥을 한번 올차게● 찾아볼 생각이었다. 소식이 뜸하던 그녀는 며칠 전 이런 알 수 없는 전화를 걸어 왔다.

"안녕하시죠? 전 여기, 안산에서 일자리 얻어 그럭저럭 지내고 있습니다. 몸으로 때우는 일이라 힘에 좀 부치긴 하지만, 역시 한국식 자본주의가 좋긴 좋군요."

● 올차다: 허술한 데가 없이 야무지고 기운차다.

"무슨, 말씀이시죠?"

"한국생활에 잘 적응하고 있다는 소식만 우선 알려 드리고, 조만간 틈나는 대로 다시 찾아뵙겠습니다."

그리고 림형옥은 내 궁금증만 잔뜩 부풀린 채 전화를 끊었던 것인데, 나는 하루하루 시간이 흐를수록 그녀의 안부가 시나브로 궁금해졌다. 하지만 그녀의 다음 전화는 발싸심하는 나를 아랑곳하지 않은 채 종무소식이었다. 암만해도 나와는 인연이 안 닿으려나보다 하는 안타까움이, 알 수 없는 연민과 함께 가슴 속을 파고들었다. 고고인류학을 전공했다는 석사 출신 여자가, 그것도 관광회사 안내원으로서의 썩 괜찮은 직장도 내팽개치고 낯선 이역 땅으로 생게망게 돈 벌러 왔다는 건 아무리 좋게 해석하려 들어도 도무지 쉽사리 납득되지 않았다. 그토록 고상해 보이기까지 하던 림형옥의 수수께끼 같은 변신은, 미적지근했던 그동안의 나의 관심을 강한 호기심 쪽으로 부쩍 끌어당기기에 충분했다.

어쨌든 그녀를 반드시 찾아내고야 말겠다는 오기마저 은근히 싹트는 걸 나는 자주 의식했다. 적당한 동정심, 그리고 뭔가 남다른 취재원으로서의 단초를 그러쥐게 될지도 모른다는 삿된 직업의식마저 작동하여, 나는 나름 림형옥의 소재를 바잡게 수소문해 보았지만 다 부질없는 헛수고에 지나지 않았다.

그래서 오늘 아침, 나는 아내가 집을 나서기 바쁘게 전철을 타고 안산역으로 향했다. 다름 아닌 림형옥에 대한 이런저런 궁금증을 갖고 신문사 출근 대신 그쪽으로 방향을 틀었던 것이다.

번잡한 안산 전철역에 도착했더니, 먹고살아 가고자 기를 쓰는 삶의 현장으로서의 역전 주변은 여전히 만화경 같은 갖가지 삶의 정경을 적나라하게 보여 주었다. 어딘가로 떠나거나 어딘가에서 떠나온 사람들의 발걸음이 부산스럽게 움직였고, 지하도의 차가운 콘크리트 바닥을 안방삼아 신문지 한 장으로 밤을 새운 한 노숙자도, 쌀쌀맞은 청소원의 빗자루에 쫓겨 느릿느릿 눈을 비비고 어디론지 걸어 나갔다. 지저분한 외투를 뒤집어쓴 채 뭐라고 혼자 궁싯거리며 지하도를 빠져나가는 거리의 철학자(?)를 멀뚱히 바라보고 있는데, 그 맞은편으로는 어느새 허름한 조선족 사내들이 하나둘 따로 모여들기 시작하였다. 그들은 한눈에 보아도 쉬 얻기 힘든 일자리를 아등바등 찾아내기 위해서, 혹은 형편이 어금지금한• 고향 사람들을 한번 만나보기 위해서 새벽같이 인근 싸구려 하숙이나 자취방을 나선 중국동포들이 틀림없었다. 거의 대부분 꺼칠한 피부와 까치집 머리, 그리고 작고 보잘것없는 짐가방을 휘둘러 멘 차림새들이었다.

시간이 지날수록 인력시장에 모여드는 이방인들의 숫자가 눈에 띄게 불어났다.

전철에서 쏟아져 나오는 무수한 인파에 저만큼 밀려나 형성되는 그 요상한 장터거리는, 또 그런대로 활기와 생명력으로 불꽃 튀는 경쟁 분위기를 한껏 자아내었다. 그들은 어딘가로 팔려가지 않으면 당장 숨이 끊어지기라도 할 듯한 기세로 이합집산을 되풀이했는데, 개중에는 더러 건축 현장이나 농장, 식당 등으로 용케 팔려 나가는 이도 눈에 띄었지만, 내가 찾고자 하는 림형옥은 결코 운 좋게 맞닥뜨릴 수가 없

• 어금지금하다: 서로 엇비슷하여 정도나 수준에 큰 차이가 없다.

었다. 그녀의 소재를 아는 사람도 나타나 주지 않았다.

그러나 별 소득 없이 신문사로 돌아왔을 때, 나는 이른 아침부터의 내 선의 어린 재우침이 단순한 헛수고로 끝나지만은 않았다는 걸 곧 알아차렸다. 바로 지난번에 만났던 호텔 커피숍에서 아까부터 그녀가 기다린다는 전갈이었다.

가는 날이 장날이라더니, 내 원!

그녀는 창가에 앉아 번잡스런 서울의 늦은 아침 풍경을 유리벽 너머로 무연히 내다보고 있었다. 마시다 만 그녀의 식은 커피 잔과 지치고 여윈 안색이 나를 다시금 연민의 늪 속으로 문문하게● 끌어당겼다. 당신 찾아 안산 다녀왔다는 말은 싹 생략한 채 인사치레를 보냈다.

"안 그래도 림 선생 소식을 기다렸는데, 웬일이십니까, 이런 이른 시각에⋯."

나는 가능한 한 동정 어린 감정도 숨겨 태연하게 말했다. 여기저기 수소문하고 애써 찾아 다녔다는 사실을 짐짓 숨겨 둘 작정이었으나, 림 형옥은 이미 다 알고 있다는 듯 야릇한 실소를 머금으며 입을 열었다.

"괜히 폐 끼쳐 드려서 죄송해요. 귀국하기 전 김 선생님을 한번 만나 뵙는 게 도리일 것 같아서요."

"벌써 귀국하시게요? 아니, 일은 어떡하시구?"

그녀의 맞은편에 주저앉은 나는 여전히 시치미를 떼면서 받았다. 하지만 그녀의 눈초리는 어딘지 예사롭지 않은 분위기를 내뿜었다. 단순한 의례로 나를 찾아온 게 아닌, 뭔가 심상찮은 심탐을 가슴에 숨

● 문문하다: 무르고 부드럽다.

기고 있는 표정이었다.

아니나 다를까, 잠시 나를 빤히 건너다보던 림형옥은,

"썩어도 너무 썩었어요. 짐승들도 아마 이러진 않을 거예요."

잔뜩 가시 박힌 목소리로 씹어뱉듯 쏘아 대었다.

나는 웬 뚱딴지냐고 두 눈을 휘둥그레 치떴다. 내가 기대했던 것과 는 전혀 다른 동문서답인 데다가 그 어투 또한 미처 예기치 못했던 막무가내 비난조여서, 나는 적이 되술래잡힌● 당혹감을 감출 수가 없었다. 그러나 나는 곧 앞에 앉은 림형옥이 상당히 그악한 난관에 봉착해 있거나 자존심이 몹시 상해 있다는 것을 쉽게 간파해 냈다. 어쩌면 좀체 치유해 낼 수 없는 상처를 이미 자신의 육체와 정신 속에 깊이 새겨 넣고 있는지도 몰랐다. 무슨 일로 그러느냐고 미처 물을 겨를도 없이, 발그레 상기된 그녀가 계속했다.

"세상에 이럴 수도 있는 겁니까? 곁에서 지켜보기가 너무 민망하고 분하고 치 떨려서, 기자선생님께 감히 해결 좀 해주십사고 이렇게 찾아온 겁니다."

" …… ? "

나는 일단 그녀가 피해 당사자가 아니라는 점에 적이 안도했다. 내가 곰파 물었다.

"대체 무슨 사건인데요? 그동안 어디서 뭐하고 지냈습니까?"

"한국의 이상한 자본주의 생리를, 현장에서 열심히 배우며 익히고

● 되술래잡다: 범인이 순라군을 잡는다는 뜻으로, 잘못을 빌어야 할 사람이 도리어 남을 나무람을 이르는 말.

있었지요."

"그래서요?"

"그런데 제가 일하던 식당에서 짐승 같은 그 사건이 일어났지 뭡니까. 하얼빈에서 온 두 모녀를 그 사람짐승이 번갈아 모욕했는데, 공안당국에선 범인을 아직 잡아 주지 않고 있습니다. 제가 서울로 잠시 몸을 비운 지난 일요일, 근처 꽃 농장에서 일하는 딸이 어머니 찾아 놀러왔는데, 그만 두 모녀가 그런 몹쓸 능욕을 당했지 뭡니까."

"능욕이라니 … 그러면?"

나는 여자가 들떼놓고 강조하는 능욕이 곧 성폭행을 의미한다는 걸 직감으로 알아챘다. 림형옥의 가시센● 성토가 다시 이어졌다.

"솔직히 환상을 갖고 찾았던 한국이 그새 환멸의 땅으로 전락했어요. 무작정 잘 먹고 잘살기만 하면 뭐합니까? 같은 우리 동포를 이렇게까지 업신여기고 짐승 같은 모욕을 일삼을 줄은 정말 꿈에도 몰랐습니다. 우린 물론 남쪽도 아니고 북쪽도 아닌 엄연한 중국인 신분이지만, 핏줄은 오직 하나, 조선족이라는 긍지 하나로 이역의 하늘 밑에서 똘똘 뭉쳐 살아 왔다구요. 백두산의 눈보라가 장검처럼 우리를 지켜주었고, 그 푸른 천지가 우리의 얼을 도도히 잇게 한다는 긍지 하나로. 그런데 여기 와서 보니 너무너무 형편없어요. 거의 모든 동포들을 불법 체류자로 몰아 죄인 취급하기 예사고, 아주 어렵게 취업해 뼈 빠지게 일해도 그에 대한 정당한 임금조차 제대로 못 받으면서 공갈협박에 시달리고, 시궁창 같은 험한 일만 골라서 마구 부려먹고 나면 헌신

● 가시세다: 성격이 앙칼지고 고집이 세다.

짝 버리듯 내팽개치기 일쑤고 …. 어쨌거나 중국보다 높은 임금 때문에 모진 수모 감내해 가며 돈을 벌긴 하지만, 일단 중국에 돌아가고 나면 고국을 향해 무서운 적대감을 품게 되는 동포들이 부지기수로 늘어난다는 걸 아셔야 해요. 한국도 지금처럼 잘살게 된 게 불과 이삼십 년 안짝이잖아요. 그전엔 우리들 처지하고 별반 다를 게 없었잖아요. 저 낯선 독일로는 석탄 캐는 광부나 간호사로 팔려 나가고, 전쟁바람이 한창이던 월남이나 중동 땅엔 용병과 단순 노무자로 팔려 나가고 …. 일본, 미국으로는 또 얼마나 많은 가난뱅이들이 이민과 불법 체류자로 숨어 들어갔습니까? 그런데 하루아침에 돈 좀 벌었다고 온갖 교만으로 거드름이나 피워 대고, 같은 동포를 이렇게도 무참히 무시하면서 학대할 수가 있습니까? 정말 이럴 수도 있는 겁니까?"

"먹을 것 있는 곳에 구더기 끓듯, 그게 바로 자본주의의 못된 생리지요. 별의별 인간이 다 모여 사는 곳이 이 땅이니까, 우선 통 크게 이해하고 넘어갑시다. 그보다 중요한 것은 …."

중도에서 자르지 않으면 쉽게 그칠 것 같지 않아 내가 말을 가로챘다. 이 땅이 안고 있는 수많은 사회병리 현상에 익숙할 대로 익숙해진 나로서는, 그녀의 분노에 찬 체제 비판이 어쩌면 꽤나 진부하고도 타분하기조차 한 일이 아닐 수 없었다. 그것보다도 우선 사건의 핵심 쪽으로 조금이라도 더 빨리 다가서고 싶었고, 그녀 자신의 저간의 사정 또한 꽤나 궁금했다.

"피해 당사자들은 지금 어떤 상탭니까?"

"자살 직전이지요. 공안 당국에서도 가해자가 누군지, 끝까지 추적하면 금방 잡아낼 수 있는데도 그저 나 몰라라 수수방관한다는 게 문젭니다. 어머니 되시는 분이 유식한 교사 출신이라, 그런 당국의 고의성은 충분히 알 수 있어요. 모두가 한 패거리, 유유상종하는 족속이라는 걸."

"설마 그럴 리가요. 헌데, 그런 인텔리 여자분이 어떻게 험한 식당일에 종사하셨던 거죠?"

나는 별 생각 없이 질문해 놓고 또 아차 싶었다. 림형옥을 미루어보더라도 충분히 넘나는● 고급 인력이었고, 그녀 역시 이 나라에서의 그 어떤 직업도 마다하지 않고 있었기 때문이다. 아차 싶었던 대로, 림형옥의 화살은 곧 나한테로 되술래잡아 날아왔다.

"세상에 천한 직업이라고는 없어요. 다만 천한 인간이 존재할 뿐이지. 한국에 온 중국 동포들, 얼마나 고급 인력이 많은 줄 아세요? 이곳의 교육열 못지않게 중국 내 소수민족 중에선 가장 높은 수준을 자랑하는 게 우리 조선족이라구요. 험난한 역사의 풍랑 속에서도 우리의 정통성과 언어, 풍속들을 억척스레 지키며 간직해 왔는데, 우릴 업신여기면 조국의 민족정기나 영혼 그 자체를 업신여기는 거나 마찬가지지요."

림형옥은 과연 유능한 관광 안내원 경험자답게 청산유수의 달변을 자유자재로 넘나들었다. 얼토당토않은 민족정기까지 비사쳐● 끌어들이는 논리의 심한 비약에는 쓴웃음마저 슬그머니 머금어졌지만, 그것이 바로 그녀의 타고난 기질이고 너볏한 지식의 너름새였다.

● 넘나다: 하는 짓이나 말이 분수에 넘치다.
● 비사치다: 직설적으로 말하지 않고, 에둘러 말하여 은근히 깨우치다.

"아무튼 근본적으로 병든 사회임에는 틀림없다는 걸 저도 인정합니다. 그래, 피해 당사자는 사건의 전모가 언론에라도 밝혀지는 걸 원합니까? 그렇다면 이따 오후에라도 우리 기자를 그쪽으로 내보낼 수도 있겠는데요."

"그렇습니다. 신문에 아주 크게 나서 국가가 책임질 수 있도록 하는 게 옳다고 생각합니다. 김 선생님이 직접 가 보실 수는 없을까요?"

"글쎄요, 그건 좀…."

나는 얼마쯤 떨떠름한 어조로 되받았다. 그런 정도의 성폭력 사건은 일상다반사로 벌어지는 나라인 데다가, 국가가 직접 책임질 성질의 사건은 더욱 아니라는 말은 꾹 눌러 참았다. 림형옥이 계속했다.

"본인의 의사는 확인해 보지 않았지만, 그 엄청난 피해는 어떤 형태로든 한국 정부가 보상해 줘야 한다는 게 제 생각이에요."

"여긴 사회주의 국가도 아니고, 더군다나 불법 체류라는 불리하고 미묘한 딱지도 뒤에 따라붙어 놔서 말이죠. 어쨌든 잘되는 쪽으로 힘써 봅시다."

그날 오후, 일이 느슨해진 짬을 이용해서 나는 림형옥과 함께 사건 현장으로 향했다. 오늘 하루 두 번씩이나 안산을 왕복하는 강행군이었다. 취재부의 젊은 수습기자를 현장실습 삼아 내보낼 수도 있었으나, 아무래도 내가 먼저 나서서 사건의 전후 사정을 알아보는 게 좋을 것 같았다. 아직도 어딘지 버름한 림형옥과의 거리감도 좁힐 겸해서 나는 쾌히 그녀 뒤를 따르기로 했다.

하지만 그 현장의 피해 당사자는 이미 우리를 기다리고 있지 않았다. 이른 새벽에 보따리 챙겨 싸들고 어디론지 잠적해 버렸다는 거였다. 정의감 넘치게 분기탱천한 림형옥의 행동거지가 오히려 자신들한테 불리하게 작용하리라고 예단한 결과였다. 비록 피눈물 나는 충격의 소용돌이에 휘말렸을망정, 그것을 확실히 문제 삼아 법적으로 해결할 수 없을 바에는, 차라리 깨끗이 포기하고 남몰래 숨어 사는 것이 여러 모로 유리하다고 판단했음이 분명해 보였다. 널리 공개되는 데서 오는 수치와 모멸감을 견디어낼 재간도 없거니와, 애초의 한국행 목적이었던 돈벌이마저 하루아침에 물거품으로 날아간 채 강제로 조기귀국 당하는 결과만 불러들이게 될지도 모를 일이었으므로.

림형옥은 곧바로 관할 경찰서에도 가 보자고 우겼으나, 피해 당사자가 먼저 신고하지 않은 이상 제3자인 우리가 직접 그리 나설 수는 없는 문제라고 나는 말했다. 그리고 일단 림형옥을 슬쩍 배제시킨 다음 적당한 기회에 경찰을 통해 사건의 전말을 알아보고, 그 집중취재 여부를 결정해도 늦지는 않을 것 같았다. 이런 불미스런 사건이 전에도 몇 번 신문지상에 오르내려 그만큼 일반 관심도에서도 희소가치가 떨어지는 데다가, 피해 당사자들이 우선 언론에 왕배덕배● 흘러 들어가는 경우를 미리감치 차단해 버렸음에랴.

서울로 돌아오는 차 안에서 나는 림형옥에게 물었다.

"정말로 예정을 앞당겨 귀국하실 생각입니까?"

"사실은, 지금 심각하게 고민 중이에요."

애매하게 혼자 실소하는 그녀가 차창 밖에서 시선을 거두어들이지

● 왕배덕배: 이러니저러니 하고 시비를 가리는 모양.

않자, 내가 다시 말을 이었다.

"관광회사는 진즉에 그만두셨다는 걸 알고 있었지요. 그때 백두산 갔다 오는 길에 북경에 들렀을 때에도 안 보이시더라구요."

"맞아요. 전 그때 베이징 근무를 마치고 급히 고향으로 달려갔지요. 저희 아버지가 임종을 앞두고 계셔서 …. 너무 혹심한 고통에 시달리다가 가셨어요. 그걸 계기로 다니던 직장을 그만두고, 집에서 좀 쉬다가 한밑천 잡을까 싶어 대한민국 서울로 달려왔는데, 이제 그도 저도 다 틀린 것 같네요. 업무 협의차 서울 왔다고 속인 건 죄송합니다."

"굳이 죄송할 것까지야. 림 선생 처지를 충분히 이해할 수 있으니까요. 그런데 아버님은 무슨 병환으로?"

"여러 가지였지요. 처음엔 당뇨였는데 나중에는 그 합병증으로 신부전증에 늑막출혈 …. 그러다가 혈액 투석요법도 소용없이 결국 실명 상태로 돌아가셨어요."

그 마지막 모습이 여태도 암암히● 처연한지 림형옥은 두서없이 뱉어놓고 허공으로 시선을 던졌다. 그녀의 눈가가 어느새 촉촉한 물기로 젖어든다. 지금의 자신의 자닝스런● 처지와 그때의 아버지 마지막 모습이 한데 어우러져, 더욱 진한 서러움으로 북받치는 모양이었다.

사정이 이러함에도, 나는 그녀의 입에서 불쑥 '신부전증'이라는 말이 튀어나온 사실에 바짝 주목하고 신경을 곤두세웠다. 거의 사경을 헤매고 있는 큰처남의 경우와 딱 맞아떨어져서였다. 림형옥을 조기에

● 암암하다: 기억에 남은 것이 눈앞에 아른거리는 듯하다.
● 자닝스럽다: 애처롭고 불쌍하여 차마 보기 어려운 데가 있다.

귀국시키지 않고 그녀가 목적했던 돈을 웬만큼 모으게 하면서 내 곁에 붙들어 매놓을 수 있는 길은, 아무래도 살림 형편이 넉넉한 처가의 힘을 빌리는 것이 최선일 듯싶다는 계산도 재빠르게 나의 뇌리를 파고들었다. 신부전증을 앓는 환자 때문에 뜨악한 가정불화와 일손 부족을 겪는 그 집안에 림형옥이 뛰어들면, 서로가 꿩 먹고 알 먹는 아주 유익한 서로치기• 관계를 맺을 수 있을지도 모르겠다는 셈속이 그것이었다. 설사 그 집안의 가정부 같은 허드렛일을 맡게 되더라도, 막노동판 헐값으로 여기저기 전전하는 것보다는 훨씬 나을 터였다.

나는 내친김에 거의 사경을 헤매고 있는 처남에 대한 이야기를 저어하며 끄집어냈다. 지금 심한 신부전증으로 투석요법을 시행 중인데 그 고통이 너무 심해 보인다는 것, 게다가 늑막 삼출액으로 호흡곤란까지 겹치니 신장이식을 서둘지 않으면 생명이 위태롭다는 사실 등을 솔직하게 털어놓았다.

"그래요? 그 고통, 제가 너무 잘 알지요."

림형옥은 짐작했던 대로 두 눈을 반뜩 빛내며 단박 측은한 동정심을 나타냈다. 혹시 환자의 간병인 노릇이나 그 집안의 가정부 일 따위로 조기귀국 의사를 철회할 용의는 없겠느냐고 묻고 싶은데, 눈치 빠른 림형옥이 먼저 입을 열고 나선다.

"전 지금 시간이 많이 남아도는데, 그 병원에 한번 가볼 수 있을까요? 그분한테 문병 가면, 이것저것 조언해 드릴 수도 있을 것 같아서요."

"어, 그래요? 그, 그러지요."

• 서로치기: 같은 종류의 일을 서로 바꾸어 가며 해 줌.

그리고 나는 곧 아내를 떠올렸다. 그네는 과연 어떤 과민반응을 내보일 것인가. 둘은 어떻게 아는 사이냐고 자근거려 캐묻는 대신, 다짜고짜 콩팥을 팔러 온 중국동포쯤으로 지레짐작하고 달콤한 회유부터 일삼을 것 같았다. 욕심 많은 새퉁이• 아내의 평소 심성으로 미루어 본다면, 그와 같은 가정은 어렵지 않게 현실로 다가올지도 몰랐다. 이런저런 상념 속에 빠져 있는데 림형옥이 다시 신부전증 식이요법에 관해 바투 아는 체하였다.

"그 병은 특히 먹는 문제가 까다롭지요. 소금을 안 넣고 떡을 쪄 먹는다든가, 녹색채소를 이틀 동안 물에 담갔다가 들기름으로 볶아서 먹는 등, 투석하기 전 얼마 동안은 아예 밥도 못 들게 해요. 그런 걸 안 지키고 잘못하다간 고혈압 때문에 눈의 실핏줄이 터지고, 때로는 적혈구가 급격히 줄어 심한 빈혈 증세를 부르지요. 그러면 또 속이 뒤집히는 구토로 자살 충동까지 받게 되고…. 전문 영양사가 딸려 있는 병원인가요?"

"서울에서 권위 있는 종합병원 중 하나니까 그런 건 잘 해결해 주는 편이지요. 그보다는 지금 당장 곁에서 돌봐 주는 간병인이 없어서 골치더군요."

나는 말끝을 흐리면서 슬쩍 림형옥의 숨은 속내를 베거리해 보았다. 그런데 그녀는 낚싯밥을 물기라도 하듯 이내 반지빠른 호기심을 내비친다.

"아, 그래요? 혹시 일손이 필요하시다면 저에게 맡기세요. 아버지

• 새퉁이: 밉살스럽거나 경망한 짓. 또는 그런 짓을 하는 사람.

때문에 간병인 교육도 받은 적이 있으니까요. 설사 제가 아니더라도, 그쪽으로는 충분히 선이 닿을 수도 있겠네요. "

"아, 그래요?"

뭔가 난감했던 일이 풀리려는 조짐 같아서 나는 겉발림하듯● 반문했다.

그날 밤 집으로 돌아온 내가 림형옥에 관한 이야기를 사실대로 털어놓았더니, 아내는 두말없이 깜짝 반색하고 나섰다. 당신하고는 어떻게 아는 사이냐고 미주알고주알 캐묻지도 않았고, 설혹 광대한 이국 땅의 멀고 지루한 여행길에서 사내들한테 흔히 있을 법한 불장난이 둘 사이에 잠깐 스쳐 지나갔다손 치더라도, 그런 것쯤은 별로 괘념치 않겠다는 반응으로도 얼핏 읽혔다. 아내의 관심과 의욕은 온통 어떻게 하면 중국동포 림형옥을 제 친정동생 일에 깊숙이 끌어들일 수 있는가 에만 쏠려 있는 것 같았다.

"참말로 딱이네. 내일 아침 당장 불러오자구요. 그만한 도우미를 어디서 어떻게 구할 수 있겠어요?"

"하지만 너무 만만히 생각하진 말자구. 그 여자도 고고학을 전공한 인텔리니까, 당신이 생각하는 그런 궂은일을 마구잡이로 시킬 수는 없지 않겠어?"

분별없이 나부대는● 꼬락서니가 밉살스러워 내가 한마디 툭 던지

● 겉발림하듯: 겉만 그럴듯하게 꾸미어 남을 속이듯.
● 나부대다: 얌전히 있지 못하고 철없이 촐랑거리다.

자, 그제야 아내는 약간 뜨악한 눈빛으로 남편을 건너다본다.

하지만 나는 무엇보다도 아내의 가슴속 은밀한 꿍꿍이를 바잡게 가늠해보지 않을 수 없었다. 그네는 물어보나마나 오롯이 신장이식의 가능성에만 잔뜩 초점을 맞추고 있으리라. 림형옥 본인이 아니라면 그녀를 통한 다른 중국동포라도 어떻게든 기꺼이 소개받아, 사경을 헤매고 있는 제 동생한테 이식시킬 신장을 돈으로 댓바람에 매수하고야 말 터였다. 그것이 저지레•로 불가능하다면 림형옥은 당장 그 존재 의미를 잃고 말지도 몰랐다. 좀더 솔직히 말해서 간병인이나 다른 일손은 돈만 주면 어떻게든 별 어렵지 않게 구할 수 있지 않겠는가. 아내는 뒤늦게 놓치듯 내뱉는다.

"생각보다는 꽤 고학력이네? 어떻게 그런 여자가 중환자 간병일 따위를 자청하고 나섰지?"

그녀는 적어도 우리가 흔히 알고 있는 관광 안내원, 타고난 생김새와 말솜씨는 좀 반반하긴 하되, 깊이 있는 글속•의 세계와는 거리가 먼 여자쯤으로 림형옥을 지레짐작했던 게 틀림없었다. 나도 지지 않고 받는다.

"사회주의 체제는 우리하고 여러모로 달라. 솜씨 좋은 기능인이나 특수 분야에 복무하는 사람들이 더 우대받는 세상이라구. 돈 벌러 한국에 온 다른 동포들도 교육 수준이 이만저만 높은 게 아냐. 신문에 안 난 사건이지만, 얼마 전에 모녀가 성폭행당한 피해자의 경우도 거기

• 저지레: 일이나 물건에 문제가 생기게 만들어 그르치는 일.
• 글속: 학문을 이해하는 정도.

선 학교 선생님이었다더군."

"와, 대단한 지식층이네. 근데, 당신이 어떻게 그런 여자하고 인간적으로 그리 가까워졌지?"

"어쩌다 보니 그렇게 됐어. 하지만 아직은 아무 일도 없었으니까 걱정 놓으시라구."

"아직은?"

"허허, 앞으로도 걱정 없을 거야. 당신답지 않은 강샘● 그만 치우고, 친정 쪽에나 확실하게 해두라구. 그 여자가 간병인으로 채용되면 어쨌든 누이 좋고 매부 좋은 격이지, 뭐."

"알았어요. 숭고한 동포애를 발휘해서 모처럼 선심 한번 제대로 써 볼 테니까 그리 아셔요. 딱 거기까지야. 아셨죠?"

그리고 아내는 곧바로 친정 쪽에 전화를 걸어 개코쥐코● 저간의 사정을 설명하기 바빴다. 처가 쪽에서도 지금껏 애타게 안달이 나서 재우쳐 왔던 일과 마침가락●으로 엮이고 연결되는 터라 두말없이 받아들이는 모양이었다. 그에 따른 조건이나 대우 등을 최대한 넉넉하게 배려하라는 전갈과 함께, '김 서방이 수고가 많다'는 장인영감의 찬사도 함께 덤터기 씌워 날아왔다.

이튿날 아침, 나는 아내가 모는 차를 타고 림형옥이 묵고 있는 숙소로 달렸다. 내가 먼저 가서 상대방의 의사를 다시 확인한 후 병원으로 동행하겠다고 했지만, 아내는 듣지 않았다. 모든 것을 자신이 직접 챙

● 강샘: 질투.
● 개코쥐코: 쓸데없는 이야기로 이러쿵저러쿵하는 모양.
● 마침가락: 우연하게 일이나 물건이 딱 들어맞음.

82

겨 꾸려 가겠다는 안다미•의 고집이었다.

처음 내 이야기만으로는 여러 면에서 미심쩍은 대목이 잡혀지는가 보았으나, 막상 림형옥을 맞닥뜨린 아내는 댓바람에 호감이 가는 눈치였다. 림형옥도 마찬가지였는데, 그녀는 밤새 많은 번민에 시달렸던 모양으로 얼굴이 부석부석 떠 있었다. 그러나 성품이 워낙 깨끔하고 붙임성이 좋아, 아내를 소개받기 바쁘게 마치 친언니라도 만난 듯 격의가 없었다.

"안녕하세요. 김 선생님한테서 얘기 많이 들었습니다. 집안에 우환이 없어야 할 텐데, 고생이 참 많으시겠어요."

"그 고생 좀 나누어 가지려고, 이렇게 서둘러 찾아왔어요."

아내는 웃으면서 얼마쯤 너볏하고 만만한 어조로, 그러나 단호히 일매지게• 휘갑하고• 나선다. 나이는 자기보다 한참 아래라고는 하나, 어딘지 실팍해• 뵈는 생김새며 세련되지 않은 맵시가 스스로의 가당찮은 자존심을 한껏 되알지게• 부풀려 놓았는지도 몰랐다.

어쨌든 잘된 일이다, 하고 나는 생각했다. 서로 겯고틀 성격의 두 여자가 자칫 의견이 어긋나면 어쩌나 싶어 속으로는 내내 조바심을 쳤는데, 첫 대면에서 이심전심 한눈에 정을 나누며 반죽 좋게 의기투합하고 있음에랴.

• 안다미: 남의 책임을 맡아 지거나 다른 사람에게 책임을 지움.
• 일매지게: 모두 다 고르고 가지런하게.
• 휘갑하고: 더 이상 말하지 못하도록 마무르고.
• 실팍해: 사람이나 물건 따위가 보기에 매우 실해
• 되알지게: 몹시 올차고 야무지게.

그리고 무엇보다도 오갈 데 없이 난달•에 빠져 있는 림형옥의 딱한 처지를 어떤 형태로든 해결해 냈다는 데 대한 자긍심이 나를 뿌듯하게 하였다. 단출한 림형옥의 짐을 차에 실어 주고 돌아선 내 발걸음은, 그래서 어느 때보다도 헝그럽게 가벼웠다. 한 가닥 묘하고도 이상한 불안감과 함께.

그로부터 며칠이 지났다. 나는 퇴근시간이 되기 바쁘게 서둘러 처남이 든 대학병원으로 향했다. 무엇보다도 그동안의 림형옥의 실제 거취가 몹시 궁금해서였다. 처남의 간병인으로서 무람없이 일하고 있다는 아내의 친절한 귀띔이었지만, 내 눈으로 직접 확인하면서 그 고마움을 낮잡아• 드러내고 싶었다.

그녀는 자신이 원했던 대로, 환자를 보살펴 주는 간병인으로서의 사명에 아주 발 벗고 열심이었다. 마땅한 거처가 없는 그녀는 아예 밤낮 구별 없이 병원에서 환자와 함께 숙식을 해결해 가며 지낸다고 했는데, 오늘 아침에도 아내는 나에게 들뜬 목소리로 호들갑을 떨었다.

"원, 세상에! 그렇게 일자리 궁합이 잘 맞는 이는 난생 처음 봤네. 자기 혼자 모든 치다꺼리 도맡을 테니, 다른 식구들은 특별한 일이 없는 한 병원에 오지도 말라지 뭐야."

아니나 다를까, 내가 병실에 들어섰을 때 림형옥은 마침 침상에 기대어 앉은 환자의 입에다 조심스럽게 약봉지를 털어 넣는 중이었는데,

---

• 난달: 길이 여러 갈래로 통한 곳.
• 낮잡다: 금액, 나이, 수량, 수효 따위를 계산할 때에, 조금 넉넉하게 치다.

그 옆모습이 전문 간호사보다도 훨씬 다감하고 진지해 보였다.

어렵사리 약을 목에 넘기고 난 처남이 가짓빛 창백한 입술을 달싹여 아는 체했고, 나는 그만 그대로 누워 있으라고 손을 저었다. 그리고 림형옥 쪽으로 시선을 돌리며 반가움의 고갯짓을 보냈다.

"수고가 많으시군요. 고마워요."

"환자분, 많이 나아지셨습니다. 제가 보살펴 드리는데 안 낫고 배기 겠어요?"

림형옥이 명랑한 어조로 조금 납신거려 대답한다.

"아, 그렇던가요?"

나도 넨다하듯● 받아 넘겼다. 처남 역시 기분 좋은 낯을 지어 보이 려 애쓴다. 둘은 어느덧 환자와 간병인이라는 단순한 주종관계를 벗 어나, 서로 무람없이 벗트는 사이로 나아가 있는 것 같았다. 오갈 데 없는 림형옥의 딱한 처지에서 보자면, 어떤 궂은일이라도 가말아● 감 수할 마음의 준비가 되어 있으리라. 거의 온종일 환자 곁에 붙어 있어 야 하는 조건이라고는 하지만, 조금 지나다 보면 나름대로 요령이 생 겨 환자가 잠잘 때 보조침대에서 함께 잘 수도 있고, 하루 세끼 식사 거르지 않으면서 적지 않은 노임을 손에 쥘 수가 있으므로, 스스로도 얼마나 대견스레 앞찰● 것인가. 내가 말했다.

"아무튼 잘 부탁드립니다. 일단 인연을 맺었으니, 끝매듭도 잘 마무 리합시다."

● 넨다하다: 어린아이나 아랫사람을 사랑하여 너그럽게 대하다.
● 가말다: 헤아려 처리하다.
● 앞차다: 앞을 내다보는 태도가 믿음직하고 당차다.

"그럼요. 시원한 음료라도 드릴까요?"

림형옥이 묻는다. 내가 고개를 저으며 조용히 밖으로 나가자고 시늉했다. 긴 복도 끝 나무걸상에 앉은 그녀가 입을 열었다.

"환자분, 약을 드시고 나면 곧 수면 속으로 빠져들어요. 고통스럽다고 호소할라치면 의사는 어김없이 안정제를 처방하나 봐요. 어떨 때는 하루 종일 잠만 잘 경우도 있어요."

"그럼 상태가 점점 더 나빠지고 있다는 증겁니까?"

"글쎄요. 신장만 이식받으면 금방 좋아지신다는데 … ."

우리는 이미 땅거미 내려앉은 대도시의 초저녁 풍경을 무연히 내다보았다. 붉고 푸른 불빛들이 탐욕스런 야광충처럼, 혹은 다투어 스러지는 별똥별처럼 꼬리를 물며 거리를 흐르고 있었다.

나는 부질없는 화제에서 벗어나기 위해 지나가는 투로 물었다.

"중국에서 오신 그 고향 분들, 두 모녀는 나중에라도 어떻게 연락이 닿으셨던가요?"

림형옥은 아직껏 그 상처의 멀미에서 벗어나 있지 않은지 대답을 짧게 끊었다.

"아뇨."

그리고 잠시 침묵 속에 잠겼다가 계속한다.

"찾지 않기로 했어요. 그것이 그네들을 위해 도움이 될 테니까. 혹다시 만나게 되더라도 그 일은 전혀 모른 척 눈감아 줄 거예요. 사생결단으로 여기까지 와서 오로지 돈벌레가 돼 있는 이들인데, 어떤 불상사가 생기더라도 그 꿈을 수포로 만들어 버릴 순 없지요. 절 보세요. 그토록 자본주의 사회를 경멸하고 성토하며 한국을 욕해 놓고선, 다시 이렇게 버젓이 웃고 있잖아요."

" …… ."

"사회주의 국가 같으면 그런 강간범, 파렴치범은 당장 사형이지요. 공안 당국에서도 어떻게든 범인을 잡아낼 거구요. 하지만 이제 한국 경찰의 직무유기나 태만을 탓하진 않겠어요. 저도 어느새 이 땅의 이상한 체제와 분위기에 중독되어 간다는 걸 스스로 인정하거든요. 뭐랄까, 몹쓸 마약 같다고나 할까. 온갖 병폐와 무질서, 무법천지로 뒤덮여 있는 것 같으면서도, 용케 뒤집어지지 않고 오히려 미친 듯 발전만 거듭하는 모습이 너무너무 이상하고 매력적으로까지 다가올 때가 있으니까요."

"서울에 오는 북쪽 사람들도 바로 그 점을 매우 궁금하게 생각한다더군요. 정치와 사회, 경제, 문화…. 그 모든 것이 추악한 아메리카 제국주의에 오염되어 난장판을 이루고 있으면서도, 어떻게 이런 놀라운 발전과 경제성장이 가능하냐는 거죠."

"하지만 그들은 자기네 체제의 존엄을 무시당하는 일엔 결코 동의하지 않아요. 제가 평양엘 다녀와 봐서 잘 알지만…."

"거기도 업무 협의차였던가요?"

나는 비로소 그녀의 신상에 대해 좀더 자세히 알아볼 기회를 포착했다 싶어, 질문의 고삐를 바짝 그러당겼다. 그녀 쪽에서도 뭔가 이야기를 더 나누고 싶어 하는 기색이어서, 나는 잠시의 틈을 이용해 복도 중간쯤의 자판기에서 커피를 꺼내 왔다. 미지근한 믹스커피의 종이컵을 받아 든 림형옥은 모처럼 편안하고 수굿한● 표정이었다. 그녀가 커피

───────────────

● 수굿하다: 흥분이 꽤 가라앉은 듯하다. 또는 다소곳하다.

를 한 모금 홀짝이고 나서 또 입을 열었다.

"평양에 왜 갔었느냐고 물으셨죠? 제가 그곳에 갔던 건 대학원에 적을 두고 있을 때니까 벌써 십여 년 전의 일이네요. 그때도 물론 여행사를 통해서였는데, 업무 협의차가 아니라 엄연한 단체 손님으로였죠. 제가 소속된 연구소에서 북한의 유적답사를 위해 떠났던 건데, 그때만 해도 전 장래 직업을 대학교수 쪽으로 정해 놓고 있었어요."

"그런데 왜 느닷없는 전업이 이루어졌습니까?"

"전업보다도 중도하차라는 말이 맞겠네요. 우선은 당국에서 저를 필요로 했기 때문이지요. 한국 표준말을 자유롭게 구사하는 데다가 거대한 수도 베이징을 속속들이 꿰뚫고 있어서, 마악 몰려들기 시작하는 남조선 관광객 안내원으로선 제가 최적임이었던 거예요. 그때 마침 병석에 오래 계신 아버지 때문에 집안 형편이 말이 아닌 데다가, 교수 쪽보다는 수입이 훨씬 많은 게 큰 매력으로 작용하기도 했구요. 어쨌든 국가가 원하면 지체 없이 그 명령에 복무해야 하는 게 중국 사회주의의 제일 규칙입니다."

"그렇다면 림형옥 씨의 국가 정체성은 어떻게 되는 겁니까? 남과 북, 어느 쪽인가요?"

"남과 북, 그 어느 쪽도 아니에요. 아니, 남과 북, 둘 다가 맞겠네요. 그냥 단순히 한국과 조선이라는 분단된 조국이 있다, 그 둘을 다 이해하고 껴안아 주는 민족의식만 잊지 않고 살겠다고 다짐한 지 오래지요. 사실 다잡아 정붙여 살면 그곳이 바로 고향이고, 조국 아닙니까?"

"물론, 그렇긴 하지요."

그렇게 림형옥과 헤어지고 귀가하면서도, 나는 내내 그녀가 가진 성격의 복잡하고도 이상야릇한 느낌에서 쉽게 벗어날 수가 없었다. 그래서였을까. 집으로 돌아오니, 아내는 정말 놀랍고도 언짢은 소식을 내게 덥석 안겨 주었다. 병원에 들렀다가 오는 길이라니까 그네는 대뜸 뚱딴지같은 질문을 불쑥 던져 오는 거였다.

"그 맘씨 좋은 간병인, 당신한테 아무 말 않던가요?"

그게 무슨 뜻이냐고 눈을 치뜨자 아내는 이제 더 숨길 것도 없다는 듯 말을 이었다.

"글쎄, 그 조선족 손님이 서슴없이 자기 콩팥을 떼어내겠다지 뭐예요! 이식수술 때문에 온 집안이 발칵 뒤집혀 있다는 걸 알고선 ⋯."

"뭐라구?"

나는 잠시 벌린 입을 다물지 못했다.

"당신, 지금 뭐라고? 그게 무슨 말이야?"

"내 참, 쉬운 우리말도 못 알아들어요? 그렇게 애태우던 숙제가 해결되었으니 어쨌든 반가운 일이지 뭐야. 하지만 이제부터가 시작이라구. 혈액은 서로 딱 맞아떨어지지만 적응 여부의 반응검사라든가 복잡한 수속 절차 ⋯. 당신이 중간에서 마지막 수고 좀 더 해줘요."

그렇다면 아직 확실한 도거리흥정•이 오간 건 아니구나 싶으면서도, 거품 같은 울화가 끓어올랐다.

"어렴풋이 그런 불안을 안고는 있었지만, 이렇게까지 일찍 치고 나올 줄은 몰랐네. 대체 누가 그따위 무모한 공작을 꾸며 댄 거야? 당신

─────────────

• 도거리흥정: 어떤 것을 한 사람이 몽땅 도맡아서 사려고 하는 흥정.

이지?"

"말이면 다예요?"

아내도 바짝 고개를 치켜들었다. 하지만 다음 날 다시 병원에 찾아가 림형옥을 주춤 맞닥뜨렸을 때, 각다분한 어둠처럼 드리웠던 의혹은 의외로 쉽게 풀려 버렸다. 아내의 말마따나 순전히 림형옥의 자의自意에 의해서, 자신의 한쪽 신장을 떼어내 준다는 의지와 고집을 새삼 결결히 확인할 수 있었기 때문이다.

그녀는 매우 결곡한 어조로 오히려 나를 설득하고 나섰다.

"수술 끝내고 말씀드리려 했는데, 어차피 사실을 알게 되셨으니 어쩔 수 없군요. 한마디로, 그토록 과민하게 신경 쓰지 않으셔도 돼요. 콩팥, 그거 하나쯤 없다고 해서 일상생활 하는 데는 아무 불편이 없으니까요. 그리고 그 문제를 먼저 제기한 건 어디까지나 저였다는 걸 알아주셨으면 해요. 환자를 살려낼 수 있는 길은 오직 그 방법밖에 없다는 사실을 알고, 제가 스스로 발 벗고 나서기로 했습니다."

"이해할 수 없는 일이 일어났군요."

"보호자 분들이 자꾸만 유리한 조건을 제시하라고 해서, 전 분명히 말씀드렸어요. 아무런 조건이 없다구요."

"그건 말이 안 돼요!"

나는 거의 신음처럼 내쏘았다. 그녀의 조건 없는 선행에도 아랑곳없이, 미더운 고마움보다는 오히려 약비나게● 노여움이 먼저 치미는 이유는 무슨 까닭인가. 뭔가 알 수 없는 기만의 덫에 덥석 빠진 것 같

● 약비나다: 정도가 너무 지나쳐서 진저리가 날 만큼 싫증이 나다.

은 기분도 고개를 치켜들었다. 내가 말을 이었다.

"아무 조건 없이 그런 일을 함부로 저지를 수도 없을뿐더러, 그 결심 자체를 없었던 걸로 하세요! 그리고 미안하지만, 림형옥 씬 대한민국 국적의 소유자가 아니라서, 그러고 싶어도 할 수 없다는 걸 먼저 아셔야 합니다. 절차가 얼마나 까다롭고 복잡한 줄이나 아세요?"

"그래서 벌써 다 알아봤는걸요."

림형옥은 마치 남 말하듯 받는다.

나는 불가해한 수학공식을 마주한 어린 학생처럼 그저 망연해질 수밖에 없었다. 그럼에도 그저 형편 돌아가는 대로 내맡겨 버리기에는 내가 너무 무책임한 치룽구니●만 같았다.

며칠 후 다시 서둘러 병원으로 가보았다. 짐작했던 대로, 신장이식 준비는 이미 은밀하고도 깊숙이, 가탈 없이 진행되어 있었다. 아내를 포함한 처가 식구들이 이루어 낸 비밀공작은 이제 거뜬한 실천 단계로 접어든 모양이었다. 수술 전의 모든 절차가 아주 순조롭게 끝났다는 게 병원 현관에서 만난 둘째처남의 전갈이었는데, 그는 상기된 목소리로 덧붙였다.

"우리 집과 조선족 사이에 피보다 더 진한 인연이 맺어지게 됐으니, 신문에라도 나야 되는 거 아닙니까? 아무튼 여러모로 고맙습니다. 따지고 보면 요번 일도 다 매형 덕분이잖아요."

"내가 무슨, 한번 마음먹은 결심은 절대 포기하거나 실패하는 법 없는, 유능한 자네 누님 덕이지."

● 치룽구니: 어리석어서 쓸모가 없는 사람을 낮잡아 이르는 말.

"듣기에 따라선 좀 거북한데요? 누구보다도 먼저 제공 의사를 밝힌 당사자가 한사코 자청해 나선 일이잖아요. 솔직히 까놓고 말해서, 1억이 어디 적은 돈입니까? 수술이 성공리에 끝났을 경우, 아버님은 그 정도쯤 쾌척할 용의를 갖고 계십니다. 여기서도 결코 적은 돈이 아니지만, 그게 중국 땅으로 건너가 보세요. 하루아침에 부자가 되고도 남을 텐데, 림형옥 씬가 그분이 그런 걸 염두에 두지 않고 무작정 나섰을 순 없다고 봐요. 아무런 조건 없이 응한다는 건 애초부터 말이 안 되는 거죠."

"그 여자의 순수한 참뜻을 그런 식으로 매도하거나 왜곡하진 말게."

어쨌든 주사위는 던져졌구나, 하고 나는 생각했다. 그리고 가뭇없는 비애와 의혹, 이상한 외로움에 휩싸였다. 우선 아내를 정면으로 마주하기가 싫고 림형옥 또한 그랬는데, 두 여자는 서로 교묘하게 공모하고 야합해서 어중치기인 나를 야릇한 궁지로 몰아넣어 농락하고 있었으며, 그래서 오직 나 혼자만 그 아름찬 대열에서 떨어져 나와 저만큼 배돌이•로 겉돈다는 느낌이었다.

운명의 날 아침, 아내는 비로소 다소곳한 어조로 내게 말했다.

"당신도 한번 가 봐야 되잖아요?"

"그러게. 그러지, 뭐."

은근히 조여 오는 초조감을 애써 숨기고 싶지는 않았다. 나는 더 이상의 망설임 없이 아내가 모는 승용차에 함께 올랐다.

병원에 도착한 나는 환자인 큰처남의 병실보다도 손님인 림형옥 쪽부터 먼저 들렀다. 내 속마음을 읽은 아내도 주춤 뒤를 따라 주었다.

• 배돌이: 한데 어울리지 아니하고 조금 동떨어져 행동하는 사람.

다행히 수술실로 옮겨 가기 직전이어서 용케 그녀의 얼굴을 마주할 수가 있었는데, 밤새 사전 관장을 포함한 수술 준비로 꽤나 고생이 심했던지 얼굴이 수척해 보였다. 이동침상에 누운 그녀는 하얀 시트에 온몸이 덮인 채 반가이 내 쪽으로 시선을 돌렸다. 그녀의 희미한 웃음기를 건너다본 순간, 나는 자신도 모르게 콧날이 시큰해지는 것을 어쩔 수 없었다. 나는 별 의미도 없이 연신 고개만 주억거렸다. 아내 또한 진정 어린 눈빛으로 림형옥한테 고마움을 표시했다. 그리고 마치 십 년지기라도 되는 듯 다소곳이 들여다보며 다독였다.

"힘내요, 형옥 씨!"

"걱정, 마세요."

담담한 림형옥이 해맑게 고개를 끄덕였다.

곧이어 이동침상이 조용히 움직여 나갔다. 수술할 시간이 코앞에 다가든 모양이었다. 이어서 수술 준비를 끝낸 큰처남 또한 가만히 누운 채 병실에서 나왔다. 중앙수술실 입구 옆에 주춤 물러선 나는, 얌치없는 운명처럼 만난 두 환자한테 번갈아 가며 의례이듯 가볍게 목례했다.

예상했던 대로 두 사람의 수술은 탈 없이 잘 끝났다.

이식 집도를 마치고 나온 의사는 '찰떡처럼 잘 붙었다'고 우스개처럼, 그러나 수더분한 어조로 일러 주었다. 그럼에도 나는 깊고도 우울한 그 미로 끝에서 오직 납덩이같은 부담감과 애틋한 죄의식에 망연히 사로잡혀 있을 뿐이었다.

수술이 탈 없이 잘되었다는 사실을 확인하고 일단 신문사로 돌아갔다가, 퇴근 후 다시 병원에 들른 나는 림형옥한테 말했다.

"서로 적대시하던 한국과 중국이 우방으로 변한 덕분에, 이런 좋은 일도 다 생기네요."

"글쎄요, 영원한 적은 없으니까요."

"수술 결과가 좋다니, 정말 다행입니다."

내 말끝은 흐려 있었으나, 신장을 제공한 쪽의 분위기는 오히려 너무 태연자약했다. 가볍게 웃음만 띄워 보내 주는 림형옥의 회복 속도가 눈에 띄게 좋아지는 형편이어서, 나로서는 더없이 다행이었다.

그리고 시간은 다시 보름쯤 홀쩍 흘러가 버렸다. 이제는 이쪽저쪽 다 병원생활을 마무리할 일만 남은 시점이었다. 마무리할 일이 어디 그뿐이겠는가.

림형옥과의 이런저런 이야기꽃 끝에, 나는 병원 원무과 앞 대기실에서 기다리는 장인을 의식하며 드디어 조심스레 본론을 끄집어냈다.

"장인어른께서 물으시더군요. 단도직입적으로 말해서, 준비한 사례금을 어떻게 전달해 드리는 게 좋겠냐구요. 통장을 하나 만들까 하다가, 달러로 직접 드리는 건 또 어떨까 해서 … ?"

그러나 림형옥은 불현듯 안색이 바뀌면서 내 말을 싹둑 자르고 나섰다.

"미리 말씀드렸던 대로, 전 한 푼도 받을 수 없어요!"

" …… ?"

"고매하신 줄 알았더니, 선생님도 어쩔 수 없이 한국의 자본주의 틀에 갇혀 계시는군요?"

"그게 무슨 이야긴지 잘은 모르겠지만, 너무 성급하게 혼자서만 지레 판단하거나 무엇을 결정짓진 마세요."

왠지 가슴이 철렁 내려앉는 버름한 느낌에 사로잡히면서, 나는 주눅 든 어조로 받았다.

그게 무엇을 의미하는지는 더 캐묻지 않아도 미루어 짐작할 수 있었다. 하지만 이 중요한 문제를 림형옥의 일방 의사대로 어물쩍 넘기는 건 더욱 안 될 일이었다. 그녀가 다시 새무룩하게 입을 열었다.

"처음부터 아무 조건 없이 떼어 드리겠다고 분명히 말씀 드렸는데, 보호자 분들은 하나같이 제 뜻을 묵살하고 진실로 받아들이지 않으시더군요. 선생님마저 끝내 그러실 건가요?"

"단순한 선의를 그런 식으로 매도하지는 마시오. 림 선생의 순수한 희생정신은 충분히 알고도 남지만, 애초부터 분명한 거래관계로 약속을 주고받았는데, 이렇게 엄청난 사건을 벌여 놓고선 그 보상 문제는 입밖에도 꺼내지 못하게 하시다니, 사실 나로서는 도저히 납득할 수가 없어요. 형옥 씨가 뭔가 솔직하지 않다는 느낌마저 든다구요."

"물론, 그러시겠죠."

림형옥이 잠깐 숨을 고른 다음, 결연한 어조로 계속한다.

"간병인 노릇은 어디까지나 돈을 벌기 위한 수단이었지만, 첫날 환자의 병실에 들어설 때부터 전 이상한 예감에 사로잡혔어요. 내가 할 일은 바로 내 신장을 이 환자한테 떼어 이식시키는 것이구나! 어떤 번쩍이는 계시처럼 그런 느낌이 들더라구요."

"환자의 형제들이나 사랑하는 마누라조차도 그것을 한사코 마다하는 모습을 보고, 지레 진저리를 치셨던 건 아닙니까?"

가슴 속에 쌓인 그동안의 마음의 응어리를 풀어내기라도 하듯 나는 내처 쏟아냈다.

"그게 아니라면, 지옥 같은 이 남조선인들한테 역설적으로 복수하고 싶었던 건지도 모르고 말이죠. 우리가 몸담고 사는 이 사회가 썩어도 너무 썩었다고 얼마나 분개했습니까. 그런 부정적인 요소들을 일거에 앙갚음하고 싶었던 게 아니라면, 형옥 씬 반드시 우리가 선의로 드리는 사례금을 주저 없이 받아야 돼요. 좀더 솔직해질 필요가 있다구요."

"선의라든가 솔직히, 라는 낱말을 계속 되풀이하시는데, 김 선생님도 저를 모욕하는 대열에선 빠지지 않으시는군요."

"내가 좀 지나쳤나 본데, 달리 오해하진 마시오."

아무래도 뜸을 조금 더 들여야 할 것 같았다.

장인은 병원 현관 대기실 의자에 앉아 흐린 창밖을 무연히 내다보고 있었다. 이즈음 들어 노화가 부쩍 심해진 탓인가, 말 못 할 어떤 비애와 회한이 뒤죽박죽 뒤섞인 듯한 분위기의 옆모습이었다. 내가 당신 옆자리에 다가가 앉을 때까지도 시선은 여전히 창밖의 먼 허공에 머물렀다. 잠시 나를 희뜩 돌아보다가, 장인이 한숨처럼 입을 열었다.

"조금 전 이리로 오는 자네 얼굴 보니 뭔가 마뜩찮은 표정이던데, 잘 안 풀린 겐가?"

"예, 그냥…."

"내 이럴 줄 알고 어떻게든 수술 전에 건네려 했네만, 그러면 한사코 제공 의사 자체를 철회하겠다고 고집 피우는 바람에, 자네 집사람이나 며늘애마저도 꼼짝없이 두 손 들었다지 뭔가. 참 희한한 일도 다 있지. 세상에서 가장 소중한 내 장기를 순전히 공짜로 타인을 위해 떼어 주겠다는 사람이 어디 있겠나? 그것도 생전 처음 보는 남남인 처지에 … . 대체 무슨 까닭인지나 속 시원히 알고 싶구먼. "

"글쎄요, 나름대로의 인생철학이나 평소의 가치관의 문제겠지요. "

"거기까지는 내 알 바가 아니네. 막말로 해서 머리가 좀 돌았거나 서로 죽고 못 사는 남녀관계라면 혹 모를까, 아무런 보상 없이 이대로 어물쩍 넘어가서는 절대 안 되지. 내 자존심이 그걸 용납지 않을뿐더러, 그런 못된 경우는 하나님도 결코 용서치 않을 거네. "

그리고 당신은 상의 안주머니에서 미리 준비해 온 자기앞수표 봉투를 꺼내어 내게 내밀었다. 나는 망설이지 않고 그걸 받아 '1억'의 액수를 확인했고, 장인이 다시 말했다.

"일단 자네가 책임지고 전달하게나. 그 정도면 아마 적당하거나 그런 대로 괜찮은 금액일 수 있지만, 죽어가는 한 생명을 건져 낸 대가치고는 그래도 헐값인 셈이야. "

"저 여자 자존심도 생각해서 조금만 더 기다려 보시기로 하죠. 이런 돈 받는 걸 오히려 부도덕하고 불의한 경우라고 지레 여기고 있으니 … . "

"그건 철딱서니 없는 궤변이야! 비겁한 자기기만이구. 일단 말이 안 되니까, 어떤 식으로든 기분 좋게 전달되도록 하게. "

반드시 그렇게 해야 이식받은 콩팥이 비로소 제 기능을 발휘, 완전한 정상인으로 되돌아올 수 있다는 믿음까지도 그 완강한 고집 속에는 은근히 스며들어 있는 것 같았다. 나는 마치 알 수 없는 부적이라도 집어든 듯, 그 수표 봉투를 조심스레 상의 안주머니에 쑤셔 넣었다.

마침내 큰처남과 림형옥은 서로 앞서거니 뒤서거니, 홀홀 병상을 털고 일어나 퇴원했다.

"고맙습니다."

"그럼 안녕히 가세요."

그들은 정녕 뜨거운 마음으로, 그러나 꽤나 익숙한 습관처럼 서로에게 인사하고 메지대어● 헤어졌다. 그리고 서로의 갈 길, 정해진 일상 속으로 웃으며 돌아섰다.

하지만 그때까지도 림형옥은 여전히 내가 내미는 돈 봉투를 결코 자신의 소유로 받아들이지 않았다. 다만 자신이 간병인으로 일했던 날짜만큼의 노임만 정확히 계산해 달라는 주문과 함께, 고향땅까지 무사히 돌아갈 수 있게만 해준다면 더 이상 바랄 게 없다고 한사코 뻗대었다.

"그렇다면 좋습니다."

나도 지지 않고 받았다. 이제 그럴 듯한 차선책을 다시 도모하는 수밖에, 뾰족한 다른 방도가 없어 보였다.

"일단 형옥 씨가 원하는 대로 해드리지요. 하지만 이 돈은 어떤 형태로든 림형옥 씨 소유로 남게 될 겁니다. 내가 관리인이 되어 은행적금이나 증권으로 증식시켜 드릴 수도 있구요."

"글쎄요. 그게 현명한 차선책이 될 수 있다면 그렇게 하세요. 끝내 제 결심이 변하지 않을 경우엔 선생님한테라도 그 혜택이 돌아가야죠."

림형옥이 남 일 말하듯 드던졌다. 하지만 어쨌든 애초의 고집에서 한 발짝 뒤로 물러난 셈이라면, 그녀 스스로도 내심으로는 상당한 갈

● 메지대다: 한 가지 일을 단락 지어 치우다.

등을 겪고 있는 게 틀림없으리라.

어쨌든 나는 림형옥의 희생의 대가가 결코 단순한 돈으로 환산되는 게 아니라고 끝까지 주장할 작정이었다. 어떻게든 이 돈을 당사자한테 전달해야 한다는 강박이 나를 더욱 괴롭혔다. 그래서 우선 세상엔 결코 공짜가 없다는 것, 특히 자본주의 사회에서는 어떤 식으로든 모든 거래 관계가 돈으로, 또는 물질로 이루어지는 게 기본 원칙이라는 사실을 몸으로 직접 체득케 하는 것이 중요했다. 나는 용기를 내어 말했다.

"중국으로 다시 돌아가겠다니, 어쨌든 잘 생각하신 것 같네요. 그 전에 우리, 머리도 식힐 겸 함께 여행을 좀 다녀오는 게 어떨까요?"

"여행을요? 저랑 둘이서요?"

림형옥의 두 눈이 놀라 반짝였다. 알 수 없는 의혹과 반가움이 뒤섞인 쥐걸음● 같은 표정으로 그녀가 계속했다.

"어디루요? 사모님이 아시면, 괜찮을까요?"

"질문이 너무 많아서 한꺼번에 대답하기가 쉽지 않은데요?"

나도 적당히 놀리는 투로 받고 나서 다시 말을 이었다.

"단둘이 여행 가는데, 집사람한테 솔직하게 까발릴 필요까지는 없지요. 어디, 급히 출장 좀 다녀온다고 둘러대면 될 거고, 행선지는 경주가 어떨까요? 거기 가면 형옥 씨가 전공하신 고고학 공부에도 도움이 될 수 있을 것 같은데⋯."

"좋아요. 정말 가보고 싶은 곳이에요."

● 쥐걸음: 초조한 마음으로 둘레를 살피며 자세를 낮추고 살금살금 걷는 걸음.

림형옥의 얼굴이 달처럼 환히 밝아졌다.

물론 둘이서 함께 여행한다고 해서 그녀의 근본 생각이나 인생관, 혹은 몸에 배인 사회주의 체질이 쉽게 변할 리는 없겠지만, 그동안의 한국 생활로 해서 살차게 피폐해진 림형옥의 심신부터 우선 가볍고 따뜻하게 풀어 줄 필요가 있었다. 그렇게 곰비임비● 한올진 벗트기를 꾀하다 보면, 꼬인 실은 절로 풀어져 나가리라는 게 내 나름의 계산이었다. 그리고 무엇보다도 림형옥을 마주하노라면 생기는 이상하고도 가슴 저리는 안쓰러움을 없애는 게 내겐 시급했다.

그 연민은 손으로 잡을 수 없는 그 무엇이었다. 작지만 늠늠하고● 매운 여자, 거칠지만 또한 뜨겁고도 고결한 여자로 림형옥이 내게 다가오는 것을 수시로 의식하지 않으면 안 되었다.

토요일 오후, 우리는 경주행 고속버스에 몸을 실었다. 어디까지나 우리 둘만의 비밀스런 여행이었다.

"경주는 어떤 곳이지요?"

설레는 침묵 속에 잠겨 차창 밖에 시선을 고정시키고 있던 림형옥이 옆을 돌아보며 묻는다. 그녀의 얼굴 한쪽에 부신 햇살이 반사되어 더욱 청초한 느낌이 묻어났다. 나는 낫낫하게● 대답했다.

"당나라와 손잡고 백제를 멸망시킨 신라의 옛 서울, 고적과 유물이 아주 풍부하게 널려있는 고도지요."

● 곰비임비: 물건이 거듭 쌓이거나 일이 계속 일어남을 나타내는 말.
● 늠늠하다: 성격이 너그럽고 활달하다.
● 낫낫하다: 성격이 꽤 상냥하다.

"그 정도는 저도 알고 있어요."

림형옥이 이마를 가볍게 찡그리며 계속했다.

"그런데 이 작은 나라에도 왜 삼국이 서로 땅을 쪼개어 전쟁을 되풀이했던 걸까요? 우리 민족이 예로부터 꽤나 호전적이었던 것만은 확실하죠?"

"천만에요. 다만 먹고 살 게 없어서 그랬을 뿐, 호전성에 있어선 한족漢族에 비하면 조족지혈이나 다름없어요. 새 발의 피."

"새 발의 피?"

"형옥 씨의 몸속에도 분명 그 피가 흐를 겁니다. 새처럼 착하고 순한 피 …. 따지고 보면 일본 못지않게 우리를 못살게 군 족속이 중국 한족이지요. 얼마나 많은 세월을 함부로 짓밟고 조공까지 바치게 하면서 이 나라 주인 행세를 해왔습니까! 그네들은 2천여 년 전에 한무제漢武帝가 우리 영토를 침략, 한사군을 설치해 식민지화했는데, 그 이후 통일신라와 고려, 조선시대 말까지 한순간도 가만두질 않고 우릴 괴롭혀 왔지요. 병자, 정묘호란은 물론이고, 현대사에서도 저들은 민족 살육의 6·25 전쟁을 뒤에서 조종하거나 직접 불 질러 놓고, 거룩한 조선해방전쟁으로 미화할 뿐 지금껏 한마디 유감 표시조차 없잖아요."

심각한 화제는 가능한 한 꺼내지 않으려 신경 썼는데도, 역사 이야기가 나오자 나는 또 놓치는 흥분을 지레 억제할 수가 없었다. 그런데도 림형옥은 아무렇지 않은 표정으로 미묘한 웃음만 입가에 머금을 따름이었다. 잠시 뜸을 들인 뒤 그녀가 받는다.

"속국으로서의 설움을 누구보다도 온몸으로 겪었고, 지금도 겪고 있는 게 바로 우리 중국 조선족이지요. 선생님은 곧잘 저를 중국인 취급하려 드는데 소수민족의 동화정책으로 어쩔 수 없이 그쪽 국적을 갖고 있긴 하지만, 한시도 내 핏줄과 근본을 잊은 적은 없어요. 언제 어디서나 저 성스러운 백두산을 잊지 않듯이 … ."

"또 백두산 타령입니까?"

"처음엔 그저 막연한 동경의 대상에 지나지 않을 수도 있지만, 한번 그 정상에 올라서 옥빛으로 파도치는 천지를 내려다보고 나면, 새삼스러운 민족의식이 막 솟구치게 돼요. 형언키 어려운 묘한 슬픔의 덩어리가 그냥 목구멍으로 치받쳐 오른다구요. 선생님은 안 그러셨어요?"

"그 묘한 슬픔이란 낱말이 정곡을 찌르는군요. 나도 물론 그랬지요."

"솔직히 이 나라처럼 불쌍한 땅덩이가 지구상에 또 있으려구요. 정말 사자나 불곰, 악어 떼가 득시글대는 정글 한복판에 꼼짝없이 갇혀 있는 토끼 꼴이지 뭐예요. 그런데도 잘난 정치 지도자들은 옛날의 사대근성을 오늘날에도 그대로 답습하고 말이죠. 과거사는 그렇더라도, 전 앞으로가 더 큰 문제라고 봐요. 거대한 중국이 한번 꿈틀대고 일어났다 하면, 온 세계가 입 딱 벌려 경악하게 될 거라구요. 거기에 자극받은 미국이나 러시아, 일본은 중국과의 무한경쟁 상태로 돌입할 테고, 그 틈바구니에 끼어 있는 조선반도는 여전히 아웅다웅 내부분열이나 일삼을 게 뻔하니, 생각할수록 암담해서 절로 부아가 나요."

"그래도 남과 북이 통일만 되면 그런 문제는 일거에 극복하게 될 겁니다. 일단 그날이 오면, 얼마 동안의 혼란이나 후유증을 거치고 나서, 우리도 곧 군사, 경제대국으로 그네들한테 결코 뒤지지 않을 테니까. 특히 못된 일본한테는 통쾌하게 복수할 날이 꼭 오고야 말 겁니다."

"통일이요? 미국이나 러시아, 일본, 중국이 속으로는 얼마나 맹렬하게 반대하고 방해하는데요. 신문사에 계시는 분이 그것도 모르셔요?"

"헛헛, 그렇던가요?"

마지막 대목의 '그것도 모르셔요?'의 어투가 너무 정색을 띠어서, 나는 절로 실소가 터져 나왔다. 하지만 속으로는 은근히 반가운 기분도 없지 않았다. 내가 아는 림형옥으로 말할 것 같으면, 곪을 대로 곪고 썩을 대로 썩은 이 나라의 방만한 자유 민주주의와 그 병든 생리에 대해 방방 뛰며 분개하고 성토하지 않았던가. 말하는 짐승들이 득시글대는 추악한 난장판이라며 당장 침이라도 뱉고 싶어 하던 그 림형옥의 가슴속에도, 사실은 뜨거운 조국애가 늘 들끓는다는 걸 나는 이내 간파하고도 남음 직했다.

그것은 경주에 내려 빤한 유적 관광길에 나섰을 적에도 숨김없이 드러났다. 안내책자에서 미리 익혀 두었던 탓도 있겠지만, 그녀는 무엇보다도 우리의 옛 왕들의 무덤의 양태를 몹시 궁금해 했고, 중국의 것들과도 빗대어 서로 요모조모 비교해 보고 싶어 하였다. 그녀가 전공했다는 고고인류학과 결코 무관하지 않은 별난 관심이었는데, 어지간한 야산인 듯 경성드뭇하게 들어앉은 왕릉들을 한 바퀴 눈여겨 답사하고 난 그녀는 고개를 주억거리며 가벼운 감탄사 내지르기에 바빴다.

"역시 한국의 아름다움은 유현한 곡선에 있는 것 같아요. 참 여성적이네요."

나는 순간 그녀가 베이징 교외에 있던 명明 13능을 친절히 안내하던 모습을 떠올렸다. 지하 깊숙이에도 생시와 엇비슷한 궁전을 꾸며 놓고 죽어 갔던 그 나라 황제들의 호사를 설명하면서도, 림형옥은 그저 습관 어린 상투어 끝에 '아무래도 이건 너무했지요? 인민들의 고혈을 얼마나 짜냈는가를 충분히 아시겠지요?' 하고 언짢다는 듯 자주 이맛살을 찡그리곤 했었다.

그에 비해서 내동 초라하기 짝이 없는 천마총 내부의 부장품들을 둘러보고 나서도, 그녀는 연신 '인간적'이라는 말을 되풀이하였다. 그곳에서 돌아 나오는 길, 한 능의 정상에 오르내리며 장난치는 어린 학생들을 바라보면서도 역시 그 말을 빠뜨리지 않았고, 내일 다시 와보자고 덧붙이는 것도 그녀는 잊지 않았다.

그날 밤, 둘은 관광단지 안의 인공 호숫가에 자리 잡은 한 호텔에 들었다. 고풍스러운 주위 경관과는 동떨어진 현대적 양식의, 남국의 정취가 물씬 배어나는 건물이었다. 처음엔 각방을 얻어 쓰기로 작정했다가 결국 여느 부부들처럼 한방을 쓰기로 변경했는데, 그것은 림형옥의 예기치 않은 우격다짐 때문이었다. 비싼 숙박료에 놀란 나머지 한사코 한방에서 따로 자면 된다고 뻗대는 데에는 어쩔 도리가 없었다.

나는 못 이기는 척 그에 동의했다. 애당초 그녀와의 연분홍빛 열락이 이번 여행의 목적이 아니었던 데다가, 내가 아무리 불꽃 정염에 목마른 사내라 할지라도 큰 수술 뒤끝의 여독에 지친 여자에게 함부로 범접할 만큼 몰염치하고 부도덕한 인격의 소유자는 더욱 아니라 스스로 자부하였던 것이다. 림형옥 쪽에서도 그 점을 단단히 메지대어 믿는 눈치였다.

모처럼 따뜻하고 부드러운 분위기 속에서 우리 둘은 편안하게 하룻밤을 맞았다. 다시 돌아오지 않을 날들의 상실감에 대해서, 그리고 앞으로 살아갈 날들의 한 줌의 희망에 대해서도 둘은 가든하게● 이야기를 나누었다. 그러다 보니 어느 결에 양주 한 병이 다 바닥났고, 나는 여지없는 취기에 적당히 군드러져 갔다. 내가 계속해서 말을 잇는다.

"그래요. 난 지금껏 시난고난• 살아오면서 참 많은 걸 잃어버렸어요. 그래서 때로는 분하고, 억울하고, 까닭 모를 슬픔이나 우울, 자기 모멸감까지 수시로 겪지 않으면 안 되었다구. 그것이 심할 땐 심지어 자살 유혹까지도 받았다니까!"

"선생님이 취하셨나 봐요. 이제 그만 눈 좀 붙이세요."

"천만에, 내가 취하려면 아직 멀었소. 그보다도 형옥 씬 왜 아직 시집을 안 간 거요? 가고 싶어도 못 간 건가? 여자 나이 사십을 훌쩍 넘겼으면 이제 완숙한 중년인 셈인데, 정말 앞으로 어쩔 건지 말해 줄 수 있겠소?"

나는 취중유골의 힘을 빌려 평소 쌓였던 의문을 스스럼없이 쏟아내었다.

"글쎄요. 이제야 비로소 진정한 사랑이 뭔가를 알 수 있을 것 같네요."

림형옥은 놀랍게도 나의 치기 어린 질문을 정색으로 받아들였다. 술 한 모금 입에 대지 않은 채 맞은편 응접소파에 기대어 앉은 그녀의 표정이 지나치게 진지했으므로, 나는 문득 취기가 가시는 기분이었다. 그녀가 계속했다.

"우리가 처음 만났을 때, 전 선생님이 세상의 모든 무거운 짐을 오롯이 당신 혼자서 짊어진 것 같은 분위기라고 느꼈어요. 그리고 참 엉

• 가든하다: 마음이 가볍고 상쾌하다.
• 시난고난: 병이 심하지는 않으면서 오래 앓는 모양.

뚱하게도 언젠가는 다시 만날 거라는, 새로운 인연이 꼭 생기고 말 거라는 점괘 같은 운명도 예감했구요. 그래서 결국 그렇게 되었고, 새로운 인연도 이 정도면 제법 끈끈하게 맺어졌잖아요?"

"그, 그런가?"

"맨 처음 선생님 부인을 만나는 순간, 저는 대번에 단순한 간병인으로서의 일손이 필요한 게 아니라, 바로 내 콩팥을 간절히 원하고 있다는 걸 알아차렸지요. 그래서 기막힌 거래 방식을 문득 떠올리게 된 거예요. 내 콩팥을 아무 조건 없이 떼어 주는 대신, 나는 당신의 남편을 빼앗아 갖겠다! 아니 당신들이 가진 사악한 그 위선과 이기주의, 돈이면 안 되는 게 없다는 그 모든 행복의 잣대를, 내 콩팥 하나로 완전히 깨부수고 말겠다고 말이죠."

"자신의 순수한 선행을 그런 위악적인 언사로 폄하하진 마시오. 아무 대가 없이도, 그리고 전혀 알지 못하는 남남의 관계에서도 난 이렇게 엄청난 일을 해낼 수 있다고, 그냥 온몸으로 사회주의 공동체 정신을 실천해 보여 주고 싶다고 작정했던 게 형옥 씨 본심 아니었나요?"

"물론!"

림형옥이 알 듯 모를 듯한 실소를 입에 물며 말했다.

"시작은 물론 그렇다고 할 수도 있으나, 시간이 흐르면서 더욱 많은 동기와 목적들이 새로 부여되더군요. 이 일을 계기로 해서 혼자 몰래 사모하는 남의 남자를 본때 있게 내 소유로 해보겠다, 이 한 몸 기꺼이 희생시켜 남북통일의 밑거름이 한번 돼 보겠다, 이것이 바로 남조선을 온몸으로 받아들이고 이해하려는 가장 기본적인 몸짓이 아닌가 하는, 참 거창하고도 엉뚱한 자기최면 같은 거 말예요. 전 그런 여자예요. 제 자신도 이해할 수 없을 만큼 복잡하고 교활하지요."

"교활이라니, 그건 좀⋯."

"하지만 이제 됐어요. 서울을 떠나 이렇게 예스러운 유적 도시로 여행 와서 선생님과 한방에 묵고 있으니까, 이제야 비로소 정리가 되네요. 나는 절대 선생님을 빼앗을 수 없고, 빼앗아서도 안 된다는 걸 말이지요. 후훗."

상기된 목소리로 농담처럼 말을 끝낸 림형옥은, 비로소 소형 냉장고의 찬 맥주 캔을 꺼내어 잠깐 마른입을 적셨다. 아직 술을 받아들일 만한 상태가 아닌데도 타는 갈증을 더는 견뎌 낼 수 없는 모양이었다. 잠시 숨을 고른 림형옥은, 내친김에 나머지 말을 마저 뱉어 냈다.

"저도 늘 따뜻한 그 뭔가를 찾아 줄기차게 헤매어 왔지요. 하지만 이제부턴 제 자신이 먼저 따뜻해지려고 노력할 거예요."

"형옥 씨처럼 따뜻한 여자가 또 있을까? 어쨌든 귀국하려면 여비가 필요할 테니까, 이젠 기꺼이 접수하시는 걸로 알겠소. 자, 여기!"

그리고 나는 기다렸다는 듯 준비해 온 돈 봉투를 꺼내어 림형옥 앞으로 점잖게 내밀었다. 그녀는 앞가슴께로 팔짱을 낀 채 한동안 뚫어지게 그 봉투를 내려다보다가, 이윽고 한숨처럼 내뱉었다.

"좋아요. 서로가 애물단지처럼 여기는 것, 접수하겠어요. 하지만 전제 조건이 하나 있어요. 선생님께서 꼭 지켜 주셔야 해요."

"그게 뭔데!"

"어떤 일이 있더라도 저와의 관계를 비밀로 간직하실 거죠?"

"뭐가 그리 복잡해요? ⋯ 좋아요, 이 봉투만 쾌히 받아 준다면 내 뭐든 약속하겠소."

나는 반신반의의 표정으로 뜨악하게 대꾸했고, 비로소 수표를 빼내어 그 액수를 찬찬히 훑어본 림형옥이 받았다.

"이 돈은 우리의 통일사업에 보태 쓰지요. 아니, 그보다도 먼저 제 신분을 좀더 확실하게 털어놓아야겠군요."

" ……?"

"저, 사실은 평양에서 온 여자예요."

"뭐라?"

이건 또 무슨 뚱딴지란 말인가. 그러나 림형옥은 틈을 주지 않고, 제 할 말을 또박또박 이어 나갔다.

"이 땅의 밑바닥 인생을 직접 온몸으로 겪어 보고자 침투해 들어왔지요. 어쨌거나 남조선은 참 묘한 매력이 있는 체제예요. 뭐 이런 무질서하고 정의롭지 못한 나라가 있나 싶다가도, 그 안으로 조금 더 깊이 들어가 볼라치면, 또 뭐든 무한한 가능성으로 활짝 열려 있는, 엄청난 에너지 덩어리라는 걸 금방 알게 되더라구요. 그게 도대체 어디에서 비롯하는가 곰곰 파봤더니, 다름 아닌 자유로움이에요. 자유로운 시장경제, 무슨 일이든 미친 듯 빠져들어 여러 나라와 자유롭게 장사하고, 세계의 모든 종교와 문화, 예술을 다 흡수해 자기 걸로 소화시키다 보니, 실로 엄청난 에너지가 생길 수밖에요. 그 역동성은 세계 어느 나라, 어느 민족도 따라올 수 없을 거예요."

" ……?"

"그렇다고 무작정 북조선 쪽이 나쁜 것만은 아니에요. 민족의 정체성이나 국가 자존심만은 이쪽보다 훨씬 우월하지요. 그래서 저라도 앞장서서, 양쪽의 좋은 점만을 결합시켜 일떠나는, 그런 소박한 통일

운동에 나설 거예요. 이번에 중국으로 돌아가면, 다시 입북해 완전히 평양에 정착해서, 오로지 대남 평화사업에만 매진해야지요. 통일이 되는 그날까지, 어쨌든 우리 잊지나 말고 살아요."

그리고 림형옥은 사흘 후 베이징행 비행기를 타고 바람처럼 내 곁을 떠나갔다.

소리 없는 소리를 들어라

2005년, 사할린 별곡

"우리가 통일 되려면, 왜놈들이 냉큼 독도를 침공해 줘야 하는데!"

편집국에서 방금 올라온 따끈따끈한 신문을 들여다보던 정달삼이 문득 팽개치듯 씹어뱉었다. 색 바랜 옛 지도책을 호기심 어려 뒤적이던 나는, 이 심술궂은 퇴물 기자가 또 무슨 궤변인가 싶어 그쪽으로 희뜩 눈길을 돌렸다.

"그건 왜?"

"아, 그래야 흩어진 남북이 한데 힘을 합칠 수 있을 거 아닙니까. 우리 공동의 적을 함께 물리치고 철천지원수 복수한다는 거대담론으로 스르르 전쟁에 휩쓸리다 보면, 통일은 자연스럽게 이루어질 게 아니냐구요."

"정 부장(문화부장에서 쫓겨나 명퇴를 기다리는 편집위원이 된 지 2년 남짓이 흘렀지만, 나는 여전히 정달삼을 '부장'으로 불러 주기로 한다)도 참,

순진하긴. 약아빠진 왜인들이 우리의 그런 서툰 작전에 순순히 말려들지도 않거니와, 설사 그렇게 된다 해도 일본 군사력은 미안하지만 우리의 남북을 합친 것보다 훨씬 더 정교하고 막강하다는 걸 몰라서 하는 소린가? 아예 꿈도 꾸지 마소."

"그래도 그게 아니지요. 남북을 합친 전투력은 그동안 서로 실전처럼 차곡차곡 갈고 닦아 온 덕분에, 군대 싫어하는 젊은이들뿐인 저들보단 훨씬 막강하니까요. 전쟁은 원래 임전무퇴의 정신력으로 하는 건데, 매일같이 실전처럼 훈련해 온 우리 남북한 군인들 전투력은 아마 세계 최강일 걸요? 식민통치 사십 년의 압제도 모자라서, 틈만 나면 독도다, 교과서 왜곡이다 해가며 바짝 약 올리는 저 후안무치한 왜놈들에게의 적개심이 하나로 똘똘 뭉칠라치면, 하루하루 바다 속으로 가라앉아 가는 저 섬나라 후려치는 건 누워서 떡 먹기죠. 자기 잘못을 반성할 줄 모르는 인간들은 그저, 몽둥이로 개 패듯이 패는 수밖에요."

"죄 없는 개는 왜 또 거기에 갖다 붙여?"

나는 옛 지도책으로 다시 눈길을 던지며 능쳤다. 지난 한때 같은 부서에서 다붓다붓 한솥밥을 먹었다는 인연으로, 정 부장은 걸핏하면 김 선배, 김 선배 하고 나를 찾아 따르며 깊은 속엣말도 이러쿵저러쿵 털어놓기 일쑤이되, 연말이 가까워 오는 이즈음의 그의 신경은 고슴도치처럼 날카롭게 필요 이상 날이 서 있다. 아마도 언제 밥줄이 잘릴지 모르는 데 따른 자신의 신상에 대한 막연한 끌탕 때문이리라. 별 것 아닌 문제로도 벌컥벌컥 새퉁이를 부리거나 세상에의 까닭 모를 분노로 치를 떠는 건, 비단 정 부장만이 아닌 나 같은 은퇴 임박의 세대가 다 함께 공유하는 고빗사위●의 정서이겠다.

솔직히 나로 말할 것 같으면, 오히려 정 부장보다도 더 애매하고 정체성 모호한 늙다리 언론인도 드물 터이다. 명색은 어엿한 논설위원이긴 하되, 직제에도 없는 '기획담당'을 거의 혼자 버성기게 도맡고 있기 때문이다. 해박하고 명쾌한 문장으로 사설을 쓴다거나 그럴 듯한 고정 칼럼이 버티는 대신, 그때그때의 세태 흐름에 따른 시사해설 정도에 머무른 채 독자들에게 유익한 정보를 제공하는 차원의 국제기사나 특집물을 기획, 편집국과 상의해 넘기는 일 따위가 맡은 바 전부인 것을. 그래서 틈만 나면 자료열람실이나 도서관을 뒤지며 그 적절한 사냥감을 찾게 마련으로, 이쪽 열람실에 오면 자연 나와 비슷한 처지의 정 부장을 동변상련으로 쉬 맞닥뜨리게 되는 것이다. 제풀에 숨이 잦아든 정 부장이 다시 혼잣말처럼 뇌까린다.

"하긴 지난여름 한반도를 온통 들볶아 댔던 독도 문제만 해도 어느새 쥐죽은 듯 잠잠해진 걸 보면, 이 민족의 망각증이나 냄비 근성은 정말 알아줘야지. 맞아요, 이래 가지곤 악랄한 왜놈들 상대로 전쟁하기란 어림 반 푼어치도 없지."

"그게 다 이성보다 감정만 앞세우기 때문이라구. 이걸 봐, 역시 여기에도 독도는 없잖아."

내가 유심히 들여다보던 먼지 낀 옛 지도를 손짓으로 가리키자, 정 부장은 괜스레 혼자 희비의 물마루를 넘나들다 말고, 궁금한 척 내 어깨 너머로 시큰둥하게 넘겨다본다. 그것은 조선시대 전기의 만국지도인 〈혼일강리역대국지도〉인데, 새살궂던● 정 부장은 어느새 두 눈이

● 고빗사위: 매우 중요한 단계나 대목 가운데서도 가장 아슬아슬한 순간.

휘둥그레지면서,

"아니, 이게 뭐야? 독도는 물론, 아메리카도 빠져 있잖아! 일본은 또 어디로 갔어?"

호탕하게 웃어 젖혔다. 나도 지지 않고 받는다.

"어디 요즘 지구상의 최강국이라는 아메리카뿐인가. 명색이 만국지도라면서 오세아니아도 빠져 있고, 유럽, 러시아, 중동 지역도 형편없이 찌그러뜨려 놓았잖아. 아프리카는 꼬리가 흐물흐물 녹아내리는 것 같고 말이지. 그 대신 우리 조선을 좀 봐. 중국 대륙의 절반만큼이나 크게, 섬나라 일본을 콱 찍어 누를 듯이 엄청난 양감으로 무겁게 그려 놓았잖냐구."

"일본은, 그때도 역시 상종 못 할 몽짜들이었나 보죠?"

"여부가 있으려구. 집안이 잘되려면 그저 이웃을 잘 만나야지, 원."

"햐, 어쨌든 모처럼 속이 확 뚫리네. 적어도 한 나라의 국민으로서의 국가관이 이 정도는 돼야지. 천하를 호령하는 기개랄까 해학이 최소한 이 정도는 돼야!"

"그만큼 바깥 세계를 몰랐다거나, 무관심의 소산일 수도 있어. 내가 사는 이 땅이 아니라면, 알 수도 없고 굳이 알 필요도 없던 시대의 저 천하태평 말이야. 유목민이나 해양국에겐 이런 지도가 침략과 정복의 절대 도구로 쓰였다는 걸 감안한다면, 우린 또 그만큼 어리석고 우매한 결과를 스스로 자청해 불러들였는지도 모른다구."

"그래도 이 얼마나 평화롭고 낭만 어린 풍경입니까? 오로지 위도,

● 새살궂다: 성질이 차분하지 못하고 가벼워 말이나 행동이 실없고 부산하다.

경도의 직선뿐인 원칙을 싹 무시하고, 적당히 장난기를 묻힌 제멋대로의 그림지도를 만들어 낸 이때가 바로 말랑말랑한 사람살이의 진짜 모습이 아니냐구요."

"하지만 내가 찾는 사할린도 이 지도엔 나와 있지 않구먼. 거긴 예나 이제나 제대로 된 사람살이가 아니었나 봐."

"참, 그러고 보니 사할린 때문에 아까부터 이걸 계속 뒤적이고 계셨군요? 출장, 언제라고 하셨죠?"

"내일."

"벌써요? 그럼 이따가 퇴근하면서 김 선배 장도를 비는 막걸리 잔이라도 부딪쳐야 되는 거 아닙니까? 암튼 축하합니다."

그 내일, 나는 이윽고 사할린행 비행기에 올랐다.

아직은 직항로가 없어 일본을 경유해야 하는 불편을 겪어야 하지만, 그래도 나는 비로소 아버지의 유언을 조금이나마 실천에 옮길 수 있다는 기대로 약간은 들뜬 기분이었다.

네가 신문사 근무할 동안에, 사할린의 일본큰아버지 찾는 걸 절대 잊지 말아라.

아버지는 살아생전 몇 번이나 힘주어 기대며 부탁했으나, 그때마다 나는 그저 건성으로 예, 예, 쉬운 대답만 내뱉을 뿐, 제대로 팔 걷어붙이고 그 일에 안다미 매달려 나서지는 못해 왔다. 그러다가 당신이 세상 뜬 지 십여 년이 지난 올 봄부터는 그쪽으로 부쩍 어떤 의무감이랄까 미안스런 부채의식 같은 게 생겨나 나를 괴롭히기에 그 자초지종을 슬쩍 논설실장한테 흘려 놓았더니, 그이는 또 그걸 착실히 잊지 않고 있다가 이참에 이것저것 버무려 배려해서 해외취재를 주선해낸 거였다. 따라서 나의 이번 여행의 목적은 명분상으로 '사할린 한인동포의 실상'에 맞춰져 있었다.

하지만 말이 좋아 '취재'이지 실상은 '위로 출장'이라고 보는 게 더 적절히 들어맞겠다. 사할린에 도착하면 내가 미리 취재 협조를 부탁해놓은 한인 단체 임원인 이호준 씨가 동행하기로 되어 있긴 했지만, 편집국의 젊은 신출내기 국제담당 수습기자는커녕 무슨 취재에든 의례히 따르게 마련인 사진기자마저 동행하지 않는, 달랑 나 혼자만의 비행 나들이기 때문이다. 실장은 웃으며 내게 말했다.

휴가 삼아서, 그냥저냥 바람이나 쐬고 오시지요. 혹시 김 형 백부님을 용케 찾게라도 된다면, 그땐 실감나는 기획기사 한 건 만들어 낼 수 있지 않을까 싶기도 하고 해서 … .

듣기에 따라선, 아무리 기막힌 사연이라 해도 케케묵은 사할린 속의 이산가족 문제가 요즈음 무슨 큰 이슈거리가 되겠느냐는 쪽으로도 읽히고 헤아려졌다. 하지만 사실이 또 그런 걸 어쩌랴. 88서울올림픽이 열리기 전까지만 해도 사할린이 속한 러시아, 중국, 북한을 포함한 국제 공산권에 대한 문제는 그게 뭐가 됐든 곧 한국 사람들의 이목을 대번에 집중시키고 호기심을 엿불림하듯● 자극하기에 충분했는데, 그해 올림픽이 열린 서울 하늘에 낫과 망치, 또는 붉은 별이 그려진 깃발들이 맘껏 휘날리고부터, 이데올로기가 그어 놓은 종래의 견고한 불뚱가지● 벽들이 하나둘씩 힘없이 허물어져 갔고, 마침내는 이쪽의 북

● 엿불림하다: 엿장수가 엿을 팔려고 크게 외치다.

방정책이나 저쪽의 페레이스트로이카 따위가 반죽 좋게 야합하고 한데 뒤엉켜, 과연 누가 적이고 뭐가 참말, 거짓말인지를 분간키 어려운 모양새로 펄럭대더니, 오늘에 이르러선 아예 심정적으로는 저 본능처럼 전쟁 좋아하는 미국보다도 더 가까이 벗트는 쪽으로 우리 곁에 바짝 그들이 다가와 있는 실정이 아닌가. 지금껏 낯선 풍경으로만 상상해왔던 공산국가 수도들이 온갖 여행객과 언론 매체들로 해서 그 비밀스런 속내가 양파껍질 벗겨지듯 속속들이 다 드러나 보이자, 그들한테로 쏠렸던 막연한 적대감이나 동경까지도 이제는 시큰둥하게 색이 바래고 아무런 긴장감 없이 시들해졌음에랴. 내가 근무하는 신문사 안에서도 웬만한 기자들은 이처럼 공산권의 장막에 휩싸였던 낯선 도시들을 이미 거의 한두 번쯤은 다 서그럽게● 다녀왔거니와, 나 같은 퇴물들만 유독 그 대열에서 배돌이처럼 빠져 있어 선험자들의 공연한 동정심마저 은근히 촉발시켜 왔던 것이리라.

그럼에도 내 의식 속의 그 나라들은 여전히 설면하고 서먹하다. 일주일 전 실장한테서 느닷없는 출장 지시를 전해 받았을 때, 나는 거의 반사적으로 오래 전 공중 폭발한 KAL 여객기의 금속 파편들이, 깊은 어둠의 바다에 사금파리 빛을 뿌리며 사정없이 곤두박질치는 장면을 떠올렸다. 도무지 이승의 현실이 아닌, 어떤 불가해한 꿈밖의 상황과 맞부딪친 느낌이었다. 지금은 비록 이리저리 쪼개지고 무너져 새로 짜깁기됐지만, 옛 '소련'이라는 나라는 그만큼 여러 갈래의 야만의 상

● 불뚱가지: 걸핏하면 얼굴이 불룩해지면서 성을 내며 함부로 말하는 성질.
● 서그럽다: 마음이 너그럽고 서글서글하다.

징성을 허깨비인 듯 나에게 들씌워 준다. 마음먹기에 따라선 언제라도 체첸 같은 인근 약소국을 무자비한 탱크나 전투 폭격기로 깔아뭉갤 수 있는 군사대국, 그러면서도 끝없이 펼쳐진 설원과 시베리아 횡단 열차가 달리는 유형의 얼어붙은 땅이라는 인식이 그것이다. 좀체 그 두억시니● 같은 흉중을 가늠할 수 없는 불곰을 문득 조우하는 기분인가 하면, 우리네 인간 구원을 전제로 한 심오한 영혼의 세계가 파도치는, 암울하고도 신비스러운 문학 작품의 무대로 짐짓 다가오기도 한다. 요컨대《죄와 벌》, 《전쟁과 평화》가 기묘하게 조화를 이루며 공존하는 대상이 내게서의 옛 소련 이미지인 것이다. 공산주의 종주국으로서 그들은 한때 한반도의 한쪽을 점령하여 한국전쟁을 요리한 장본인이었으므로, 아마 대개의 기성세대는 나와 같은 트레바리의● 고정관념과 잘 교육된 적개심을 두루 공유해 왔으리라 여겨진다.

어쨌든 나는 별스럽게 찾아든 이번 출장의 행운 같은 기회를 이드거니● 받아들이고, 늪처럼 고여 있는 권태로운 일상에서 벗어날 수 있는 절호의 시간으로 삼으리라 작정, 차근차근 준비해 왔다. 일찍이 안톤 체호프가 사람 못 살 '지옥'이라고 표현했을 만큼 춥고 배고픈 동토凍土이긴 할망정, 그 지옥으로 죄 없이 끌려가서 군국 일본의 강제노역에 시달리다가 억울하게 죽었거나, 혹은 구사일생으로 살아남은 조선 양민들의 고난에 찬 발자취를 한번 더듬어 훑어보는 것만으로도, 이번 여행은 올찬 의미와 가치가 있을 터였다. 게다가 더욱 중요하게는, 잃

● 두억시니: 모질고 사나운 귀신의 하나.
● 트레바리: 이유 없이 남의 말에 반대하기를 좋아함. 또는 그런 성격을 지닌 사람.
● 이드거니: 충분한 분량으로 만족스러운 모양.

어버린 내 '일본큰아버지'를 한번 본때 있게 찾아보려는 마음임에랴.

이런저런 상념에 젖어 있던 내가 기창 밖 솜털 같은 뭉게구름 쪽으로 시선을 돌리려는데, 저만큼 떨어진 뒤쪽에서 다시금 웬 아이들 칭얼거리는 소리가 들렸다. 아까부터 신경에 조금 거슬리긴 해도, 그만한 또래의 젊은 부부들이 단체로 애들 데리고 어디 해외여행이라도 가나 보다 싶어 무심히 넘겼으나, 자세히 알고 봤더니 그게 아니었다. 유럽 쪽으로 입양 수출돼 가는 떨꺼둥이• 고아들이었다. 그 사실을 귀띔해 준 옆자리 중년 부인이 푸념처럼 다시 뇌까린다.

"원, 시상에나. 우리 고아 수출이 세계 1위라더니, 그 말이 맞긴 맞는 모양이네? 올림픽하고 월드컵 열린 지가 언젠데, 아직도 저런 일이 벌어질까나!"

"참, 그러게 말입니다."

뭔가 맞장구라도 쳐줘야 될 것 같아 나도 덩달아 심드렁히 받아 넘겼지만, 정작 말을 뱉어 놓고 보니 절로 얼굴이 화끈거렸다. 하필이면 사할린 가는 길목에서 저 애들을 맞닥뜨리다니, 하는 시답잖은 우연의 상징성이 불현듯 강제로 끌려가는 일제 때의 징용자들 모습 위로 겹쳐지면서, 그 틈서리를 비집고 들어오는 또 하나의 고통스런 삽화가 그 위에 깨단하게• 포개졌기 때문이다.

그것은 저 전쟁 피난 시절의 젊은 아버지였다. 아직 코흘리개 티를 벗어나지 못한 나를 꼬옥 부둥켜안고, 당신은 죽기 살기로 화물열차

• 떨꺼둥이: 의지하고 지내던 곳에서 가진 것 없이 쫓겨난 사람.
• 깨단하다: 오랫동안 생각해 내지 못하던 일 따위를 어떠한 실마리로 말미암아 깨닫거나 분명히 알다.

난간에 매달렸다. 콩나물시루 속보다 더 빽빽하게 갈 곳 없는 피난민들로 들어찬 열차는 가까스로 우리 가족까지 마저 태워 싣고 깊은 어둠 속으로 길게 내달렸다. 어머니와 누이동생은 용케 화물칸 안으로 먼저 휩쓸려 들어갈 수 있었으나, 아버지와 나는 서로 앞다퉈 타려는 마지막 난민들의 북새통에 자칫 그 열차를 놓칠 뻔했다. 짐짝처럼 널브러지고 뒤엉킨 틈새를 비집고 서로 손을 마주잡았을 때, 우리는 비로소 사지死地에서 탈출해 나온 기쁨과 앞으로 다가올 암울한 앞날에의 불안감으로 숨이 막혔다. 훨씬 나중에 안 일이긴 하지만, 그때의 고난에 찬 행렬 속에선 노독과 허기에 지쳐 길거리에 자기 아이를 내버리고 가는 어른들도 더러는 생겨났다고 했다. 어둠 속을 치달리는 화물열차 지붕 위에서 떨어져 죽은 사람, 적과 아군을 식별할 줄 모르는 미군기의 무차별 폭격으로 속절없이 쓰러져 간 사람들도 수두룩 속출했다. 그런데도 우리는 더 이상 열차가 나갈 수 없는 항구도시 부산에 무사히 안착해 새로운 삶의 명줄을 시난고난 이어 나갔다. 과연 그러한 막장 헐벗음도 참다운 인생의 범주에 포함시킬 수 있을까? 아니다, 우리는 진정 죽지 못해 사는 지옥 같은 극한 상황의 삶을 살았다. 그런데 그때의 그 억척스럽던 어머니는 또 어디로 가신 걸까.

어제 해질녘, 평소보다 조금 일찍 귀가한 나를 맨 먼저 맞아들인 건, 늙은 시어머니를 어이없어 하는 아내의 날선 음성이었다.

"열쇠를 맡긴 내가 바보지. 어이구, 속 터져!"

"아니, 왜?"

현관을 들어서던 내가 엉거주춤 반문해도 아내는 여전히 거칠게 그릇들 부딪쳐 가며 설거지하기에만 바빴다. 거실 입구 좁은 문턱에 위태로이 걸터앉은 어머니는, 마치 주눅 들린 들고양이마냥 잔뜩 웅크린 몸짓으로 뭐라 알아들을 수 없는 주문을 혼자 읊조린다. 내가 집에 도착하기 전 두 고부는 또 분명 무슨 시답잖은 시비로 한 차례 티격태격 다투었던지, 나를 본 어머니는 못내 억울하고 섭섭했던 듯 곰상스레● 일러바치기 시작했다.

"이런 망측한 법도 있겠냐? 쟈가 글씨 이 시에미를 왼종일 굶겼지 뭐냐. 오늘 나, 밥 한 톨도 넘긴 게 읎다."

"에이그, 가관이네요."

아내가 설거지 손길을 멈추고 앵돌아서며 나를 영 마뜩찮게 노려보았다. 무슨 사달인지 뻔히 알면서 뭘 그리 귀살쩍은 치매 노인의 역성 들기에 바쁘냐는 뜻이겠다.

따뜻한 밥상을 차려 놓고 나면 노인은 숟가락 내리기 무섭게 다시 밥을 찾고, 지남력 장애가 심해질 경우엔 때와 장소, 밤과 낮조차 제대로 밝혀 구분하지 못할 뿐 아니라, 어떤 볼품없고 잔망스런 물건이든지 당신 방으로 몰래 숨겨 들여가거나 그걸 또 어디에 숨겨 두었는지 몰라 곧잘 도둑맞았다고 생떼 쓰기 일쑤인 시어머니를 두고, 어느 며느리가 늘 엉너리치며● 붙임성 있게 따르고 좋아할 것인가. 그래서 나는 걸핏하면 아내 편을 지레 두남두어● 주기 십상이고, 남의 집 귀한 딸 데려다 이때껏 내리 고생만 시킨다는 말로 맘에 없는 너스레를 떨곤 한다. 방금 전의 열쇠에 대해서도 슬쩍 곰파봤더니, 아내가 외출

● 곰상스럽다: 성질이나 행동이 싹싹하고 부드러운 데가 있다.
● 엉너리치다: 남의 환심을 사기 위해 어벌쩡하게 서두르다.
● 두남두다: 잘못을 두둔하다. 애착을 가지고 돌보다. 편들다.

할 때 맡겨 둔 현관 열쇠를 주책없는 노인네가 또 어딘가에서 슬그머니 잃어버렸다는 것이다. 나는 어머니에게 식탁 위 먹을거리들을 손가락질하면서 투덜거렸다.

"보세요. 지금도 저리 잘 차려져 있는데 무슨 말씀이세요!"

"그려?"

당신은 이내 아무 일도 없었다는 듯 꽤나 태연스런 표정으로 눈을 끔뻑거리며 거실 소파로 옮겨 가 앉았다. 나는 아내의 엉덩이를 부러 툭 건드려 주고 나서, 이래저래 미안한 속마음을 적당한 사탕발림으로 얼버무렸다.

"내일 출장 준비는 다 됐겠지? 다음에 유럽 쪽으로 갈 땐 우리가 두 손 잡고 함께 가자구, 응?"

그리고 옷을 갈아입기 위해 방으로 들어갔다가, 다시 어머니와 마주앉았다. 당신의 정신이 조금이라도 말짱할 때, 큰아버지에 관한 정보를 확실히 더 얻어듣기 위해서였다. 나는 내일 사할린 좀 다녀오겠다고 인사 삼아 말문을 열었다. 어머니는 역시 무슨 뜻인지 얼른 못 알아채고는 습관처럼 반문이다.

"뭐시라?"

"제가 며칠 동안 저 사할린을 가게 됐다구요. 가라후또!"

"그려? 한번 가믄 다시 못 돌아온다는 그 일본놈덜 땅에 니가 왜 간단 말이냐? 거긴, 네 불쌍한 큰아부지가 기신 곳인디…."

"세상이 변했어요, 어머니. 거긴 진즉부터 일본 땅도 아니구요. 그런데 아버님이 생전에 너의 일본큰아버지를 꼭 좀 찾아 보거라, 입버릇처럼 말씀하셨잖아요. 그래서 내일 그 일 때문에 거길 간다구요."

그리고 나는 미리 가져온 수첩과 큰아버지 사진을 다탁 위에 펼쳐놓았다. 뿌옇게 먼지가 쌓인 앨범 속에서 보물이듯 꺼내 두었던 명함판 정도 크기의 사진은 당신의 학창시절 어떤 친구와 함께 찍은 것이었는데, 어떻게 해서 우리 가족의 사진첩에 끼워지게 됐는지는 잘 몰라도, 어쨌든 그분의 얼굴이나 분위기를 정겹게 더듬어 보고 확인할 수 있는 유일한 증거품임에는 틀림없었다. 이 빛바랜 옛 사진을 들여다볼 때마다 나는 피는 결코 속일 수 없다는 아련한 육친의 정을 에누리 없이 체감하고, 그로부터 전해져 오는 애틋한 그리움에 사로잡히게 마련이었다.

저 군국 일제의 살벌한 통치 분위기에 걸맞게 바리캉으로 적당히 밀어 젖힌 상고머리의 사진 속 일본큰아버지는, 긴 책상 모서리에다 괸 오른쪽 팔꿈치로 턱을 받친 채 이쪽 정면을 가만히 응시하고 있다. 그 쌍꺼풀진 두 눈매가 영락없이 나를 닮은 것 같았다. 아니, 다름 아닌 내가 그이의 눈매를 그대로 빼닮았다. 둥글넓적한 몽골리언의 얼굴 윤곽이나 성긴 눈썹, 약간의 냉소를 띤 입매가 우리의 가계家系임을 좀 더 확실하게 입증해 주었다.

나는 다시 어머니한테 묻는다.

"그런데 그분은 왜 그때까지 혼인을 않으셨던 거죠? 정말 혈혈단신으로 살다가 일본으로 끌려가신 겁니까?"

"끌려갔는지 어쨌는지는 나도 몰러. 무슨 말 못 할 잘못인가로, 왜놈 헌병들한티 이리저리 쫓겨 다녔다는 것만 니 아버지 통해 알았제. 그러다가 느닷없이 북해도 탄광에서 돈과 편지를 부쳐 왔다더라만."

"그래요? 그렇다면 굳이 강제 징용으로 끌려가신 게 아닐지도 모르겠네요?"

나는 혼잣말처럼 중얼거리며 어머니를 훔쳐보았고, 당신은 어느새 거짓말처럼 꾸벅꾸벅 졸면서 또 뭐가 보이는지 "다 헛거여, 헛것!"이라고 뇌까린다. 그러자 나 역시도 죄 쓸데없는 헛짓일지 모른다는 예감이 살짝 뇌리를 스치고 지나갔다. 아버지 역시 저 세상으로 가기 전까지 줄기차게 고향을 그리다가 눈을 감았는데, 그렇다면 먼 이국에서보다 철조망, 지뢰밭만 지나면 곧바로 닿을 수 있는 지척에서의 애타는 망향이 오히려 더 암만하고 가슴 아픈 일이 아닐까 싶기도 했다.

"주무시려면, 저녁 잡숫고 주무세요."

내가 자리를 털고 일어나며 어머니의 꺼질 것 같은 어깨를 가볍게 흔들었다. 식탁에 저녁 차리는 아내의 손길도 더 바빠졌다. 그네가 주방 쪽에서 소리친다.

"난 교회 갔다 와서 먹을 테니까, 두 분이서 드세요."

"뭐라? 내일 비행기 탈 남편 놔두고?"

"그래서 사고 없이, 무사히 다녀오시라고 기도드리러 가는 거예요. '시어머님 치매 좀 빨리 낫게 해주십사'도 곁들여서. 알겠죠?"

그리고 그네는 서둘러 욕실로 들어갔다. 기도시간에 대려면 벌써 늦을 낌새가 분명해 보이지만, 그래도 정갈한 샤워만은 반드시 거쳐야 하는 게 교회 가기 전의 아내의 변함없는 버릇이었다. 그럴 때의 나는 가끔씩 그 깨끗한 몸으로 무릎 꿇고 하느님께 비는 아내의 기도가, 도대체 무슨 내용으로 한가득 채워질지 속으로 적이 궁금하지 않을 수 없었다.

언젠가 수의를 준비해야 할 만큼 어머니의 병세가 위독해졌을 때,

아내는 그 옆에서 눈을 감고 가만히 기도한 적이 있는데, 그 간절한 염원 덕분이었는지 금방 임종을 맞이할 것 같던 어머니는, 또 기적처럼 자리를 훌훌 털고 보란 듯 다시 일어났다. 하지만 그때부터 당신은 이미 귀신이 된 남편을 찾아 간다면서 단정한 새물내의 새 옷을 곱게 차려입고 나서는가 하면, 어느 땐 또 뒷마당의 낙엽 따위를 긁어모아 불을 붙여선 평소 즐겨 입던 옷들을 활활 태우려는 등의 노망기를 보이기 시작했고, 그에 따라 아내의 교회 출입도 부쩍 잦아졌다. 그럼에도 임종 직전의 어머니가 거짓말처럼 말짱 되살아나서 오늘껏 망령되이 천수를 누리는 걸 보면, 그래도 역시 며느리의 기도 효험이 꽤나 낫잡아 작용하긴 하는 모양이었다.

어쨌든 내가 귀국할 때까지 으깍•의 두 고부간에 아무런 탈도 생기지 말아야 할 텐데. 아니, 하루하루 서둘러 세상 끝으로 다가가는 어머니한테 뜨악한 별일이 생기지는 말아야 할 텐데!

비행기는 어느 결에 일본 상공을 낮게 날고 있었다.

하네다에서 유럽 쪽으로 진로를 바꾼 고아들과 헤어졌다. 내 자식들을 먼 이국으로 떠나보내는 듯한 아픔이 한순간 소용돌이치며 가슴을 훑고 지나갔지만, 그래봤자 나는 아무런 도움의 손길을 뻗칠 수 없는 어설픈 방관자에 지나지 않았다.

목적지인 유즈노사할린스크에는 어둠 속으로 추적추적 빗발이 돋는 밤에 내렸다. 탄광의 검은 갱도로 들어서듯, 마중 나온 이호준 씨의 안내를 받아, 미리 예약해 정해진 숙소에 여장을 풀었다. 처음 본

• 으깍: 서로 의견이 달라서 생기는 감정의 불화.

낯선 땅, 낯선 사람들이지만, 나는 이상하게도 한국의 어느 숨은 도시를 찾아온 것 같은 정겨운 착각 속에서 사할린의 첫 밤을 보냈다.

하지만 이튿날부터 강행된 여러 동포들과의 만남의 시간을 통해서 이곳이 어쩔 수 없는 낯선 이국의 하늘 밑이고, 우리 동포들의 고난에 찬 세월의 앙금이 여전히 풀리지 않는 한恨으로 각인되어 있는 '얼음의 나라'라는 사실을 피부로 절감하지 않을 수 없었다. 모든 결사나 조직이 당과 소비에트의 통제 아래에 놓여 있던 소련 사회에서, 조선인민족문화협회라든가 사할린조선인이산가족회 등의 단체가 결성되었던 건 페레스트로이카 정책 이후의 중대 변화로 간주될 수 있다손 치더라도, 지금껏 억눌리며 살아온 그 피맺힌 침묵의 역사는 좀체 밝은 터널 밖으로 벗어나오거나, 그에 걸맞은 응분의 대가를 보상받을 수 없어 보였다. 그들 대부분은 고작 잃어버린 고향을 마음대로 오가면서 생이별했던 가족을 만나고, 부모님 산소에 성묘할 수 없겠냐는 매우 소박한 소망만을 갖고 있었다. 치아가 거의 다 빠진 한 노인은 당신 고향으로 영주 귀국할 의사가 없느냐는 나의 질문에 이렇게 답변했다.

"너무 늦었소이다. 어찌 됐거나 여기 뿌린 씨앗들도 이제는 단단히 열매 맺고 뿌리 백혀 사는데, 그걸 어떻게 또 털어내고 나만 덜렁 떠날 수가 있겠소? 우린 벌써 러시아 사람 다 되었시요. 아무 데서나 정붙여 살믄 그게 고향이지."

이렇듯 고국과의 자유 왕래나 확실하게 보장해 주었으면 더 이상의 바람이 없겠다는 사람들이 의외로 많았는데, 이는 아마도 러시아 당국의 오랜 기간에 걸친 억압통치와 끈질긴 현지화 정책의 소산일 듯싶었다. 한국말을 모르는 3, 4세대 동포들은 이미 조선, 혹은 한국을 잊고 있거나, 가슴속에 접어 두지 않은 채 나름대로의 독특한 체질과 고유문화를 형성, 별 불편 없이 잘 적응해 살아가는 것 같았다.

사흘째 되는 날부터 나는 본격으로 '일본큰아버지 찾기'에 나섰다. 대부분이 러시아인인 전체 인구 60여만 명 정도의 이 섬에서, 한국인은 소수민족 중 가장 많은 6만여 명이라고 했다. 일제는 이 사할린에 10만여 명의 한인을 강제징용 등으로 끌고 가 전쟁 수행에 동원했는데, 그중 4만 3천여 명이 전쟁이 끝난 후에도 발이 묶여 귀국을 못 했다고 했으니, 그동안 노령으로 자연사했거나 고국의 귀환운동에 힘입어 영주 귀국한 이들을 빼면, 현재 남아 있는 일제 경험 세대 숫자는 적어도 2만 명 정도를 밑돌 거라는 계산이었다. 따라서 만약 큰아버지가 지금도 여전히 여기 살아 계신다면, 그이를 찾아내기란 그리 어려운 일이 아닐 수도 있겠다는 생각이었다.

"혹시 김기출金基出 씨를 아십니까? 고향은 혜산진으로, 공업학교를 나온 광산 기술자였답니다. 이곳 사할린에서 마지막 소식을 전해 왔는데, 나이는 올해 86세이고, 둥글넓적한 얼굴 생김새에 선량하게 생긴 두 눈은 쌍꺼풀지고 눈썹이 진했답니다."

희멀겋게 바랜 젊은 날의 흑백사진과 함께, 큰아버지의 짧은 이력과 인상을 미리 복사해 갖고 있던 터라서, 나는 주로 한인단체와 그 지도자들, 탄광 출신의 노인네들한테 두루 나누어주는 것으로, 하늘의 뜻을 기다리는 수밖에 달리 방법이 없었다.

그런데 이상한 건 '이제 됐다'는 알 수 없는 안도감이었다. 뭔가 새수나게 좋은 일이 생길 것 같은, 내가 원하는 바가 꼭 성사될 것만 같은 그 굴진 느낌은, 첫날부터 나의 안내인이 돼 준 이호준 씨의 꽤나 여유로운 자신감에서 비롯된 것인지도 몰랐다. 그는 말했다.

"김 선생, 걱정 마시라우요. 이 정도 정보라면 선생 백부님을 충분히 찾을 수 있겠구먼요."

그러면서 지금껏 이리저리 수소문하고, 현지 언론 매체에 알리거나 행정 당국에도 열심히 들락거리는 거여서, 부탁한 내가 괜히 미안쩍을 지경이었다. 그럼에도 일정 마감을 하루 앞둔 날까지 별다른 소식이 없어 나는 거의 우련한 포기 상태로 빠져들어 갔다. 그래서 가벼운 관광으로나 바장일까● 망설이는데, 이호준 씨의 그 바지런한 선의가 결코 물거품의 헛수고는 아니었던지, 호텔로 걸려온 한 통의 전화가 나를 요란한 소용돌이 속으로 한순간 몰아넣고 말았다.

"김 선생, 기자 선생! 선생께서 찾으시던 김기출 어른이 여기 사할린 땅, 브이코프에 살아 계시다는 걸 확인했습니다!"

잔뜩 격앙된 목소리로 나의 의식을 흔들어 깨운 사람은, 역시 친절하고 곰상스러운 이호준 씨였다. 이 씨는 지금 당장 이산가족협회 사무실로 달려오라는 당부와 함께 달뜬 전화를 끊었다.

아, 꿈은 이루어진다는 말이 맞긴 맞는 것인가.

나는 한동안 어리둥절한 혼란 속에 빠져 허겁지겁 허우적이지 않으면 안 되었다. 세상은 정말 넓고도 좁은 것인가. 우리네 비대발괄●의 꿈이 이리 성큼 빛 밝은 현실로 둔갑될 수도 있었다.

● 바장이다: 부질없이 짧은 거리를 오락가락 거닐다.
● 비대발괄: 억울한 사정을 하소연하면서 간절히 청하여 빎.

알 수 없는 불안과 흥분이 다시 한 번 가슴 속을 휘감아들었다. 만약 이게 부정할 수 없는 기정사실이라면, 나는 앞으로 또 어떻게 대처해 나가야 할 것인가 싶은 부담감도 스멀스멀 되술래잡혀 싹터 올랐다. 그러나 그 모든 건 엄연한 현실로서 내 앞에 여보란 듯 펼쳐졌다. 어떤 우연이라든가 기적은, 그래서 우리의 삶 속 어디에서든 언제나 실재하고, 그러한 가능성을 믿기 때문에 인간은 그 험한 고난을 용케 견디며 살아가는 것인지도 몰랐다.

큰아버지를 처음 맞닥뜨린 순간, 나는 한눈에 바로 내가 찾고자 하는 실제 주인공이라는 걸 에누리 없이 직감할 수 있었다. 온몸으로 알아본다는 말은 바로 이런 때 해당되는 경우일 터인즉, 지금까지 한 번도 뵌 적 없는 그 얼굴이 비록 저 모진 세월의 앙금인 양 깊은 주름살로 뒤덮여 있을지라도, 나와 큰아버지는 서로의 시선을 마주치는 순간 도무지 떼려야 뗄 수 없는 한 핏줄이라는 걸 동시에 느꼈다고 보아야 한다. 아주 끈끈한 육친의 정으로 굳게 다가왔는데, 그러나 큰아버지는 못내 믿기지 않는다는 표정으로 암암하게 캐물었다.

"선생이, 김기영이 아들이라고? 그럼, 모친은?"

나도 또박또박 끊어 어머니의 이름 석 자를 대었다. 그제야 큰아버지는 휘갑•의 믿음으로 내 손을 그러쥐고 매운 눈물바람을 피워 냈다. 특히 하나밖에 없던 당신 아우가 이제는 이 세상에서 가뭇없이 사라졌다는 말을 전해 듣고서는, 내 손을 더욱 세게 그러쥐며 소리 없이 흐느꼈다. 가까스로 그 설움을 진정시키고 난 큰아버지가, 메마른 눈물을

• 휘갑: 뒤섞여 어지러운 일을 마무름.

훔치고 나서 말했다.

"그래, 장하구먼. 이리 듬직한 내 조카님이 먼 여기까지 찾아들다니!"

"절 받으십시오, 큰아버님. 늦게 찾아뵈어 죄송합니다."

나는 억지이다시피 큰아버지를 소파에 이끌어 앉힌 다음, 사무실 바닥에 그대로 넙죽 엎디어 절하였다. 이러지 않아도 괜찮다는 의미로 큰아버지는 자꾸 내 양 어깨를 일으켜 세우려 했지만, 절을 마친 내가 자리에서 일어섰을 때 큰아버지의 눈가엔 또 감격에 겨운 물기가 촉촉이 배어 있었다.

협회 사람들의 박수소리와 함께 카메라 셔터가 터지고, 곧이어 간단한 다과 자리가 마련되었다. 구경삼아 몰려든 그들은 이구동성으로 놀라워하고 내 일처럼 반기며 기뻐했다. 그러나 큰아버지는 어딘지 생면부지의 조카자식한테 별다른 기대나 부담감을 주지 않으려는 눈치가 역력했다. 이호준 씨가 큰아버지 대신 내게 말했다.

"백부님이 김 선생 출현을 암만해도 믿을 수 없으셨다지 뭡니까. 그래서 가족들한텐 별말씀 없이 혼자 나오셨는데, 이제 훤히 확인됐으니, 어서 당신 집으로 가시잡니다. 가서 이웃들하고 작은 잔치라도 벌여야겠답니다."

"암, 그래야죠."

우리는 곧 브이코프 탄광마을로 달렸다. 그곳에서 큰아버지의 단출한 가족이 한데 어울려 살고 있다고 했다. 달리는 차 안에서 이호준 씨가 또 덧붙여 설명했다.

"광산 기술자란 단서가 없었다면 아마 김 선생 백부님을 못 찾아냈을지도 모릅니다. 워낙 바깥세상과는 담을 쌓고 사셨던 비스카르단스키라서 …. 그래도 은퇴하시기 전엔 그 탄광마을에서 꽤나 영향력 있는 분으로 행세하셨기 때문에, 그런대로 쉽사리 연락이 가능했던 겁니다.”

“비스카르, 단스키라면?”

내가 의아한 눈빛을 굴리자, ‘무국적자’라는 대답이 바로 달려 나온다. 이호준 씨가 계속했다.

“옛 소련이나 북조선의 공민권을 취득하지 않은 채 살아온 사람들이죠. 지금은 물론 러시아인으로 정식 인정을 받고 살지만, 페레이스트로이카 이전까지만 해도 이들은 사할린 안에서조차 여행이 자유롭지 못했어요.”

“북녘 땅이 고향인데, 큰아버님은 왜 그쪽 공민권도 취득치 않고 그런 불편을 겪으셨을까요?”

“글, 쎄, 다.”

큰아버지는 차창 밖을 내다보며 한숨처럼 내뱉더니, 잠시 뜸을 들인 후 말을 이었다.

“자네들이 남쪽에서 잘사는 모습을 꿈속에서 보았기 때문이었지. 북쪽에 김일성 공산정권이 들어섰다고 했을 때, 우리 집안은 그곳에 아무도 살지 않을 거라는 믿음이 생겼어. 자네가 오늘 이처럼 나를 만나고 있는 걸 보믄, 어떤가? 내 육감이 착실히 맞아떨어지지 않았남?”

“예, 맞습니다.”

“6 · 25 전쟁이라는 것도 따지고 보믄 우리 조선 민족이 주인공이 아니더랬지?”

"그게 바로 힘없는 약소국의 비애였죠."

"어쨌거나 조국이 하나로 합쳐야지 큰 문제로구나. 입술에 벌건 생피를 묻힌 괭이들처럼 틈만 나면 물어뜯고 싸움질만 일삼으니, 어디 남세스러워서 살겠던가. 남북을 자유 왕래토록 하고 거주 이전을 보장해 주면 통일이 한결 쉬워질 텐디. 백두산이나 금강산도 자유롭게 오갈 수 있게 하고 말이지."

"제한적이긴 하지만, 지금도 어떤 구역은 자유롭게 오갑니다. 백두산도, 평양도 곧 그렇게 될 거구요."

"허, 그려? 그럼 우리 고향 땅도 머잖아 가볼 날이 오잤구먼?"

"그럼요. 하지만 거주 이전 보장은 쉽게 안 될 겁니다. 북쪽 인민들이 한꺼번에 남쪽으로 다 내려와 버리면 어쩌려구요?"

"허허, 내가 또 공연한 이상주의자 노릇을 했군."

차 안에 한바탕 공소한 웃음꽃이 일었다. 나는 내친김에 현재의 당신 가족관계를 넌지시 캐물었는데, 짐작했던 대로 일찍이 이곳 현지 여자와 결혼해서 혼혈아들을 하나 두고 있었다. 자식을 늦게 본 탓으로 나보다 나이가 일곱 살이나 어렸다. 그 부인과는 9년 전에 사별한 몸으로, 지금은 역시 대를 이어 탄광에서 토목기사로 일하는 이 아들네에 얹혀살고 있다고 했다. 내가 다시 이었다.

"어머니 말씀에 따르면, 일본에 건너가신 이후 딱 한 번 소식을 전해 오셨다더군요. 북해도 어느 탄광에서."

"그랬을 테지. 암, 그랬을 게야."

큰아버지는 마치 남의 말 하듯 뇌고는 무연히 창밖으로 다시 시선을 돌렸다. 도시 꿈만 같다는 표정이었다. 기실 지나온 과거사가 마냥 거짓말 같을 것이며, 얼굴도 모르는 낯선 조카자식을 우연찮게 상봉하게 된 것도 그저 아득한 꿈만 같을 것이었다. 기억의 긴 회랑을 더듬어 온 큰아버지가 혼잣말처럼 물었다.

"제수 씨, 자네 모친 말이네. 많이 늙으셨제?"

"늙으셨지만, 아직 정정하십니다. 돌아가신 아버님은 큰아버님 찾으라는 게 유언이셨구요."

뒤의 말은 사실이지만, 앞의 말은 사실이 아니었다. 그럼에도 나는 어머니가 지금 치매에 걸렸고, 언제 돌아가실지 모를 만큼 건강이 안 좋다는 말은 차마 내비칠 수가 없었다.

정오를 지날 무렵 큰아버지네가 살고 있는 탄광마을에 도착했다. 미리 연락이 닿은 듯 광부 사택의 현관 앞까지 낯선 사촌 내외가 그 암갈색 눈의 자식들을 데리고 다붓다붓 마중 나와 있었다. 사촌은 바쁜 일과 도중 점심시간을 이용해 잠깐 나왔다면서 반갑게 악수하고, 얼마 안 있어 곧 집 밖으로 사라졌다. 큰아버지는 다른 한인들에 비해 얼마쯤 성공한 편에 속한 듯 보였지만, 자식 덕이나 처덕은 별로 보잘것없는 듯했다. 처와 며느리까지 다 눈빛과 피부색이 다른 데서 오는 나의 선입견이나 이질감 탓일까, 큰아버지는 짐짓 어떤 고통이나 외로움 자체를 스스로 즐기며 사는 것 같았다.

우리의 상봉을 축하하고 진심으로 기뻐해 주는 쪽은 오히려 일가 피붙이보다 이웃 고려인들이었다. 늦은 점심식사가 끝나 갈 무렵 일단의 노인들이 또 들어와 발만스럽게● 합석해선, 독한 화주火酒를 번갈

● 발만스럽다: 두려워하거나 삼가는 태도가 없이 꽤 버릇없다.

아 들이켜 가며 무람없이 웃고 떠들었는데, 그들은 하나같이 애끓는 망향의 설움으로 한데 어울렸다. 그중의 한 노인이 약간의 취기가 도는 눈으로 나에게 말했다.

"저 담장 쪽 나무들을 좀 보시우. 말 못하는 식물도 댁의 백부님 뜻을 알아차리구선, 죄다 남쪽으로 가지를 뻗고 있지 않습네까!"

"정말 그렇군요."

그것은 사실 그대로였다. 그 노인이 가리킨 블록담 밑의 두 그루 자작나무는, 어떻게 된 영문인지 잎이 무성하고 가지가 튼실한 쪽이 약속이나 한 듯 남향받이로 기우뚱 쏠려 있었다. 우연이라고 하기엔 지나치게 작위의 냄새가 절로 묻어나는 걸 보면, 큰아버지는 분명 그런 애끓은 방식으로라도 나무를 심고 가꾸어 망향에 대한 깊은 정한을 남몰래 달래어 왔던 것인지도 몰랐다. 심을 때부터 아예 가지가 많은 쪽을 일부러 남쪽으로 향하게 하고, 그래도 남쪽 외의 다른 방향으로 잎이 무성해질라치면, 그걸 싹둑싹둑 잘라내 당신의 임의대로 수형樹型을 바꿔 가꾸었을 법도 하다. 노인과의 대화를 귀담아 듣던 큰아버지가 불쑥 참견해 왔다.

"저 두 나무에 무슨 뜻이 있는지 아시겠남?"

" …… ? "

"자네 아버지와 날세. 형제나무!"

"아, 예."

나는 조금 야지랑•스럽다 싶으면서도 그만 말문이 막혔다. 더운 가

• 야지랑: 얄밉도록 능청맞고 천연스러운 태도.

슴속이 뭔가 말 못 할 비애로 가득 차오르는 것도 같았다.

그날 해질 무렵 이호준 씨 일행과 이웃 노인들까지 다 흩어져 돌아간 다음, 나는 하룻밤 큰아버지와 함께 지낼 요량으로 거기에 그대로 남았다. 주거 환경이나 다른 식구들이 좀 걸리긴 했지만, 이역만리 먼 땅을 찾아와서 꿈에 그리던 육친을 뵈었는데 그까짓 사소한 불편쯤이야 무슨 대수이랴. 모자라는 잠은 내일 오후 귀국 비행기 안에서 벌충해도 충분하리라.

그리하여 그날 밤, 큰아버지는 당신이 사할린에 흘러들어 와 정착하게 된 한 맺힌 경위를 속절없이 털어놓았다. 그 자닝하고 설운 내용을 간추리자면 다음과 같았다.

— 태평양전쟁이 한창이던 1943년 4월 초의 어느 날 밤, 큰아버지 김기출은 결국 그 일본인 순사를 칼로 찌르고 말았다. 쥐도 새도 모르게 해치울 작정이었으나, 서툰 행동거지에 꼬리가 잡혀 그는 곧 쫓기는 신세로 전락한 꼴이었다. 요시다라는 그 순사를 찌른 건 유감스럽게도 무슨 나라를 되찾기 위한 독립운동 차원의 거창한 동기에서가 아니라, 순전히 당신 개인의 질투 내지는 복수심을 충족시키기 위해 저질러진 한순간의 실수였다. 어쩌면 부당하게 억압받는 식민지 국민으로서의 울분도 적당히 개입되었다고 볼 수도 있는 문제겠으나, 사실인즉 가슴 깊이 흠모해 마지않던 사랑하는 여인이 놈에게 겁탈당했기 때문에, 그만 한순간에 눈이 뒤집혀 증오의 칼을 빼들고 말았다고 했다.

장순덕張順德. 큰아버지가 지금껏 몽매에도 그려 온 그 여자의 이름이거니와, 대구에서 후실 자식으로 태어난 그네는 자그마한 요정을 경영하는 자기 어머니의 화류계 생활과는 영 딴판으로, 당시 큰아버지가 일하던 광업소의 경리사원으로 막 입사해 성실히 살려고 무던히도 애쓰던 참이었다. 돈 많은 광산업자 의붓아버지의 연줄로 북녘 땅 깊은 오지에까지 흘러들어 와 큰아버지를 알게 되었는데, 그러나 호시탐탐 그네의 육체를 탐하고 이물스럽게 마음까지 빼앗으려는 요시다 때문에, 그네는 거의 매일 질식할 것 같은 감시의 사슬 속에서 살지 않으면 안 되었다. 회사 사무실로, 숨어 사는 자취방으로 교활한 마수의 손길을 서슴없이 뻗쳐오는 요시다의 간계에 못 이겨, 그네는 결국 미덥게 다니던 직장마저 내팽개치고 자기 어머니 곁으로 도망쳤다. 그러나 사악하고 교활한 요시다 놈은 거기까지 집요하게 따라붙어 눈먼 욕정에 불을 붙였고, 큰아버지의 복수의 칼을 스스로 자청해 불러들였다.

돌아보면 다 부질없고 우스꽝스럽기까지 한 운명의 장난이었다고 큰아버지는 회고했으나, 어쨌든 당신은 그 살인사건으로 해서 일본인들의 추적 감시망을 피해 지하로 숨어들었고, 마침내 부산항에 잠입하는 데 성공했다. 그때 큰아버지는 어떻게든 일본으로 건너가는 게 유리하다고 판단했다. 오히려 사람 많은 데가 숨어 살기도 쉽거니와, 큰 고기는 역시 큰물에 가 살아야 한다는 엉뚱한 영웅심도 움터 올랐다. 그래서 허름한 막노동꾼으로 변장하고 부두에 나간 당신은, 때마침 불어닥친 산업전사 모집 선풍에 스스로 휩쓸려 들어갔던 것이다. 싸울아비● 전투 병사는 물론 전쟁물자도 형편없이 모자랐던 때라, 어차피 강제징집을 당할지 모른다는 절박한 강박까지 겹쳐 큰아버지는 기꺼이 그 대열에 부나비처럼 뛰어들었던 것인데, 전쟁 막바지의 위기 상황에 몰린 그들 역시 쌀과 뉘를 가리지 않고 마구잡이로 실어가던 판이어서, 그는 쉽게 관부연락선에 쓸려 오를 수가 있었다.

그러나 큰아버지는 곧 엄청난 계산 착오의 무서운 덫에 걸려들었다는 걸 깨닫고 경악했다. 당신이 쓸쓸한 운명론자가 된 건 바로 이때부터라고 큰아버지는 회고했다. 그는 뒤늦게 죽어도 홋카이도北海道에는 가지 않겠다고 뻗대었지만, 변소에만 가도 몽둥이 든 감시원이 따라붙어 도무지 독 안의 생쥐 꼴로 꼼짝달싹할 수가 없었다.

큰아버지는 연락선이 시모노세키에 닿으면 기회를 틈타 어떻게든 탈출해야겠다고 결심했다. 탈출, 탈출…. 오직 그것만이 자신이 살 길이라고 믿었다. 그러나 모든 모의나 방책이 허사였다. 그는 결국 홋카이도의 한 탄광에 배속되고 말았다. 별이 지는 새벽부터 다시 별이 뜨는 초저녁까지 죽자꾸나 검은 석탄만 캐냈다. 그리고 모래알 같은 밥알을 억지로 떠넘긴 다음 취침을 하는데, 일단 문어방인 '다꼬베야'에 들어가면 형무소보다 더 지독한 생지옥이 기다리고 있을 따름이었다. 광부들은 정녕 소나 돼지처럼 취급되고 혹사당하였다. 장대비가 내리퍼붓는 날이나 눈보라 몰아치는 날에도 그저 짐승 같은 탄광일, 일뿐이었다. 그래도 걸핏하면 왜놈 감독관한테 무자비한 매를 얻어맞았다. 그럴수록 탈출에의 욕구는 용솟음쳐 올랐지만, 그럴 기회는 좀체 찾아와 주지 않았다.

숨이 콱콱 막히는 저 깊은 지하에선 염열지옥의 한증막 같은 열기와

● 싸울아비: 무사(武士).

습기, 탄가루가 섞인 텁텁한 공기로 늘 질식할 듯한 극한 상황의 연속이었다. 그래서 일을 하다가 가끔 피를 토하고 쓰러지는 처참한 광경을 목격하는 경우도 있었다. 석탄을 파내려 가는 굴 안이 무너져 내려, 그대로 그 속에 생매장으로 파묻히는 경우 또한 흔했다. 웬 물벼락이 굴 안으로 쏟아져 들어오는 때도 있었고, 오랫동안 갇혀 있던 가스가 일시에 폭발하여 참혹하게 화장당하는 조선인도 부지기수였다.

큰아버지가 든 다꼬베야는 팔목 정도 굵기의 각목으로 만든 격자 살이 창문을 가로막고 있었다. 제 살을 뜯어 먹어 가면서 반년 남짓 살아내는 단지 속의 문어처럼, 그리고 밟아도 밟아도 다시 살아나는 질긴 잔디처럼, 광부들은 오직 목숨 자체만을 위해 기를 써서 그 생지옥의 욕된 노예생활을 버티어 냈다. 그 당시 가라가치의 철도 부설공사에 징용되었던 조선인 노무자들은 너무 배가 고파, 그대로 굶주린 배를 움켜쥔 채 죽어 가기도 했었다. 그 철길 침목 하나하나가 다 조선인의 산목숨과 맞바꾸어진 것이었다. 그곳에서 집단 탈주를 시도하다가 들킨 주모자는 여러 동료들이 지켜보는 가운데 왜놈한테 잔인하게 박살당했지만, 그래도 큰아버지는 줄기차게 오직 탈출, 탈출만을 꿈꾸었다.

그러던 어느 날 밤, 광부들은 취침 중 느닷없는 일본 헌병대의 기습을 받았다. 그들은 한마디 설명도 없이 다짜고짜 잠자는 사람들을 깨워 잠옷 바람인 채로 트럭에 몰아 실었고, 첫새벽 어두운 길을 내달려 어딘가로 끌고 갔다. 비행장 건설에의 강제 동원이었다. 광부들은 곧 다음날부터 높은 산허리를 무너뜨려 낮은 곳을 매립하는 중노동에 들어갔다. 작업 중엔 일본인 감독관이 그림자처럼 들러붙어 다니며, 자칫 한눈이라도 팔라치면 사정없이 채찍 세례를 퍼부었다. 자유롭게 걷고 생각할 수 있는 최소한의 여유는, 고작 비행장 건설 현장과 다꼬베야를 오가는 사이의 보행 시간뿐이었다.

혹심한 과로와 영양실조로 죽어 가는 광부들이 점점 늘어났다. 추위와 굶주림, 모진 왜놈들의 학대로 죽음을 눈앞에 둔 이들은, 콩깻묵과 고구마 줄기로 꾸역꾸역 허기진 배를 채웠다. 그러다가 또 픽픽 쓰러져 속절없이 죽어 나갔다. 그러나 큰아버지 또한 언제 저승사자가 데려갈지 몰라 그들을 가엾게 여길 마음의 여유가 전혀 생겨날 수가 없었다. 그들은 팔다리가 수수깡처럼 깡마르면서도 배는 임신부인 듯 잔뜩 부풀어 오르고, 피부 여기저기에 종기가 생겼다. 눈자위가 붉어졌다가 다시 파르스름하게 변하면서 종기에서 고름이 줄줄 흘러나오면, 일본인 감독들은 스스럼없이 그를 포기하고 죽을 때까지 그대로 방치해 버렸다.

큰아버지는 더 이상 그곳에서 버티어 낼 재간이 없었다. 기왕 개죽음당할 바에야 그토록 갈망했던 탈출이라도 한번 시도해 보고 죽는 게 낫겠다는 생각을 하게 되었다. 비를 맞으면 너덜너덜해지고 찢어지는 옷, 짚신 속의 맨발, 들끓는 이 떼 ⋯. 그런 짐승 같은 나날을 치욕스럽게 붙들고 시난고난 더 유지해 가느니보다, 단 한순간이라도 사람답게 호흡하며 살아 보겠다는 비장한 각오로, 큰아버지는 대전 박 씨라는 같은 숙소의 동지와 함께, 어느 날 밤 드디어 그곳을 탈출하는 데 성공했다. 박 씨는 행동이 민첩하고 수완이 좋아 그곳 해안선 지리를 잘 알고 있었고, 어떤 장사치 뱃사람까지 미리 몇 푼 돈을 건네고 단단히 구워삶은 터여서, 작은 목선 뱃장 안에 몸을 숨기는 건 별다른 어려움이 따르지 않았다. 그 또한 그날까지 어렵사리 모아 두었던 돈을 그

뱃삯으로 몽땅 지불한 건 물론이다.

배가 사위스런● 야음을 틈타 그 갯마을을 조용히 벗어날 때까지, 바람에 서걱대는 갈대소리조차 머리끝을 칼날처럼 쭈뼛거리게 했다고 큰아버지는 그때를 떠올렸다. 몰려오는 공포와 두려움은 이미 목숨과 맞바꾸기로 결심한 터라 충분히 이겨 낼 수 있었지만, 물에 젖은 두 발이 얼어붙을 것 같은 모진 추위와 배고픔은 역시 바다 위에서도 견디기 어려웠다. 그럼에도 작은 배가 놀치는 한바다●에 이르렀을 때, 큰아버지와 박 씨는 비로소 탈출 성공의 기쁨에 들떠 서로 입술을 깨물며 얼싸안았다. 거기에서 밤새 북쪽으로 내달려 도착한 곳, 그곳이 바로 사할린이었다.

그러나 그 얼어붙은 땅은 그들이 꿈꿨던 자유천지가 아니었다. 일본인들의 감시가 여전히 번뜩였다. 놈들에게 다시 붙잡혀 개죽음당하지 않기 위해서는 어디든 빨리 숨어들지 않으면 안 되었다. 그리하여 막상 그들이 찾아갈 수 있는 곳은 낯익은 탄광마을밖에 달리 없었다. 나이부치 탄광에 그나마 몇 푼의 월급을 받고 취직할 수 있었던 것만도 천만다행이 아닐 수 없었다.

숨이 막힐 것 같은 한증막의 지하생활이 다시금 시작되었다. 후끈한 지열과 습기, 탄가루가 뒤섞인 공기로 금방 질식할 듯한 극한의 연속이었다. 그래서 탄을 캐내다가 피를 토하고 쓰러지는 무참한 광경을 또 목도하지 않으면 안 되었으나, 오직 홋카이도의 다꼬베야를 벗

● 사위스럽다: 마음에 불길한 느낌이 들고 꺼림칙하다.
● 한바다: 매우 깊고 넓은 바다.

어났다는 안도감으로 그런 고통조차 너끈히 감내할 수가 있었다. 그러나 이곳에서도 전쟁의 양상이 최후의 발악으로 치닫게 되자, 군대와 똑같은 갱부 노릇을 강요받았다. 바라크에 집단으로 수용되어 일본인 사감 밑에서 일했는데, 채탄 작업장을 오갈 때는 마치 곡괭이를 총 메듯 들쳐 메고 군가를 부르며 행진했으며, 감방의 죄수들이나 먹는 거친 콩밥, 깻묵밥 신세로 하루하루를 겨우 연명해 나갔다.

그리고 느닷없는 종전終戰.

일본의 패망과 함께 사할린에는 붉은 깃발의 소련군이 진주해 들어왔다. 하지만 일본은 자기네 충성스런 '황국 신민'들만 송환해 간 채 식민 조선인들은 고스란히 이 땅에 팽개치듯 내버려 두었다. 어떤 경우 엉뚱한 이적 혐의를 뒤집어 씌워 온 가족을 몰살시키기도 하고, 조선족 마을 전체를 불살라 버리기도 했다. 지옥 같은 탄광이나 벌목장, 철도, 군사기지 건설 현장 등에서 노예나 다름없이 맘껏 부려먹고서, 그들은 눈곱만큼의 죄책감이나 양심의 가책 없이, 또 못된 살인까지 최후의 발악처럼 저지르면서 도망치듯 자기네만 쏘옥 빠져나간 것이다.

광부들이 본국으로 돌아가기 위해 겪은 종전 후의 고생을 생각하면, 일본 정부에 대한 그들의 감정은 적개심과 증오를 넘어 차라리 저주였다. 전쟁에 진 그들은 도덕적으로도 벌써 형편없이 타락하고 패망한 족속이었다.

큰아버지는 누구보다도 장순덕이 보고 싶었다. 물론 부모형제가 가장 우선이겠으나, 솔직히 말하자면 당신과 결혼까지 약속했던 그 여자에의 사무친 그리움이 더 컸다고 했다. 그 문어방과 탄광의 지옥 속에서도, 언젠가는 반드시 그네를 만날 수 있을 거라는 기대와 희망이

컸기 때문에, 모질게도 참담한 그 세월을 용케 견디어 낼 수가 있었다고 했다. 그 어떤 고난이나 슬픔도 반드시 그네를 만나야겠다는 일념으로 쉬 극복해 낼 수 있었다는 것이다.

그러나 이제는 다 끝난 이야기. 여기서 다른 현지 여자 만나 식솔 거느리고 산 이후부턴 다 부질없는 갈망이며 헛된 망상이라는 걸 큰아버지는 속 깊이 깨달았다고 했다. 망각의 저편으로 흘러가 버린, 지난 한때의 회한 어린 추억일 따름이라고.

"지금이라도 늦지 않았습니다, 큰아버님. 그분의 인상이나 헤어질 당시의 마지막 집 주소, 알 만한 일가친척이라든가 그밖에 참고 될 만한 사항들을 알려주시면, 귀국하는 대로 제가 적극 수소문해 보겠습니다."

나라 잃은 무국적자로 떠돈 한 인간의 피맺힌 과거사를 속 편히 귀담아 들은 데 대한 대가로, 나는 조심스럽게 입을 열었다. 큰아버지의 주름진 두 눈가가 반짝 펴졌다가 이내 힘없이 사그라진다.

"일찌감치 결혼해서 자식 낳고 살아왔을 남의 여자를⋯. 다 소용없는 헛것, 안 될 일이네."

"그렇지만 혹시 모르잖습니까. 오로지 큰아버님께서 기적처럼 살아 돌아오실 날만 하늘같이 믿고, 지금껏 애타게 기다리고 계실지도."

"⋯⋯."

창밖의 어둠을 응시하는 당신의 눈빛이 자작나무 잎새처럼 가녀리게 떨렸다. 그리고는 뭔가 결심한 듯 자리를 털고 일어나, 해묵은 한국 달력이 먼지를 뒤집어 쓴 채 그대로 바람벽에 걸려 있는 당신의 작은 방으로 나를 불러들였다.

"그래, 어쨌거나 그 여자는 피눈물 나는 내 한평생을 통째로 좌우해 온 인물이네. 죽었는지 살았는지만이라도 한번 확인해 보고 싶구먼. 헛일인 줄 뻔히 알지만서도…. 그럼 자네한테만 은밀히 적어 줄 테니, 돌아가 틈나거든 한번 탐문해 보게나."

"예, 그리 하겠습니다."

가슴 가득 뜨거운 무엇인가가 또 알싸하게 훑고 지나갔다. 그 열정의 농도가 얼마나 진하고 애절했으면, 지금껏 잊지 않고 다시 찾아볼 마음을 저리 품으실까. 머나먼 오늘에 이르도록 그 첫 여자를 잊지 않고 가슴 깊이 새겨 온 저 집요한 정한은 또 어떻게 받아들이고 해석해야 옳은가.

당신은 어느새 검은 장롱 안의 작은 서랍 속에서 낡은 수첩을 꺼내어 들고 있었다. 가죽으로 된 수첩 표지가 너무 닳아서 손때가 거멓게 묻을 만큼 너덜너덜 바래었으나, 그 안에 기록된 고향 주소와 피붙이들의 신상 명세, 그리고 언젠가 다시 만나야 할 그리운 장순덕 여인의 주소 등은 보다 선명하게 내 눈앞으로 다가왔다. 나는 그중에서 맨 마지막 부분, 짐짓 마지못해 휘갈겨 쓴 것 같지만 실상은 당신의 흉중에서 가장 중요한 위치를 차지할 장 여인의 신상에 관한 내용을 내 취재 수첩에 또박또박 옮겨 적었다. 그리고 큰아버지의 현재 주소와 전화번호를 아래쪽 여백에 이어 적어 넣은 후, 앞으로의 거취 문제에 관해서도 확인하듯 캐물었다. 어쩌면 이번 내 방문 목적의 가장 중요한 은짬•일 수도 있는 문제였다.

"한국엔 지금 많은 사할린 노인 동포들이 영주 귀국해 와 계십니다.

정부에서 모든 지원을 아끼지 않은 덕택이지요. 그분들만 따로 모시는 마을까지 조성돼 있는데, 큰아버님도 귀국을 서두르시는 게 어떠실지요?"

"혹시 남북이 하나로 통일이 되면 모를까, 그때까지 여기서 그냥저냥 살다가 죽는 게지 뭐. 또 혹시 그 여자가 아직 죽지 않고 살아 있다면, 서울구경이나 한번 해봤으면 좋겠지만서도, 이 나이에 무슨⋯."

큰아버지의 소원은 그게 전부였다. 그것도 초점은 역시 장순덕 여인한테 맞춰져 있는 상태로서 말이다. 그러면서도 무슨 말인가를 입 안에 군것지게● 남겨 두는 것 같았으나, 나는 더 이상 캐묻는 일을 삼가기로 했다. 모든 문제는 시간을 두고 천천히 생각하며 추진하는 게 사리에도 합당할 터였다.

이튿날 아침 잠자리에서 눈을 뜨자, 어지간히 머리가 지끈거리고 목이 말랐다. 지난 밤 나도 모르게 꽤 많은 양의 독주를 들이켠 탓이었다. 그럼에도 늘 변함없는 태양은 불을 토하듯 동쪽 산마루 위로 시뻘겋게 떠오르고 있었다. 인간 세상의 별의별 사연들을 전혀 상관하지 않고, 그저 늠늠하고도 도도히 제 갈 길을 운행하며 다시금 새 하루를 열어 놓고 있었다. 그 가없는 빛의 반사를 받아 담장 밑 자작나무 이파리들도 춤추듯 반들거렸다.

아침식사는 큰아버지 댁에서 평소와 같은 그들 식의 식단으로 대충 때우고, 점심은 브이코프 시내에 나가, 내가 어젯밤 이호준 씨를 통해

● 은짬: 이야기의 여러 부분 가운데 은밀한 대목.
● 군것지다: 없어도 좋을 것이 쓸데없이 있어서 거추장스럽다.

미리 예약해 둔 고려인 식당에서 마지막 송별연을 겸해 치렀다. 오랜만에 먹어 보는 불고기와 잡채, 보쌈김치 따위의 순 한국식 음식이 큰아버지에게는 꽤나 너볏한 감동으로 다가오는 모양이었다.

"자네가 가면 또 언제 이런 밥상을 받아 볼 것인가!"

"그거야 큰아버님께서 한국으로 오시면 간단하죠."

아직 숙취가 가시지 않은 어조의 내 너스레에 또 한바탕 즐거운 웃음이 일었다.

이윽고 공항으로 나가야 할 시간이 다가왔다. 나는 큰아버지께 다시 무릎 꿇고 절했다. 내 손을 가만히 부르쥐어 감싼 큰아버지의 눈시울이 어느새 촉촉이 붉어졌지만, 나는 웃는 낯으로 말했다.

"큰아버님, 걱정 마십시오. 이제부턴 저도 아들 노릇 제대로 하겠습니다. 귀국하는 대로 바로 연락드리지요."

"고맙네. 잘 가게나."

그리고 우리는 서로의 얼굴이 보이지 않을 때까지 쓸쓸한 빈손을 흔들고 또 흔들었다.

여독이 채 풀릴 겨를도 없이 나는 곧 바쁜 일상(그렇다고 뚜렷하게 바쁠 것도 없는)의 다람쥐 쳇바퀴 속으로 빨려 들어갔다. 안갯속 세상은 여전히 혼란스레 소용돌이치고 있었으며, 한반도를 둘러싼 열강들의 복잡 미묘한 역학관계나 새로운 질서 창출을 위한 핵분열 현상도 활발하게 전개되고 있었다.

나는 대충 귀국인사를 서둘러 마치고 바로 책상머리에 붙어 앉아 '사할린 소감'의 칼럼기사 작성에 들어갔다. 아무리 입에 발린 위로출장이라고는 하지만, 그래도 최소한의 밥값은 치러 내야 할 의무가 있어서, 그냥 아무 일도 없이 유야무야 날탕●으로 넘길 수는 없는 노릇이었다. 거기 가서 큰아버지를 만났다는 내 이야기를 전해 들은 편집국 쪽에선 은근한 비중을 실어서 팔팔 살아 있는 기획기사로 뽑아 내보내고 싶어 하는 눈치였지만, 논설실장과 나는 눈알이 핑핑 돌아갈 만큼 숨 가쁜 국제정세와 온통 가년스런 경제난으로 아우성인 요즘 상황에, 그까짓 사할린이 무슨 대수로운 관심이나 끌겠냐는 구실을 붙여 적당히 축소시켰다. 그 대신 나는 잃어버렸던 큰아버지를 만나고 온 이산가족으로서의 따끈한 체험담과 아직도 반성할 줄 모르는 일본의 오랜 부도덕성, 그리고 사할린 한인사회가 안고 있는 이런저런 문제들을, 약간은 상투 어린 인식을 동원해가며 여러 각도에서 감빨리게● 건드릴 작정이었다.

기사는 그런 대로 잘 마무리된 것 같았다. 생생한 체험으로 육화된 글은 그만큼 독자들한테도 살아 있는 감동을 낫잡아 전달시키리라.

원고를 넘기고 휴게실에서 머리나 좀 식히려는데, 아내한테서 전화가 걸려 왔다.

"암만해도 입원시켜 드려야겠어요."

어머니를 일컫는 내용이었다. 그제 어스름 녘 공항에 내려서 복잡한 심사로 귀가하여, 마침내 일본큰아버지를 직접 찾아뵙고 왔다는 소식을 전하러 어머니 방에 들어섰을 때, 나는 그만 어안이 벙벙해지

● 날탕: 어떤 일을 하는 데 아무런 기술이나 기구 없이 마구잡이로 함. 또는 그렇게 하는 사람.
● 감빨리다: 감칠맛이 나게 입맛이 당기다.

고 말았다. 이즈음 꿈이 왠지 뒤숭숭하다 싶더니, 오늘 아침 눈뜨고부터 물 한 모금 입에 대지 않으셨다는 아내의 말마따나, 당신의 얼굴에 거뭇거뭇 핀 저승꽃이 유난히 짙게 드리워져 보였다. 아내는 또 귀띔해 주었다.

"귀가 안 들리신대요. 양쪽 귀 다. 그래서 당신이 전화로 알려온 사할린 얘기, 하나도 못 전해 드렸어."

"허 참, 별일이네. 왜 갑자기 귀가 먹으셨지?"

그럼에도 어머니는 지금껏 애타게 아들을 기다렸던가, 두 눈을 크게 치뜨고 겁에 질린 아이처럼 나를 빤히 올려다보았다. 마치 전장에서 용케 살아 돌아온 상이용사라도 맞이하는 듯 묘하게 떼꾼한• 표정이었다. 나는 문득 어머니의 이마와 목덜미, 손등의 거북등 같은 각질角質의 주름살이 눈에 띄게 굳어 가고 있다는 착각 속에 빠져들었다. 푸른곰팡이와 검버섯 균이 어머니의 피부 깊숙이 달라붙어 있다는 망상에도 잠깐 젖어 있다가 왜장치듯 알렸다.

"어머니, 큰아버지를 찾아뵈었어요!"

그래도 당신은 여전히 떼꾼한 두 눈만 껌벅거릴 뿐 아무런 반응이 없었다. 어머니는 하필이면 왜 내가 먼 길에서 돌아와 반가운 소식 전하려는 순간에 발맞춰 두 귀를 닫아 버렸을까.

숙진• 기력이 정상으로 되돌아오면 귀도 자연히 열릴 테고, 그러면 그때 다시 즐거운 기분으로 말씀드려야지 하고 말았으나, 오늘도 여

• 떼꾼하다: 눈이 쑥 들어가고 생기가 없다.
• 숙지다: 어떤 현상이나 기세 따위가 점차로 누그러지다.

전히 어머니의 넋이나 육신, 귀의 문은 열리지 않아서 결국 큰 병원에 응급 입원시켜야 했다.

모처럼 가을비가 내렸다. 올해는 태풍다운 매서운 바람이나 큰비도 없이 너무 오랫동안 가물었던 터라, 도처에서 극심한 식수난과 타들어가는 농사 피해로 아우성이었는데, 이 단비로 조금은 해갈이 될 것 같았다. 오랜만의 빗줄기가 그동안 물쿠도록 기갈 들린 농민들이나 푸나무들 못지않게 나도 몹시 반가웠다.

그러나 그 비와 함께 병원에 들렀더니, 어머니는 예상대로 심상찮은 위급 상태에 빠져 있었다. 요지부동의 주검처럼 침상에 누운 당신은 너무 춥다고, 오금이 쑤시고 저려서 견딜 수가 없다고 덜덜덜 떨며 하소연이었다. 두 손을 만져 보자 얼음장 같았다. 병원에서 지급되는 침구 외에, 집에서 가져온 스웨터와 담요까지 둘러썼으면서도, 새우처럼 잔뜩 구부려 누운 당신은 자꾸만 머리채까지 덜덜 뒤흔들어 댔다. 적이 놀란 내가 아내한테 물었다.

"의사는 뭐라시는데?"

"뚜렷한 병증은 따로 없지만, 원기가 워낙 빠져나가셨다고."

"귀는?"

"그것도 기가 빠져서……. 여기 오실 적에도 계속 귓속에 무슨 벌레가 들어갔다고, 무슨 자갈 같은 게 머릿속을 마구 돌아다닌다고 하셨어."

"참, 참!"

나는 어이없어 혀를 차며 수수깡처럼 가벼워 보이는 어머니를 아린 눈으로 내려다보았다. 그 가년한 몸뚱이를 살피니 기실 당신의 영혼이 스멀스멀 기체로 변해 허공중으로 몰래 빠져나가고 있다는 느낌이었다. 이젠 정말 가실 때가 되셨나 보다, 하고 나는 고개를 가만가만 가로저었다. 노인의 육신은 믿을 수가 없어서, 하찮은 감기몸살이나 깊은 외로움 따위에도 곧잘 무너지고 환절기의 얄은 기후 변화에도 아주 민감하게 반응하다가도, 금방 숨넘어갈 듯싶던 분이 또 거짓말처럼 말짱 깨어나 천연스레 일상으로 되돌아오는 경우 역시 흔한 일이었다. 어머니는 언젠가 그와 똑같은 경우(짐짓 숨 멎은 듯하다가 다시 살아난)를 우리한테 엄벙통 실연해 보여 주기까지 했었다.

하지만 그날 밤 이후 어머니는 이번에야말로 더 이상 너희들을 애타게 속이거나 당신의 생애를 욕되게 할 수 없다는 걸 고집스럽게 증명해 보이기라도 하듯, 몇 번씩 위험한 혼수를 되풀이한 끝에 하루를 더 넘기지 못하였다. 아무래도 내가 병상을 지켜야 될 것 같아 아내와 다른 일가붙이들이 썰물처럼 빠져나간 뒤에도 나는 쉬 잠들지 못했는데, 그러다가 수마에 못 이긴 새벽녘 보호자용 간이침대에서 깜박 잠이 든 사이, 어머니는 당신 혼자 잠자듯 운명하였다. 잠과 죽음은 동전의 양면인가, 뭔가 섬뜩하게 찬 기운이 감아 들어 화들짝 깼으나, 그땐 이미 당신의 체온이 서늘하게 식어 버린 다음이었다. 사람이 어찌 이리 거짓말처럼 숨을 거둘 수 있나 싶어, 나는 뜬눈으로 임종을 지키지 못한 불효를 뒤늦게 뼛속 깊이 후회하였다.

그리고 또 한편으로 옥죄어 오는 탄식은, 당신의 살아생전에 사할린에서 만나 뵙고 온 큰아버지와의 상봉 사실을 직접 알리지 못한 데 대한 아쉬움이었다. 정신이 제자리로 돌아오면 즐거운 기분으로 말씀 드려야지 했던 일이, 한순간 때를 놓치고 나자 이제 영원히 되돌아올 수 없는 피안으로 훌쩍 건너가고 만 셈이었다.

물론 그런 얘기를 당신이 전해 들었다고 해서 이미 잦아든 병석을 박차고 일어나게 될 리도 없지만, 어머니가 아무것도 모른 채 그냥 속 절없이 눈을 감았다는 건 왠지 억울하고 가슴 답답하다는 느낌이 앞섰다. 일본큰아버지의 해원解冤은 이제 당신들 세대에선 더 이상 서로 닿을 길 없이, 그대로 땅에 묻혀 버릴 수밖에 없다는 비감 어린 상념이 그 상중喪中에서도 줄곧 뇌리를 허망하게 지배하던 것이다.

어머니의 죽음을 가장 슬퍼한 이는 그래도 아내였다. 생시에는 그 토록 아옹다옹하는 애증의 고부 사이였건만, 막상 한쪽이 저 멀리 댓 바람에 사라지고 나자 뭔가 뻥 뚫린 허전함이 새삼 가슴속을 안다미로● 저미는 모양이었다.

초상을 치른 지 열흘쯤 지난 토요일 오후, 나는 큰아버지가 일러 준 대로 장순덕 여인의 행적을 찾아 길을 나섰다. 이번에도 물론 그네를 쉽게 찾을 수 있으리라는 확신이라든가, 반드시 찾아내고야 말겠다는 어떤 확고한 의지나 사명감으로 나선 건 아니었다. 좀더 솔직히 표현 하자면, 어머니를 산에 묻고 난 뒤끝의 심란하고도 울적한 심사를 달 래고자 훌쩍 바람 쐬기 겸해서 길을 떠났다는 편이 옳겠다. 큰아버지 쪽에서도 그 흉중이야 말없이 기막힌 사연으로 충만해 있을지언정, 슬쩍 지나치는 바람결 투로 그네의 생사 여부나 한번 헛일삼아 탐문해 보라는 부탁이었으므로, 나 역시 그에 대한 별다른 기대나 부담감 없

● 안다미로: 담은 것이 그릇에 넘치도록 많이.

이 움직일 작정이었다.

대구시 노원동 365번지.

큰아버지가 내게 건네준 단서는 이게 전부였다. 일제 말기만 해도 대구가 제법 큰 도시였긴 해도, 그동안 직할시다, 도농복합의 광역시다 해서 그 행정구역을 여러 구區와 동네로 쪼개어 팽창시켜 가면서 엄청 커져 버린 오늘에 이르러선, 저 단순한 옛 번지수로는 어림없는 사람찾기가 될 게 뻔했다. 그럼에도 큰아버지는 거기에 덧붙여, 장순덕 여인의 모친 이름이 '박아지'라든가 그네가 운영한 작은 요정 간판이 '느티나무 집'이었다는 것, 그리고 그 주변을 재래식 시장 골목들이 둘러쌌다는 사실 정도는 충분히 설명해 주었던 터이므로, 그 옛 주소지 일대를 샅샅이 뒤지다 보면 예의 그 요정이나 느티나무 따위와 연관되는 뭔가의 빌미는 어렵잖게 포착할 수 있지 않을까 싶기도 했다.

과연 그랬다. 정작 그 번지수의 현장에 닿고 보니, 이번에도 왠지 나의 사람찾기 행운은 크게 엇나가지 않을 것 같은 예감이 들었다. 워낙 오래된 도심이며 역사 깊은 시장바닥이라서, 아직껏 재개발 바람이 불어 동네 자체를 엉뚱한 상전벽해로 만들었다거나 하는 우려가 없어 보였기 때문이다. 그 동네의 번지수를 복덕방 통해 물어물어 찾아갔을 때, 하루가 다르게 변모를 거듭하는 이즈음의 도시 발전상과는 달리, 여태도 묵은 때가 닥지닥지 낀 낡은 건물, 좁은 골목 일색이었던 것이다.

하지만 365번지라는 숫자는 갈가리 찢기고 가지치기되어 도무지 어디가 어딘지 종잡을 수가 없었다. 물론 느티나무 고목도 어느 한 군데 보이지 않았으며, '느티나무 집'은 더더욱 찾아낼 수가 없었다.

"옛날에 혹시, 느티나무 고목이 서 있던 곳을 아십니까? 느티나무 집이라는 요정이라든가 식당은?"

그 일대 복덕방 영감은 물론, 알 만한 동네 사람이나 시장 상인들한테 두루 귀찮게 캐물어 대도, 엉거주춤 되돌아오는 대답은 역시 캄캄 오리무중이었다. 벌써 해질녘, 땅거미 진 노을이 서녘 하늘을 붉게 물들여 가고 있었다. 나는 이미 적당히 지치고 속이 썰썰해서• 한 허름한 밥집을 찾아들었다. 시원한 막걸리와 소머리국밥으로 저녁 끼니를 때울 요량이었다. 그런데 마침 오래된 식당 여주인이 꽤 풍파 많고 나이 들어 보이는 노파라서, 나는 음미하듯 목을 축이고 늦은 시장기를 때워 가며 그네에게 만만히 말을 붙일 수가 있었다.

"할머니, 이 식당이 꽤 오래된 것 같은데, 혹시 이 동네 일대에서 느티나무 집이라는 요정 이름 들어 보신 적 있으셔요?"

"뭐시라? 느티나무라꼬?"

"예. 느티나무…."

"요정은 무신…. 한정식 파는 자그마한 동네 식당이었제."

"예? 그런 이름의 식당이 있었다구요?"

나는 마시던 막걸리 사발을 천천히 내려놓았다. 그리고 다시 되물었다.

"그럼 그걸 운영하시던 분도 잘 아시겠네요?"

"몰러. 그거 그만둔 지가 벌써 언젠데. 그 할마씨 가신 지도 오래전이구만은."

• 썰썰하다: 속이 빈 것처럼 시장한 느낌이 있다.

"그래요? 제가 알기론 두 모녀분이 함께 사셨다는데, 그럼 그 딸의 어머니 되시는 분이 돌아가셨다는 말씀이겠군요?"

"그려, 그려. 그 전까정 요릿집 하다가, 노할마씨 가시고 나선 딸이 대를 이어 식당으로 바꾸었제. 그러다가 그것도 그냥저냥 그만두고, 지금은 한약건재상으로다 변했구만은."

"아, 그래요?"

아주 우연찮은 자리에서, 나는 의외의 횡재를 온새미로● 얻은 셈이라 벌컥벌컥 술을 들이켜지 않을 수 없었다. 나는 잠깐 뜸을 들인 다음 다시 조심스레 캐묻기 시작했다.

"그럼 그 따님이 식당을 그만두신 건 언젭니까?"

"아마 이십여 년 안팎일 거로."

"어디로 가신지는 모르시구요?"

"내사 모르지. 근데, 댁은 뉘시오? 그 느티나무 집하고는 대체 무신 상관이랴?"

그제야 노파는 넘성거리듯● 물어대는 내 정체가 뒤늦게 궁금해진 모양이었다. 나는 솔직하게 내 신분과 속사정을 서그럽게 밝혔다. 그래야 장순덕 여인을 찾는 데 훨씬 유리한 정보를 확보할 수 있을 것이었다. 하지만 국밥집 노파한테서 얻어들을 수 있는 단서는 그게 전부였다. 그네는 장 여인의 행방이나 생사 여부, 느티나무에 대해서 더는 알지 못하였다.

● 온새미로: 가르거나 쪼개지 않고 생긴 그대로.
● 넘성거리다: 욕심이 나서 자꾸 기웃거리다.

나는 날이 어두워지기 전에 옛 느티나무 집을 확인해 둘 셈속으로 서둘러 자리를 떴다. 혹시 내가 찾고자 하는 이의 신상에 관해 알 만한 사람을 만나거든 바로 소식 좀 보내 주길 부탁드린다면서 다소곳이 명함까지 건네고 식당을 나왔던 것인데, 노파가 친절히 일러 준 대로 한약건재상 건물을 찾아가 봤더니, 과연 그 자리가 맞긴 맞겠다는 생각이 들었다. 지금은 비록 처마가 나지막한 헌 기와집이긴 할망정, ㄷ자 모양의 아담한 주거 형태라든가 여러 갈래로 가지를 많이 친 번지수로 보아 거의 틀림이 없다고 여겨졌다. 문제는 그 옛 주인이 여기에서 어디로 사라졌느냐는 대목이었다. 나는 한약재 냄새가 물씬 배어나는 그 집 안으로 반죽 좋게 들어섰다.

"실례합니다. 저, 혹시 ⋯."

나는 또 장 여인의 이름을 들면서, 이곳에서 예전에 식당 비슷한 영업을 했다는데 과연 그게 맞는 말이냐고 곁들여 물어보았다. 그러나 초로의 깡마른 주인 사내는 첫마디부터 '모른다'로 일관하였다.

"그 사이 집주인이 몇 번 바뀌었는지도 모르는데, 내가 그런 걸 어찌 알겠는겨?"

나는 이쯤에서 일단 귀가를 서두르기로 마음먹었다. 이곳을 한번 휘둘러 본 것만으로도 기초적인 조사는 어지간히 이루어진 셈이므로, 서울에 가 경찰청의 '사람찾기' 서비스를 잘 이용하고, 다시 이곳에 내려와 적당히 동사무소 같은 행정기관의 신세를 지면 될 것이었다. 가뭇없는 장순덕 여인을 찾아내는 일은 이제 단순한 시간문제일 듯도 싶었다.

사실이 그랬다. 서울에 올라온 지 닷새쯤 지났을 때 내가 은밀히 의

뢰한 경찰청의 거미줄 정보망은 장순덕 여인이 20여 년 전에 이사 간 김천의 새 주소지까지 정확히 알아내 일러주었으며, 대구의 해당 동사무소에서의 열람 결과도 그와 한올지게 들어맞았다.

이번에는 평일을 이용해 작심하고 다시 대구에 들른 나는, 김천으로 가기 전 장 여인의 옛집 주변을 한 번 더 가말아 더듬어 보고자 예의 저잣거리를 기웃거렸다. 불친절한 선병질의 약재상 주인은 여전히 파리나 쫓아 대고 있었으며, 나를 맞닥뜨린 국밥집 노파는 마치 이때껏 기다리고나 있었다는 듯 대뜸 반기며 내 손목을 잡아끌었다.

장순덕 여인을 아는 이가 따로 있다는 거였다. 적이 상기된 나는 엉거주춤 그네 뒤를 따를 수밖에 없었는데, 이런저런 나물류 따위를 파는 어느 좌판 앞이었다. 자기와 거의 같은 또래의 한 노파를 가리킨 국밥집은, 바로 이 사람이라고 낯선 우리 둘 사이를 겨끔내기•로 소개시켰다. 나는 웃으며 좌판의 노파에게 물었고, 주름투성이의 그네는 '그래 맞다'라고 무릎 치며 대답했다.

"느티나무 집 간판 내린 지는 벌써 오래되었지예. 그 후 순둥이 할마씨 혼자 고향인 김천으로 가, 무슨 여인숙인가를 함시로 그냥저냥 산다는 소문이었는데, 여직도 그이가 거기 살아 기신지는 모르겠구만은. 아무튼 기구한 팔자였제."

연민이 가득 담긴 가락으로 입을 연 노파를 끌고, 나는 다시 국밥집으로 들어가 따뜻한 한 끼 토렴 식사를 대접하며, 장 여인에 대한 나머지 이야기를 졸랐다. 셈들어• 곰파 알고 봤더니, 노파는 옛 시절 젊은

• 겨끔내기: 서로 번갈아 하기.

한때 느티나무 집을 드나들며, 주방 쪽 찬모나 허드렛일의 드난살이로 모진 가난을 질기게 이겨 온 눈치였다. 그럼에도 그네는 장 여인의 처녀 적 내력이라든가, 여자 몸으로 왜 친정어머니한테 곁들여 한평생 한두 군데서 붙박이로 살아오게 된 것인지, 남편이나 자식을 둔 평범한 여자로서의 결혼생활 경험은 어땠는지에 대해선 잘 알지 못했다. 그네가 다시 말했다.

"어데서 소박맞고● 내쫓겨 왔는지는 몰라도, 아무튼 찬바람 씽씽 나는 그 할마씨한테 집적거리는 사내는 없었으니께. 아고, 어른이고…. 그래서 까닭도 모름시로 모두들 열녀 춘향이라고 수군대곤 했지예. 그런디 가만, 또 생각나는 기 하나 있긴 있는디."

"그게 뭔데요?"

"글쎄 그기, 말하기가 좀 뭣하긴 하지만서도, 순둥이 할마씨가 처녀 적 일제 말기에 일본엔가 지나 어덴가를 갔다 왔다는 소릴 들은 적이 있었구만은."

"아, 그러셔요?"

나는 순간 귀가 번쩍 틔는 귀살쩍은 기분이었다. 그네가 일본을? 아니, 지나支那 전쟁터를? 왜? 어떻게?

야릇한 충격에 사로잡히면서 여러 가지 질문들이 한꺼번에 꼬리를 물고 일어났지만, 그네의 대답은 거기까지가 전부였다. 이제 남은 건 당사자를 직접 만나서 자연스럽게 이끌어낼 성질의 내용일 터여서,

---

● 셈들다: 사물을 분별하는 판단력이 생기다.
● 소박맞다: 남편에게 소박(처나 첩을 박대함)을 당하다.

나는 좌판 노파에겐 더 이상 조라떨어● 캐묻지 않기로 했다. 그 대신 김천의 여인숙의 존재, 그네의 현재 거주지 한 자락을 이끌어 낸 것만으로도 아주 소중하고도 큰 소득이라 여겼다. 비록 '남산인지 뭔지' 하고는 그만이었으나, 그곳이 역전에서 그리 멀지 않다는 귀띔만으로도 나에게는 아주 달고도 유익한 단서였다. 나는 이제 김천으로 발길 돌릴 일만 남은 셈이었으므로, 이쯤에서 주춤 숨을 가다듬고 저간의 사건 켯속●을 혼자 정리해 보았다.

그런데 만약 '순둥이'라고도 불리는 장순덕 여인이 김기출이라는 큰아버지의 이름이나 얼굴조차 까맣게 잊었다면? 그네는 젊은 한때의 아주 하찮은 춘사를 망각 저편으로 가차 없이 밀어 던진 채, 아주 흔전한● 노년을 나름대로 여유롭고 보람차게 보내고 있다면? 그래서 씨알도 안 먹히는 엉뚱한 내가 쓸데없이 나타나 괜한 인생의 훼방꾼으로 훼사를 놓거나 평지풍파 일으키는 건 아닌가 싶은 걱정도 지레 고개를 치켜들었다.

하지만 나는 결국 장순덕 여인이 젊어서부터 거의 홀몸으로 과부처럼 시난고난 살아왔다는 점, 일본인가 지나를 갔다 왔다는 사실의 이면에는 분명 어떤 말 못 할 깊은 사연이 속 깊이 숨어 있으리라는 호기심에 이끌려, 더 이상 망설이지 말자는 쪽으로 마음을 다잡아먹었다. 나는 서둘러 김천행을 재우쳤다.

● 조라떨다: 일을 망치도록 경망스럽게 굴다.
● 켯속: 일이 되어 가는 속사정.
● 흔전하다: 생활이 넉넉하여 아쉬움이 없다.

문제의 남산여인숙을 맞닥뜨린 순간, 하루가 다르게 변하는 요즘에
도 어찌 이런 잠집이 아직 천연덕스레 버티고 서 있지? 하는 당혹스런
의문이 먼저 덤벼들었다. 너무 익숙한 나의 사람찾기의 구도에 걸맞
게, 나는 또 큰 수고나 발품 들이지 않고 그들과 운명처럼 정면으로 맞
닥뜨린 것인데, 여인숙은 이미 낡고 오래된 건물이라 잠손님이 별로
즐겨 들진 않을 것 같았다. 풍우에 씻긴 희끄무레한 시멘트벽에 아무
렇게나 금이 간 걸 그대로 수리하지 않고 서 있는 걸로 미루어 본다면,
이 여인숙 역시 머잖아 새 도시계획으로 와장창 헐리게 되거나 반지빠
른 부동산 투기꾼한테 곧 넘어가게 될지도 몰랐다.

　나는 일단 하룻밤 묵어가는 투숙객인 듯 가장하기로 작정했지만,
그 안으로 발을 들여놓기가 선뜻 내키지 않았다. 골목 어귀의 구멍가
게 앞을 몇 번 오가며 서성이다가, 한참만에야 겨우 그 집의 낡은 현관
문을 밀치고 안으로 들어섰다.

　"무신 일로 오셨는겨?"

　살림방으로도 씀직한 문간 쪽 작은방 미닫이창을 반쯤 열어젖히며,
병색이 완연한 중년사내가 게슴츠레 눈을 치뜨고 묻는다. 나는 하룻
밤쯤 묵어 가리라던 애초의 생각을 바꿔, 조금은 솔직하게, 결곡한 목
소리로 나섰다.

　"혹시 여기에 장순덕 할머니가 살고 계시지 않습니까? 신문사에서,
알아볼 게 좀 있어 왔습니다."

　그리고 한 발짝 더 앞으로 들어가, 정부와 일본한테 피해 보상책임
을 묻기 위해 일제 때의 여러 숨은 이야기들을 발굴, 취재하러 다닌다
고 그럴싸하게 꾸며 보충 설명했다. 사내는 한동안 무슨 귀신 씻나락

까먹는 소리냐는 듯 어리벙벙한 표정을 지으면서, 안방 쪽의 자기 아내를 불렀다. 곧이어 어딘지 냉기가 감도는 샘바리● 같은 여자가 별로 달갑잖은 의심의 눈초리로 내 앞에 나타났다.

그녀 역시 무슨 일로? 하는 경계의 눈빛을 감추지 않았으나, 나는 어물쩍 깔아뭉개면서 아예 가까운 툇마루에 엉덩이를 주춤 걸쳐 앉았다. 그리고 방금 전 사내한테 둘러댄 방문 목적을 다시 되풀이해 설명해 주었다. 여자는 한순간에 대뜸 태도가 누그러지면서 인심 좋은 일상의 아낙 얼굴로 되돌아왔다.

"어머, 그러셔요? 맞아예, 저희 이모님이 젊은 한때 일본에서 사신적이 있다고 들었어예. 헌데, 지금은 여기 안 계시니 어쩌지예?"

"그럼 어디 … ?"

나는 겉으로는 짐짓 새치부려● 넘기면서도 고삐를 바짝 잡아당겼다. 여자는 어느 결에 문간방의 냉장고에서 찬 오렌지주스 병을 꺼내어, 유리잔에 가득 따라 내 앞으로 내밀었다. 그리고는 느닷없이 눈자위가 발개지면서, 얼른 이해할 수 없는 궤변을 스스럼없이 늘어놓았다.

"이제는 살 만큼 사셨으니 편안히 눈 감으실 일만 남았어예. 아마 그렇게 되실 거라예. 올해가 가기 전 천국의 문이 열린다고 했으니, 그땐 꼭 그렇게 될 거라예. 더 이상의 고통이 이어지지 않고 그렇게 되도록 저흰 열심히 기도하고 있슴더."

● 샘바리: 샘이 많아서 안달하는 사람.
● 새치부리다: 몹시 사양하는 척하다.

나는 내심 놀라고 의아하면서도 뭔가 말 못할 속사정이나 음모가 그녀의 가슴에 도섭부리고● 있다는 걸 훑어 내곤, 그 이모님이 지금 어디 계시냐고 다시 다그쳐 물었다. 그러나 그녀는 기도원이라고만 마지못해 간단히 대답할 뿐, 그 외에는 뭐든지 애써 숨기고 싶어 하는 기색이었다. 언제 어떻게 왜 이모님이 일본에 가셨는지에 대해서도 그녀는 역시 잘 모른다고 고개를 내저으면서,

"일제 때 왜놈들한테 안 당해 본 조선인이 어디 있습니꺼?"

관심 밖의 질문은 이제 그만 끝내 줬으면 좋겠다는 표정을 숨기지 않았다. 그럼에도 나는 포기하지 않고 다시 캐물었다.

"그런데 이모님은 왜 일본인가 지나에서 귀국하신 이후, 지금껏 독신으로 혼자 늙어 오셨을까요? 혹시 누굴 애타게 기다리며 살지는 않으셨습니까?"

"글쎄, 그런 데 갔다 왔다는 것까지 당신 입으로 발설하신 적은 없으니까예. 한 번도 자식을 낳아 보지 않아 꽤나 괴팍하신 분이라, 그렇게 열렬히 사랑하는 분이 과연 계셨을까도 잘 모르겠네예."

어이없어 하는 실소까지 비싯비싯 베어 무는 여자한테서 나는 더 이상의 친절을 기대할 수는 없다고 어림짐작했다. 눈물과 비아냥 사이의 감정 기복을 넙신거려 넘나드는 여자의 본심은 과연 무엇일까 혼자 생각하면서, 나는 천천히 자리에서 일어섰다. 내게 가장 절실한 문제는, 장순덕 노인이 지금 어디에서 어떻게 거처하는가를 곰파 알아내는 거였다.

● 도섭부리다: 주책없이 능청맞고 수선스럽게 변덕을 부리다.

다시 찾아뵙겠다고 수긋하게 인사 건네고 나와서도 나는 한동안 여인숙 주변을 쉽사리 벗어나지 못했다. 그리하여 나는 그 주변 식당과 이웃들한테서 남산여인숙에 얽힌 숨은 이야기를 조심스럽게 다시 얻어들을 수가 있었다.

"오갈 데 없는 멀쩡한 노인네 정신 나갔다고 기도원에 감금시켜 넣고. 일제 때부터 대구하고 김천 땅만 오가문서 악착같이 혼자 사셨는데, 말년에 엉뚱한 강원도 어디 산중으로 모셔졌지예. 자식은 뭐니 뭐니 해쌓아도 제가 낳은 피붙이라야지 원, 다 소용없어예."

동네에서 어지간히 손가락질 받으며 살아가는 집이라는 걸 충분히 감지해낼 수가 있었다.

그들은 하나같이 여인숙 주인 내외의 몰강스런● 파렴치를 비난하고 삿대질하기에 바빴는데, 나는 적어도 장순덕이라는 노인네가 강원도 어느 산골 기도원에 강제이다시피 수용되어 있다는 사실만은 확실하게 알아낸 셈이었다. 그리고 어떤 형태로든 그네가 젊었을 때(큰아버지가 징용당한 무렵을 전후해서) 이 땅을 떠 마지못해 일본 쪽으로 끌려간 경험을 소유했다는 사실까지도 어지간히 짚어 낼 수가 있었다. 그러므로 나는 이제 어떻게든 그네를 꼭 찾아내야 한다는 절박한 의무감에 더욱 깊이 빠져들었다. 장 여인의 피맺힌 과거지사는 물론 현재의 참담한 삶의 모습까지도 결코 예사롭지가 않다는 데 따른 연민 탓이었다.

기왕 내친걸음이었다. 불면의 하룻밤을 직지사 근처의 작은 모텔에서 오래 뒤척이며 지샌 나는, 이튿날 아침식사 마치기 바쁘게 다시 남

● 몰강스럽다: 인정이 없이 억세며 성질이 악착같고 모질다.

산여인숙을 찾았다. 신문사엔 적당히 핑계를 대어 오후에나 얼굴 내밀겠다고 미리 양해를 얻어 둔 터라 그리 서둘지 않아도 되었지만, 뭔가에 홀린 듯 쫓기는 내 마음은 도무지 한가롭지가 않았다.

이번에는 묵직한 과일바구니까지 내 손에 들려 있었으나, 여인숙 여자는 불과 하루 만에 다시 찾아든 나를 쉽게 이해할 수 없다는 표정이었다. 왜 또 찾아와서 바쁜 사람 괴롭히느냐고 울컥 짜증까지 부리는 것이었다.

"이모님이 일본군에 끌려가셨던 게, 뭐 크게 잘못됐어예?"

그리고서는 느닷없는 폭탄 발언까지 덤으로 보태어 나를 당황시켰다. 나는 속으로 흠칫 놀라면서도, 과연 그랬었구나 하는 내 예감의 정확성에 스스로 전율했다. 나는 더듬거리며 반문했다.

"그, 그러셨어요? 전, 다만⋯."

"요즘은 대놓고 일본대사관 앞에 나가 목 놓아 데모까지 하던데, 숨길 게 뭐가 있겠는겨? 기왕지사 솔직히 까발렸으니, 우리 이모님이 억울하게 잃어버린 청춘 보상비나 톡톡히 타내 주이소. 커피나 한 잔 타 드릴까예?"

"아, 그러시죠. 아무튼 이모님이 참 기막힌 세상 사셨군요."

나는 한결 암상●이 누그러진 여자의 친절에 수더분하게 주억거렸다. 그리고 큰아버지의 한스런 지난날과 장 여인의 행적이, 새삼 업보와도 같은 숙명의 끈으로 서로 그악스레 연결돼 있는 듯 여겨져 가슴 아팠다. 나는 비로소 모든 진실을 솔직하게 털어놓기로 하고, 사할린

─────────────

● 암상: 남을 시기하고 샘을 잘 내는 마음. 또는 그런 행동.

머나먼 이역에서 당신의 이모님을 애타게 찾는 분이 계시는데, 그이가 바로 다름 아닌 내 큰아버지라고 안타까운 타령조로 실토했다.

나에게 따뜻한 믹스커피 잔을 건넨 후 잠시 혼란의 늪에 빠져 허우적이던 여자는, 또 뭔가 갑자기 생각난 듯 입을 열었다.

"맞아예. 가만 더듬어 보니 그런 소리를 들었던 것 같기도 하네예. 방직공장에 취직시켜 준다는 꾐에 빠져 억지로 정신대에 끌려갔던 이모님은, 전쟁이 한창 끝나 갈 막판에는 그래도 일본이 이기기를 바랐더래예. 어떻게든지 그 약혼자를 일본에서 다시 만나려는 심사로."

"……?!"

"해방되고 나서도 대구 식당을 한 자리서 오래도록 지키고 앉았던 것도, 따지고 보믄 다 그분 때문이라예. 언젠가 불쑥 찾아오실 걸 대비해서 말이지예. 그나저나 이런 말은 절대 비밀이니께, 아무한테도 절대 발설하지 마시라예. 약속할 수 있습니꺼?"

"그럼요. 약속하구말구요."

"아무튼지 댁의 큰아버님은 성공해서 잘 사시겠네예. 친손주, 증손주들까지 봐가면서 말년을 편안시리 …. 그러니 이리 뒤늦게라도 찾을 염사를 품으셨지예. 허지만 우린 그렇지를 못해예. 이 여인숙도 이모님 치료비 대느라 진즉에 내놨지만서도 도통 팔리지를 않고, 우리집 저 양반은 속으로는 골병 든 환자라예."

여자는 어울리지 않는 신세타령까지 한바탕 늘어놓으면서 은연중 내 환심을 사려 애쓰는 눈치였다. 나는 또 그 틈을 낚시질하듯 포착해, 장순덕이라는 노인이 지금 어디에 사는가를 기어이, 정확하게 파악해 냈다. 여자 쪽에서도 굳이 더는 숨기려 들지 않은 채, 오히려 자기 이모에 관한 일이라면 하나라도 더 침소봉대해 그 비장감을 한층 과장해 돋보이려 했으므로, 나는 별로 용쓰지 않고 다음 면회 때 함께 동행하자는 다짐까지 쉬 얻어 낼 수가 있었다.

그러나 나는 그 면회 때까지 편안히 앉아 기다릴 수만은 없었다. 서울에 올라온 지 사흘이 지난 첫 주말, 나는 주저 없이 장순덕 노인이 든 기도원으로 차를 몰았다. 강원도 원주에서 멀지 않은, 깊은 산속 두메마을이었다.

아름다운 주변 풍광과는 전혀 어울리지 않게, 기도원은 한마디로 지옥 같은 노인들 수용소였다. 이곳이 과연 우리가 함께 호흡하며 한 이웃으로 더불어 살아가는 개명천지의 한국 땅인가 하는, 낯 뜨거운 수치심과 분노가 절로 치밀어 올랐다. 저 유형의 사할린도 이렇게까지 참담하진 않았을 거라고 생각하면서, 나는 두려움에 찬 멍한 눈길로 나를 떼꾼하게 쳐다보는 장순덕 노인의 손을 가만히 움켜쥐었다. 거북등처럼 까칠한 감촉이 전해져 오는 그 손과 바스러질 듯 허옇게 산발한 머리칼, 겁먹은 아이처럼 한순간도 쉬지 않고 앙당그레● 굴려대는 그네의 두 눈망울에서, 나는 그동안의 모진 삶의 숨은 켯속을 충분히 읽어 낼 수가 있었다. 그러다가 힘없이 시선을 돌려 먼 하늘 저쪽을 바라보는 그네의 옆모습은, 오랜 풍우에 씻긴 잿빛 망부석望夫石, 바로 그것이었다.

서울로 돌아온 나는 곧장 TV방송국의 박남일한테 전화를 걸었다.

● 앙당그레: 춥거나 겁이 나서 몸이 옴츠러지는 모양.

시의적절한 다큐멘터리나 고발성 폭로물의 전문가로서, 그쪽 방면에선 꽤나 이력을 인정받는 막역한 대학 후배였는데, 처음엔 기도원을 관할하는 경찰서에 먼저 신고하고 그 비리와 부도덕성을 처벌케 하고도 싶었으나, 아무래도 생생한 현장 기록과 증언으로 공중파를 타는 편이 그 효과 면에서 훨씬 더 빠르고 적확할 듯싶었다.

"안 그래도 그런 쪽의 소재를 찾던 참이라 그거 아주 잘 됐습니다. 내일이라도 당장 취재에 들어가도록 하죠. 그 현장 소재지와 피해자의 인적사항 등을 더 확실하게 알려주시죠."

그리고 박남일은 내가 불러 주는 대로 꼬치꼬치 확인해 가며 열심히 받아쓴 다음 통화를 끝냈다. 나는 전화기를 내려놓기 전, 거기에 갇혀 사는 각다분한 노인들이나 심신미약자들을 폭 넓게 취급해서 현대판 고려장으로서의 막돼먹은 세태를 집중 조명하되, 장순덕 할머니만을 따로 가리틀어 추적하진 말아 달라는 당부를 잊지 않았다.

친절한 방송국 후배한테 셈속대로 취재 의뢰를 마친 나는, 우선 사할린의 큰아버지에게 편지를 띄우기로 했다. 당신이 그렇게도 몽매에 그리던 장순덕 여인이 이제는 파뿌리 같은 흰머리 할머니가 되었으나 엄연히 이 땅에 생존해 계신다는 것, 오직 당신 한 사람만을 기다리며 지금껏 독신으로 버티어 왔는데, 그 한 서린 정절의 된비알● 인생이 낙목한천落木寒天이듯 눈물겹다는 것, 이쪽 적십자사나 종교기관 등을 통하면 큰아버지의 경우 쉽게 귀국할 수 있을 뿐만 아니라, 이곳에서 아예 영주할 자격이나 조건까지 충분히 주어질 수도 있겠다는 등의 내

● 된비알: 몹시 험한 비탈.

소리 없는 소리를 들어라 165

용을 가감 없이 써나갔다. 그리하여 만약 당신이 분명한 귀국 의사라
도 진정 저어하지 않고 타진해 온다면, 나는 기꺼이 모든 능력과 정성
을 모아서 그 소원을 안갚음하듯● 풀어 드리겠다는 등의 내용이었다.

그렇게 큰아버지에게 항공우편을 띄우고 나서 거의 달포쯤 지났을
까, 방송국의 박남일한테서 기다리던 연락이 날아들었다. 이번 주 금
요일 밤에 드디어 그 프로가 방영된다는 거였다. 진즉에 찍어 두었던
다른 걸 제치고 부랴부랴 내보내게 된 이유는, 선배님의 부탁도 부탁
이지만 꽤나 시의적절하고 충격적인 내용으로 나름 채워져 있기 때문
이라고 했다.

— 버려지는 노인들, 그 창살 없는 감옥의 실상을 고발한다.

대충 이러한 주제 설정 위에, 짐승보다 못한 갖가지 양태의 인권유
린과 노인학대의 참상이 적나라하게 펼쳐지는 모양이었다. 마침내 그
금요일 밤, 텔레비전 앞에 자리 잡고 앉은 나는 아내의 손목까지 다소
곳이 낚아챘다.

"당신도 여기 앉으라니까. 그리고 우리, 맥주 한잔 하자구.

"도통 무슨 꿍꿍이속인지 … ."

아내는 마지못해 내 옆자리에서 조금 비켜 앉은 다음, 가볍게 선하
품●을 끄면서 내 잔에 찬 맥주를 채워 주었다. 그 사이 기다리던 문제
의 프로가 흘러나오기 시작했는데, 첫 장면부터 실로 비정하고 암담
한 그림이 숨김없이 전개되어 나갔다. 그것을 훔쳐본 아내의 첫마디

● 안갚음하다: 자식이 커서 부모를 봉양하다.
● 선하품: 몸에 이상이 있거나 흥미 없는 일을 할 때에 나오는 하품.

는 '싫어!'였다. 안 그래도 세상이 온통 뒤죽박죽 어둡고 칙칙한 이야기들뿐인데, 어찌 저런 질식할 듯 숨 막히는 막장 프로를 자청해 보느냐며 재빨리 다른 채널로 바꾸려 해 내가 얼른 막았다.

화면은 다시 정신병원의 철책에 갇혀 사는 죄 없는 죄수(?)들의 모습으로 바뀌었다. 나이는 비록 많이 늙었으되, 아직은 멀쩡한 남편을 노망든 정신병자로 몰아 교묘하게 재산을 빼돌린 어느 악질 아내의 경우를 보여 주는가 하면, 거기에서 구사일생으로 탈출해 나온 억울한 노인의 기구한 역정(하나밖에 없는 아들 내외가 병원에 애비를 입원시킨 다음, 달포가 넘도록 얼굴 안 보이기에 병원 측에서 비밀스레 알아봤더니, 벌써 그 아들네는 셋방을 싹 비우고 어디론지 잠적해 버렸더라는 것)을 누구에겐가 일러바치듯 애절히 토로하는 모습도 비춰졌다. 한밤중 오토바이에 실려 한적한 국도변에 쓰레기처럼 버려진 노파, 양로원에 부모를 맡겨 둔 채 몇 년이 흐르도록 한 번도 찾아오지 않는 돈 많은 자식들 등 갖가지 떨꺼둥이 경우들이 한데 뒤섞여 진행된 내용은 이제 내가 지적했던 그 기도원의 실태 쪽으로 초점을 이동해 갔다.

나는 바짝 긴장하며 앞에 놓인 김빠진 맥주잔을 집어 들어 다시 목을 축였다. 퇴근할 때 사온 치킨 조각은 거의 그대로 식어 가는 중이었는데, 사실 화면에 비치는 귀살쩍은 비인간의 모습들을 지켜보면서 무엇인가를 개감스레● 먹고 마시고 씹어 댄다는 행위 자체가, 내 스스로도 섣불리 용납되지 않을 성싶었다. 그리고 나는 짧게 소리쳤다.

"바로 저분이야!"

● 개감스럽다: 음식을 욕심껏 먹어 대는 꼴이 보기에 흉하다.

마침내 내가 기다리던 기도원의 여주인공이 망부석처럼 희멀겋게 모습을 드러냈을 때, 시큰둥하던 아내의 눈도 비로소 게슴츠레 빛나며 달치듯● 관심을 나타낸다.

"저 파뿌리 할머니가 당신하고 무슨 상관이기에 그리 팔짝 뛰는 거죠?"

"사할린의 일본큰아버지 옛날 애인. 따라서 우리한텐 간접적인 큰어머니가 되시는 분이라구."

"이이가 미쳤어, 정말."

말은 그렇게 내뱉으면서도, 아내는 뭔가 어렴풋이 짚인다는 안색으로 맥주잔을 한번 홀짝인 다음, 이내 시선을 화면 쪽으로 옮겨 고정시켰다. 보이지 않는 해설자는 장순덕 노인에 대해 설명했다.

"거의 식물인간처럼 말을 잃어버린 이 장 할머니는 아주 특별한 경우에 해당됩니다. 남편이나 친자식 하나 없이 지금껏 홀몸으로 살아오셨는데, 여기서 더욱 주목해야 할 사실은, 이 할머니가 일제 때의 이른바 종군위안부였다는 점입니다. 본인은 악몽 같은 그때의 일들을 까맣게 잊고 싶은 탓인지 한결같이 입을 다물고 계시지만, 그 보호자이기도 한 조카딸은 이렇게 털어놓고 있습니다."

이 말과 함께 화면은 남산여인숙 주인여자로 바뀌었다.

"이모님을 기도원에 보내 드린 건 어디까지나 당신이 원하셨기 때문이라예. 전부터 앓아 오시던 치매 현상이 날로 심해져서, 병원 의사 선생님도 그런 데 보내 심신을 편히 요양해 드리는 게 좋다고 해서 ….

● 달치다: 지나치도록 뜨겁게 달다.

168

결코 똥오줌 치우는 게 귀찮아서 그런 건 아니라예. 아무리 인심 험한 세상이기로, 저희 부모님 같은 분을 어찌 그리 함부로 모실 수 있겠습니꺼?"

장면은 다시 바뀌어 장 노인의 찌그러진 주름투성이 얼굴을 조금 더 확대해 비춰 주었다. 붉은 벽돌담을 등에 지고 앉아 멍하니 먼 산을 바라보는 그네의 빈 시선을 마주 건너다보면서, 나는 사할린의 큰아버지한테 서둘러 편지를 띄운 일을 또 짧게 후회했다. 단순히 이 땅에 아직 생존해 있다는 사실에만 지레 흥분해서, 앞으로의 살가운 여생의 대책이나 두 분의 만남의 가능성을 너볏하게 마련해 놓지도 않은 채, 당신의 영주 귀국까지 쏘개질하듯• 장담했다는 건 암만해도 생각이 짧고 경솔한 실수 같았다.

어쨌거나 이제는 이미 엎질러진 물, 내게 주어진 조건 속에서 나름대로 최선 다할 일만 남은 셈이었다. 만약 이 얽히고설킨 실타래 숙제를 현명하게 풀어내지 못한다면, 사내로서의 나의 능력이나 사회의 목탁으로서의 언론인 구실도 한낱 빛 좋은 개살구로 전락할 뿐이라고 스스로 질타하며, 나는 다시 마음을 다잡아 가다듬었다.

프로그램 진행자는 지치지도 않고 장 할머니에게 묻는다.

"할머니, 혹시 일제 때 겪은 일들을 기억나시는 대로 말씀해 주실 수 있겠습니까? 전쟁터에 강제로 끌려갔을 때의 과정이라든가, 일본군한테 당하신 기막힌 경험담 같은 것."

그네가 희미하게 고개를 가로저었고, 진행자는 다시 묻는다.

• 쏘개질하다: 있는 일 없는 일을 얽어서 일러바치다.

"할머니가 여기까지 와서 고생하고 계신 데에는 나라의 책임도 크다고 생각되는데, 혹시 우리 정부나 일본한테 하실 말씀은요?"

그래도 그네는 여전히 목석처럼 굳은 표정인 채 고개를 가로저었다. 만사가 다 귀찮으니 제발 아무것도 묻지 말아 달라는 손짓까지 휘이 내젓는 그네한테, 집요한 질문은 또 이렇게 계속된다.

"그럼 이 기도원에는 누가 모셔다 드렸나요?"

"김 … ."

그제야 장순덕 노인은 뭔가 오물오물 입을 달싹이더니, 겨우 들릴락 말락 하는 모기 소리로 나머지 말을 뱉어 냈다.

"김, 기, 출 … ."

주문처럼 되뇌는 그네의 이 몇 마디에, 나는 불의에 일격을 당한 듯 가슴 찌릿한 현기를 느꼈다. 도대체 그 애련의 골이 얼마나 깊고 자닝했으면, 저 깊은 나락의 치매 현상 속에서도 김기출이라는 이름이 절로 흘러나온단 말인가.

나는 지그시 입술을 깨물면서 단숨에 또 맥주잔을 비웠다. 그리고 비로소 아내한테, 그동안 벌어졌던 가슴 시린 일들을 서툰 너울가지●로 털어놓기 시작했다.

하지만 내 얘기를 다 듣고 난 아내는 별로 놀라거나 미간을 찌푸리지도 않았다. 오히려 나보다도 더 진지한 눈빛으로 시원시원한 해결책을 선뜻 제시하고 나서는 것이었다.

"당신도 엔간히 팔자가 드센 편이군요. 허나 어쩌겠어, 그것도 다

●너울가지: 남과 잘 사귀는 솜씨. 붙임성이나 포용성 따위를 이른다.

하나님이 점지해 주신 운명의 몽근짐●인데. 어쨌든지 우선 급한 건, 저 할머니를 한시 바삐 저 지옥에서 구해내 괜찮은 종합병원으로 입원 시켜 드리는 일이네요. 그리고 사할린에 계시는 그분이 귀국을 원하실 경우, 우리 교회재단에 부탁해서 그분들 전용 안식처로 편히 모실 방법을 찾을 수도 있을 것 같구."

"그게 정말이야? 당신이 정말 그리 선선히 인정하고 도와주겠다는 거야?"

나는 두 눈을 부라리듯 빛내며 조금 과장된 엉너리로 소리쳤다.

이튿날 아침, 아내는 신문사 앞까지 나를 태워다 주고는 이내 친정에 좀 다녀가겠다면서 쏜살같이 그쪽으로 다시 내달렸다. 지난 밤 사이 그네는 또 무슨 올찬 궁리를 짜낸 것일까. 자기 아버지(장인어른)를 만나 긴히 상의드릴 일이 도대체 어떤 새수나는 대책일까?

부신 햇살이 쏟아져 내리는 번잡한 도심 한복판을, 나는 모처럼 생기에 찬 시선으로 부시게 바라보았다. 모든 사람과 사물들이 새삼 넘치는 축복의 의미로 놀치는 것 같았다. 세상일은 모름지기 '마음먹기'에 달려 있는지도 몰랐다.

아내한테서 전화가 달려왔다.

"전데요, 아버지 바꿔 드릴게요."

그리고 곧 장인어른이었다. 나는 어리벙벙한 기분으로 전화기 속의 당신 목소리에 귀를 바짝 일으켜 세웠다. 당신이 말했다.

● 몽근짐: 부피에 비하여 무게가 무거운 짐.

"날세. 에미 얘기 들으니까 자네 발등에 아주 큰 불덩이가 떨어졌구먼. 허나 걱정 말게. 내 죽기 전에 마지막 좋은 일 좀 해보고 싶으니까, 무조건 나만 믿고 자네 맘먹은 대로 실천해 보게나. 자세한 건 나중에 만나서 얘기 나누기로 하고, 우선 서둘러야 할 급선무는, 백모님 되신다는 그 할마씨부터 괜찮은 서울 종합병원에다 입원시켜 드리는 걸세. 내 말 알아듣겠나?"

"아이구, 백모님이라뇨? 아직 그런 호칭을 쓰실 계제가 못 됩니다. 그리고 사할린에서 이렇다 할 소식이 있는 것도 아니어서, 저희가 지금 그런 식으로 나서는 건 너무 성급한 일입니다. 뜻은 고맙습니다만… ."

"이 사람아, 그게 그거 아닌가. 식민지 시대의 젊을 적 정식 결혼은 안 하셨더라도, 평생 자네 백부님만 바라고 수절해 오셨다면, 그보다 더 확실한 큰어머니가 어디 계시겠어? 안 그려?"

"…… ."

"그리고 사할린에서 소식이 있건 없건 상관치 말고, 그분 입원시켜 드리는 일부터 당장 서두르게. 설사 생판 모르는 남남이라 할지라도 이대로 외면할 수는 없는 법이야. 나도 그 방송 보고 충격을 받았네."

"그래도… ."

"그럼 이만 전화 끊겠네."

아닌 밤중의 홍두깨 격이었다. 장인어른 역시 어쩔 수 없는 노환에 갖가지 성인병까지 겹친 상태인데, 어찌 저런 선행의 깨달음을 선뜻 품게 되었을까 하고, 나는 여전히 그 속내를 종잡을 수가 없었다. 더욱이 평소 구두쇠라고 소문날 만큼 인색한, 그리하여 나에게선 이물스런 속물근성이 몸에 밸 대로 밴 퇴물 변호사로 일찍이 낙인찍힌 당신이었고 보면, 이즈음 들어서의 당신의 넨다하는 파격 행동거지들은 나를 깜짝깜짝 놀라게 하거나 감동시키기에 충분하고도 남았다. 아내를 포함한 처가 식구들한테 때 아닌 '내 탓이오' 바람이 소용돌이치는 건 여러 면에서 좀더 확실해 보였다.

하지만, 하고 나는 책상머리에 턱을 괴고 앉아 고쳐 생각하였다.

저 모든 처가 쪽 호의를 무작정 달게 받아들일 순 없지.

어디까지나 내 힘으로 해결의 실마리를 풀어 나가되, 관련 사회단체나 행정당국의 뒷받침을 받아 내는 쪽으로 메지대어 보자는 게 여전한 내 판단이었다.

그럼에도 장인어른의 집요한 선행의 고집까지는 결코 꺾을 수가 없었다. 내일에라도 당장 텔레비전 속의 그분을 모셔 오라는 닦달이었다. 그날 밤 일부러 우리 집에 들른 장인이 말했다.

"죽으면 다 그뿐, 내가 천당에나 가려고 이러는 거 아니네. 내 살아온 일제 때의 저 암흑천지가 새삼스런 지옥으로 떠오르고, 그때 당한 이 민족의 온갖 설움과 고난의 상징처럼 자네 어른들이 다가와서, 다만 그래서 그 몇백분의 일이라도 대신 갚아 드리고 싶어서, 이리 뒤늦게나마 나름 발 벗고 나선 거니까. 그분들이 가실 때 가시더라도, 살아생전만큼은 덜 고통스럽게 도와드려야 할 책임이 내게는 있네."

마치 주객이 뒤바뀐 것 같은 고마운 설득을 사위인 내게 열나게 펼치는 거였다. 그래서 나는 결국 중간 지점의 맞춤한 절충점을 찾아내, 양쪽의 체면이 구겨지지 않는 범위 안에서 이 난감한 숙제를 차근히 풀어 나가기로 마음먹었다. 그것은 곧 개과천선한 독지가로서의 장인은 병원비 일체를 부담하는 대신, 김천의 조카네 집 가까운 종합병원

에 당사자를 입원시켜, 그 조카가족들로 하여금 병수발을 들게 한다
는 조건이었다. 특실 입원비나 치료비, 간병인 비용까지도 기분 좋게
쾌척하겠다는 게 장인어른의 벗바리● 같은 넉넉한 호의였다.

　며칠 후 이 같은 의사를 김천의 남산여인숙 쪽에 알렸더니, 그쪽에
서야 이게 웬 떡이냐 싶게 반색하지 않을 리 없었다. 오히려 벌을 받아
야 할 사람들이 이런 가외의 은혜까지 입게 됐으니, 진정 몸 둘 바를
모르겠다면서 몇 번이고 되풀이 고마움을 표시해 왔다. 나는 우선 그
에 필요한 비용을 온라인으로 송금하겠다고 말하고, 그 계좌번호와
나중에 찾아갈 병원 이름까지 착실히 받아 적은 다음 전화를 끊었다.
바쁘지 않은 날을 이용해 장인 모시고 드라이브 삼아 한번 가벼이 다
녀오면 될 것이었다.

　이제 남은 문제는 사할린의 큰아버지였다.

● 벗바리: 뒷배를 보아주는 사람.

174

식민지의 눈물

2005년, 그들은 부끄러움을 모른다

"여행은 역시 기차가 좋군. 모처럼 자네하고만 단둘이 시간 보내고 싶어서 일부러 열차표를 끊었네. 어떤가? 기차 타고 여행해 본 지도 꽤 되었지?"

차창 쪽 의자에 등을 기대어 앉은 장인이 나를 흘깃 돌아보며 말문을 연다. 나는 그렇다고 수더분하게 응답하고, 차창 바깥의 역광에 비친 파리한 당신의 안색을 유의 깊게 훔쳐본다. 오랜 변호사 생활을 청산하고 법조계에서 은퇴한 이후의 당신의 건강은 이제 눈에 띄게 더 나빠지는 것 같았다. 어느 날부턴가 곰비임비 눈꺼풀이 깊숙해진다거나 아늠●이나 몸피가 부쩍 줄어들어 보이는 건 물론, 상식과 평상심을 훌쩍 벗어난 언행을 다반사로 일삼는 데에 이르기까지, 당신의 건강

● 아늠: 볼을 이루고 있는 살.

을 의심할 만한 현상은 한두 가지가 아니었다.

오늘 이렇게 사위를 동반하여 먼 기차여행까지 감행한 것도 잘 따지고 보면 그랬다. 교회 장로로서의 한가로운 소일거리 외에는 별로 걸리는 게 없어서 문득 가벼운 여정에라도 홀가분히 젖고 싶었는지는 모르지만, 생판 알지도 못하는 종군위안부 출신의 한 노파 문병을 그 이유로 삼은 건 아무래도 별로 서그럽지 않은 일이었다. 당신이 다시 입을 뗀다.

"그래, 아직도 자네 백부님께선 가타부타 연락이 없으시고?"

"예, 사정이 의외로 난감하고 복잡하신가 봅니다."

"암은, 그러시겠지. 거기 사할린에서도 어엿한 가정 이루고 사셨으니까. 현지 부인하고는 진즉에 사별하셨다고 했던가?"

"예, 단순히 그 점만 믿고 귀국을 권해 드렸는데, 암만해도 제가 경솔했던 것 같습니다. 당신이 찾고자 하신 분의 안쓰러운 과거나 현재의 건강 상태도 자세히 알리지 않은 채, 지레 흥분만 앞서가지고 말이죠. 막상 귀국하셔서 당신 옛 사랑의 저 암담한 모습을 맞닥뜨렸을 때의 절망감이나 회한 같은 건 미처 헤아리지 못했습니다."

"아니야, 그렇지 않네. 설사 지금 바로 임종을 앞둔 처지라 해도, 두 분이 서로 만날 수 있게 해드리는 게 자네 도리이고 의무일세. 어때, 우리 목 좀 축일까?"

"그, 그러시죠. 하지만⋯."

술 한 방울도 입에 대게 해선 안 된다는 강다짐을 아내한테서 몇 번씩이나 따갑게 들었던 터이므로, 엉거주춤 내가 저어하는 몸짓을 취했지만 이미 소용없었다. 때 맞춰 이동 판매원이 다가왔다.

"난 목만 축일 테니까 걱정 말고, 자넨 술 체질이니 양껏 마시게나."

"이러다가 집사람한테 또 야단맞게 생겼습니다."

"자넨 아직도 집사람 타령인가? 안 된다 싶으면 북어 패듯 패게. 그래도 안 되겠다 싶으면 당장 내게 일러. 자네 대신 내가 패줄 테니까."

그리고 장인은 너털웃음을 지으면서 두어 모금의 맥주를 입 안에 기울여 넣는다. 당신의 백발 너머 차창 밖으로 잔뜩 찌푸린 잿빛 겨울하늘이 낮게 드리워져 있었다. 성긴 눈발이라도 금방 흩날릴 기세였다. 맥주를 마신 다음, 안주로 산 육포를 무심한 듯 씹던 장인이 다시 엉뚱한 화제로 주춤 나를 놀라게 한다.

"꼭 사람고기 같군."

향기롭게 훈제된 그 살색 육포를 손에 들고 빤히 들여다보면서 혼잣말처럼 뇌까렸던 것이다. 한 방향으로 둘씩 칸 맞춰 앉은 좌석이기망정이지, 행여 다른 사람이라도 엿들었다면 얼마나 귀살쩍고 황당한 농담으로 받아들였을까. 아버님도 참, 하고 내가 재빨리 주위를 살피며 일매지듯 얼버무려도, 장인은 그에서 한 술 더 떠 혼란스런 나를 더욱 난처한 궁지로 몰아넣었다. 당신이 계속한다.

"난 처음엔 영락없이 고래고긴 줄만 알았네. 옆에 있는 일본 애덜이 그렇게 자상히 설명해 줘서 난 순진하게 그리만 받아들였던 게지. 하지만 나중에 알고 봤더니 멀쩡한 인육이더란 말이야. 그것도 다름 아닌 조선인 내 동포의…. 그 친구가 없어진 걸 뒤늦게 알아채고 나서야 직감으로 그걸 깨닫게 됐는데, 아마 지구상의 인종 중에서 왜놈들처럼 짐승스런 종족도 없을 게야. 암, 없지. 진정 교활하고 잔인하며 끝내 반성할 줄 모르는 민족이고말고."

" ……? "

"우리 같으면 지난날의 잔혹했던 식민지배가 제풀에 미안하고 죄스러워서라도 그저 조용히 입 닫고 있을 텐데, 놈들은 틈만 나면 독도가 우리 땅입네, 식민지배는 합법적이었네, 북한을 중국이 흡수해 줘야 동아시아가 평화로워지네, 별 해코지를 다 부려 우리 통일을 방해하면서, 저리 염장 지르고 약 올리는 것 좀 보게나. 우리가 반쪽으로 갈라진 것도 따지고 보면 다 놈들 탓인데."

"그러게 말입니다."

나는 그제야 장인의 이야기가 단순한 농담이나 상투 어린 일본 성토가 아니라는 걸 알아채고는 이내 진지한 표정으로 돌아갔다. 그리고 당신의 치신사나운 인육식 경험이 사실 그대로라는 데 이르러서는 오소소 소름까지 일 지경이었는데, 그러거나 말거나, 계속된 장인의 이야기는 한결 더 구체적이었다.

"태평양전쟁이 막바지에 다다를 무렵 학병으로 끌려갔지. 우린 흘러 흘러 남지나해의 팔라우 섬에 상륙했는데, 괌과 사이판 일대에 엄청난 미군 폭격이 퍼부어지고, 그 일대에서 승승장구하던 일제 황군은 하루아침에 독 안의 생쥐 꼴로 급전직하, 언제 죽을지 모르는 공포의 사선死線을 무시로 넘나들지 않으면 안 되었네. 모든 보급로는 차단되었으며, 마침내 굶어 죽는 아비규환의 참상이 자연스럽게 연출되기 시작했지. 이런 지옥의 시간이 계속되자 본대에서 이탈된 낙오병들은 곧 야만스런 짐승들로 돌변했는데, 뱀이나 개구리, 불개미 등을 잡아먹다가, 결국 그 고래고기 같은 인육까지 뜯어먹게 되었던 거네. 물론 이 같은 몹쓸 살인 행위는 극히 은밀하게 저질러졌네. 어느 날 식수를 구해 갖고 먼 길 다녀왔을 적엔 포로로 붙잡았던 한 양키 사지를 개처럼 불에 굽고 있더군. 어느 일본군은 그때 그 인육 한 부분을 바짝 말려 몰래 숨겨가지고 다녔네. 이 얼마나 기막힌 인간짐승의 숨은 본모습인가."

여기까지 속삭이듯, 또는 흉하적하듯• 털어놓은 장인은 곧 회한 어린 침묵 속으로 잠겨들었다. 당시의 그 참담하고 치욕스런 전쟁 경험이 더할 수 없이 부끄러운 악몽으로 되새겨지는 모양이었다. 저 어둠과 질곡의 일제 때 젊은 당신이 어리보기• 학병으로 끌려갔던 적이 있었다는 말만 아내 통해 건성으로 들었던 터지만, 그토록 끔찍하고 치떨리는 식인 체험을 당신이 직접 겪었으리라고는 아예 짐작조차 못 했던 일이었다. 지그시 눈을 감은 채 침묵으로 일관하던 장인은 혼자서 애꿎은 맥주만 축내는 사위 보기가 민망했던지, 아니면 자신의 돌이킬 수 없는 과오를 희석시키기 위한 변명이라도 늘어놓고 싶었던지, 조금 전보다는 한결 침착한 어조로 다시 입을 열었다.

"하긴 처절한 극한 상황에서는 그 어떤 짓도 툭 저지를 수 있는 게 우리네 인간이기도 하지. 이와 상반되는 선행의 의미로도 아주 오래 전부터 우리나라에서 흔히 행해졌고 말이야. 가령 부모가 죽을병에 걸렸을 때 자식이 자기 허벅지 살을 베어 먹인다든지, 손가락을 잘라 피를 마시게 해서 부모 목숨 연장시키는 효자, 효부들 이야기가 얼마나 자주 나오던가. 또 선조 때 이수광이 지은 《지봉유설》을 보면, 임

• 흉하적하다: 남의 결점을 드러내어 말하다.
• 어리보기: 말이나 행동이 다부지지 못하고 어리석은 사람을 낮잡아 이르는 말.

진왜란으로 폐허가 된 한양 한복판에서 굶주린 백성들이 서로 시뻘건 눈으로 사람고기 나눠 먹는 광경을 볼 수 있었다고 적혀 있네. 중국에선 더 끔찍했어요. 잦은 전란과 기근으로 오래 전부터 인육식이 자행되어 왔는데, 명나라 때는 반란군의 장수 이자성이 낙양을 함락한 후, 주방장을 시켜 임금인 복왕의 살을 사슴고기와 섞어 먹었거니와, 그네들의 어떤 문헌에는 그중 어린애 살이 으뜸이요, 한창 때의 여자 살이 그 다음, 사내들 것은 가장 맛이 없다고 자세한 품평까지 곁들여 놨으니, 이거 기막힌 풍경 아닌가. 천하에 못 먹을 것 없다는 식도락 천국답게, 《수호지》나 《한비자》, 《삼국지》에도 그놈의 인육식이 최고급 요리인 양 취급돼 있는 걸 보면, 사람 식성이 얼마나 그악해질 수 있는가를 충분히 알 만하지. 모택동의 문화혁명 때는 거품 물고 미쳐 날뛰는 홍위병들로 하여금, 자기네 학교 교장선생을 잡아먹게 했다는 소문까지 흘러나온 걸 봤네. 단순한 기근이나 굶주림을 해결키 위한 피치 못할 인육식은 우리 인간도 똑같은 동물이라는 점에서 굳이 부정할 수도 없겠으나, 이 나쁜 홍위병들이나 포로를 죽여서 불태워 구워 먹은 일본군이 저지른 만행은 증오와 적개심을 충족키 위한 수단도 포함돼 있었다는 점에서 도저히 용납할 수 없는 짓이야. 도대체 사람이라는 게 어디까지 그악해질 수 있는 동물인지!"

듣기에 따라서는 당신의 씻을 수 없는 지난 과오와 수치심까지 한데 뭉뚱그려 얼버무린 장인은 다시 거품 빠진 맥주를 몇 모금 쓰게 들이켰다. 그리고 별다른 주저 없이 스스로 사람고기 같다고 얼굴 찡그려 비유했던 육포를 조금씩 찢어발겨 입에 넣었다. 장인이 또 계속한다.

"그런데 문제는 패전국 일본이 지금까지 뻔뻔스레 유지해 온 아주 후안무치한 기본자세이네. 그 숱한 전쟁범죄를 저질러 놓고도 피해국들한테 도무지 진정한 용서를 빌 줄 모른단 말이야."

"전 그걸 어떤 거대한 정신병 현상으로 봅니다. 부끄러워해야 할 일을 부끄러워하지 않고, 잘못을 잘못으로 인정할 줄 모르는 집단은, 일단 정상의 인간성을 가졌다고 볼 수 없으니까요."

"맞네. 저 독일을 좀 보라구. 얼마나 진솔하게 온몸으로 용서를 빌었나! 그러나 왜놈들은 달라요. 피해자한테 너그러운 용서 구하기는커녕, 남의 나라 침략하고 전쟁 일으킨 사실 자체마저 부정하려 들질 않는가. 이제 다시는 그러지 않겠으니, 제발 믿고 용서해 주시오, 이 한마디면 간단히 끝날 일인데."

"전 전쟁 원흉인 일왕을 단죄하지 않은 미국 책임이 더 크다고 봅니다. 그때 이른바 천황제를 없애고, 원폭 터뜨린 미국과 다른 승전국들이 일본을 분할 통치했어야 했지요. 그런데 엉뚱하게도 억울한 식민지 한국을 남북으로 갈라치기했으니, 생각할수록 분통 터질 일이지요."

"미국은 원래 그래. 무조건 자국 이익 우선주의, 힘센 자의 편. 그네들은 힘이 곧 정의 아닌가."

"모든 국제관계에선 그게 또 정답인지도 모릅니다."

"그래서 우리가 일본한테 식민 지배당했던 건데, 이대로 가다간 언젠가는 또 다시 제2의 일제강점기가 도래할지 모를 일. 다들 정신 똑바로 차려야 하는데, 정치 하는 놈들은 아직도 눈만 뜨면 싸움질이나 일삼으니 큰일이야."

"임진왜란 때 일단 물러갔던 왜군이 다시 정유재란을 몰고 왔듯이 말입니까?"

"그럼. 저 인간들은 옛날부터 남의 나라 침략하고 해적질하는 건 아주 몸에 밴 악습이었지. 그러니까 총칼 앞세운 강제 한일합방조약도 정당한 합법이라 우기고, 자기들 교과서엔 '침략'이라는 단어를 결코 쓰지 않는다네. 그런 왜놈들 밑에서 강제로나마 충성스런 황국신민 노릇해 온 내 자신도 죽이고 싶도록 모멸스러울 경우가 한두 번이 아니야."

"지금에 와서 새삼스럽게 너무 자학하실 필요는 없다고 봅니다. 잘못된 역사는 반드시 바로잡아야 하지만, 그때는 그것이 피할 수 없는 상황이었던 걸 어쩌겠습니까."

잃어버린 민족정기를 되찾기 위해서는 지금에라도 지도층 친일파들을 철저히 가려내, 보란 듯 현충원에 묻혀 있거나 국가유공자로 대접받는 것부터 바로잡아야 한다고 말하고 싶었지만, 나는 꾹 눌러 참았다. 장인은 물론 장인의 선친까지 오욕의 친일 행각을 어쩔 수 없이 수행했다는 사실을 나는 일찍이 알아채고 있었기 때문이다. 좀더 솔직히 표현하자면, 장인의 선친은 일제 치하의 면장으로서 일본의 신사참배와 창씨개명, 숱한 강제 공출과 싸울아비 징용의 일선 책임자 노릇을 담당했으며, 장인 당신은 그 웅숭깊고 따뜻한 음덕으로 일본 유학까지 갔다가 학병으로 참전, 충성스런 일제 황군으로 복무하지 않았던가 말이다.

나는 지금껏 이 같은 지난날의 당신들 행적을 짐짓 모른 척 시치미 떼어 왔을 뿐이었다. 해방 이후엔 또 반지빠른 변신으로 과거의 기득권을 결코 잃지 않은 채 오히려 법조계의 새로운 중추세력으로 성장을 거듭해 온 당신이었고 보면, 그 변죽 좋은 인생의 뒤안길은 또 얼마나 복잡 미묘한 갈등의 칡넝쿨이랴.

열차는 어느새 대전역을 지나고 있었다. 가랑비에 옷 젖는다는 말에 걸맞게, 나는 내내 무엇엔가 쫓기듯 마셔댄 맥주로 해서 군드러진 취기가 올라오는 걸 의식했다. 만만한 조선을 침략, 약탈하고 중국 대륙 진출의 확실한 교두보를 확보하기 위해, 저들이 서둘러 착수했던 경부선 철도 위를 달리면서 뼈아픈 지난 세월을 반추하자니, 자연히 술이 술술 먹혀들었는지도 몰랐다. 잔뜩 찌푸린 하늘에선 숫눈발이 희끗희끗 흩날리기 시작했다. 장인이 입을 열었다.

"자넨 어떻게 생각하나?"

"이번엔 무슨 말씀이신데요?"

내가 마지못해 받았다. 장인은 여전히 어떤 피치 못할 상념에 쫓기듯 사로잡혀 있는 것 같았다. 당신이 계속했다.

"일본은 반드시 망하게 돼 있다는 내 평소 소신 말이네. 결국엔 멸망의 길로 갈 수밖에 없는 인과응보의 법칙."

"아이구, 또 일본입니까? 글쎄요, 솔직히 말씀드리자면, 전 아버님과 조금 반대 생각을 갖고 있습니다. 너무 못된 짓을 많이 저질렀기 때문에 그 종족의 씨가 말라 버리기를 바라는 게 우리네 뿌리 깊은 정서이긴 하지만, 그건 천만의 말씀입니다. 악종이 더 오래 산다는 게 동물세계의 불변의 법칙이니까요."

"그건 또 무슨 궤변인가?"

"궤변이긴요. 해괴하게도 일본의 칼이 다시 일어서고 있습니다. 욱일기 높이 휘날리며 저 명분 없는 이라크 전쟁터로 달려가던 걸 보십

쇼. 세계의 채권국가가 된 막강한 국력과 기술력을 바탕으로 저들은 이제 경제대국에서 정치대국으로, 그리고 몹쓸 군사대국으로의 마수를 쉴 새 없이 뻗치고 있잖습니까. 저 휘황한 불꽃놀이의 걸프전에서도 보란 듯 입증되었듯이, 최첨단 장비로 무장한 자위대 방위력은 일단 유사시 가공할 위력을 발휘합니다. 놈들은 이런 분위기를 업고 어떻게든 평화헌법을 개헌할 것이고, 소위 대동아공영권의 새로운 맹주 노릇을 획책할 건 너무나도 뻔한 노릇입니다. 앞으로 유엔 평화유지군으로 일본군이 파견될 가상의 나라로 어디를 가장 먼저 꼽는 줄 아세요? 바로 우리 한반도라는 겁니다. 한반도에서 분쟁이 일어나면 곧바로 자위대를 보낼 수밖에 없다는 건데, 그 발상은 곧 청일전쟁을 이용한 일제의 한반도 침략 행태와 하나도 다를 게 없습니다."

"제장, 그도 그럴듯하군."

"놈들이 막강한 미군에 쫓겨 이 땅에서 물러가면서 자기네들은 반드시 다시 돌아온다고 큰소리쳤다는데, 그런 장담이 현실로 다가온 건 이미 오래전입니다. 경제, 문화적으로는 벌써부터 우리가 또 침략당해서 꽤 깊고 다양하게 종속돼 왔다고 봐야죠. 일본에의 기술 의존도를 살펴볼 때, 우리의 수출품 중 가장 널리 알려진 자동차나 전자제품만 해도, 그 디자인이나 엔진, 정밀부품에 이르면 거의 저들의 손을 빌리지 않은 게 없답니다. 이런 식의 일본 경제지배 정책은 동남아 전체로도 파급돼 있는데, 저들은 또 다른 나라가 철저하게 종속될 수 있도록 부품별 생산국을 분산시키는 술수를 쓰고 있죠. 예를 들면 닛산이나 도요타의 경우, 가솔린 엔진은 인도네시아에서, 핸들과 전기 장치는 말레이시아에서, 트랜스미션은 필리핀에서, 디젤엔진은 태국에서 만드는 식으로 말입니다. 여기에다 중국이나 베트남 같은 나라들이 값싼 노동력을 제공하면서 미국, 유럽과 함께 거대한 수출시장으로 기능하게 되니까, 일본은 자연 재벌국가로 군림할 수밖에 없지요."

"역시 유능한 기자선생이라 보는 눈이 다르구먼. 내가 배우는 게 많은걸."

"미국의 인류학자 베네딕트는 일본인들을 한마디로 '국화와 칼'에 비유했지요. 아버님도 아마 그 책을 잘 아실 겁니다. 거기에 보면 일본인은 지극히 예의가 바르면서도, 그와 동시에 그 속에는 소름 끼치는 공격적 잔학성을 숨기고 있다고 씌어 있어요. 그들은 완고하기가 이를 데 없으면서도, 새로운 상황에는 놀랍도록 재빨리 순응하는 양면성을 갖고 있다고 말이죠. 국가로서나 개인으로서 그때그때 놓이는 상태에 따라 아주 향기롭고 아름다운 국화로도, 피 비린내 나는 칼날로도 돌변한다는 것인데, 그런 의미에서 보자면 지금은 비록 미국한테 당한 패전국으로서 살가운 국화로서의 미소를 입에 물고 있지만, 언젠가는 반드시 그에 상응하는 복수를 감행할 날도 함께 도모하고 있다고 봐야죠. 저 붉은 제국 소련이 하루아침에 무너지듯, 지금 세계를 쥐락펴락하는 미국도 머지않아 그렇게 되리라는 게 저들의 확신입니다. 따라서 저들은 어떤 형태로든 지난 시절에 못다 이룬 아시아 제패의 꿈을, 어떤 방식으로든 다시 성취하려 들 겁니다."

"그럼 우리는 거기에 어떻게 대응해야겠나?"

"저들은 가상 적국이었던 소련이 무너지자 곧 미국과 중국 쪽으로 방향을 바꿨습니다. 거기에 통일한국의 군사력도 결코 만만치 않다고 여겼지만, 이내 별로 대수롭잖다고 치부해 버렸지요. 통일한국은 러시아와 중국을 상대로 일거에 방대한 지역의 전면 방위에 나서야 하니까요. 사실이 그렇습니다. 서쪽으로는 거대한 중국이, 동쪽에는 저 침략주의자 일본이, 그리고 북쪽으로는 불곰 같은 러시아가 비잉 둘러싼 이 기막힌 지정학적 조건만으로도, 한반도는 숨이 막힐 지경이 잖습니까. 그래서 미국은 우리 방위의 숙명적인 지렛대일 수밖에 없습니다. 반미나 친미 가릴 것 없이 어떻게든 그들과 잘 사귀어야 돼요. 그게 우리의 살길입니다. 일단 거리가 먼 지구 반대쪽이니까, 미국은 결코 우리 땅을 통째로 삼키지는 못하거든요."

"하지만 이시하란가 뭔가 하는 못된 일본 극우파는, 한반도 해결의 최선책으로 중국이 북한을 집어삼켜주길 대놓고 바라지 않는가?"

"그게 바로 놈들의 속일 수 없는 속마음이죠."

나는 두어 모금 맥주로 목을 축인 다음, 다시 말했다.

"일본은 결코 우리가 통일하는 걸 바라지 않습니다. 거기에 놈들은 또 우리가 통일할 수 없는 민족성을 가졌다고 굳게 믿습니다. 설사 남북이 하나로 통일되더라도, 오래 전부터 전통처럼 굳어진 사색당파와 이웃 강대국들 눈치 보기로, 더 이상 힘을 쓸 수 없게 된다는 거죠. 그러므로 우리는 이제 어떤 일이 있더라도 통일을 서둘러야 합니다. 불필요한 회담으로 합의서에 서명하면서 펑펑 샴페인이나 터뜨릴 게 아니라, 무조건 남북을 하나로 합친 다음 그 모든 국력을 극일克日의 이데올로기에 모아야 합니다."

"무조건 통일? 그건 조금 위험한 발상 같은데, 혹시 사회주의 독재라도 괜찮다는 뜻은 아니겠지?"

"공산당 사회주의는 이제 더 이상 발붙일 곳이 없습니다. 우리의 통일은 물론 7 · 4 공동성명이나 6 · 15 남북합의서의 바탕 위에서 이루어 내야죠. 온갖 미사여구와 민족의식으로 가득 찬 거기에, 좋은 명분이나 방법은 다 들어 있으니까요. 그렇게만 통일한국이 만들어진다면, 지구상에서 부러울 게 없는 나라로 발전할 수도 있을 거라고 저는 믿습니다."

"그러게 말이네. 가장 이상적인 나라의 조건이 딱 우리 남북을 합친 크기의 국토이고 인구라는 게야. 국민이나 인민 사이에는 아무런 걸림돌이 없는데, 그놈의 잘난 통치배들이 항상 말썽이란 말이네."

"그러게 말입니다."

"내 재밌는 농담 하나 할까? 아니, 이건 삼팔선을 맨 처음 그을 때, 그때 두 미군 고급장교가 나눈 실화라는 건데, 그 두 사람이 우리나라 지도를 이리저리 들여다보면서 뭐라고 낄낄거린 줄 아나?"

"호랑이굴에 들어온 토끼 같다고 했나요?"

"아니, 아니야. 그 반대일세."

"그 반대라면?"

"와일드 페니스!"

"예?"

"발기 직전의 남자 성기를 닮았다고 소리쳤다는 게야. 이 얼마나 당차고 멋진 표현인가!"

"설마, 그랬으려구요?"

"그랬건 안 그랬건, 우리나라 형세는 그만큼 혈기왕성한 대장부 인체 한가운데, 우주의 중심부를 우뚝 꿰차고 들어앉아 있다는 이야기네. 안 그런가?"

잔뜩 장난기 담아 나를 돌아보는 장인의 시선이 짐짓 어린애 같으면서도 진지하다. 나도 덩달아 밝게 이를 내보이며 맞장구쳤다.

"맞습니다. 남북이 하나로 통일만 된다면 정말 무서울 게 없을 겁니다. 그렇다면 우리 맞은편에 길쭉이 누워 있는 저 일본 땅은 뭐라 표현했나요?"

"코끼리 설사 똥!"

"하, 아버님도! 바다 위에 흩뿌려진 저들의 국토 형세를 보면, 저는 늘 산만하게 머리 풀어헤친 사무라이를 떠올립니다. 뭔가 미쳐 돌아간다는 거죠."

"핫핫핫, 그러고 보니 그런 것도 같네. 아무튼 원죄가 너무 많은 나라야."

목적지인 김천역에 내리자마자, 택시를 집어타고 곧장 장순덕 노인이 입원해 있다는 병원으로 내달렸다. 서울에서 출발하기 전 남산여인숙으로 전화를 걸어 그네의 조카딸한테 확인했더니, 김천에서 꽤 괜찮다는 종합병원이라고 했다. 그러나 그 병원을 찾아 들어가 환자를 직접 대면한 순간, 나는 황망히 장인의 안색부터 살피지 않을 수 없었다. 아무리 발전이 더딘 지방의 중소도시라지만, 그래도 그중 낫다는 병원 규모나 시설이 고작 이 정도인가 싶어서였다.

장인 역시 낭패스런 빛을 감추지 못하면서 가벼운 노기마저 띠는 게 엿보였다. 여섯 개의 좁은 병상 중 구석진 쪽 하나를 차지해 누워 있는 장 노인의 병세는 이제 어느 정도 호전돼 가는 낌새이긴 했으나, 서울에서 넉넉한 치료비까지 보내 주면서 꼭 편안한 병실에 입원시켜 드리라고 신신당부했고, 보호자들도 쾌히 그러마고 응낙했음에랴.

"병실이 없어서 이렇게 되었어예. 여기도 아주 어렵게 들었심더. 아무튼 고맙심더. 이리 먼 길까지 찾아와 주시고, 죄송해서 이거 우짜겠노!"

나하고는 이미 낯이 익은 조카딸은 부러 안절부절못하는 자세로 엉너리치면서 겉으로나마 깍듯한 인사치레를 잊지 않았다. 그래도 장인은 건성으로 고개만 끄덕인 채 여전히 마뜩찮은 시선으로 주위를 살피다가 장 노인 쪽으로 조심 다가갔다. 조카딸이 서둘러 자기 이모 귀에 입을 가져가 납신댄다.

"이모님예. 이분들이 여기 입원시켜 드린 고마우신 서울 손님들이라예. 잠깐 일어나 보시소. 요즘처럼 강팍한 세상에 으떻게 이런 일이 다 생기겠노! 크게 도와주신 것도 더없이 고마운데, 이리 불원천리 마다시잖고 직접 찾아오시고 ⋯ ."

여자는 억지이다시피 장 노인을 일으켜 앉히려 들면서 연신 자발없이 나부대었다.

"아니, 됐습니다. 그대로 눕혀 드리세요."

내가 나서서 말리지 않았다면, 그 여자는 끝내 경더리되어● 누워 있는 노인을 발딱 일으켰을 터였다. 방석베개를 모로 세워 비스듬히 기대어 앉은 환자는 퀭한 눈빛으로 낯선 두 손님을 두리번거리며 쳐다보았다. 지난번 기도원에서 처음 맞닥뜨렸을 때의 그 암담했던 모습이

● 경더리되다: 심하게 앓거나 큰 고통을 겪어서 몸이 몹시 파리하고 뼈가 앙상하게 되다.

나, 텔레비전 고발 프로에 내비쳤을 때의 떼꾼한 표정은 많이 가셨으나, 아직도 호되게 앓고 난 뒤의 비영비영한● 몸피는 영락없는 산송장, 바로 그것이었다. 용케 건강을 되찾아 정상의 육신으로 되돌아오더라도, 낮잡아 명줄을 이어가기는 영 글러 버린 것 같았다.

조용히 그네 곁으로 다가간 장인이 장 노인의 깡마른 손을 그러잡고 조심스레 흔들었다. 무슨 뜻을 알아 새겨들었다는 건지, 그네도 가녀리게 고개를 주억거렸다. 낯선 두 노인네는, 그러나 아주 오래전부터 익히 알고 지내 온 사이인 양 그렇게 말없이 손을 그러잡고 있었다. 고마움과 회한, 어떤 알 수 없는 서러움 같은 것이 두 노인의 가슴을 아리게 적시고 있는 듯했다.

그리고 나는 그 순간 사할린 큰아버지한테 서둘러 장순덕 여인에 대한 소식을 띄워 보냈던 사실을 다시금 짧게 후회했다. 혹시 두 분이 반가이 상봉하기도 전에, 또는 해후하자마자 곧 한쪽의 죽음을 맞아 또 다른 결별의 아픔이라도 된통 겪게 된다면, 그 새로운 절망과 슬픔의 벽은 얼마나 더 두터워질 것인가. 서로의 유형流刑의 땅에서 살아온 지금까지의 생애 자체가 진정 덧없는 물거품으로 돌변할 건 보나마나 빤한 노릇이었다. 공연스레 내가 중간에 끼어들어, 오히려 두 분의 일생을 더욱 비참하고 혼란스럽게 날파람잡듯● 헝클어뜨리는 건 혹 아닐까?

만약 저 장 노인의 손을 그러잡고 있는 사람이 다름 아닌 큰아버지

● 비영비영하다: 병으로 몸이 야위어 기운이 없다.
● 날파람잡다: 사람이 바람이 들어서 헤매고 돌아다니다.

라면, 과연 어떤 표정일까를 가슴 짠하게 그려 보고 있을 때, 장인이 손을 풀고 돌아서며 잠깐 밖으로 나가자는 눈짓이었다.

"당장 서울로 옮겨 드리세. 생각했던 것보다는 많이 호전된 듯싶지만, 저 상태로는 자네 백부님과 상봉하는 건 무리야. 오히려 실망만 더 안겨드리게 될 뿐이네."

복도로 나온 장인은 다짜고짜 이렇게 말문을 열었다. 아마도 낙후된 병원의 의료진과 시설, 병실의 열악한 조건 따위를 내심 우려하는 모양이었다. 난감해진 나는 약간 뜨악한 어조로 받았다.

"그렇게 무리하실 것까진 없을 듯싶습니다. 저쪽 보호자들이 어떻게 생각하는지도 모르고, 환자분도 그런대로 많이 좋아지신 것 같구요."

"꼭 남 말하는 것 같구먼. 모든 건 내가 책임질 테니, 일단 보호자의 동의나 착실히 받아내란 말이네."

"아, 예."

"지금 곧 이야기해 보게. 그동안 난 서울 쪽에 전화해서 입원할 병원을 알아볼 테니까. 그리고 장 기사한테 연락해서 저 할머니 모셔 갈 차도 내일 아침 일찍이 몰고 오라 할 테니까."

그리고 당신은 이미 이쪽 의사와는 아랑곳없이 열심히 전화번호를 눌러 대기 시작했다. 정말 황당한 일도 다 있지, 하고 나는 잠시 어리바리한 시선으로 당신 뒷모습을 건너다보았다. 저이는 왜 저토록 집요한 선의와 연민의 정을 장 노인한테 보내는 것인가. 생판 남남이나 다름없는 설면한 처지임에도, 이즈음 들어서의 당신의 남다른 인간애라든가 과거로의 집착은 실로 엉뚱한 데가 있었다.

여전히 영문을 몰라 하는 장 노인의 조카딸을 불러, 장인의 능늘하고도 건공잡이 식의 갸륵한 뜻을 주섬주섬 챙겨 전달했다. 여우같은 그녀로서는 어쨌거나 그런 넘나는 베풂을 거절할 아무런 이유가 없었다.

"안 그래도 신세지는 판에, 그건 또 무슨 당치 않은 말씀이라예?"

처음엔 팔짝 뛰는 시늉을 지어 보이더니, 그녀는 이내 못 이기는 척 고개를 끄덕였다. 그러면서도 세상 살다 보니 참 별일도 다 있다는 듯 여전히 반신반의의 두 눈을 제 혼자 끔뻑거렸다. 거의 산송장이나 다름없는 환자를 오래 고수련하다• 못해, 이젠 아예 고려장으로라도 보내고 싶을 만큼 민주고주로 지쳤을 터임에랴.

직지사 아래 산마을에서 하룻밤 묵기로 하고 잠자리를 잡았다. 밤 늦어서라도 재우쳐 상경하게 될 줄 알았던 나는 기왕 묵게 될 바에야 새로 생긴 그럴듯한 호텔도 있는데 하필이면 왜 노송 우거진 깊은 산골이냐고 넌지시 불만을 드러냈지만, 장인은 한사코 옛날에 한 번 와 보았던 그 여관에 들고 싶다고 옹고집이었다.

"젊을 때 직지사에 놀러 온 적이 있는데, 그 시절을 떠올리면 꼭 꿈만 같다네. 지나간 건 늘 애잔하고 아득하기만 해."

"따지고 보면 인생 자체가 그런 거 아닙니까?"

"허, 그런가? 허긴 사는 게 다 일장춘몽이지. 아무튼 그 여관이 그 자리에 그대로 있으면 좋으련만."

그러나 그것은 헛된 욕심이었다. 그때의 그 왜식 목조 건물은 이미 오래전 온데간데없이 흔적조차 사그랑이•로 사라진 채, 번듯한 현대

• 고수련하다: 앓는 사람의 시중을 들다.

식 건물의 모텔이 보란 듯 들어차 있을 뿐이었다. 그중의 한 잠집 앞에서 발걸음을 멈춘 장인이 과장된 낙담의 빛을 띠며 무상한 주변 풍광을 찬찬히 휘둘러보았다.

"내 충분히 짐작은 하고 왔지만, 이렇게까지 변해 있을 줄은 몰랐구먼. 상전벽해가 따로 없어."

"그러게 말입니다."

우리는 곧 그런대로 분위기 있고 조용함 직한 모텔을 찾아들었다. 아늑한 산그늘이 주위를 한껏 감싼 숙소였는데, 눈발이 흩날리는 한겨울인데도 가까운 곳에서 졸졸대는 물소리, 바람 소리가 들려오는 탓인가, 소슬한• 산촌의 저녁 풍경은 나에게도 더없는 정감을 절로 불러일으켰다.

장인은 넓은 온돌방을 잡자마자 다시금 서울에의 전화에 매달렸다. 당신이 친히 알고 지내는 어느 종합병원에 아까 부탁한 일인용 입원실 문제가 어떻게 됐느냐며 직접 확인해 두는가 하면, 처가와 내 아내한테까지 일일이 전화를 걸어 이쪽 사정과 안부를 전하고, 사랑하는 김 서방과 함께 하룻밤 한방에서 동침하겠노라는 우스개마저 어설피 곁들이고 나서, 장인은 비로소 전화기를 놓았다. 그리고 서둘러 욕실로 들어가며 내게 이른다.

"들어올 때 보니까, 여기 딸린 식당 수족관에서 송어들이 놀고 있더구먼. 그 싱싱한 생선회 좀 시키게."

• 사그랑이: 다 삭아서 못 쓰게 된 물건.
• 소슬하다: 으스스하고 쓸쓸하다.

"예, 산중에서의 송어회, 괜찮겠네요."

또 술인가 싶어 주춤 저어되기도 했지만 우선 내 속이 더 썰썰하였다. 그리고 한겨울 밤의 산촌 잠집에서 먹는 회 맛도 꽤나 흥취가 돋을 것 같아 기꺼이 그대로 주문한 뒤, 나는 다시 장인에 대해 잠깐 생각하였다. 노인이 돌아가실 때가 되면 전혀 생뚱한 발상으로 뭔가를 하나하나 톺아● 정리하기 시작한다더니, 혹시 그런 지경으로 장인이 몰입해 가는 건 혹 아닌가, 하고.

장인 뒤를 이어 따뜻한 샤워 물을 한바탕 뒤집어쓰고 나왔을 때, 송어회 접시를 앞에 둔 장인은 이미 얼큰한 소주잔을 비우고 나서 이렇게 말문을 열었다.

"어서 앉게나. 나는 오늘 밤, 자네한테 중요한 말을 좀 남길 셈이네. 말하자면 유언이랄까, 그런 것."

"예? 그 무슨…."

장인은 갈수록 태산이었다. 당신이 계속한다.

"지난날의 고해성사를 곁들여서… 그래서 예까지 겸사겸사 오게 된 게야. 알아듣겠나?"

"전 무슨 말씀이신지 통 못 알아듣겠습니다."

"자, 우선 건배부터!"

그리고 내 잔에 소주를 채워, 당신 잔을 정겹게 부딪쳐 왔다. 도대체 무슨 앙똥한 꿍꿍이속일까. 혹시 이 양반이 벌써 사위스런 치매에라도 깊숙이 빠져들어 계신 건 아닐까? 나는 새삼 뜨악한 눈빛을 감출

●톺다: 틈이 있는 곳마다 모조리 더듬어 뒤지면서 찾다.

수가 없었다. 느닷없는 유언은 또 무슨 맹물스런 망발이며, 여러 자식들 제쳐 두고 그 유언의 대상이 하필이면 왜 성씨 다른 사위란 말인가. 무릇 사위도 자식이라지만, 평소에 별로 살갑게 지내온 자별한 우리 사이도 아니지 않은가.

장인어른이 또 자작으로 잔을 채운다. 나는 조심스레 당신의 손을 제지하였다.

"어허, 이 사람! 죽으면 다 썩어질 몸, 이 나이에 건강 돌보는 게 뭐 그리 대수인가. 그냥저냥 명대로 살다가 가는 게지."

"그래도 사실 때까지는 건강하셔야죠."

"송어 때깔 한번 좋다. 이 생선은 묘하게도 금방 베어 낸 소나무 속살을 그대로 빼박았단 말이야. 그래서 그런지 맛에서도 송진 냄새가 나요. 내 죽거든 관은 꼭 이런 소나무로 맞춰 줬으면 싶네."

"그런 말씀은, 처남들한테 먼저 들려주시지요."

"그놈들은 다 잘 먹고 잘 살아요! 유산도 적당히들 넘겨받았겠다, 애들한텐 그래도 애비 노릇은 해준 셈이네. 헌데 늘 걸리는 건 자네야. 내 딸은 부녀지간이니 대수롭잖게 넘길 수도 있겠지만, 아마 자네는 지금도 날 용서치 않고 있을 게야!"

"그게 무슨 말씀이신지, 저로서는 통….."

"시침 떼지 말게나. 살에서 송진 냄새가 나도록 남은 생 깨끗이 마무리하는 게 마지막 소원일세. 오욕으로 찌든 내 지난날을 소금물로라도 박박 씻고 싶단 말이네. 그러니 이제 용서해 주는 게지?"

"아버님이 벌써 취하신 것 같습니다."

"그래그래, 알았어. 이제부턴 한 방울도 입에 대지 않을 테야. 약간 취기가 돌긴 하지만 정신은 아주 말짱하니, 나머지 진짜 중요한 말을 꺼내겠네. 자네도 잘 알다시피 나를 포함한 우리 집안은 항상 수구 꼴통 편에 서 있었지. 일제 때는 왜놈보다 더한 친일을 했고, 해방 후에는 또 철저한 반공 보수로 일관했고. 그래서 자네가 내 딸내미를, 하나밖에 없는 소중한 고명딸을 데려간다 했을 때, 우리가 펄쩍 뛴 건 너무 당연하지 않았겠나? 그래, 자네들 결혼 막으려고 별별 짓을 다했으나, 운명이라는 게 그리 호락호락하지가 않더란 말이네. 미안하이. 그때 그토록 독하게 반대하고 자넬 미워했던 거, 지금에야 진심으로 사과하네."

"다 지난 일들인데 새삼스럽게 왜 이러십니까? 전 잊은 지 오랩니다."

말은 그렇게 내뱉으면서도, 나는 내심 당시의 아픈 정황을 떠올리고 아련히 가슴 저려 오는 걸 의식했다. 피난민 좌익 자식이라며 호적 등본까지 몰래 떼어 와 들이밀며 달구치던,● 한창 때의 장인의 모습이 마치 어제 일처럼 생생하게 되살아났다. 장인이 계속한다.

"지나 놓고 보면 무슨 체제나 이데올로기도 다 부질없는 허구요, 유행가 같은 것인데, 우린 왜 그토록 거기에 얽매어 살았던 건지. 항상 볕바른 양지에서만 빌붙어 살아온 내가 이런 말 할 자격은 없네만, 우리가 살아온 세월은 참으로 별스럽고도 험난했어. 안 그런가?"

"우린 서로 정치 이야긴 않기로 불문율처럼 돼 있잖아요, 아버님."

나는 조금 곤혹스럽다는 감정을 감추지 않으며 창문을 열었다. 희끗희끗 눈발이 흩날리고 있었고, 장인은 서그러운 어조로 다시 말했다.

● 달구치다: 무엇을 알아내거나 어떤 일을 재촉하려고 꼼짝 못 하게 몰아치다.

"아니야, 눈도 저리 하얗게 내리는데 내가 어찌 자네한테 용서를 구할 수 없겠는가?"

"아이구, 용서해 드리겠습니다, 아버님. 이제 되셨습니까?"

나는 눙치듯 눈웃음 베어 물며 장인의 미안풀이●를 안절부절 받아 넘겼다. 그럼에도 장인은 제법 진지한 표정으로 불쑥 두 손을 내밀어 내 손을 움켜잡았다.

"고맙네. 그래, 고맙구먼."

어느새 어두운 밤이 시나브로 깊어 갔다. 사위는 죽은 듯 고적하였다. 슬슬 피곤이 밀려왔다.

방 한가운데를 어간재비● 삼아 양쪽으로 저만큼 벌려 이부자리를 편 장인과 나는, 서로가 지친 취기와 여독에 젖어 잠자리에 들긴 했지만, 왠지 쉬 잠을 이루지 못하였다. 장인의 고르지 못한 숨결이 이부자리 위 공기를 타고 그대로 감지되었다. 창밖에서는 그침 없이, 여인이 옷 벗는 소리로 눈이 내렸다. 싸락싸락 치마 끝이 끌리듯, 눈은 쉬지 않고 내려 쌓이고 있었다. 그래서 나는 우리가 누워 있는 방 천장이 조금씩 무너져 내리는 듯한 착각 속에 한순간 빠져들기도 하였다. 먼 곳에서 우련히 들려오는 산울음 소리도 환청처럼 다가왔다. 때맞춰 장인의 낮은 음성이 건너온다.

"자나?"

"… 아뇨."

● 미안풀이: 남에게 폐를 끼쳐 사죄하는 일.
● 어간재비: 사이에 칸막이로 둔 물건.

"너무 피곤하면 잠은 오히려 더 멀리 달아나는 법일세. 그런데 말이지, 정작 중요한 이야기를 하나 빠뜨렸네. 좀더 들어줄 텐가?"

"말씀하시지요."

"어쩌면 이게 자네한테의 진정한 내 마지막 부탁인지도 모르겠네."

긴 한숨 끝에 내뱉는 희미한 어둠 저편에서의 장인의 목소리는, 마치 저 깊은 나락의 지하에서 울려오는 한숨소리와도 같았다. 장인이 띄엄띄엄 다시 잇는다.

"얘길 들으니까, 자넨 아주 사람찾기 명수더구먼. 그런 걸 보면 신문쟁이 근성을 타고난 것 같기도 하고."

"글쎄요, 저는 통 무슨 말씀이신지 ⋯ ."

"그 생판 낯선 사할린 땅에서 생면부지의 큰아버질 찾아내질 않나, 자네 백부님이 그리도 꿈에 그리던 옛 애인을 또 덥석 찾아내지를 않나! 아무튼 기적 같은 일들을 연거푸 만들어 내지 않았냐 말이야. 아마 어릴 적 소풍 갔을 때 보물찾기 선수라는 말을 많이도 들었을 게야."

"아닙니다. 오히려 그 반대였지요. 다른 애들은 그리도 잘 주워 내는 보물딱지를, 전 이상하게 한 번도 찾아 본 경험이 없습니다. 큰아버님 건은 순전히 우연의 소산이지요."

"사실은, 내게도 그렇게 꼭 찾아야 할 여자가 있다네."

장인은 신음처럼 내뱉으며 잠자리에서 살그머니 몸을 일으켰다. 꽤나 성가신 노릇이었지만, 나 또한 장인을 따라 엉거주춤 일어나 앉지 않으면 안 되었다. 그대로 누워 있어도 된다면서 장인이 말렸으나, 나는 귤빛이 뿜어져 나오는 촉수 약한 취침용 전등을 켰다. 냉수로 목을 축인 당신이 이야기의 숨은 은짬을 털어낸다.

"뭐, 그렇다고 뼛속 깊은 사연이 있는 건 아니고, 그저 아득하면서도 까닭 모를 죄책감까지 곁들여, 요즈음 눈앞에 자주 어른거린단 말이네. 미스 김이라고, 아마 조선 여자 중에서 성씨 앞에 미스라는 생뚱한 호칭이 붙은 건 그 여자가 처음일 걸세. 물론 그네가 미스 김이라 불린 건 미군들한테 포로로 붙잡혀 이리저리 끌려 다니면서지만, 그전 팔라우 섬에서 우린 이미 잘 알고 지냈었지. 같은 동포 여인들 중에서 그런대로 제일 영리하고 잘생긴 편에 속했는데, 이름은 그냥 순이라고 했어. 김순이. 거 있잖은가, 우디 알란인가 뭔가 하는 미국 영화 감독이 양녀로 데려갔다가, 그만 불륜 관계를 맺어 사랑에 빠졌다는 그 '순이' 말일세. 묘하게도 그 이름하고 딱 맞아떨어져서 그때의 미스 김, 아니 김순이가 절로 떠올랐던 걸세. 나를 오라버니, 오라버니 하면서 꽤나 잘 따랐는데, 한배로 일본까지 함께 왔다가 아수라 같은 수용소에서 그만 영 헤어지고는, 지금껏 오리무중이 돼버렸지. 미군들한테 인기가 많아서 그 뒤로 그네들을 상대하는 양공주로 전향했을지도 혹 모르겠고, 그래서 그 이후 일본 땅에 쭈욱 머물러 살았을 것 같기도 하고…. 아직 죽지 않고 질긴 목숨 계속 붙어 있다면, 혹시 찾아낼 수도 있지 않을까?"

"그거야말로 사막 한가운데서 바늘 찾기만큼이나 어려운 일이지요. 지푸라기 같은 최소한의 근거라도 있어야, 어디 수소문해 볼 염사라도 갖지 않겠습니까."

그리고 나는 그때 혹시 그 불쌍한 동포 위안부와는 단순한 오라버니 이상의, 본능 어린 매춘관계는 없었는지 덧붙여 묻고 싶었지만 또 꾹 눌러 참았다. 사위스런 극한 상황에서의 본능에 굶주리다 보면 도대체 따뜻한 동포애가 얼마나 웅숭깊을 것이며, 행위의 선악을 어찌 바르게만 구별해 가릴 수 있을 것인가.

하지만 그런 궁금증은 이내 당신의 입을 통해 스르르 풀려 나왔다. 내 의혹의 눈초리를 훤히 꿰뚫고 있기라도 하듯 말이다.

"엉겁결에 인육을 먹었을 때와 똑같이, 그네한테도 결국 몹쓸 짓을 저지르고 말았네. 그 일을 생각하면 지금도 불현듯 얼굴이 화끈거릴 때가 많아요."

"전 그러실 필요는 없다고 봅니다. 생사의 전쟁터에서, 그건 어쩌면 매우 자연스런 남녀 간의 상정일 테니까요."

"그리 이해해 줘서 고맙구먼. 전엔 별 대수롭잖았던 하찮은 일들도 아주 크고 무거운 자책감으로 덤벼들고, 까맣게 잊고 살았던 지난 일 중 한 토막이 불쑥불쑥 엄청난 무게로 불어나 기억되곤 하는 걸 보면, 역시 흙으로 돌아갈 때가 되긴 된 것 같네."

" .... "

"산 소리, 흙 냄새가 좋아졌단 말이네. 집에 가만히 드러누워 있어도, 산에서 나는 소리가 은근히 들려오는 게야. 물론 부쩍 심해진 이명 탓이긴 해도, 마음속 저 깊은 곳에서 들려오는 산울음 소리임에는 분명해. 미스 김, 어쨌든 죽기 전에 꼭 한 번 만나 보고 싶은 이름이라네. 지금쯤 어디 길거리 한데에나 내버려진, 버림받은 인생이면 어쩌나 싶은 공연한 걱정이 자꾸만 머릿속을 어지럽힌단 말이야. 요즘은 공개적으로 널리 종군위안부를 도와주는 세태니까, 그런 사회단체나 행정 당국에 알아보면 혹시 그 김순이라는 할마씨도 찾아낼 수 있지 않겠나? 자네는 누구보다도 발이 넓으니까 말이네."

"글쎄요. 일단 알아보긴 하겠습니다만, 결코 쉬운 일은 아닐 겁니다. 그때 그 이름이 본명일 리도 없고 말이죠. 게다가 그런 욕된 과거사를 가졌다고 해서 인생이 꼭 불행해지라는 법도 없잖습니까. 그토록 영리하고 미모가 빼어나셨다면, 오히려 평탄한 가정생활로 누구보다 복된 삶을 누렸을 수도 있으실 거구요."

"허, 그래?"

바람 빠진 듯 반문한 장인이 잠시 뜸을 들였다가 다시 이었다.

"딴은 그럴 수도 있겠구먼. 내가 괜한 망령을 부리는지도 모르겠고. 그래, 이제 그만 눈 좀 붙이세. 자네 잠을 더 방해해선 안 되겠네. 아침 일찍 장 기사가 차를 몰고 내려올 텐데, 이리 잠을 설치면 안 되고 말고."

"피곤하실 텐데 어서 주무시지요."

그리고 나는 곧 불을 끄고 장인을 따라 다시 잠자리에 들었다.

이튿날 아침, 어지러운 선잠에서 부스스 깨어났을 때 세상은 온통 부신 설경이었다. 축복인 듯 저리 많은 눈이 내려 쌓이려고, 장인어른은 그토록 가슴 시린 지난날들을 곱씹으며 회한에 젖었던가.

당신은 벌써 앞마당으로 나가 조금 전에 도착한 장 기사와 무슨 이야기인가를 나누는 중이었다. 아마 먼 길 새벽에 내려오라 해서 미안스럽다는 둥, 환자를 싣고 상경하면 어디 병원으로 가서 어떻게 해야 된다는 둥 자상한 잔소리가 이어지고 있으리라.

시계는 벌써 여덟 시를 넘어서고 있어서 밖으로 나설 채비를 서둘렀다. 지난밤 저녁식사 때 내일 아침에도 여기서 때울 거라며 준비해 달라 미리 부탁했던 터라, 구내식당에는 이미 산 냄새 물씬한 아침상이 정갈하게 차려져 있었다. 깔깔한 입맛을 대충 때우기 바쁘게, 우리는 곧 병원으로 내달렸다.

어제 헤어질 때 약속했던 대로, 남산여인숙 여주인은 벌써부터 퇴원수속을 밟느라 분주하게 움직이고 있었다.

이튿날 신문사에 출근했을 때, 어지러운 내 책상 위에는 기다리던 항공우편물이 한 통 우두커니 날아와 있었다.

예상했던 대로 사할린 큰아버지한테서 온 것이었는데, 내 말대로 기적처럼 그 여자를 찾아냈다면 정식 초청장을 좀 보내 주기 바란다는 내용이었다. 그에 따라 혹 귀국케 되더라도 조카자식 신세는 길게 지지 않으리라는 조심스런 단서까지 곁들여, '고맙다'는 겸사를 몇 번씩이나 되풀이했다.

그럼에도 나는 당신이 편지 속에서 끝내 영주귀국 의사를 밝히지 않았다는 사실에 유의했다. 따지고 보면 사할린의 혼혈 자식들까지 내팽개쳐 두고, 당신만 홀몸으로 훌쩍 빠져나온다는 것도 여간 큰 고역이 아닐 수 없으리라. 그것은 새로운 이산離散의 가족사를 자청해 만드는 행위이면서, 한반도 어느 체제도 인정하지 않은 채 비스카르단스키로 떠돈 적이 있는 당신의 한때를 송두리째 부정해 버리는 일일지도 몰랐다. 더욱이나 이미 메마른 각피질의 주름투성이인 당신은 나와 헤어질 때 '아무 데서나 정붙여 살면 그곳이 고향이지 않느냐'는 자조까지 일매지게 내뱉지 않았던가.

그것은 다분히 어린 날의 고향땅인 혜산을 찾아갈 수 없을 바에야 당신의 탯줄이 묻히지 않은 남한, 너희들이 사는 서울 역시 낯선 객지이긴 매한가지가 아니겠느냐는 의미도 속 깊이 숨어 있으리라.

하지만 나는 어쨌든 댓바람에 초청장을 띄우기로 작정했다. 그래서 그날 밤 귀가하기 바쁘게 그에 관한 절차를 아내한테 엉너리쳐 떠넘긴 것은, 순전히 나의 용의주도한 셈법에 따른 결과였다. 그 일을 그렇게 기정사실화함으로써 아내의 동의 또한 자연스럽게 유도해 내는 효과를 얻어 낼 수 있거니와, 큰아버지가 귀국한 이후의 부양까지도 슬쩍 도맡게 하려는 수작이 그 저의에는 짙게 깔려 있다고 보아야 한다. 남을 위해 희생하는 삶을 최상의 기쁨과 보람으로 전환시킨 이즈음의 아내이고 보면, 그네는 두말없이 치밀한 내 작전에 놀치듯 휘말려들게 되어 있었다.

"그래요? 그거, 아주 잘되셨네!"

아니나 다를까, 아내는 오히려 나보다도 더 극성스런 그느름●으로 구체성을 띠며 이어 나갔다.

"기왕이면 아예 영주 쪽으로 일을 추진하는 게 어때요? 마침 우리 교회재단에서도 이 사업을 당차게 밀어붙이고 있는데. 주로 사할린 무의탁 노인들 중에서 귀국 희망자를 연중 모집 중이거든."

"모집? 그런 경우도 모집이라고 하나?"

"좋은 일 벌이는 마당에 아무려면 어때요? 암튼 내가 알아서 잘 모셔오지 뭐. 일단 영주 귀국하여 조국에 뼈를 묻겠다는 각오로 오신다는 게 명분도 훨씬 낫고, 우리 쪽에서도 일하기가 수월하니까, 당신은 어떻게든 큰아버님을 그쪽으로 유도하라구. 아셨죠?"

● 그느르다: 돌보고 보살펴 주다. 또는 흠이나 잘못을 덮어 주다.

"꼭 뭐한테 홀린 기분이군."

너무도 시원시원하게 통 큰 해결사 노릇을 자임하고 나서는 아내 덕분에 내가 지레 민망할 지경이었는데, 한편으로는 살짝 쾌씸한 분기마저 발끈 솟았다. 시어머니 살아 계실 때는 그토록 미적지근 가시세게 굴더니, 그 양반이 저 세상으로 가뭇없이 떠나고 나자 엉뚱한 불우 이웃들에게나 그 못다 한 섬김을 몽땅 새로 쏟아붓는 꼴이어서였다. 그 지난날의 과오를 일거에 뒤엎어 갈음이라도 하듯, 아내는 김천에서 올라온 생면부지의 치매노인 환자한테까지 너그러운 관심을 기울이며 여러모로 잘 보살펴 돕고 있었다. 보충설명을 하듯, 아내가 다시 말했다.

"일단 큰아버님 의사부터 분명하게 확인할 일이 선결문제네요. 입국 방법은 여러 길이 있지만, 아무래도 교회 주선으로 들어와 생활하는 게 유리하실 거예요. 우리 '고향의 집' 시설이 웬만한 호텔 뺨칠 정도로 좋긴 하지만, 그런 단체생활이 불편하고 싫으시다면 그땐 또 당신 큰어머님과 단둘이서 여생 즐기실 수 있도록 따로 살림 차려 드리는 거지. 뒤늦게 철드신 아버지도 그렇게 해드릴 용의를 쾌히 갖고 계시더라구. 당신은 정말 장가 한번 잘 든 줄이나 아세요!"

아내는 문문한 너스레까지 덤으로 떨었다. 너무 머리 무겁고 벅찬 일들이 아주 자주, 한꺼번에 줄지어 몰려드는데도 이렇듯 너울가지 좋게 잘 풀려 가는 것은, 아내의 농담마따나 순전히 그 잘난 처덕妻德으로 여겨지는 걸 결코 숨길 수는 없었다.

사할린 큰아버지와 어렵사리 연결된 국제전화에서, 당신은 저번 편지에서와는 전혀 다른 내용을 실토하고 나왔다.

"너한테 편지 보내 놓고 나서 가족회의를 다시 열었니라. 피붙이래야 몇 안 되지만, 이들과 다시 떨어져 살 생각하니 가슴이 미어질 것 같았다. 그래도 자식놈이 흔쾌히 허락하고 나서더라. 아버지 좋을 대로 하시라고. 어쨌거나 이제는 자유 왕래도 가능하다고 하니, 일단 영주귀국 쪽으로 신청해 볼 일이다. 암만해도 내 뼈는 그쪽에다가 묻어야 되지 않겠냐?"

장순덕이라는 여인을 한시라도 빨리 만나 보고 싶어 하는 뜻이 그 말 속에는 더버기●로 배어 있었다. 가능하다면 죽을 때도 함께 죽어 합장合葬하고 싶다는 욕심까지 한껏 묻어나는 것 같았다.

나는 곧 당신의 긴절한 소망을 실천에 옮기겠다고 다짐하고, 이러저러한 이쪽 준비 상황과 속사정들을 소상히 일러 준 다음 조심스레 전화를 끊었다. 그리고 무연히 창밖을 내다보았다. 뭐가 뭔지 도통 종잡을 수 없이 달구치는 기분이었다. 몹시도 얄망스러운 어떤 조종자의 술수에 따라, 내 운명이 함부로 유린당하는 느낌마저 불쑥 엉겨드는가 하면, 몹시 어려운 난관을 돌파했을 때의 뿌듯한 성취감도 가슴 저 밑바닥에서 천천히 굼뉘● 치듯 출렁거리기도 하였다. 거의 생전 처음 '하느님의 은혜' 같은 헌신으로부터 얻어지는 무형의 기쁨이었으며, 꿈과 현실 사이의 미망迷妄을 부질없이 헤매고 난 뒤끝의 허탈감 같은 것도 묘하게 엉켜들었다. 어쨌든 앞으로 전개될 일들이 불투명한 안개와도 같이 다가오고는 있었지만, 주변의 여러 정황으로 미루

● 더버기: 한군데에 무더기로 쌓이거나 덕지덕지 붙은 상태. 또는 그런 물건.
● 굼뉘: 바람이 안 불 때 치는 큰 파도.

어 그리 크게 걱정하고 애달아 할 필요까지는 없어 보였다.

나는 서둘러 아내한테 연락했다. 큰아버지가 귀국하시겠다니 당신이 생각했던 대로 차질 없이 일을 추진해 달라는 당부였다. 교회 쪽으로 보아도 자신들의 대외 선교활동이나 자체 홍보의 효과를 극대화시킨다는 측면에서, 상당한 명분과 실리를 동시에 챙길 수도 있는 무리꾸럭• 자선사업일 터였다.

"골치 아픈 집안일이 아직 끝나지 않으신 모양이죠?"

정 부장이 아는 체하고 나선다. 걸핏하면 지방 나들이다, 잦은 병원 출입에 무슨 국제전화다 해서 두서없이 설쳐 대니, 곁에서 보기에도 꽤나 어지간하다 싶은 모양이었다. 나는 겸연쩍게 웃으며 투덜거렸다.

"이게 다 일제의 식민 잔재를 아직도 청산하지 못한 데서 오는 국제 문제 아니겠어? 감수해야지."

"일제도 일제지만, 원자탄 한두 방으로 이 나라를 냉큼 집어삼킨 미국 책임도 엄청 크지요. 그네들의 무관심과 비호 덕분에 일제 청산이 안 된 부분도 많으니까요. 이따가 점심 때 일본대사관 앞에나 한번 가 보실까요?"

"그 위안부 항의집회 말이지? 좋아, 안 그래도 한번 가본다 하면서 시간 맞춰 갈 수가 없었는데, 그거 잘됐군."

매주 수요일 정오가 되면 어김없이 상복을 걸친 위안부 출신 할머니들과, 그네들을 내 몸같이 돕고 후원하는 여성단체 회원들의 항의집회가 지금껏 쉬지 않고 펼쳐진다는 걸 잘 알면서, 지척의 거리에 놓였는데

• 무리꾸럭: 남의 빚이나 손해를 대신 물어 주는 일.

도 아직 그곳에 한 번도 제대로 가보지 못한 나는 무심한 방관자였다.

연말연시를 앞둔 편집국 안은 여전히 분잡하였다. 모두들 취재기사를 정리하거나, 불티나듯 전화벨이 울린다. 그럼에도 우리가 든 방에서는 일찌감치 신년호 특집에만 신경 써 도와주기로 했던 형편이라, 다른 데에 비해 조금 한가한 편에 속했다.

민족의 통일 염원을 담은 상징물로서의 백두산 천지를 올 컬러판으로 전면에 싣고, 그 방면의 그럴싸한 학자나 전문가를 동원, 특별좌담 기사를 가리새 있게 짜낸 다음, 시의적절한 외교 전망이나 그에 대한 남북한의 통일정책 대비, 통일 후의 변화와 문제점 따위를 해박한 해설기사로, 또는 청탁원고로 채워 넣으면 너끈히 마무리할 수가 있는 것이다.

"이것 좀 보세요, 김 선배!"

비스듬히 의자에 기대어 지난날의 일제침략 기록 책자를 유심히 들여다보던 정 부장이 내 쪽으로 휙 돌아앉으며 소름끼치게 참혹한 장면의 사진들을 내밀었다. 우리의 남북문제 해결도 누구보다 일본이 먼저 발 벗고 나서 줘야 한다고(그래야 그들이 저지른 죄악에서 조금쯤 용서될 수 있다고) 철저히 믿는 그는, 자신한테 맡겨진 작은 토막기사조차도 그쪽으로만 지레 시각을 고정시켜 후비듯 추적하는 편이었다.

정 부장이 보여 준 사진 기록물은 그 표지부터가 너무 끔찍해서, 두 눈을 똑바로 뜨고는 차마 마음 놓고 들여다볼 수 없을 지경이었다. 엉성한 교수대에 늘어진, 굴비 두름처럼 주렁주렁 매달려 있는 분하고 억울한 주검들은 차치하고라도, 한 일본군의 피 묻은 손아귀에 자랑스레 들린 목 잘린 두상頭像은, 바로 우리 선대들의 두 눈 부릅뜬 원한을 그대로 보여주었다. 댕강 잘린 그 머리끝 상투를 와락 움켜쥔 일본

군의 득의에 찬 입매와 오른손에 쥐어진 피 묻은 일본도日本刀를 유심히 들여다보면서, 치 떨리는 전율과 분노를 온몸으로 느끼지 않을 이 누가 있으랴. 차라리 서슬 푸른 증오와 적개심 따위를 넘어서, 인간으로서의 수치심을 절로 불러일으킬 만한 부끄러운 참경이었다.

무거운 책장을 넘기면 넘길수록 더욱 처참한 장면들이 너무 적나라하게 펼쳐져 있어서, 나는 이내 독설가인 정 부장의 '지구상에서 멸종되어야 할 왜놈들'이라는 말에 얼른 동의하고 말았다. 진정 목불인견의 참혹한 주검들이어서 십자가에 못 박힌 예수는 차라리 훨씬 나은 편이라는 역설을 절로 수긍치 않을 수 없었는데, 십자가는 십자가로되 엉성한 나무 걸대에 사지를 묶인 채, 마치 개나 돼지처럼 처형당하는 저 독립투사나 죄 없는 민초들의 죽음은 도대체 어떻게 해석되어야 한단 말인가. 멀쩡하게 살아 꿈틀거리는 육신을 떼거지로 생매장시키는 건 물론, 대검으로 찔러 죽이고, 기름불에 태워 죽이고, 일본도로 내리친 목 없는 얼굴들만 나란히 구덩이에 몰아 처넣은 저 극악무도한 일제의 만행이라니!

그것은 도저히 인간의 양심이 묵과할 수 없는 생지옥의 참상이었다. 하찮은 파리 목숨도 저리 가볍거나 무가치하진 않을 거라 생각하면서, 그나마 지금껏 질긴 목숨 용케 버티어 온 큰아버지나 장순덕 같은 노인네들이 어떤 아득한 신화 속 주인공들로만 여겨졌다.

책 속에는 또 사형을 집행당하기 전의 안중근 의사의 모습도 실려 있었는데, 마지막으로 면회 와서 눈물 흘리는 두 아우한테, '슬퍼할 것 없다. 조국과 민족 위해 모든 것 다 바쳤는데 무엇을 슬퍼한단 말인가'라며 오히려 위로하고 타일렀다는 사진설명도 더없이 너볏하고 의

연하거니와, 또 다른 쪽의 평범한 한 중년 사내의 두 팔 잘린 모습은 나를 더욱 숙연케 하고도 남았다. 단순히 '변 씨'라고만 겨우 밝혀진 이 중년의 조선 사내는 더러운 일본도에 두 팔이 댕강 잘려 나갔는데도, 그 검은 개맹이● 얼굴엔 저주나 고통의 빛이라고는 조금도 드러남 없이, 오히려 두 눈만 더욱 부릅뜬 채 아주 평온한 표정을 짓고 있어서였다. 그 아래쪽 사진설명에는 이렇게 적혀 있었다.

북간도. 마을 전체가 불타고 있는데, 변 씨라는 30대 농부가 태극기를 들고 '대한독립만세'를 외쳤다. 일본군은 그에게 더 큰 고통을 주기 위해 일부러 총을 쏘지 않고 태극기 들린 오른팔을 일본도로 내리쳐 잘랐다. 오른팔과 함께 태극기가 땅에 떨어졌다. 변 씨는 남아 있는 왼팔로 태극기를 집어 들고 다시 독립만세를 외쳤다. 일본군은 또 일본도를 들어 올려 그의 왼쪽 팔마저 내리쳤다.

"이걸 보세요. 일본도에 관한 기능이나 그 본질을 확실하게 규정해 놓은, 왜놈들 스스로의 설명이 여기 있습니다."
정 부장이 내민 또 다른 한 문장을 읽어 보니, 그 가증스러움이란 진정 참아내기 어려운 고통이었다. 스파이 용의자로 내몰린 다섯 명의 중국인을 결박시킨 채, 못된 망나니처럼 무참히 목을 베고 난 사람 백정 일본군이 이렇게 자랑스레 증언하고 있었기 때문이다.

● 개맹이: 똘똘한 기운이나 정신.

일본도라고 하는 칼은 세상에서 제일 잘 들지요. 손을 뒤로 묶어 꿇어앉힌 다음, 칼에 물을 끼얹고 나서 한순간에 휘두릅니다. 머리가 부웅 날아가죠. 정말로 몸뚱이에서 떨어져 나와 공중을 날다가, 석 자쯤 앞으로 굴러 떨어지는 겁니다. 잘린 목에서는 분수처럼 시뻘건 피가 세 줄기쯤 세차게 뿜어져 나오다가 차츰차츰 약해지는데, 그때쯤 머리 없는 몸뚱이도 앞으로 푹 고꾸라지는 겁니다.

"허, 이런 몹쓸 개자식들 보겠나!"

나는 자신도 모르게 입에 담지 못할 증오를 퍼부었다. 세상에서 가장 심한 욕설을 다 동원해도 모자랄 만큼 분기탱천하지 않을 수 없었는데, 그러나 정 부장은 그 방면의 자료는 일찌감치 죄 꿰뚫고 있는 듯 꽤나 냉정하고 차분한 어조로 나의 흥분을 가라앉혔다.

"이보다 더 교활하고 잔인한 근성은 다른 사건에서도 얼마든지 발견할 수 있어요. 저 빌어먹을 관동대지진 땐 단순히 조선인이라는 사실 하나만으로 무조건 학살당한 동포가 헤아릴 수 없을 지경이었으니까요. 조센징이 수돗물에 독극물을 풀었다, 그놈들이 떼를 지어 폭동을 일으키고 우릴 죽이러 온다고 헛소문을 퍼뜨리면서, 죽창으로 마구잡이로 찔러 죽이는 만행을 서슴지 않았단 말입니다. 일본 군국주의의 가장 악랄했던 야만 행위는 무엇보다 저 노예사냥으로 끌고 간 강제징용도 모자라, 힘없는 이민족을 이용해 무자비한 세균전을 일으켰다는 사실입니다. 소위 731부대라는 정식 군대를 창설해서 멀쩡한 중국인, 조선인들을 생체실험하고, 거기에서 배양된 페스트균을 경비행기에 실어 중국 호남성 상공에 살포하기까지 했으니, 절로 입이 벌어질 수

210

밖에요. 중국 각지에서 이 같은 짓을 되풀이하다가 자기네 일본군이 작전지역에 잘못 들어가는 바람에 이질과 콜레라, 페스트에 감염되어 2천 명 가까운 병사가 죽었다는 기록도 나오더군요. 놈들은 필리핀과 호주, 하와이, 사이판에까지 이 세균전을 퍼뜨리려고 했으니, 만약 원폭이 왜놈들 땅에 투하되지 않았더라면 미국인들이 먼저 맹렬한 전염병 폭탄세례를 뒤집어썼을 겁니다. 우리의 윤동주 시인도 마루타로 희생되었잖아요. 얼어붙은 통나무 인간, 그 마루타 말예요."

"그래서 그 시인은 진짜 나무로 환생해서 우리 가슴에 감동의 거목으로 자리 잡은 거 아니겠나. 따지고 보면 731부대의 생체실험 만행은 나치의 아우슈비츠 가스 살인보다 더 잔인하고 흉악한 범죄인데, 그 죄악상을 묻고 까발려 무섭게 단죄해야 할 미국 점령군은 이상하게도 그걸 싹 덮어 버렸다는 거 아냐? 오히려 그 엄청난 실험 결과물과 비밀 정보들을 몇 푼 잔돈 쥐어 주고 사그리 사들였다는 거 아냐!"

"때리는 놈보다 말리는 놈이 더 밉다더니, 딱 그 모양이죠. 미국도 죄가 많은 나라임엔 틀림없습니다."

"자, 그럼 왜놈들 대사관 쪽으로 한번 가보자구."

시절이 하 수상히 돌아가는 이즈음에도 그 한 많은 여인들의 시위가 탈 없이 계속되고 있는지 확인도 해볼 겸, 나는 정 부장과 함께 바쁜 산책길을 나섰다. 일본대사관이나 옛 조선총독부 자리 근처를 눈여겨 거닐다 보면, 의외로 어떤 괜찮은 구상이나 기획물 소재가 곁두리●로 포착될지도 모를 일이었다.

● 곁두리: 농사꾼이나 일꾼들이 끼니 외에 참참이 먹는 음식.

거리는 세밑의 들뜬 분위기로 한껏 넘실대며 부풀어 있었다. 그러나 그 거리를 걷는 사람들의 얼굴은 어딘지 어둡고 우울해 보였다. 살얼음판을 걷듯, 어떤 알 수 없는 불안감으로 잿빛 흥건한 사방을 두리번거리기에 바빴다.

"압박과 설움에서 해방된 민족, 싸우고 또 싸워서 ···."

우리가 일본대사관 가까이에 이르렀을 때, 일단의 소복 차림 할머니들이 벌써 벌떼처럼 모여들어 〈민족해방가〉를 불러 대는 소리가 들렸다. 물론 평소 의지할 데 없는 그네들을 물불 가리지 않고 뒤에서 돕는 후원단체 회원들이 함께 부르는 노래였지만, 나는 왠지 한올진 비애감을 느끼지 않을 수 없었다. 바로 저 슬픈 대열 속에 장순덕 노인도 함께 뒤섞여 있는 듯한 착각과 더불어, 만약 애써 환국한 큰아버지가 그네의 위안부 이력을 알게 되었을 경우의 상황을 쉽사리 가늠할 수가 없어서였다. 평생을 잊지 않고 애간장 끓이며 그리던 그네가 그 원수들의 위안부 노릇을 했다니, 하고 피맺힌 통곡이라도 불쑥 터뜨린다면 나는 또 어떻게 처신하고 뒷갈망해야 옳을 것인가.

위안부라는 저주의 낙인을 온몸에 간직한 채 유령처럼 살아온 이 할머니들이 스스로의 정체를 밝히며 거리로 나선 건 벌써 오래전의 묵은 이야기. 당시 미야자와 일본 총리의 방한을 계기로 들고 일어나기 시작했는데, 처음엔 외부에 노출되는 걸 숙명처럼 꺼려 왔던 이 노인네들이 죽기 아니면 살기로 하나둘 그 실상을 까발리고 나서자, 마치 고구마 줄기에 고구마 알들이 주렁주렁 딸려 나오듯 전국이 발칵 뒤집히며 들끓고 말았다. 서울의 어린 여학생들을 정신대에 동원한 기록이 밝혀진 데 이어, 부산과 광주, 전주, 대구 등지에서도 열두세

살짜리 소녀들을 학급별로 할당, 조직적으로 그 몹쓸 일본군위안소에 휩쓸어 몰아넣었음이 생존자들의 생생한 증언을 통해 여과 없이 언론에 폭로되었던 것이다. 여기에 고무된 민간 사회단체들이 앞장서서 당시의 학적부 따위를 열람, 치밀히 대조하며 조사한 바에 따르면, 거기에 끌려간 여학생들의 비고란엔 어김없이 '육신이 비만하여 터져나갈 듯하고 …'라든가 '몸은 비록 작아 보이지만 명랑하고 성숙한 데가 있으며 …', '혈색이 좋고 가슴팍이 넓어 …' 등의 표현을 써서 유난히 성적_{性的}인 부분을 애써 강조했으니, 놈들의 가증스런 저의를 충분히 짐작하고도 남을 만했다.

한 젊은 여자의 선창에 따라 어깨띠를 두른 할머니들이 주먹을 불끈 들어 외친다.

"일본인은 사죄하라, 사죄하라, 사죄하라!"

공소한 외침만 공중을 맴돌다가 이내 빈 메아리로 가뭇없이 사라진다.

"우리의 억울한 청춘을 보상하라, 보상하라, 보상하라!"

이런저런 피맺힌 구호들을 몇 번 더 외치던 그네들이 천천히 몸을 일으켜 앞으로 걸어 나아갔다. 대사관 정문을 가로막고 서 있던 전경들과의 몸싸움이 용갈이● 하듯 시작되자, 주변은 이내 거친 긴장감으로 휩쓸려들었다.

"저 할머니들, 왜 난리지?"

때 맞춰 지나가던 어린 여학생이 옆의 자기 짝한테 미간을 찡그려

● 용갈이: 얼음이 녹을 무렵에 두꺼운 얼음판이 갈라져 생긴 금.

물었다.

"글쎄, 위안부?"

질문을 넘겨받은 그 짝 역시 궁금하기는 마찬가지인 듯 '위안부가 뭐지?' 하는 표정으로 힐끗 뒤돌아본다. 일제 때 같으면 저 욕된 위안소로 충분히 끌려가고도 남을 만한 나이의 두 여학생은, 도무지 이해할 수 없다는 듯 고개를 갸웃거리며 힐끗힐끗 길모퉁이로 멀어져 갔다.

"저게 현실인데 어쩌겠습니까. 저 왜색풍의 애들을 좀 보세요."

정 부장이 턱짓으로 가리킨 일단의 젊은 패거리들의 옷차림과 얼굴 꼬락서니는 더욱 가관이었다. 뭐가 그리 우스운지 연신 키득거리며 방금 음식점에서 빠져나온 그네들은 주춤 걸음을 멈추고 집회 쪽을 멀뚱히 바라보다가 이내 무관심한 행동거지로 사라져 갔는데, 영락없는 일본 젊은이들의 버릇없는 용골때질, 바로 그것과 빼박은 듯 닮아 있었다. 밑자락을 바짝 치켜 올린 채 무스를 살짝 쳐 바른 머리칼, 마치 각반을 친 것 같은 깡뚱한 바지차림이 일본 유행잡지에서나 흔히 볼 수 있는 알량한 왜색조 그대로였다.

"흥, 역사 바로 세우기?"

정 부장은 어림없다는 듯 시뜻한 혼잣말로 콧방귀를 뀌었다. 나는 다시 시위대 쪽으로 시선을 돌렸다. 피켓을 힘겹게 치켜든 그네들이 기를 써 구호 외쳐대며 몸싸움을 벌였다. 젊은 경찰들한테 맥없이 밀려나자 그네들은 다시 군국주의 일본을 성토하는 즉석 성명서도 낭독하였는데, 오늘따라 더욱 기세등등한 건 요즘 한창 한일 간의 우의를 눈석임●인 듯 쌓아 가는 우리 정부의 각성도 새삼 촉구하기 위해서인 것 같았다.

착잡한 심정으로 일터에 다시 돌아온 나는 이 수요집회가 처음 시작될 무렵, 열화와도 같은 국민저항에 부딪쳐 정부가 부랴부랴 내놓은 공식 진상 보고서를 당시의 묵은 신문철에서 어렵사리 찾아냈다.

1918년 8월, 시베리아에 출병한 일본군의 러시아 여성에 대한 강간사건이 빈발해 성병이 만연되었다. 성병의 만연은 일본군의 전투력을 심히 저하시켰는데, 그 이후 만주사변이 터진 데다 1932년 1월에 시작된 중국과의 전투에서 일군에 의한 강간사건이 빈발, 현지인들의 거센 반일감정이 폭발했다. 이를 무마하기 위해 현지 일군사령관이 이 군대위안부의 창설을 건의했고, 그에 따라 세계 역사상 유례가 없는 군대 전속의 위안부 집단이 만들어진 것이다.

1932년에 최초로 위안소를 설치할 때는 군부대 주변의 매춘업자에게 위탁, 오사카 등지에서 주로 직업 매춘여성에게 돈을 지불하고 모집했다. 그러다가 37년 남경대학살 이후 군이 본격적으로 군대위안부 설치 정책을 채택하자, 직업여성은 성병을 전염시켜 전투력을 상실케 할 우려가 있어서, 성병의 위험성이 전무한 어린 조선여성 쪽으로 눈을 돌리게 되었다.

그래서 그들은 여공이나 식당 종업원 모집 등의 전형적인 인신매매 수법을 동원하다가, 나중에는 군의 허가와 협조 아래 모든 행정력을 이용, 간호부 등의 명목으로 열심히 꾀어 갔다. 41년 7월의 관동군사령부는 조선총독부에 의뢰, 시골의 면단위에까지 은밀히 동원명령을 하달하여 각

● 눈석임: 쌓인 눈이 속으로 녹아 스러짐.

면장의 책임 아래 8천 명 정도의 위안부를 강제 조달했다. 전쟁 막바지의 43년부터는 아프리카 노예사냥과 비슷한 수법으로 무차별적 여자사냥이 자행돼, 십수만 명에 이르는 위안부를 강제 충원해 갔다. 쑥 뜯는 소녀, 길 가던 자매까지 마구잡이 붙잡아 갔다.

인신매매와 같은 매춘업자 모집의 경우에는 여관 등에 감금시켰다가 숫자를 채워 목적지에 보냈고, 강제 대량동원 때에는 경찰, 군대, 행정력의 상호협조 아래 비어 있는 창고나 휴업 중인 공장 건물, 군부대 등에 집합시켰다가 집결지인 서울과 부산으로 실어 보냈다. 이 작전은 군 병참부의 책임 아래 군용 화물차나 수송선으로 이루어졌는데, 서울에선 북상하는 군용 화물차에 실려 만주와 중국으로 보내졌고, 부산 등지의 항구에서는 군용 수송선을 이용하여 시모노세키를 경유, 상해와 오키나와, 미얀마, 필리핀, 수마트라 등지로 짐짝처럼 보내졌다. 그래서 아무리 험한 오지라고 해도 위안부가 배치되지 않은 부대는 거의 없었다.

그들 위안소는 군대 막사와 같은 임시 건물을 짓거나 민간인 집을 빌렸으며, 마닐라에서는 심지어 신성한 절을 사용하기도 했다. 군이 관리규칙을 만들어 위안소를 직접 관리, 감독했다. 위안소의 개설이나 위안부 숫자, 그 영업의 휴·폐업은 물론, 위안부와 매춘업자 간의 수입의 배분, 영업시간까지 모든 사항이 군에 의해 결정되고 지시받았다. 군의부에서 모욕적인 정기검진을 실시하고, 성병에 감염된 위안부는 영업정지 조치를 취했다. 위안소에 들어가는 사병에게는 '돌격일변'이라는 '사쿠'(콘돔)가 의무적으로 지급되었으며, 위안부의 도주 방지를 위한 경비와 질서유지는 헌병대와 경비담당 부대가 맡았다.

위안부들은 하루 평균 10명 내지 20명, 많을 때는 60여 명까지를 한 사람이 받아 내야 했다. 그 정액받이 대가로 수입의 40퍼센트 정도가 배당되었지만, 포주는 갖가지 교활한 수법으로 위안부의 수입을 착복했다. 위안부들은 이를 군사우편 방식으로 저축할 수가 있었지만, 실제로 현금을 손에 넣는 경우는 극히 드물었고, 그것을 군표로 받았기 때문에 패전과 동시에 아무런 쓸모없는 휴지 쪼가리로 폐기된 경우가 많았다.

일본군은 패주 전에 종군 간호부와 위안부를 미리 소개疏開시킨 경우가 많았지만, 그것은 어디까지나 일본 여성이 주 대상이었다. 조선 위안부들은 대개 철수 사실조차 몰랐다가 전쟁 막바지에 간신히 살아남아 연합군의 조치로 포로와 함께 귀환이 가능하였다. 그러나 미얀마, 필리핀, 남서태평양군도 전선에서는 대부분의 위안부가 일본군에 의해 버림받고 무자비한 전투와 공습으로 비참히 희생되어 갔다. 겨우 생존한 경우에도 극도의 수치심 때문에 결국 그리운 고국에 돌아오지 못한 채, 낯설고 물선 오키나와나 태국, 베트남 등지에 남은 여성도 상당수 있는 것으로 추정된다.

진상 보고서는 계속해서 귀환 이후의 생존자 실태와 그들의 증언을 옮겨 싣고, 앞으로의 이런저런 대책까지 간단히 언급하고 있었는데, 그동안의 은폐 일변도의 자세로 미루어 본다면 그런대로 성실하고 솔직하게 접근하고자 하는 노력이 돋보였다. 이를 계기로 언론에선 서로 앞다퉈 관련 기획기사를 싣고, 거의 매일이다시피 비정한 군국일본을 성토하며 그 반성과 보상을 한목소리로 촉구했다. 그해 8월의 광복절 행사는, 이 괴란쩍은● 위안부 문제로 온 나라가 가마솥처럼 들끓는 바람에 제대로 빛을 내지 못하고 말았을 정도였다.

그 여파는 바로 유엔으로도 이어져, 가해국인 일본 수도 한복판에서 피해 여성들의 국제 공청회까지 열렸다. 가장 가혹한 피해를 입은 남북한은 물론, 중국과 대만, 필리핀, 네덜란드의 피해자들이 한데 일어나 이구동성으로 고발한 내용은, 국제 주요 언론들이 '아우슈비츠 이래의 충격이다', '인간의 가장 악질적인 본능의 단면이다', '그네들의 절규는 우리 인간 양심의 장송곡이다'라고 경악으로 다투어 논평할 만큼 큰 반향을 불러일으켰다.

공청회 도중 중국의 한 피해자는 떨리는 목소리로 입을 열었다.

"나는 열다섯 살에 놈들에게 끌려갔다. 시달릴 대로 시달리다가 몸에 병이 나서 쓸모없게 되자 흐르는 강물에 나를 던져 버렸는데, 하류의 어느 노인이 구해 주었다. 나는 지금도 그 뻐드렁니의 두 왜놈을 찾아내라면 찾아낼 자신이 있다."

그네는 더욱 몸부림치며 울먹이다가 그만 졸도하고 말았다. 네덜란드의 잔 라프 여인은 또 이렇게 울부짖었다.

"시달림에 지쳐 군의관한테 업혀 갔는데, 그 군의관한테도 당하고 말았다. 그때 나에게 남아 있는 건 오로지 한 가닥 신에게의 믿음뿐이었다. 요행히 목숨을 건져 귀국한 이후 오늘날까지 가장 괴로운 점은, 멋모르는 내 남편이 나를 꼬옥 끌어안아 줄 때이다."

필리핀의 한 피해자는 또 이렇게 통곡했다.

"죄 많은 나로 하여금 나의 남편과 자식들에게 진실을 말할 수 있게 해주시오. 그런 다음에 제발 죽게 해주시오!"

• 괴란쩍다: 얼굴이 붉어지도록 부끄러운 느낌이 있다.

그리고 한국의 강순애 할머니는 '너무나 내 과거가 치욕스러워서, 평생 어두운 방안에 갇혀 유령처럼 혼자 울며 살아왔다'고 고백해 청중들도 끝내 동조의 울음을 참지 못했고, 그 옆에 앉아 있던 북한 피해자인 김영실 할머니와 다른 남쪽 피해자들도 함께 끌어안은 채 목이 메어 울었다.

　이 가증스런 위안부 문제가 한반도만의 좁은 영역을 벗어나 아시아 각국으로, 세계 전역으로 더욱 확산되어 나가면서 무자비한 군국 일본의 만행을 고발하고 응징하려는 기세였지만, 살 같은 시간은 또 어느새 망각의 저편으로 흘러가 버렸다. 그 책임자인 일본 총리나, 이른바 그들의 천황은 여전히 진실로 머리 숙여 사죄하고 용서받을 생각은 추호도 없이, 그저 입바른 소리로만 '이제 어두운 과거는 잊고 미래를 향해 전진하자'고 그빨로● 떠들어 대고, 속없는 우리 쪽 지도자들도 그에 오그랑장사● 하듯 화답하여 '좋다, 과거는 묻지 않고 미래로 나아가겠다'라고 맞장구치는 지경에 이르렀음에랴. 그러나 진정한 사과와 잃어버린 인간성의 회복, 그 아픔에 대한 최소한의 실질 보상도 없이 어떻게 깨끗하고 밝은 미래가 보장될 수 있을 것인가.

　한창 위안부 문제로 들끓었을 때의 묵은 신문기사와 거기에 딸려 실린 사진들을 꼼꼼하게 복사했더니, 거의 두꺼운 책 한 권 분량의 묶음이었다. 그것을 미간 찡그려 삐딱하게 건너다보던 정 부장이 빈정대듯 뱉는다

● 그빨로: 나쁜 버릇을 버리지 않고 그대로.
● 오그랑장사: 이익을 남기지 못하고 밑지는 장사.

"아따, 정신대는 지금도 계속되고 있는데 뭘 그리 새삼스럽게 스크랩까지 하십니까. 그쪽으로 연구논문이라도 쓰실 건가요?"

나는 그 복사물을 큼지막한 서류봉투에 우겨 넣으며 받았다.

"선대들의 피맺힌 기록들을 똑똑히 봤으면서 그런 말이 나와? 정신대가 지금도 계속되고 있다니, 그건 또 무슨 망발이야?"

"아까 일본대사관 앞에서 보셨잖아요. 요즘 애들 일부는, 다시 일본의 식민지배 속으로 자청해 들어가고 있다는 말입니다. 어디 그뿐인줄 아십니까?"

정 부장은 잠시 말을 끊은 다음, 기다리고나 있었다는 듯 방금 배달되어 온 다른 신문사의 사회면 박스기사를 불쑥 내밀었다. 거짓말처럼, 거기에는 또 이렇게 쓰여 있었다.

한국 젊은 여성들의 일본 유흥가 진출이 다시 고개를 들고 있다. 한때 기생관광으로 일본 남성들이 대거 몰려들 만큼 성가를 떨치던 것과는 대조적으로, 이제는 아예 몸과 환락을 팔고자 직간접적으로 일본행을 줄지어 시도하고 있는 것이다. 이와 관련해 경찰청은 이달 28일 아들의 여자친구 등 18명의 부녀자를 일본 가와사키의 한 술집에 팔아넘기고, 2천 1백만 엔을 챙긴 혐의로 박지태(55세, 서울 신당동) 씨 등 2명을 구속했다. 이들은 소개비로 접대부 1인당 45만 엔을 받은 것은 물론, 그네들이 받는 월급 45만 엔 중 25만 엔씩을 정기적으로 뜯어냈다. 경찰은 이들 일당이 지금껏 일본으로 빼돌린 여성들이 수백 명에 이를 것으로 보고, 수사를 더욱 확대하고 있다. 이 같은 접대여성 알선 조직은, 국내 인신매매 범죄에 대한 소탕작전이 펼쳐지면서 잠시 수그러들었다가, 올 들어 룸살롱과 고급술집의 휴·폐업이 속출, 갈 곳 없는 접대부들이 늘어나면서 다시 호황을 누리기 시작했다. 경찰은 '술집 여성뿐 아니라 멀쩡한 처녀나 민간의 미인 아가씨들도 손쉽게 돈을 벌 수 있다는 데 현혹돼 스스로 자원하는 실정'이라면서, 서울에만도 수십 군데의 국제 매춘업 조직이 암약 중이라고 말했다. 경찰은 또 현재 일본 각지에서 불법 취업으로 성을 상품화하는 한국 여성이 3만여 명에 이를 것으로 추산했다.

나는 이런 기사까지도 부욱 오려 서류봉투 속에 함께 집어넣었다. 과거와 현재가 함부로 뒤엉킨 이 개잘량 같은 현실을 어떤 형태로든 말끔히 정리해 보고 싶은 게 솔직한 내 심사였다. 그러므로 이 바닥 모를 부끄러운 모멸감은 앞으로도 오래 화인火印처럼 지워지지 않을 것이었다.

시간이 흐르면서 장순덕 노인의 병세는 눈에 띄게 호전되어 갔다. 썩 괜찮은 시설과 의료진이 갖춰진 대학병원에 입원시키고, 거기에 친절한 간병인까지 딸려 자상히 보살피게 한 장인의 통 큰 선행 덕분에, 그네는 어느 결에 피골이 상접한 폐인 같은 모습은 말끔히 가시고 보란 듯 맑은 혈색을 천천히 되찾고 있었는데, 워낙 치매나 자폐 현상이 깊었던 탓인지 흔들리는 정서불안의 기미는 아직도 여전하였다. 낯선 사람이나 주위 환경에 대한 경계심을 풀지 않은 채, 늘 두리번두리번 살피려 드는 주눅 든 눈빛이 그것이었다.

그러나 유독 나에게만은 살가운 정감을 숨기지 않았다. 여느 사람들과는 어딘가 달라 보이는 인연의 끈을 스스로 느껴서일까, 그네는 절대 후원자인 장인이나 아내보다도 더 가까이 나를 의식하며, 마치 살붙이라도 되는 듯싶은 표정을 애면글면 짓는 거였다.

"피는 역시 물보다 진하다니까!"

아내나 장인도 농담처럼 곧잘 무람없이 놀려대곤 하였다.

땅거미가 질 무렵 나는 서둘러 병원에 도착했다. 지팡이를 짚은 장인이 이미 병실 밖 복도에서 나를 기다리고 있었다. 내 인사를 건성으로 받아넘긴 장인은 장 노인이 든 병실을 먼저 턱짓으로 가리켰다.

"요즘 정신없겠구먼. 어서 들어가 보게."

엉거주춤 병실로 들어섰더니, 침상 머리맡에 비스듬히 누워 기대었던 장 노인은 쉬 나를 알아보았다. 엉거주춤 윗몸을 일으키며 고갱이 다루듯 내 손을 마주 잡아 주는 것이었다. 그 앉음새라든가 밝은 혈색, 웃음을 잃지 않는 낯빛으로 미루어, 바로 퇴원해도 별 무리는 없어 보였다. 겨우 두어 달 동안의 안정된 입원생활이 노인을 이토록 새수나게 변모시킬 수도 있다는 사실에 나는 기뻤다.

"많이 좋아지셨군요. 어디 불편하신 데는 없으십니까?"

반가움을 실은 내 인사치레에, 장 노인은 말없이 고개를 끄덕이며 잡은 내 손을 가벼이 흔든다. 바잡게 꼼지락거리는 그 손길에서 더없이 고마워하는 마음을 바로 읽을 수가 있었다. 그러나 간병인은 그리 정신이 말짱 깨어 계시다가도 전혀 예기치 못한 언행으로 사람을 주춤 놀라게 만들 때가 잦다고 귀띔하였다. 간병인은 다시 덧붙였다.

"이만만 해도 어디에요. 금방 세상 뜨실 것 같더니만, 이젠 화장실 출입도 당신 혼자서 치러 내시고, 바깥에 나가 바람 좀 쐬자는 말씀도 하신다니께요."

"다 아주머니 덕분이지요."

"이 할마씨가 퇴원하시믄, 그럼 어디로 모시나유?"

간병인이 저지레 없기를 바라는 투로 물었다. 나는 아직 퇴원할 때가 아니라고 대답하고 나서, 미리 못박아 두는 것도 잊지 않았다.

"아마 당분간은 여기 계속 머물게 되실 거니까, 앞으로도 잘 부탁드립니다."

손이 마땅찮은 우리 쪽으로 보자면, 이처럼 나이 지긋한 간병인의 야무진 도움은 상부상조 이상의 고마움이 아닐 수 없었다. 넉넉한 병실 하나를 여관방처럼 불편 없이 쓰는 입원생활이니, 환자나 간병인이나 서로 몽긋거리기 좋을 터였다.

병실 밖으로 나오자 지팡이 끝에 턱을 괴고 앉아 기다리던 장인은, 가까이 다가간 나에게 말했다.

"저쯤이면 이제 됐네. 자네 백부님이 오셔도 충분히 신혼살림 차릴 수 있으시겠어!"

"그런데 이건 좀 다른 이야긴데요, 앞으로 큰아버님이 귀국하셨을 때 저 할머니 쪽의 과거를 어떻게 설명 드리고 해결해야 될지 그게 좀 걸립니다. 큰아버님이 과연 그 대목을 어떻게 받아들이실지."

"저 할머니라니, 자네는 아직도 저분의 호칭을 확실하게 해 두질 않았나? 지금부터 당장 큰어머님이라 부르게!"

"예, 그러지요."

멋쩍은 웃음을 머금은 채 내가 계속했다.

"큰어머님이라고 깍듯이 불러 모시겠습니다. 그리고 내일쯤 저와 큰아버지의 관계라든가 지금까지의 전후 사정을 솔직히 말씀드릴 생각입니다."

"그런 것도 지레 걱정할 거 없네. 두 분이 만나 서로가 자연스럽게 알게 되는 건 몰라도, 일부러 자네가 먼저 나서서 무엇을 캐물어 확인 하거나 일일이 일러바칠 필요까진 없단 말이네."

"……."

"자꾸 욕된 지난날 들쑤셔서 어쩌겠다는 겐가? 그런 게 만약 죄가 된다면 우리 모두가 공범자라는 얘기야."

"그래도 진실만은…."

"그놈의 잘난 진실은 각자의 양심에 맡겨 두면 돼. 지금 당장 시퍼 런 일본도에 목이 잘려 나갈 판인데, 무슨 수로 놈들의 명령이나 강제 협박을 거역할 수 있었겠냐구?"

"하지만 솔직히 아버님도 지금 그 분하고 억울한 날들을 청산치 못 해, 이런저런 좋은 일도 벌이고 계시지 않습니까. 내남없이 그런 행동 을 하는 반성만이 가장 원만한 해결 방법이라고 생각합니다."

"허어, 여기 새 시대 애국자 한 분 나셨군."

너털거리며 웃고 난 장인이 계속했다.

"허긴, 내 선친도 정신대 모집이나 쇠붙이 공출에 앞장선 면장님이 셨으니까, 더 이상 할 말이 없네만."

"아닙니다, 아버님. 전 다만 넓은 의미에서, 일단 짚고 넘어갈 건 짚고 넘어가야 한다는 뜻으로 말씀드렸을 뿐입니다. 구한말 이 나라 팔아넘길 적에도 만약 이완용이가 나서지 않았다면 또 다른 김완용이 나 정완용, 권완용이 나올 수밖에 없었으리라는 걸 저도 충분히 인정 한다구요. 그때의 절박한 나라 안팎 사정이 그럴 수밖에 없었다는 개

연성 말입니다."

나는 얼른 비사쳐 허튼 변명을 늘어놓아야만 했다. 장인이 말을 받았다.

"됐네, 이 사람아. 그리 에둘러 겸연쩍어 할 것까진 없네. 자네 건전한 본심은 내가 더 잘 아니까!"

생뚱스레 이완용까지 들먹이며 안절부절못하는 내가 보기에 딱했던지, 당신은 더 이상의 말문을 닫고 빙긋 입꼬리 말아 올리며 자리에서 일어섰다.

나는 장인의 얼굴을 흘깃 건너다보면서, 어쨌거나 소박한 하나의 결론은 얻은 셈이라고 자위했다. 그것은 당신의 말마따나 '큰어머니'의 일제 때의 과거, 그 피맺힌 위안부 경력을 큰아버지에겐 절대 내 쪽에서 먼저 발설하진 않겠다는 다짐이었다. 그리고 이제 더 이상 장인의 과거 영욕도 계속 가살스런 시선으로 따져 묻지 않겠다는 강다짐이었다.

마침내 사할린 큰아버지가 귀국하였다.

매우 단출한 짐의 홀몸이었는데, 당신 옆에는 또래의 또 다른 남녀 노인들이 몇 명 더 몰려 있었다. 한국 영주를 목적으로 한 단체 귀국자는 이제 거의 끝물에 이르렀다고 했다. 기꺼이 공항에까지 마중 나간 아내와 나는, 마치 유배지에서 살아 돌아온 이를 맞이하듯 감격스레 당신의 손을 움켜잡았다.

장순덕 노인과 큰아버지의 기막힌 해후는 다음날 어스름 녘에야 어렵사리 병원에서 이루어졌다. 넋 나간 듯 조심스런 두 노인이 서로를 알아보는 데에는 그리 긴 시간이 필요하지 않았다.

"순덕이, 당신이 장순덕? 순덕 씨가 맞소?"

정신을 다잡은 큰아버지가 이윽고 힘겹게 입을 열었다. 병실에 들어서서도 한참이나 허수아비처럼 멍한 시선으로 건너다보던 뒤끝의 반응이었다. 그 순간 놀랍게도 장 노인이 침상 가장자리에서 터울거려• 일어섰다. 그네 역시 설면한 상대방을 뚫어질 듯 응시한 뒤끝이었는데, 평소 흐릿했던 그네의 눈빛은 믿기지 않을 만큼 또렷하게 알 수 없는 총기를 내뿜었다. 어떤 피치 못할 본능이나 영혼의 예시 같은 게 섬광처럼 스쳐 지나가는 야릇한 표정이었다.

큰아버지가 성큼 앞으로 다가섰다. 장 노인도 주춤거려 걸음을 옮기려 했으나, 이미 그네의 두 손을 그러쥔 큰아버지의 왁살스럽고도• 들뜬 이끌림에 곧장 휩쓸려 들고 말았다. 장 노인이 신음하듯 입을 달싹였다.

"뉘, 시, 오?"

"맞소. 내가 바로 김, 기출이라는 귀신이오. 알아, 보시겠소?"

"김, 기, 출⋯."

"허허, 살다 보니 이럴 수도 있구먼. 죽기 전에 꼭 한 번 만나 보고 싶던 사람을, 이렇게 꿈인 듯 만날 수도 있구먼!"

큰아버지가 연극 무대에 선 서툰 배우처럼 에멜무지로 독백했다.

나는 주름살이 짜글짜글한 두 노인의 얼굴을 홀린 듯 응시하였다. 붉은 눈물 그렁그렁 글썽인 채 서로 마주선 두 노인의 주름살은 마치

• 터울거리다: 어떤 일을 이루려고 애를 몹시 쓰다.
• 왁살스럽다: 보기에 대단히 무지하고 포악하며 드센 데가 있다.

226

살아 꿈틀거리는 지렁이나 물기 다 빠져나간 솔 껍질 같았지만, 내 눈
에는 오랜 풍상을 온새미로 버티며 겪어 온 사할린 자작나무의 의연함
이 거기 깊이 새겨져 있는 것만 같았다. 아니, 그것은 산전수전 다 헤
쳐 온 백전노장의 아름다운 빛다발이며, 오래도록 녹슬지 않은 자랑
스러운 훈장이었다.

하늘연못에서의 하룻밤

2012년, 사랑하는 샬별들

말문이 턱 막혔다.

뭔가 한소리 깊은 울림의 탄성이라도 내지르고 싶은데, 느닷없는 불덩이를 집어삼킨 듯한 목구멍 저 안에서는 도무지 아무런 말도 새어 나오지 않았다. 숨죽인 정적, 오롯이 그뿐이었다. 짙은 비췻빛 천지 호수에 선명히 그림자를 드리운 백두 영봉들. 산을 오르며 흘린 비지땀이나 거칠게 아름차던 호흡도 싹 가시면서 막혔던 가슴이 한꺼번에 뻥 뚫려 나가는 기분인데도, 마음 한구석에서는 또 왠지 모를 원망이나 시린 슬픔 같은 게 쉬 가늠할 수 없는 벅찬 무게로 차올랐다. 그 정적 일순이 지나자 옆에 멀뚱히 서 있던 경敬이 녀석이 수십 길 벼랑 아래로 무덤덤한 시선을 고정시킨 채 혼잣말처럼 뇌까렸다.

"대한민국 만세를 부르고 싶은데요."

"난 괜히 눈물이 날 것 같애."

그 옆의 딸내미 율(律)이 역시 농담 비슷한 가락으로 열적은 감탄사를 대신했다.

하지만 둘 다 감정을 섣불리 드러내지 않는 여느 때와는 달리 사뭇 달뜬 표정이라는 걸, 흘깃 훔쳐본 나는 한눈에도 척 알아볼 수가 있었다. 백두산 천지는 그렇게 일떠나는 감동으로 우리 가족 곁에 물너울처럼 다가왔다.

그런데 저 먼 아일랜드에서부터 함께 온 율이 친구 미나미의 느낌은 과연 어떤 쪽일까. 그네는 아무 말 없이, 다만 부산스레 자리 옮겨 다니면서 어지빠르게● 카메라 셔터 눌러 대기에만 바빴다.

정말 괜찮은 사진작가가 되려면 평면이 아닌 입체로, 눈이 아닌 가슴으로 사물을 볼 줄 알아야 하는데!

나는 조금 마뜩찮은 시선을 잠깐 그네한테 던졌다가 이내 천지 쪽으로 다시 되돌렸다. 낯선 미나미가 친구 따라 우리 집에 온 지 겨우 일주일밖에 안 됐지만, 그네는 첫 대면에서부터 매사 시큰둥한 무관심으로 일관하는 편이어서, 애가 참 무던히도 냉갈령●인가 보다 싶었다. 그래도 딸내미 친군데 어쩌겠는가 하고, 우리 부부는 그네의 입에 맞지 않을 먹을거리며 불편한 잠자리 수발에 이드거니 신경 썼으며, 마침내는 이 높은 백두산 정상에까지 애써 함께 올라오게 된 거였다.

경이가 다시 침묵을 깬다.

"아버지가 맨 처음 여기 오신 게 언제였죠?"

● 어지빠르다: 정도가 넘고 처져서 어느 한쪽에도 맞지 아니하다.
● 냉갈령: 몹시 매정하고 쌀쌀한 태도.

"중국과 국교를 트기 직전 해였으니까 벌써 이십여 년 저쪽이구나. 우리 문인단체가 중국 쪽 무슨 문화시설을 견학한다는 초청 형식으로 말이지. 그러고 보니 세월 참 빠르다. 니가 초등학교에 다닐 무렵인데, 그 사이에 이리 훌쩍 어른이 돼버렸으니."

"아버지의 시간 속도도 너무 빠르세요. 정년퇴직하신 지가 벌써 또 몇 년 후딱 지나가 버렸잖아요."

"그러게 말이다."

"그때 백두산 다녀와서 저한테 무슨 선물 하신 줄 아세요?"

"글쎄, 뭐였더라?"

"작은 돌멩이였어요. 화산석!"

"맞아, 화산석이었지. 물에 둥둥 뜨는 그 돌덩이는, 정작 너보다도 너희 돌아가신 할아버지가 더 좋아하셨지."

병석에 누워 있으면서도 틈만 나면 당신 아내더러 세숫대야 가득 물을 떠오라 해서, 거기에 둥둥 돌을 띄워 철없는 어린애마냥 즐기던 아버지의 모습이 어제 일처럼 눈에 선하다. 오직 그 싱거운 '부석浮石 놀이'만이 살아생전 끝내 고향에 가지 못하는 실향민으로서의 마지막 위안이며 향수 달래기였으리라. 아들이 또 자발없이 묻는다.

"그런데 이 천지가 정말로 폭발해 버리면 그땐 어쩌죠? 좁은 한반도가 그만 잿더미 쑥대밭이 되고 말 텐데?"

"오빠 감격스런 이 자리서 꼭 그리 초를 쳐야 돼? 설사 그런대도 다 끄떡없이 살아가게 돼 있다구."

팔짱을 낀 율이가 눈 흘겨 돌아보며 던지듯 핀잔했고, 나도 그 말을 거들었다.

"지난해 동일본대지진 참사에서 확실하게 지켜보았듯이, 자연이 불러일으키는 대재앙은 분명 엄청나고도 무서운 파괴력을 가졌지만, 그게 결코 복구 불가능한 것만은 아니야. 인간은 그 어떤 난관에 부딪치더라도 아등바등 다시 살아나게 돼 있다구. 자연의 끈질긴 재생력 도움을 받아서 말이지."

"언제나 있어 온 종말론 같은 건가요? 내일 당장 지구의 멸망이 찾아온다 해도, 위대한 생명력은 언제 어디서나 다시 피어난다, 그런 것?"

"그것도 맞는 말이구."

나는 경이의 긍정 어린 반문에 적당히 맞장구치면서 계속했다.

"하지만 이즈음 지구 도처에서 다반사로 일어나는 지진이나 화산폭발, 엄청난 쓰나미는 뭔가 조짐이 이상하긴 하다. 인도네시아하고 아이티에서 한꺼번에 2, 30만 명씩이나 냉큼 집어삼키던 것 좀 봐. 일본 대재앙이 벌어졌을 때는, 그 시커먼 물벼락을 보면서 지나온 내 인생도 한꺼번에 몽땅 쓸려나가는 기분이더라. 아옹다옹 산다는 거, 정말 아무 짝에도 필요 없는 짓이구나, 저 하늘 위에서 내려다본 인간은 아주 하찮은 개미만도 못할 수도 있겠구나, 하고 말이지. 거대한 화물선이나 집채, 자동차들도 장난감처럼 속절없이 깨지고 엎어지면서, 깊고 검은 수렁 속으로 마구 빨려 들어가던 모습 기억나니? 인간이 벌을 받아도 어찌 저렇게 ⋯."

"쉿!"

내 말을 중도에서 가로챈 율이가 손가락 하나를 얼른 입으로 가져가며 말렸다. 녀석의 눈은 여전히 저만큼 떨어진 거리에서 이리저리 카메라에만 정신 팔려 셔터를 눌러 대고 있는 미나미 쪽을 흘끔거렸는데, 일본 이야긴 더 이상 저 애 곁에서 꺼내지 말라는 투의 그 손사래 짓이 걸려 내가 흠칫 반문했다.

"왜, 내가 무슨 못 할 말이라도 했냐? 설사 저 애가 듣는다 해도, 뭔 말인지 전혀 못 알아들을 텐데?"

"한국말은 잘 몰라도, 어림짐작으로 다 알아듣는다구요."

"허, 그래?"

알았다, 하고 나는 애써 웃으며 태연한 척 입을 닫았다.

때맞춰 앞장선 현지 산악 길잡이가 다음 행선지로의 출발을 서둘러 알렸으므로, 우리는 첫 번째 천지와의 조우에서 조금씩 벗어나야만 했다. 천지 주변을 반 바퀴쯤(그것도 철저히 중국 쪽으로만) 도는 이 2박 3일의 여행사 주관 '백두산 트레킹'에 동참한 건 어쨌든 잘한 마침가락 으로 여겨진다. 퇴행성관절염이 너무 심해서 도저히 함께 가지 못하 겠다고 막판에 그만 포기해 버린 아내 대신, 이국의 친구네 집에 놀러 오자마자 뜬금없이 우리와 합류하게 된 미나미가 나에겐 좀 불편하긴 하지만, 사진 찍기가 전공인 당사자 스스로 넘성거려 자원한 데다가, 딸내미의 절친한 외국 벗이라는데 그 또한 어쩌겠는가. 꽤나 등산을 싫어하던 애들도 자신들의 일시 귀국 기념으로 미나미를 기꺼이 끼워 준다면 재미없는 아버지 따라 흔쾌히 그 어려운 트레킹에 동행하겠다 는 전제조건을 꼬리표로 매달았던 것임에랴.

아무렴, 너희들한테도 정말 좋은 추억이 될 거야. 민족의 영산에 올 라 하룻밤 풍찬노숙으로 야영하며, 그 성스러운 정기를 온몸으로 흠 빡 뒤집어쓴다는 게 어디 보통 꽃등● 경험이랴.

나는 스스로 기고만장해져서, 그동안 나름대로는 세심하게 준비해 온 이번 백두행의 보람과 기대로 가득 부풀어, 어제 아침 서른 명 남짓의 패키지여행사 낯선 일행들과 함께 창춘長春행 비행기에 덥석 올라 탔던 것이다.

길은 갈수록 깊고 험하다.

천지는 이미 보이지 않았다. 좁고 가파른 자드락길이 구절양장처럼 이어지는데, 내닫는 발걸음은 마치 허공으로 풀쩍 떠오르듯 중심을 제대로 잡기 어렵다. 듬직하게 앞장선 아들은 나이든 아버지가 대열에서 뒤처지지 않도록 자꾸만 내 쪽을 돌아보며 괜찮으시냐고 묻기 바빴고, 내 뒤를 말없이 따르는 딸내미와 미나미도 가쁜 들숨날숨을 자주 내뱉기는 할망정, 의외로 초행인 산길을 잘 타는 편이었다. 그래서 젊음이 좋다는 건가, 하고 나는 또 혼자 생각했다.

중국의 국경수비대가 다닌다는 좁다란 너덜겅 임도를 그렇게 세 시간쯤 오르내리며 걸었을까, 하늘을 가리는 숲 사이로 우렁찬 물소리가 들려온다. 이른바 금강폭포. 천지 물이 지하로 스며들어 계곡을 타고 흘러내리다 문득 세 단으로 층을 이루어 떨어지는 폭포인데, 흠뻑 땀을 흘리고 난 뒤끝인지 보는 것만으로도 절로 시원하고 상쾌했다.

이곳에 잠시 배낭을 풀고 늦은 점심을 먹으면서 자유로운 휴식시간을 가졌다. 미나미는 젓가락 놓기 바쁘게 또 사진 찍기에 정신이 없다. 다른 이들이 셔터 눌러대기에 바쁜 폭포 쪽에는 별 관심이 없는지, 율이와 함께 여기저기 기웃거리는 그네는 앙증맞은 들꽃이라든가

● 꽃등: 맨 처음.

바위에 찰싹 달라붙은 이끼 같은 데에만 참척하듯● 마음을 기울이는 것 같았다. 그 모습을 멀찍이 바라보던 내가 경이에게 슬쩍 은짬의 말을 붙였다.

"저 미나미란 애 말이야, 너하고도 꽤 가까운 사이 아니냐? 아까 올라올 때 보니까, 이것저것 자주 챙겨 주던데."

"그냥 가까운 친군데요, 뭐."

"율이는 자기 친구라 그러구, 넌 또 니 친구라니 대체 어느 쪽이 진짜냐구?"

"둘 다죠, 뭐. 서양에선 가까운 사이면 거의 다 친구라고들 해요. 근데 말예요."

경이가 잠깐 뜸을 들이고 나서 화제 돌려 잇는다.

"아까 천지 내려다보면서, 아니, 일본 지진 이야기하시다가 무슨 벌 어쩌구 하셨잖아요? 아버지도 일본이 당한 지난번 쓰나미 참사, 그 민족이 받은 어떤 원초적 천벌이라고 생각하세요?"

"천, 벌?"

"길을 걷는 도중 그 벌이라는 말씀이 자꾸 신경 쓰여서요."

"물론 일본은 여러모로 벌을 받을 만한 원죄가 많은 나라이긴 하다. 하지만 오늘날의 지구촌은 인간이 저지른 온갖 죄악으로 해서 이미 많은 벌을 받고 있다고 봐. 기후 온난화로 인한 폭염이나 폭설, 농지의 사막화, 잦은 대홍수라든가 화산폭발, 엄청난 공해물질과 미세먼지, 플라스틱 쓰레기 등이 그걸 잘 말해 주잖니? 정말 지구 종말이 눈앞에

● 참척하다: 한 가지 일에만 정신을 골똘하게 쓰다.

다가와 있는지도 모른다. 그에 따른 인간들의 고립감이나 분노, 절망, 증오심은 하늘을 찌르고 말이지."

"그 분노와 증오심이 저 미국의 9·11 대참사도 불러일으킨 거 아닌가요? 그렇다면 미국 일도 어떤 천벌의 범주에 들어가는 거 아닌가요?"

"하긴 그 인재 역시 또 다른 종말현상이긴 했지. 세계경찰이라는 미국도 원죄가 많은 나라임엔 틀림없다. 너무 많은 나라들한테 함부로 총 쏘고 침략하고……. 그네들은 언제나 힘센 쪽, 자기들한테 더 큰 이익이 있다고 여기는 쪽을 편들어 왔지. 저 수탈의 제국시대, 자기들은 필리핀을, 일본은 조선을 서로 나눠 먹기식으로 식민지배하자면서 시시덕거리며 용인했던 유명한 가쓰라-태프트 밀약이 이를 잘 설명해 준다. 미국 내부의 증오감들은 또 얼마나 극심한 줄 아니? 하루에 평균 백여 명씩이나 죽어 나가는 미국의 총기사고는 사실 전쟁보다도 더 끔찍한 일이지. 흑인노예 부릴 때부터 차곡차곡 쌓인 인종갈등은 이제 수많은 다민족으로 이루어진 미국사회를 언젠간 자멸 직전으로 몰아갈지도 모른다. 그보다도 더 무서운 현상은 종교 갈등인데, 아직도 진행 중인 이슬람권과의 증오전쟁은, 결국 서로가 공멸할 때까지 지속되지 않을까도 싶구. 기억나니? 하늘 높은 줄 모르던 뉴욕의 마천루가 거대한 여객기의 자폭 충돌로 와르르 무너지던 참혹한 장면! 그러고 보니 내 평생 가장 인상 깊은 재앙의 장면을 꼽으라면, 미국의 9·11사태와 동일본대지진이라고 할 수 있겠구나. 인위적인 전쟁이나 식민지시대를 제외한, 단순 우발사건으로만 따진다면 말이다."

"맞아요, 아무튼 우리 집안도 지난날의 일본하고 얽힌 게 많죠?"

"그럼. 하지만 일제 식민시대를 겪은 우리 국민치고, 어디 원수 안 진 사람이 몇이나 되겠냐? 너희 큰할아버지나 외할아버지가 홋카이도 탄광, 또는 남양군도로 강제로 끌려가 사선을 넘나들었다는 따위의 분하고 억울한 가족사 차원에서가 아니라, 일본이 한국을 비롯한 전 아시아에, 아니 전 인류에 저지른 잔학한 전쟁범죄에 대해 아직도 도무지 진심으로 회개하고 반성할 줄 모른다는, 그 못된 섬나라 근성을 염두에 둔 거라는 얘기지. 지금도 봐라. 우리의 독도 문제는 물론이고, 중국이나 러시아, 대만에 이르기까지 당최 영토분쟁이 안 걸린 데가 없다. 천인공노할 만행을 서슴지 않았던 못된 침략국가가, 아직까지도 저렇게 여러 이웃 나라들과 불화하기도 참 어려울 게다. 우리 같으면 지은 전죄前罪가 미안해서라도 그까짓 작은 바위섬들 몇 개 얼른 포기하고 말 텐데. 그런 면에서 단단히 도덕불감증에 걸린 저들은 스스로 늘 고립을 자초하고 있고, 일본 침몰이라는 망국의 참극까지 스스로 자청해 불러들이는 꼴이야. 자기네가 지구상에서 통째로 쓸려나가는 모양을 목 빠지게 기다리고나 있다는 듯이."

"그래도 저번에 보니까, 일본인들 대단하던데요, 뭐."

"뭐가?"

"다른 나라 같으면 약탈, 방화가 판을 칠 극한 상황에서도 아주 철저하게 줄서기 하는 아름다운 질서의식 말예요. 어린이나 노약자에겐 서로가 먼저 양보하고, 수많은 가족과 친지들이 떼죽음 당했는데도 결코 값싼 눈물 보이는 법 없이 …."

"통곡하고 몸부림치며 난리가 날 장면에서도 그네들은 정말 슬피 울지를 않더구나. 그게 바로 저들의 독특한 국민성인 '혼네本音와 다테마에建前'라는 거야. 절대 자기 속마음을 쉬 겉으로 드러내지 않는 습벽. 속으로는 좋은데 겉으론 싫은 척한다든가, 싫고 미워도 그저 반가운 척 ⋯. 도무지 그 진짜 속내를 알 수 없는 애매모호한 복잡성! 하지만 슬플 땐 좀 슬피 울기도 하고 그러는 게 인간이지, 어디 숙련된 로봇들 같아서 쓰겠던? 그 질서정연한 줄서기와 냉정한 표정 관리, 그게 바로 저들의 속 깊은 유전자이긴 하지만. "

"요즘의 일본 애들, 얼마나 개인주의가 심한데요. 외국에서 생활하다 보면, 쟤네들은 철저하게 자기밖에 모른다구요. "

"흩어져 사는 건 그렇게 보일지 몰라도, 자기네들 국가 위기의식 앞에선 전혀 다른 양상으로 확 바뀐다. 순응과 정렬, 응집의 원칙에 절대 복종하는 무리 동물들처럼. 그게 바로 일본인들의 또 다른 특징으로, 아직도 한 지역에서 대대로 권력을 세습하는 정치인들을 보면 쉽게 알 수 있는 일이야. 그래서 일본은 여전히 성숙한 민주주의 국가체제가 아니라고 보면 된다. 섬나라 사무라이 정신에서 비롯한 통제사회, 혹은 잘못된 군국주의에서 비롯한 독재정치가 아직도 절묘하게 살아 움직이는 나라가 일본이라구. "

"우리 씨름은 샅바를 서로 끌어당기면서 승부를 보는데, 쟤네들 스모는 원 밖으로 자꾸만 먼저 밀어내려고 기를 쓰잖아요. 그것도 적절한 비유가 될 수 있을까요?"

"아주 좋은 경우를 예로 들었다. 실제로 섬나라 안에서의 일본인들은 서로가 무서운 결속력으로 똘똘 뭉치지. 동족이 아닌 이민족은 철저히 원 밖으로 밀어내면서 말이야. 세계로 이리저리 퍼져 나간 기독교가 유독 일본 땅에서만 꼼짝없이 맥을 못 추는 이유이기도 하다. 그렇지만 그곳을 벗어난 일본인들은 또 거짓말처럼 저마다의 모래알갱이로 돌변해 버리는 거야. 저들의 어쩔 수 없는 국민성이다."

나는 주춤 말을 줄이면서 저만큼 떨어진 풀밭에 비스듬히 쭈그려 앉아 작은 야생화를 집중해 찍고 있는 미나미한테 유의 깊게 시선을 던졌다. 율이도 그 옆에서 뭔가를 설명해 대느라 발밤발밤 바쁜데, 그쪽을 턱짓으로 가리키며 내가 다시 입을 열었다.

"미나민가 저 애가 차마 자기밖에 모르는 친구는 아니겠지?"

"글쎄요?"

"혼네처럼, 얼굴에 별 표정이 없어서 말이다."

"그래도 속은 참 따뜻한 애예요. 그리고 저 애의 개인주의는 아예 민족을 훌쩍 벗어난 범세계화나 인류애 쪽으로 진화해 있다구요. 자기 자신은 자연의 일부일 뿐이라나 뭐라나."

"야, 대단하구나. 하긴, 자기네 나라로 바로 가지 않고 너희 따라 한국에 올 때부터 난 뭔가 알아봤다."

"저 애, 갈 때도 일본 들르지 않고, 우리랑 함께 가겠대요."

"아니, 왜? 고향이 어딘데?"

"사실은, 쟤 고향이 센다이에요. 저번에 지진 났을 때 통째로 쓸려가 버린. 그래서 저 애한테 일본은 다시 돌아갈 수 없는 깊은 트라우마가 돼버렸어요."

"뭐라구? 그런데 왜 여태 그런 사실 안 밝혔어?"

"아버지가 거기까진 자세히 묻지 않으셨잖아요. 쟤도 공연한 동정 받기 싫다면서, 자기 고향 얘기 꺼내는 거 극도로 싫어하구 해서."

"그래애?"

"그때 가족을 다 잃었어요. 쟤만 마침 아일랜드에서 어학연수 중이어서 다행히 혼자 살아남았어요."

"허허, 엄청난 참사를 온몸으로 겪었구나. 그래서 저리 표정이 어두운 데가 있었구나."

"아버진 아예 모른 척하세요. 애초에 고향이 어디냐고 묻지 않으셨던 것처럼."

그러고 보니 미나미에 대한 관심을 짐짓 뭉긋거리며 스스로 억제해 왔던 것도 같다. 아니, 좀더 솔직히 표현하자면 '반일'이나 '혐왜嫌倭'라는 내 나름의 오랜 고정관념과 편견에 강밭게 사로잡힌 나머지, 일본이나 일본인에의 지나친 관심의 싹을 처음부터 주춤 자르고 있었다고 보아야겠다. 그럼에도 어쨌든 미나미가 새삼 안쓰럽고 측은하다. 저 어린 청춘이 그동안 얼마나 마음고생이 많았을까. 얼마나 쓰리고 뼈 아픈 충격의 벼락틀에 갇혀 발버둥쳤을까.

우리는 다시 걷기 시작했다. 폭포의 맨 위쪽 계곡을 가로질러 건너자, 길은 곧 이끼가 질펀히 깔린 습지로 변했다. 키가 작다란 초본식물들이 오랜 세월 동안 쌓이고 쌓여 푹신한 탄력성이 생긴 탓에, 내닫는 발걸음은 마치 허공중으로 둥싯 떠오르는 것만 같았다. 쏟아지는 비를 그대로 흡수하여 늘 적당한 물기를 머금은 이 이끼길은 천혜의 양탄자가 아닐 수 없었다. 그러나 내 속마음은 여전히 애들의 몸짓 염탐하기에 바빴다. 아무래도 미나미는 딸내미의 단순한 친구 쪽이 아닌, 아들녀석 짝꿍임에 틀림없어 보였다. 비탈진 높드리•나 너덜겅,

---

• 높드리: 골짜기의 높은 곳.

험한 넝쿨 맞닥뜨릴 때마다 은근슬쩍 손잡아 주고 길 터주는 품이 영락없이 그랬는데, 그런 혐의를 물타기라도 하듯 경이가 뚱딴지처럼 다시 말문을 연다.

"근데 말예요, 유럽은 서로 국경 허물어뜨려서 자유롭게 오가고, 화폐 단위도 하나로 통일해서 단일 경제권을 이루어 사는데, 우리 아시아는 왜 그게 안 되죠? 여기 동북아, 중국하고 북한, 일본, 한국만이라도 편리한 공동화폐를 쓰면, 서로가 엄청난 시너지 효과를 얻을 수 있을 텐데 말이죠. 우리의 한반도 통일도 한결 빨라지고……."

"참 속 편한 소릴 하는구나. 이쪽은 유럽공동체하고 그 뿌리부터가 다르니까 그렇지."

"그것도 일본 때문인가요?"

"물론. 그것도 그거지만……."

"유럽도 얼마나 원수진 나라들이 많은데요. 일본 식민지 때보다 훨씬 잔인하고 끔찍한 일들이 서로 얽히고설킨 숙적 관계들이었지만, 오늘날엔 어쨌든 하나로 뭉쳤잖아요."

"그건 가해자인 독일 쪽에서 철저한 자기반성과 속죄를 변함없는 행동으로 보여주었기 때문이야. 하지만 일본은 그렇지 않다. 일당 독재나 다름없는 자민당 출신의 총리들, 이를테면 대대로 군국주의 전범 세습집안인 아베 신조 같은 사람은 한반도 식민 지배를 아예 합법적이었다고 당당히 우기는 형편이잖냐. 그 피해자들을 형편없이 업신여긴다는 게 더 큰 문제야. 타고난 교활과 교만이 그빨로 몸에 밴 저들은 일찍이 탈아입구脫亞入歐라 해서, 자신들을 아예 미개하고 야만스런 아시아인이 아닌, 선진 유럽인으로 스스로 격상시켜 행세해 왔다는 거지."

"'그빨로'가 뭐예요?"

"아주 나쁜 버릇을 절대 고치지 않는 것."

"하지만 이제는 어쩔 수 없이 그렇게 떵떵거리던 유럽도 조금씩 망해 가고 있어요. 무모한 유럽공동체도 결국엔 해체되고 말 거구요. 그러니 스스로를 유럽인처럼 행세해 온 저 못난 그빨로 일본도 초라하게 퇴락할 건 당연하죠."

"거, 묘한 논리구나. 어쨌든 그러니 우리가 용서하자? 과거는 통 크게 잊고, 미래를 향해 손잡고 나아가자, 이거냐?"

"그러면 좋죠."

"하지만 일본은 그렇잖아도 결국엔 망하게 돼 있다. 세계에서 가장 심한 노인천국이라는 게 그 첫 번째 증거. 거기에 신생아 출생률은 가장 낮은 편이지. 청년 자살률도 세계에서 가장 높은 편이다. 변태나 정신병 환자 수 역시 최고 수준을 자랑한다더라. 개, 고양이 같은 반려동물 살처분도 압도적으로 많고."

"그래요? 햐, 그러고 보니 그런 것도 같네요. 일본 남자애들, 팬티 도둑 꽤 많거든요."

"저들이 그토록 세상에서 가장 깨끗하고 청결하다고 내세우는 수돗물, 청정농산물도, 그 이면을 자세히 들여다보면 기막힌 역설이 숨어 있다. 그것을 생산할 때 쓰는 농약이나 염소 사용률이 상상을 초월하니까. 농약은 미국의 다섯 배, 염소 사용량은 영국의 열 배."

"후훗, 일본의 세계 최고는 또 뭐죠?"

"이런저런 화학 식품첨가물과 유전자 변형식품도 엄청나게 생산하고 소비한다."

"그래도 일본 좋다고, 일본은 뭐든지 우리보다 몇십 년은 앞서간다고, 일식이 최고 맛있다고 난리법석인 한국인들, 지금도 아주 많잖아요?"

"그러게 말이다!"

너는 엔간하면 일본 편만 드는구나, 소리는 입 밖으로 내뱉지 않았다. 짧게 이죽이고 난 경이도 이내 무거운 침묵 속에 잠기고 만다.

우리는 걷고 또 걸었다. 무려 여섯 시간이 넘는 긴 트레킹으로 나라지게 녹초가 된 삭신은, 금방에라도 그 자리에 푹 주저앉고만 싶을 지경이었다. 오른쪽 장단지에 쥐가 나고 배낭의 무게에 짓눌린 허리는 무너질 듯 뻐근했다. 그럼에도 나는 씽씽 앞장서 걷는 애들한테 늙다리 사그랑이처럼 기죽을 수는 없었다. 들숨날숨 거칠게 내뿜으며 이를 앙다물고 걸었다. 낮달 같은 해는 이미 노을 진 서녘 하늘에 짧게 걸리었다.

창창한 자작나무 군락지를 지나자 마침내 오늘의 목적지인 천막 야영장이 나타난다. 야생화 질펀히 핀 드넓은 분지에 붙박이 천막들이 옹기종기 줄지어 들어앉아 있다. 그중의 맨 가장자리 쪽 하나를 독채로 배정받은 뒤, 거기에 짐을 풀자마자 나는 끝내 끙 앓는 소리를 내며 침상에 널브러지고 말았다. 하지만 애들은 곧장 펌프장으로 달려가 푸푸 찬물을 뿜어 대며 땀범벅의 머리를 감고 얼굴을 씻기에 여념 없었다.

그새 말끔히 씻고 들어온 미나미는 이내 카메라를 챙겨들고 다시 밖으로 바삐 나간다. 뭔가 그럴듯한 피사체가 그림처럼 날쌩이는 모양이었다. 나는 잠시 지친 두 눈을 감고 더 쉬다가 우물가의 씻기 경쟁이 좀 잠잠해진다 싶자, 수건을 목에 두르고 천막 밖으로 나섰다. 원탁한 모서리의 나무걸상에 걸터앉아 있던 경이가 싱긋 돌아보며, 걱정스레 두남두어 알은체한다.

"피로 좀 풀리셨어요? 아무래도 아버지한텐 이 백두산 트레킹이 무리 같은데요?"

나는 괜찮다고 끄덕여 대꾸해 준 다음, 새삼스럽게 압도해 들어오는 주위 경관에 놀라 두 눈을 반뜩인다. 아까 파근히● 지쳐 올라올 때는 쉬 눈에 들어오지 않았던 자연 풍광이, 그 지친 육신을 적당히 쉬고 나오니까 전혀 색다른 모습으로 거기 눈부시게 좍 펼쳐졌다. 이내● 같은 저녁안개를 허리에 휘감은 웅장한 산세도 산세지만, 그 앞자락에 안긴 드넓은 야생화 군락지는 미상불 천국이 어떤 곳인지를 한눈에 실감케 하고도 남았다. 코끝에 스미는 청정한 공기와 시원한 지하수도 인간의 발길이 쉽사리 닿지 못하는 곳에서만 맛볼 수 있는 천연의 단물이겠는데, 그 한가운데의 풀밭에 든 미나미와 율이가 사진을 찍는 모습 자체도 그대로가 한 폭의 볼 만한 풍경화였다.

"넌 왜 쟤들과 어울리지 않고?"

세수를 마친 내가 미나미 쪽을 턱짓하며 묻자,

"아버지 보초 서느라구요."

경이는 또 옥수수처럼 가지런한 치열을 드러내며 삐긴다. 그리고

● 파근하다: 다리 힘이 없어 내딛는 것이 무겁다.
● 이내: 해 질 무렵 멀리 보이는 푸르스름하고 흐릿한 기운.

다시 덧붙였다.

"미나미 쟤는 저렇게 작은 것에만 관심이 커요. 작은 들꽃이나 이끼 같은 것, 굴러다니는 돌멩이 같은 거 말예요."

"욕심이 없는 애구나. 그럼 아일랜드에선 뭐 하니?"

"근데 사는 건 아주 악착같거든요. 사진 배우면서, 일본 레스토랑에서 알바 해요. 앞으로 자그마한 식당 하나 차리겠대요. 사진미술관을 겸한."

"부모님 다 잃었다는데, 생활력 강한 건 다행이구나. 너랑은 어떻게 만났는데?"

"율이 때문이죠, 뭐. 걱정 마세요, 그냥 친구일 뿐이니까."

"짜식, 걱정은⋯. 너도 이제 장가갈 때가 되고 해서⋯."

"장가는 언제 가구, 앞으로 어떻게 살아갈 거냐 이거죠?"

중도에서 말을 가로챈 경이가 입꼬리를 가볍게 말아 올리며 계속한다.

"그것도 걱정 마세요. 이제부턴 어떻게든 제 앞길 제 스스로 헤쳐나갈 테니까요. 저도 성인이잖아요."

"허, 그래? 장하다, 우리 아들."

나는 조금 과장된 어조로 맞장구친 다음, 잠깐 뜸 들였다가 다시 받는다.

"니 말마따나 지금 유럽이 망해 가고 있다면, 하루라도 빨리 한국으로 돌아와야 하잖냐? 일자리를 잡든 백수 노릇을 하든, 죽이 되든 밥이 되든 가족이 한데 어울려 살아야지, 이거 어디 쓰겠냐. 귀여운 손주 녀석도 없이."

"아버지두, 참. 떡 드릴 놈은 생각도 않는데 그리 김칫국부터 마시면 어떡해요."

경이는 열적은 웃음을 날리면서 붉게 노을 진 천지 쪽 산봉우리로 시선을 던진다. 그 먼 눈빛에 왠지 모를 쓸쓸함이 담겨 있는데, 이어지는 경이의 다음 말은 이리 당차게 흘러나온다.

"웅장한 이 백두산에 와서까지 계속 사소한 얘기만 하시는 걸 보니, 아버지도 정말 늙어 가시나 봐요. 전엔 안 그러셨잖아요. 언제나 통 큰 자유인이 돼라, 예술 하는 자는 무엇보다도 영혼이 자유로워야 한다고 말씀하셨단 말예요. 그래서 어려운 살림에도 저희들을 분에 넘친 유학까지 시키면서, 결혼과 취업을 포함한 장래 진로 문제도 철저하게 당사자한테 맡긴다는 태도를 취하셨는데, 요즘 들어 부쩍 안 그러시는 것 같더라구요. 물론 저희들 뒷받침이 한계에 와서 그러시는 거겠지만, 이제 율이만 내년에 석사 과정 마치면 끝이잖아요. 그 다음부턴 정말 걱정 마세요. 우리가 아버지, 어머니 충분히 호강시켜 드릴 테니까요."

"야, 말만 들어도 고맙구나."

'어떻게?' 소리는 입 안에 꾹 눌러 담은 채 나는 모처럼 유쾌한 어조로 응답했다. 일찍이 미술대에서 조소를 전공했던 녀석은 그쪽으로 성공하려면 유럽으로의 유학이 필수라면서 어렵사리 그리 실행한 이후, 짧지 않은 5년 세월 동안 웬 설치미술이다, 시각디자인이다 해가면서 이리저리 도섭부리는 걸 거듭해 쌓더니, 이제는 다시 사진작가 지망생으로 마뜩하니 제자리를 잡아 준 것만으로도 대견하다면 대견하다 할 터이다. 세계적 명성의 현장 사진기자가 꿈이라고 했다. 거기에 번듯한 서양 청년들을 가까운 벗으로 사귀고, 그들과의 언어 소통 또한 제법 원활한 편이어서, 나는 일단 그것만으로도 글로벌 시대의 국제 감각은 그런대로 잘 익힌 셈이라고, 영어 연수의 효과를 곁들여 애초 염두에 두었던 소기의 목적만은 어지간히 거둔 결과라고 짐짓 역성들어 왔다. 그런 내 속내에 화답이라도 하듯 경이가 다시 말한다.

"아버지 말씀대로 자유롭고 진실한 영혼이 스며들어 있는 작품 활동을 위해선, 전 아직 더 많은 세계를 떠돌아야 해요. 특히 무너져 가는 유럽 나라들에 관심이 많은데, 고전적인 조각품의 전시장이라 할 수 있는 그리스나 스페인, 포르투갈, 영국, 이탈리아 같은 옛 제국들이 왜 그 쇠퇴 조짐의 맨 앞면에 서 있는지, 거기에 무슨 피치 못할 곡절이 숨어 있지는 않는지, 그들 역사하고의 인과관계는 또 어떤 것인지 한번 깊이 있게 파헤쳐 봤으면 싶다구요. 그래서 드리는 말씀인데요, 앞으로 몇 년 정도는 더 저를 완전히 내버려 둘 수 있으시겠죠? 먹고사는 건 철저히 제 스스로 해결한다는 조건으로요."

"글쎄."

속으로는 벌써 뭐든 네 맘대로 하라 바잡게 응원하면서도, 나는 괜히 비쌔며● 말끝을 흐렸다. 녀석의 갈 데 없는 청춘의 방황이 또 새로이 시작되는 건 아닌가 싶어서였다.

그때 마침 딸내미와 미나미가 돌아오면서 저녁식사 시간을 알렸으므로, 일행은 조별로 원탁을 차지해 둘러앉아 저마다 배낭에 지고 온 도시락을 풀었다. 노을은 어느새 어스름 속에 잠기고, 그 혼돈의 검

● 비쌔다: 어떤 일에 마음이 끌리면서도 겉으로 안 그런 체하다.

은빛 하늘에 하나둘 배고픈 개밥바라기 별들이 반짝 돋아 나오기 시작했다.

"이번엔 율이 얘기 좀 들어 보자. 너도 물론 잘하고 있겠지?"
나는 감자튀김을 안주로 집어 먹으며 물었다. 배낭 속에 보물처럼 챙겨 온 소주 팩이 벌써 두 개째. 여가 삼아 즐기는 것들 말고, 본토에서 체험하는 영문학 공부는 제대로 이루어지고 있으리라는 기대에 한껏 조비비며● 물었는데,

"이 감자는 정말 지겨워요."
조금 엉뚱한 화제로, 율이는 내 질문의 핵심을 슬쩍 비켜 나갔다. 무슨 뚱딴지냐는 듯 미간을 찌푸리자 감자튀김 하나를 입에 넣은 율이가 다시 말한다.

"아일랜드에서 젤 싸고 흔한 식품이 이 감자거든요. 그래서 가난한 유학생이 가장 많이 먹을 수밖에 없다구요."

"하하하, 그래? 그거 괜찮네. 감자가 얼마나 맛있고 영양가 좋은데."

"아휴, 이거 맨날 찌고, 튀기고, 끓여 먹고 해보세요, 입에서 막 감자 구린내가 난다니까요. 아무튼 거기, 참 척박한 땅이에요."

"날씨는 또 얼마나 변덕스럽고 우중충한데요!"
중간에 말결하고 나선 경이가 더 잇는다.

"땅은 척박하고, 날씨는 늘 비바람과 추위, 안개에 젖어 있으니, 자

_____

● 조비비다: 마음을 몹시 졸이거나 조바심을 내다.

연 알코올 중독자나 우울증 환자가 수두룩할 수밖에요."

"그래서 위대한 작가들도 그렇게 많이 탄생한 거라구. 오스카 와일드와 버나드 쇼, 베케트, 예이츠, 제임스 조이스, 조나단 스위프트⋯. 정말 대단한 문호들이 다 그 좁고 척박하고 우울한 아일랜드 출신인 걸 보면, 영혼의 샘물을 길어 올리는 예술 작업은 확실히 어둡고 고통스런 악조건 속에서 더욱 빛나는 성취를 이룰 수 있는 건가 봐. 그렇죠, 아버지?"

조금 전의 내 질문에 대한 답변을 이제야 꺼내 놓으려는 듯, 율이가 빤히 나를 건너다보며 반문했다. 나는 웃으며 고개를 끄덕였고, 율이가 더 잇는다.

"그래서 드리는 말씀인데요, 저, 요즘 소설 습작하구 있어요."

"뭐라? 이거, 갈수록 태산인데?"

"조이스의 《젊은 예술가의 초상》 같은 작품 쓰려고, 여기 오기 전에도 오코넬 거리에 있는 작가박물관에 가서, 조이스 곁에서 하루 종일 서성댔어요."

"그럼 영문학은? 창작 행위와 학문은 엄연히 다른 길일 텐데?"

"아니에요, 다르지만 또 같아요."

"그래? 그래서?"

나는 종이컵의 소주를 한입에 털어 넣고 나서, 뭣엔가 쿵 뒤통수를 얻어맞은 기분으로 율이를 응시했다. 녀석은 여전히 조금치도 흔들림 없는, 확신에 찬 눈빛이다. 항상 어리보기로만 여겼던 애가 언제 이리 성숙한 정신의 소유자가 됐나, 하고 나는 은근히 가슴이 뿌듯해져서 말을 계속했다.

"다르지만 또 같다는 사실을 안다면, 그것만으로도 기본 자격은 갖춘 셈이긴 하다. 왜냐하면 문학은 문자 그대로 끊임없이 공부해야 하는 거니까. 미술이나 음악과 같이 한 예술 장르로 취급되긴 하지만, 문학만이 또 유일하게 배울 학學이 들어가 있는 이유를 곰곰 음미해 보라는 얘기야. 단순한 글쓰기나 언어학만이 아니라, 역사와 종교, 철학, 사회학, 정치학, 경제학, 모든 인문학과 인간학에 이르기까지 두루 섭렵하고 통섭하는 능력을 갖지 않으면 결코 좋은 작품이 빚어질 수 없다는 거지. 이를테면 작은 조물주가 되지 않으면 안 된다는 얘기다. 무슨 이데올로기나 당파, 지역감정, 학벌 따위에 함부로 종속되어 휘둘리지도 않고, 그 어떤 사건이나 사물도 객관의 진실된 시선으로 훤히 꿰뚫 줄 알아야 그게 진짜 작가라는 거다."

"그럼 미술인가 뭔가 하는 전 그냥 술이나 마셔야겠네요?"

'공부'와는 짐짓 거리를 두고 사는 경이가, 일부러 시큰둥한 표정을 지으며 종이컵의 술을 비운다. 흘깃 싱거운 농담을 흘리고 난 녀석이 다시 말을 이었다.

"요즘은 전공 한 가지만 가지곤 먹고살기 힘들어요. 사방이 실업 사태잖아요. 그래서 율이도 그에 대비하고자 미리 손을 쓰는 거라구요. 아무튼 아버진 좋으시겠네요. 대를 이어 문필업에 종사할 자식이 생겨나서. 맞죠?"

"대를 이어서가 아니라, 못 이룬 내 꿈을 대신 이루어 줄 자식이라는 표현이 더 정확하겠다. 평생 괜찮은 소설가 한번 되는 꿈을 꿔왔으면서도, 겨우 곡학아세曲學阿世에나 머문 시답잖은 언론인으로 정년을 마감했으니, 오히려 한이라면 한인 셈이지."

"에이, 아버지두! 진짜 소설가 되는 것, 지금도 안 늦으셨어요. 늦었다고 생각할 때가 가장 빠른 거라구요."

"짜식, 이젠 너희들이 나를 가르치는구나."

나는 종이컵을 들어 달게 한 모금 더 음미하고 나서, 대각선으로 앉아 있는 미나미한테 정감 어린 시선을 보내며 다시 입을 열었다.

"어쨌든지 누구든 꿈을 잃으면 안 된다. 꿈을 잃은 사람은, 좀 독하게 표현해서 산송장이나 다름없어. 그런 면에서 미나미 꿈은 뭔가?"

"……?"

갑작스런 나의 질문에 그네는 잠시 주춤해 하면서 애매한 표정으로 두 눈만 말똥거렸다. 옆에서 율이가 거들어 영어로 내 관심을 전했고, 그제야 웃으며 미나미도 영어로 대답한다.

"후훗, 두 가지가 있어요. 저의 사진 작품이 내걸린 작은 레스토랑을 갖는 것, 그리고 한국 남자와 결혼하는 것!"

"한국 남자 누구? 이 사람?"

율이가 자기 오빠를 손가락으로 가리키자, 좌중은 순식간에 웃음판으로 휩싸였다. 나는 그 장난스런 즐거움 속에서도 짧게 부딪치는 경이와 미나미 사이의 불꽃 시선을 놓치지 않았다. 그런 내 눈빛을 의식한 미나미가 말한다.

"한국남자는 친절하고 부지런하고 능동적이어서 좋아요. 그래서 그런 사람과 함께 살면서, 자그마한 식당을 운영하려 요리사 자격증까지 따두었는걸."

"야, 꿈이 아주 소박하고 야무지고 구체적이네? 싹싹하고 친절하기로는 일본 남자가 더 낫지 않남?"

"아니에요. 집 안에서의 일본 남자는 무뚝뚝하고 권위덩어리예요. 가사일 안 돕기로 유명한, 제일 인기 없는 남자들이에요."

미나미가 쑥스러운 듯 몽긋거리며 늘어놓았고, 나는 넌다하게 다시 받았다.

"그럼, 한국어부터 먼저 배워야 하지 않을까. 한국 남자 사귀려면 반드시 그래야 할 것 같은데?"

우리와도 원만히 소통하려면, 이라는 후렴은 덧붙이지 않았다. 지금 열심히 배우고 있다는 미나미의 상투 어린 인사치례에, 나는 어딘지 너무 앞서 나간다 싶어 응, 그래야지, 건성으로 받고 스스럽게● 화제를 돌렸다.

"어쨌거나 일본의 쓰나미 상처가 빨리 씻겨야 할 텐데 걱정이구나. 그 엄청난 재앙에도 꿋꿋하게 꿈을 잃지 않고 살아가는 미나미가 정말 대견스럽네."

"타고난 오뚝이 정신이죠."

경이가 슬쩍 미나미를 두남두어 눈결하면서 계속했다

"하지만 일본은 이제부터가 시작이라고 봐요. 뭔가 거대한 침몰 기미가, 그 대재앙의 조짐이 곳곳에서 감지된다구요."

"예를 들면?"

"후지산 화산이 터질 날이 머지않았고, 도쿄 대지진이 일어나는 것도 얼마 안 남았다잖아요. 거기에 나라 빚이 너무 많은데, 쓰나미에 놀란 국민들 마음은 이리저리 갈가리 찢겨 있고⋯."

● 스스럽다: 서로 사귀는 정분이 두텁지 않아 조심스럽다.

"그런 건 어느 나라에나 해당될 수 있는 일들이다. 지진이 하도 잦은 '불의 고리' 지대라 그 가능성은 상대적으로 훨씬 높긴 하지만, 그보다 더 큰 문제는 원죄 많은 일본이 그걸 진정으로 용서받지 못한다는 데 있다. 미나미한텐 미안한 얘기지만."

"아뇨, 전 괜찮아요."

미나미는 용케 내 말의 속뜻을 알아차리고 고개를 끄덕여 준다. 그러더니 이내 이렇게 고쳐 아퀴● 짓는다.

"하지만 일본이 망하면 한국이나 중국, 아시아 여러 나라는 온전할까요? 화산재가 온 하늘을 뒤덮고, 무서운 해일이 태평양을 휩쓸고, 원자력발전소도 함께 폭발할 텐데요. 거기에 무서운 기상이변까지 겹쳐 지구 전체가 홍수와 가뭄으로 뒤엎어지고, 그러면 땅은 사막화되어 식량 생산이 멈출 텐데요."

"야, 미나미 쟤가 은근히 우릴 겁주네?"

중간에 불쑥 끼어든 경이가 실소를 입에 물면서 계속하였다.

"그건 그렇고, 나라 간의 갈등으로 따진다면 아일랜드와 영국보다 더 심한 데가 또 있으려구요. 영국의 오랜 억압 밑에서 살아온 아일랜드인들의 적개심은, 갈등과 증오를 훨씬 뛰어넘는 그 어떤 복수혈전 같은 거라구요. 거기에 신교와 구교 간의 종교전쟁까지 곁들인 북아일랜드는 아직도 영국의 통치 아래 지긋지긋 신음하고 있으니까요."

"종교가 개입되면 어느 나라든 그 갈등은 더욱 증폭되게 마련이지. 이슬람교와 기독교 간의 오랜 대립처럼 말이다. 그런 면에서 종교 문

● 아퀴: 일을 마무르는 끝매듭.

제만은 확실히 배제된 우리의 남북관계는 생각보다 쉽게, 훨씬 더 빨리 풀릴 수도 있을 게다."

"혹시 말예요, 백두산이 폭발하면 그 고통을 분담하고 수습하는 과정을 통해, 우리가 문득 통일되지 않을까요?"

뚱딴지처럼 경이가 또 불쑥 말했다. 아휴, 졸려, 하고 때맞춰 피곤에 지친 율이와 미나미가 천막 안으로 먼저 들어가 자겠다는 의사를 나타냈다. 온종일 험한 산길을 무리하게 걸어 온 탓에 나 역시도 물에 젖은 솜처럼 온몸이 무거웠다. 두 여자애가 지친 그림자를 남기고 천막 안으로 들어가는 뒷모습을 말끄러미 바라보면서, 나는 꿈꾸듯 푸념처럼 중얼거렸다.

"그렇게라도 통일이 된다면 얼마나 좋겠냐. 내가 신문사에 근무할 때, 만약 일본이 독도를 침공하면 남북이 힘을 합칠 수밖에 없어 곧바로 통일이 된다고 입버릇처럼 뇌던 동료가 있었다. 그것이든 저것이든, 어쨌든 통일이 된다면 세상에서 가장 살기 좋은 곳이 우리 한반도일 거야."

"그래서 분단 책임자들은 하나같이 다 반대잖아요. 특히 앞으로 세계 최강국이 될 중국이 큰 문제예요. 그네들은 요즘에도 맘껏 우리 남북을 자기들 입맛대로 갖고 놀잖아요."

"아무리 그리 놀고 방해해도 어느 한순간 남북이 힘을 딱 합칠 날이 온다. 암, 오고야 말지. 한 핏줄 한 형제 사이에는 결코 용서 못할 죄악은 없는 법이니까. 우리의 통일은 아주 비밀스럽게, 어느 날 문득 벼락처럼 이루어진다!"

"그리고 그 다음엔, 원수 같은 일본을 용서할 일만 남았겠네요?"

"아마 그렇게 되겠지. 가까운 이웃으로 살아가려면 결국 그럴 수밖에 없을 게다. 하지만 오늘 밤은 내 옆자리에서 자거라. 미나미 쪽으로 가지 말고."

"아버지두, 참! 암튼 고맙습니다, 허락해 주셔서."

바람 빠진 풍선처럼 싱겁게 메지대어 웃고 난 경이가, 늘어지게 두 팔 올려 기지개 켜며 고단히 쌓인 하품을 켰다. 그 애의 듬직한 어깨 너머 낮은 밤하늘 가득, 무수한 별들이 총총히 박혀 있었다. 그 황홀한 미리내• 한가운데로, 길 잃은 살별•이 길게 꼬리를 그으며 북조선 쪽으로 날아갔다.

• 미리내: 은하수.
• 살별: 혜성.

믹스커피 마시는 사람들

2021년, 다시 하늘연못에서

말문이 턱 막히고 그만 목이 메었다.

뭔가 한마디 용울음 같은 탄성이라도 내지르고 싶은데, 뜬금없이 불덩이를 집어삼킨 듯 목구멍 저 안에서는 도무지 그 어떤 감탄사도 새어 나오지 않았다. 숨죽인 정적, 오롯이 그뿐이었다. 짙은 비췻빛 천지 호수에 선명히 그림자를 드리운 백두 영봉들. 그중에서도 우리가 서 있는 쪽의 장군봉이 가장 웅장하고도 헌걸찬● 자태를 뽐냈다. 금방이라도 천지로 쏟아져 내릴 듯 깎아지른 화산석들이 마치 사막을 치달리는 천군만마처럼 보였다. 정상을 오르며 흘린 땀이나 거칠게 아름차던● 호흡도 싹 가시면서 막혔던 가슴이 한꺼번에 뻥 뚫려 나가

● 헌걸차다: 매우 풍채가 좋고 의기가 당당한 듯하다.
● 아름차다: 힘에 겹다.

는 기분인데도, 마음 한구석에서는 또 왠지 모를 원망이나 시린 슬픔 같은 게 쉬 가늠할 수 없는 벅찬 무게로 차올랐다. 벌써 세 번째 천지를 찾았으면서도, 이번에는 북쪽 땅을 직접 지르밟고 날아올랐음인지 그 깊은 감회가 남달랐다. 나와 같은 물기 녹녹한 느낌으로 옆에 서 있던 박 위원이, 수십 길 벼랑 아래로 고정시켰던 시선을 거두어들이면서 농담하듯 입을 열었다.

"우리도 그날의 두 정상처럼 손 맞잡고 만세라도 불러야 하는 거 아닙니까?"

그가 다시 너털거리며 묻는다.

"김 선배는 그때 어느 장면이 젤 인상 깊던가요? 전 여기, 백두산에 오른 두 정상이 환히 웃으며 손잡고 기념사진 찍는 모습이던데요."

"그거, 기막혔지. 하지만 ··· ."

"그보다 더 기막힌 장면이 또 있었습니까?"

"난, 5·1 경기장에서 십오만 북쪽 인민들을 앞에 두고 남쪽 대통령이 연설하던 장면, 소름 돋았어."

나는 그날의 지글거리던 속내를 솔직히 털어놓았다. 박 위원 옆에서 가만히 귀 기울이던 장 변호사가 불쑥 끼어들었다. 이번 자문단의 남측 간사였다.

"그래요. 둘 다 상상을 초월한 감동이었지요. 그때를 떠올리면 전 지금도 괜히 눈시울이 붉어집니다."

"암은요, 우리도 똑같이 감동 받았시요. 그 기세 다그쳐 여기까지 온 것 아니갔습네까."

장 변호사 옆의 북쪽 단장 역시 구순한● 가락으로 기운찬 감탄사를 내질렀다. 백두산 천지는 그렇게 일떠나는● 기분으로 우리 일행 곁에서 너울거렸다. 그가 내친김에 양팔로 한데 그러모으는 몸짓을 지으며 덧붙였다.

"자, 자. 우리도 역사에 남을 만한 기념사진 한 판 찍읍세다."

"아, 그럼요. 그래야지요."

일행은 그에 쉬 동의하며 흰 시멘트 작은 기둥들이 줄지어 선 경계석 앞으로 떼 지어 모여들었다. 천지가 먼 배경으로 둥그레 떠오르는, 문재인 대통령과 김정은 국무위원장이 나란히 서서 손을 치켜들어 잡고 기념사진을 찍던 곳이었다. 평양에 도착한 어제부터, 남쪽에서 날아온 일곱 명과 북쪽 인사 일곱 명, 이 열네 명의 자문단은 줄곧 함께 뭉쳐 다니며, 세 해 전 두 정상이 이른바 '역사적인 장면'을 연출했던 장소들을 두루 훑어 다니는 중이었다. 그래야 우리한테 부여된 비밀스러운 임무를 수행하는 데 새수나는● 영감이라도 얻을 수 있다는 듯 말이다. 두 정상 간에 회담을 가졌던 조선노동당 중앙청사라든가, 문 대통령이 '우리 민족은 우수합니다, 우리 민족은 강인합니다, 우리 민족은 평화를 사랑합니다, 그리고 우리 민족은 함께 살아야 합니다'라고 케케묵은 '민족'을 유난히 강조하면서도 저마다의 가슴을 뭉클하게 후려쳤던 5·1 경기장, 그리고 남쪽 손님들한테는 으레 아주 특별한 미각으로 다가오게 마련인 평양냉면의 옥류관까지 헝겁지겁● 다녀온 터

● 구순하다: 서로 사귀거나 지내는 데 사이가 좋아 화목하다.
● 일떠나다: 기운차게 일어나다.
● 새수나다: 갑자기 좋은 수가 생기다.
● 헝겁지겁: 매우 좋아서 정신을 차리지 못하고 허둥거리는 모양.

였다. 그리고 오늘 아침 서둘러 순안에서 비행기 타고 삼지연공항을 경유, 이윽고 여기 백두정상에 오른 것인데, 어제 오후 노동당 청사 집무실에서 만난 위원장은 한올지게• 당부했다.

"어서 오십시오. 우리가 가까워지긴 참 많이 가까워졌죠? 이제 북과 남이 통일될 날도 머지않았습니다. 우리가 하루빨리 하나 되는 데 있어, 여러분은 아주 중요한 선봉 역할을 맡으셨습니다. 아무쪼록 평양 구경도 두루 하신 다음, 백두산 제 일터에 가셔서, 좋은 결과 내주시기 바랍니다."

그저께 청와대에 잠깐 들렀을 적에도 남쪽 대통령 역시 부푼 기대의 눈빛으로 말했다.

"무엇보다도 우리네 사람살이가 우선입니다. 분단의 쓰디쓴 아픔을 겪어 오면서도 늘 평화를 사랑해 온 우리 민족의 착한 심성, 그 강인한 민족의 수월성을 염두에 두고 움직여 주시면 좋겠습니다. 여러분의 이번 백두등정은 곧 남북통일의 마중물이나 다름없습니다."

두 정상 다 너무 앞서 나간다 싶게 깊은 의미를 부여하고 나섰다. 우리는 단지 앞으로의 통일조국 상징 작업에 대한, 굴지게• 자유로운 자문 역할에 불과할 따름인 것을.

"어딜 가나 이 사진 박는 거 때문에 ⋯ ."

허허 웃으며 옆자리의 박 위원이 혼잣말처럼 중얼거렸지만, 나는 아까부터 단체로 사진 찍히는 것과는 별 상관없이, 맞은편 대각선으

• 한올지다: 한 가닥의 실처럼 매우 가깝고 친밀하다.
• 굴지다: 마음이 느긋하고 만족스럽다.

로 놓여 있는 펑퍼짐한 바위에 자꾸만 눈이 갔다. 두세 명이 올라 앉아 차라도 한잔 마셨으면 좋겠다 싶은 너럭바위였는데, 그 아래 마른 흙더미에라도 아버지의 뼛가루를 훠이훠이 뿌렸으면, 하는 우련한● 유혹에 한순간 사로잡혔던 것이다. 눈을 감기 전의 아버지는 걸핏하면 고향 가까운 백두산 줄기 어디쯤에 바람같이 묻히고 싶다는 염원을 타령이듯 뇌었다.

아버지의 유골을 백두정상 어디쯤에 뿌리고 싶은 충동은, 사진을 다 찍은 일행이 삭도를 타고 내려가 천지 물가에 이르렀을 때에도 마찬가지였다. 강물처럼 가볍게 출렁이는 천지가 바짝 눈앞에 다가들자, 이번에는 바위가 아닌 물 위로, 민족의 성수聖水나 다름없는 천지 그 자체로 희석시켜 수장해 드리고 싶은 열띤 유혹이었다. 하지만 그건 단지 내 상념 속의 억지 충동일 뿐, 현실로는 여전히 깜냥 없는 일이었다.

수면과 거의 다름없는 높이의 천지 아래쪽에서 사방을 둘러보자니까, 병풍처럼 둘러싼 영봉 줄기들은 더욱 신비스럽고도 당찬 위용으로 사람을 압도한다. 금방이라도 한꺼번에 쏟아져 내려올 듯 깎아지른 비탈이 빛나는 가을볕을 받아 더욱 눈부시다. 그것은 마치 다듬지 않은 거대한 금강석 띠를 드넓게 두른 듯했다.

나는 일행과 조금 떨어진 쪽의 물가로 이동해, 찰랑이는 천지 물에 손을 적셨다. 두 무릎을 꺾고 앉아 두 손에 물을 적시고 보석 같은 수면 위의 윤슬● 조각들을 보듬어 보자니까, 나는 이제 더 이상 머뭇거

●우련하다: 형태가 약간 나타나 보일 정도로 희미하다.
●윤슬: 햇빛이나 달빛에 비치어 반짝이는 잔물결.

릴 수가 없었다. 어쨌거나 이 절호의 기회를 놓치면 안 된다, 하고 나는 새삼 속마음을 다잡아 재우쳤다. 그리고 다시 허리를 펴고 일어나, 사람들의 시선이 쏠리지 않을 만큼의 거리를 유지하기 위해 천천히 물가 따라 자리를 옮겼다. 웬만큼 일행들한테서 거리가 멀어졌다고 여겨지자, 나는 다시 물가에 주저앉으며 앉은 자세 그대로 어깨에 멘 가방의 지퍼를 열었다. 문제의 '미숫가루' 비닐봉지가 신주단지이듯 잡혔다. 바로 그때였다. 어느새 가까이 다가온 누군가가 살차게• 나를 부르는 소리가 들렸다.

"남에서 오신 선생님, 거기서 뭐하십네까?"

어설픈 신사복 차림에 짧은 깍두기 머리의 북쪽 경비요원이었다. 저만큼 떨어진 거리에서 그는 스스로 쫓기듯 다가왔고, 나는 주춤 놀라면서도 아무렇지 않은 듯 자리에서 엉거주춤 일어섰다. 그리고 반쯤 비어 있는 작은 생수병을 재빨리 꺼내 보이고 싱긋 응대했다.

"아, 여기에 천지 물 좀 담아 가려구요. 우리 남쪽 대통령이 그랬던 것처럼!"

"그래도 너무 떨어져 나오셨습네다. 이런 데서 개별 행동 하시믄, 괜히 의심받으십네다. 아무리 귀한 손님이라지만, 그러시면 안 되디요."

"혼자 너무 감격에 겨웠나 봅니다. 허허."

"하긴, 천지의 감동에 겨워 불쑥 자살하는 사람도 생겨나니까니! 실례지만서두 혹시 그 가죽가방 안에 뭐가 들어 있는지 알아봐도 되갔습

• 살차다: 성질이 붙임성이 없이 차고 매섭다.

네까? 짐이 좀 무거워 보여서 말입네다."

"이 가방을 메고 어제 조선노동당 중앙청사에도 아무 일 없이 들어 갔고, 비행기도 아무 탈 없이 올라탔습니다."

"그래도 혹시 모르니까니 … ."

"허, 그럼 한번 보시구려."

나는 어쩔 수 없이, 짜장● 아무렇지 않은 표정으로 가방의 한가운데 지퍼를 열어젖혔다. 취재노트와 필요한 자료뭉치 사이에 낀 두툼한 비닐봉지, 표면 상단에 '당신의 아침을 책임집니다' 하는 광고문구와 함께, 묵직한 고딕체로 쓴 '오곡 미숫가루'가 박혀 있다. 그런 글씨가 첫눈에 들어오는 비닐봉지를 슬쩍 들어 올려 보이며, 나는 지레 오금 이 저려 말했다.

"이건 제 아침식사용 미숫가루입니다. 물을 갈아먹으면 금방 배탈 이 나는 체질이라서요."

"2박 3일 치 치고는 양이 좀 많은 것 아닙네까?"

"아, 다른 동료들하고도 나눠 먹어야죠. 나이 들면 기름진 진수성찬 에도 곧잘 배가 놀라거든요. 보시면 알겠지만, 준비해 온 비상약이 또 한 보따리입니다."

나는 얼른 가방 속의 응급 약봉지도 꺼내어 보여 주었다. 배 아플 때 먹는 소화제, 위장약과 잦은 설사에 대비한 지사제, 매일 아침 습 관처럼 복용하는 고혈압 약, 고지혈제는 물론, 불안하고 잠 안 올 때 먹는 신경안정제, 진통소염제 따위가 들어있는데, 나는 순식간의 기

● 짜장: 과연 정말로.

지를 발휘해 매일 아침 꼭 먹어야 하는 것들만 빼낸 후 나머지는 두툼한 봉지째 사내한테 넌지시 넘겼다.

"이거, 선물로 드리리다. 이리 만난 것도 인연인데, 집에 비상약으로 두고 쓰시면 아주 요긴할 겁니다."

"아, 아닙네다. 일없습네다."

놀라 손사래를 친 사내의 시선은 엉뚱한 믹스커피 봉투에 꽂혀 있었다. 사내가 서둘러 말했다.

"약은 선생님 드셔야 하니 됐고, 정 주실라믄 그 막대커피나 몇 개 주시라우요."

"아, 그러죠."

나는 주저 없이 비닐봉투 안의 믹스커피 다발을 한 움큼 집어내 사내한테 허수룹게 건네었고, 사내는 모른 척 상의 속주머니에 얼른 챙겨 넣었다. 그리고 겸연쩍은 듯 중얼거렸다.

"막대커피는 암만해도 남조선 게 제일이디요."

우리는 곧 삼지연초대소로 이동했다. 그해 가을 문 대통령이 뜬금없이 백두산에 올랐을 때, 그 감격 어린 민족 통일의 염원 끝에 둘레춤• 추듯 들러 먹거지•를 즐긴 곳이었다. 우리 역시 그런 마뜩한• 기분으로 여기서 서그럽게 먹고 자고 토론할 터였다. 집주인인 국무위원장의 배려에 따라 일반인은 만만하게 접근할 수 없는 호사를 누리는

• 둘레춤: 꿀벌들이 근처에 꽃밭이 있다고 알릴 때 추는 춤.
• 먹거지: 여러 사람이 모여서 벌이는 잔치.
• 마뜩하다: 제법 마음에 들 만하다.

셈이지만, 또 그만큼 움직임이 불편하고 밀려드는 책임감이 거추장스
레 무거웠다.

갖은 산나물과 산천어요리, 타조불고기, 들쭉술 등으로 맛깔나게
차린 점심식탁 앞에서, 우리는 비로소 양측 참가자들의 정식 알림 시
간을 가졌다. 먼저 북측 단장인 김일성종합대학의 철학 교수가 일어
나 자신에 대한 간략한 이력을 말한 다음, 북측 인사들을 한 사람 한
사람씩 일으켜 세워 스스로 발언토록 유도해 나갔다. 단장을 포함해
모두 일곱 명의 각계 권위자들이었는데, 무슨 악단장인 낯익은 여성
음악인, 여러 전투적 군가를 지은 날카로운 인상의 혁명시인과 북한
의 인민작가로 추앙받는 중진 소설가, 사진보다도 더 세밀하게 인물
그림을 잘 그려내는 극사실화의 인민화가를 빼놓고, 나머지 두 사람
은 조금 설면하게도• 청년층을 대표한 젊은 대학생과 노동영웅 칭호
를 받은 협동농장 기사장이었다. 지금도 현역에서 왕성하게 활동하는
사람들이 주류라는 게 눈에 띄었다.

그에 비해 남쪽에서 올라간 인사들은 신문사 논설위원 출신의 겸업
작가인 나를 포함해서, 거의 무룡태• 같은 나이 지긋한 은퇴자 중심이
었다. 단장인 백白 시인은 한때 문학평론을 겸한 대학교수로서 국민시
인이라는 별칭까지 얻어들으며 한국 문단을 이끌기도 했으나, 이제는
집에 가만히 들어앉아 아까운 시간만 축낼 뿐 작품 활동은 거의 손을
놓은 상태이며, 그 다음 연배인 장 변호사 역시 한때 민주주의를 수호

• 설면하다: 자주 만나지 못하여 낯이 좀 설다. 또는 사이가 정답지 아니하다.
• 무룡태: 능력은 없고 그저 착하기만 한 사람.

하는 인권운동가로 너볏하게• 움직였지만 지금은 여기저기 볼품없는 명예직으로만 조쌀하게• 얼굴 내미는 형편이고, 역사 뮤지컬이나 연극 연출가로 명성이 드높았던 윤 감독이나 주먹을 불끈 쥔 민중화를 즐겨 그렸던 박 화백, 노래와 춤 재주 많은 케이팝그룹을 두루 양성해 지구촌 곳곳에 한류열풍을 일으켜 들썩이게 한 연예기획사의 반 대표, 이른바 국민배우 소리를 들을 만큼 사랑받는 김가을 씨가 아직 그 넘나는 유명세를 잃지 않고는 있지만, 그들 역시 어느새 환갑 어간을 오르내리는 황혼기에 접어들어 있었다. 그것은 어디까지나 이번 '백두프로젝트'의 취지와 본질에 충실하고자 하는 의미로 해석해야 하리라. 앞으로 새로 만들어질 국가상징 작업에 대한 마중물 역할, 바로 그것이 우리 자문단이 맡아야 할 소임이었기 때문이다. 일단 아무런 전제조건 없이 '아무 말이나 가리새 없이 지껄여 보자'는 것이었다. 그 다음에 다시 알차고 흠 없는 전문가들로 실무팀이 꾸려지고, 거기에서 나온 최종 기획안으로 남북 인민들의 의견을 수렴, 결정한다는 셈속을 은밀히 갖고 있었다.

그것은 철저한 기밀 사항이었다. 우리는 서울을 출발하기 전부터, 아니 어떤 기관에 의해 자문위원으로 쥐도 새도 모르게 선정될 때부터 아주 별나게 주의와 학습을 받았다. ─ 우리의 활동 사실이 절대 밖으로 새어 나가선 안 됩니다. 그것이 당국에서 두 번 세 번 되풀이 받아

• 너볏하다: 몸가짐이나 행동이 번듯하고 의젓하다.
• 조쌀하다: 늙었어도 얼굴이 깨끗하고 맵시 있다.

온 당조짐●이었다. 그에 따라 우리는 그 기밀을 확실히 지키겠다는 서
약서까지 작성해 놓고 온 처지였다. 그렇게 해서 꾸려진 구성원이 남
북 일곱 명씩 모두 열네 명, 거기에 또 한 명씩의 담당 진행요원을 합
쳐 모두 열여섯 명의 자문위원단이 댓바람에 만들어진 것이다.

적당히 허리끈을 풀어놓고 먹을 만큼 가멸하고도● 여유로운 분위기
속에서 점심을 마쳤다. 그리고 우리는 찻잔을 내려놓기 바쁘게 다른
곳으로 자리를 옮겼다. 국무위원장이 자기 참모들로부터 보고받을 때
자주 이용한다는, 꽤나 위엄 있으면서 아늑한 회의실이었다. 이 또한
별난 배려라면 배려였다.

우리는 실내 한가운데의 긴 원형탁자를 사이에 두고 남과 북 양측으
로 너나들이하기 좋게 갈라 앉았다. 진행은 양측 단장이 전면 중앙에
나란히 앉아 공동으로 떠맡기로 했다. 먼저 북측이 입을 열었다.

"북과 남이 이런 자리에 이리 함께 앉고 보니까, 통일이 정말 얼마
남지 않았다는 게 실감 납네다. 통일은 이제 선택이 아니라 우리의 현
실입네다. 불과 팔십여 년 전까지만 해도 우리 민족은 똑같은 국가와
국기 밑에서, 오직 하나의 애국심으로 가열한 독립, 항일운동도 하면
서 똘똘 뭉쳐 살았댔디요. 우리는 원래 하나였다는 얘기올시다. 그런
데 언젠가부터 올림픽 같은 데 북남이 함께 출전하게라도 될라치믄,
그 성격이 애매한 한반도기에 늘쩡이는● 가락의 아리랑을 꼭 불러 젖
혔는데, 이게 영 어색하고 억지스럽더란 말씀이외다. 자, 그러면 곧

● 당조짐: 정신을 차리도록 단단히 단속하고 조임.
● 가멸하다: 재산이나 자원 따위가 넉넉하고 많다.
● 늘쩡이다: 느른한 태도로 쉬엄쉬엄 느리게 행동하다.

바로 본론으로 들어가갔습네다. 오늘의 안건은 국기이니, 양측 국기에 대한 의견을 서로 거리낌 없이 털어놔 보시자구요. 내래 우리 인공기가 천하에 없는 명품이지만서두, 남측에서는 그리 안 보시갔디요?"

"암은, 그렇다고 봐야죠. 태극기든 인공기든 이 시점에선 둘 다 문제가 조금씩 있다고 상정해 놓고, 하나하나 이야기보따리를 풀어 나갑시다. 그러기 위해선 우선으로 필요한 게 나라이름이 아니겠습니까?"

평소 바른말 잘하고 무슨 일이든 거침없기로 소문난 남측 단장이 점잖게 응수하고 나섰다. 그가 계속했다.

"북쪽에서 쓰는 조선이나 남쪽의 대한민국을 배제한, 통일조국의 새 국명부터 먼저 정해야 된다는 뜻입니다. 일찍이 저 피어린 상해임시정부에서도, 또는 8·15 광복 후의 새 정부 출범에서도 가장 중요시했던 게 바로 이 국호였거든요. 따라서 이 국호가 정해져야 그에 따른 국기나 국가도 자연스럽게 만들어질 수 있다고 봅니다. 그땐 조선과 고려, 대한민국을 놓고 서로 경합했는데, 그런 양상은 오늘에 와서도 크게 다르지 않을 거라 믿습니다만."

"요즘 북남 양쪽에서 자주 회자되는 고려가 무난하지 않갔습네까?"

"남쪽에선 그냥 단순한 고려가 아니라, 국제적 가치와 인지도가 훨씬 드높은 코리아를 더 선호하는 경향입니다. 코리아민주연방공화국은 어떻습니까?"

"듣자 듣자 하니까니 너무 하십니다래. 그건 바로 친외세, 반민족의 사대주의 발상입네다. 아무리 그놈의 잘난 세계화에 발맞춘다 하더라도, 국호를 코리아로 삼는다는 건 너무 삐뚜로 나간 거 아닙네까?"

"허, 참. 무슨 제안이든 맘대로, 허심탄회하게 내놓자 해놓고 그리

닦달하시면 안 되지요. 자, 그만들 흥분하시고, 그러면 제가 긴급 절충안을 제시하겠습니다. 국호는 '고려라 쓰고 코리아로 읽는다'가 어떻습니까?"

"허허허, 알았습네다. 국가의 정체성은 여기선 잠시 접어 두고서리, 일단 선생들이 좋아하는 그 잘난 코리아를 포함해서 우리의 고려로 가정해 놓고 일을 해 나갑세다."

"그럼 인공기의 유래부터 우선 들어보지요."

"아, 그러디요. 우리 위대한 공화국기에 대해서는 단장인 제가 직접 말씀드리갔습네다."

그와 동시에 무대 전면 스크린에는 자동으로 인공기와 태극기가 나란히 비쳐 떠올랐다. 토론의 주제로 설정된 앞자리의 인공기가 더 크게 확대되자, 북측 단장이 바투 설명을 이어 나갔다.

"우리 인민은 늘 위대한 혁명과업을 성취하고자 별이 지는 새벽에 일어나 별이 뜨는 초저녁까지, 그저 열심히 로동하는 부지런한 꿀벌들이디요. 그래서 인공기에는 빛나는 별이 최우선으로 들어가 있습네다. 누구나 평등하게 잘사는 공산주의 사회 건설을 저 별은 나타낸다는 말씀입네다. 저 별을 감싼 둥근 흰색 바탕은 고래로 우리 동양정신을 지배해 온 음양사상을, 그리고 인공기의 바탕색인 붉은 폭은 위대한 사회주의를 건설키 위해 가열하게 투쟁하는 혁명정신을 담아냈습네다."

"충분히 납득할 수 있는 의미들이군요. 잘 새겨들었습니다."

남측의 민중화가 박 화백이 받았다. 잠시 뜸을 들인 뒤 살짝 입꼬리를 말아 올린 그가 강동거려● 계속했다.

"그런데 사회주의 나라들 국기엔 무슨 공식처럼 거의 별이 들어가는 게 평소에도 좀 궁금하더군요. 설마 언제나 별이 지고 다시 뜰 때까지 계속 일만 하자는 건 아니겠지요? 더러는 놀고 즐기는 휴식도 필요한 법이니까요."

"우리도 인간입네다. 그저 단순히 일로만 치자면, 각자 부지런히 일하지 않으면 먹고살기 힘든 남조선 인민들보다야 더하갔습네까?"

공소한● 가락으로 노동영웅이 눙쳤다. 여보란 듯 그가 잇는다.

"그래도 서유럽 쪽의 단순한 삼색 깃발들보다야 훨씬 낫디요. 저 프랑스나 독일, 이딸리아 같은 나라들을 한번 보시자우요. 어떻게 하나같이 색깔만 달리하는 삼색들뿐입네까. 뭐, 자유, 평등, 박애가 어쩌느니 하면서 어린애 장난 같은 국기들뿐이니, 그에 비한다면 하늘보다 높은 이상과 혁명정신을 담보하는 우리네 사회주의 별 깃발이야말로, 엄청난 수월성을 자랑하디요."

"자, 체제선전은 이쯤에서 멈추기로 하자우요."

살짝 웃음을 머금은 북측 단장이 자칫 어색해질 분위기를 너울가지 좋게 수습하고 나섰다.

"그러면 이쯤에서 남측의 태극기로 넘어가 봅세다. 우리도 대충 그 유래와 내력에 대해 짐작하고는 있습니다만, 이번 기회에 좀더 자세히 알고 싶구먼요."

"그러시죠. 제가 대충 설명해 보겠습니다."

미리 준비하고 있던 남측 단장이 슴슴하게 입을 열었다. 그와 동시

● 강동거리다: 침착하지 못하고 채신없이 가볍게 행동하다.
● 공소하다: 내용이 별로 없고 짜임이 허술하다.

에 전면 스크린의 태극기가 크게 확대되었다.

"여러분도 잘 아시다시피 태극기에는 세상의 모든 철학이, 우주만물의 질서와 운행법칙이 다 녹아들어 있습니다. 그 문양이나 배치, 생김새도 세계에서 오직 이 태극기 하나뿐입니다. 어느 나라 국기와도 닮지 않았다는 이야기지요. 그 아름다운 회화성이나 심오한 철학성에 있어선 정말 타의 추종을 불허합니다. 그리고 태극기는 우주의 생성 원리와 더불어, 끝없이 새로운 창조와 번영을 희구하는 한민족의 이상을 담고 있습니다. 그 구체적인 내용은 우리 장 변호사께서 자세히 설명하기로 합시다."

"아, 예. 그럼 나머지는 제가 보충해 드리지요."

인물 훤하고 너름새● 좋은 장 변호사가 나섰다.

"여러분도 잘 아시다시피 저 흰색 바탕은 밝음과 순수, 평화를 사랑하는 우리의 민족성이랄까 기질을 그대로 반영합니다. 한가운데 둥근 태극 문양은 음과 양의 조화를 상징하는 것으로, 우주만물이 음양의 상호작용에 의해 생성하고 발전하는 대자연의 섭리를 형상화한 것이지요. 거기에 네 방위를 둘러싼 4괘는 태극의 음양 순환과 호응을 조종하고 통합하는 역할을 합니다. 태극을 돕는 첫 번째 요소인 건乾은 곧 하늘로서 양이 가장 성한 방위에 배치되고, 곤坤은 곧 땅으로서 음이 가장 성한 방위에, 감坎은 곧 음에 뿌리를 박고 자라는 물을 나타내고, 이離는 곧 끝없이 양기를 북돋아 주는 불을 상징합니다. 이 4괘가 태극을 중심으로 통일의 조화를 이루니, 앞으로 우리 남북이 통일되

● 너름새: 너그럽고 시원스럽게 말로 떠벌려서 일을 주선하는 솜씨.

었을 때의 국기로 사용해도, 저는 개인적으로 큰 무리가 없을 것으로 생각합니다."

"아니올시다. 그건 아니 될 이야기디요."

북측의 점잖으면서도 결기 있어 보이는 초로의 인민화가가 나섰다. 그러나 그의 논리는 조금 엉뚱하게 전개되었다.

"남측 단장선생께서는 세계에서 유례를 찾아볼 수 없을 만큼 유일하고 아름답다고 그 높은 회화성을 말씀하셨는데, 저 복잡한 4괘를 북과 남 인민들 중 제대로 그려낼 수 있는 사람이 과연 몇이나 되갔습네까? 게다가 그 의미에 있어서도 너무 현학적입네. 원래 《주역》에서는 자그마치 64괘인 것을, 난짝 네 가지 괘만 골라 갖다 붙여 놓으니 자연 비약이 심해질 수밖에요. 자세히 들여다보믄 꽤나 억지스러운 깃발입네다. 깃발은 모름지기 단순, 명쾌해야디요."

"맞습니다. 누구나 쉽게, 원본을 안 보고도 척척 그려낼 수 있어야지요."

이번에는 새파랗게 젊은 북측의 청년대표가 맞장구치고 나섰다. 건공잡이●인 듯 그의 반박은 더욱 당돌하고도 엉뚱했다.

"그리기도 어려울 뿐만 아니라, 그 생김새는 더욱 가관입니다. 자, 자세히 한번 살펴보시자구요. 저 한가운데의 붉고 푸른색으로 댕강 잘린 둥근 태극은 영락없이 우리네 북과 남을 상징하지 않습니까? 북쪽은 빨강, 남쪽은 파랑, 이 색깔 또한 묘하게 양쪽의 이념과 사상의 분위기에 딱 들어맞는단 말입니다. 마치 북남의 영구분단을 그대로

───────────

● 건공잡이: 허세를 부리는 사람.

상징하는 것처럼. 그리고 저 이상한 4괘라는 것도 우리 조선반도를 둘러싼 4대 강국, 먼 조상 대대로 우리를 줄줄이 괴롭혀 온 저 미국과 중국, 로씨아, 일본을 그냥 빼어다 박았지 않습니까? 그러므로 저 혼란스럽고 복잡한 태극기는 통일조선의 국기로는 결코 적합지 않다고 저는 생각합니다.”

“듣고 보니 그 또한 그럴싸하네!”

여기저기서 동조하는 감탄사가 검불덤불● 터져 나왔다.

양쪽의 국기에 대한 찬반 논란은 그런 식으로 한동안 설왕설래하다가, 해가 설핏 서쪽으로 기울 무렵에야 별 소득 없이 끝났다. 그 사이 그럴듯하게 터져 나온 새로운 대안으로는, 별과 태극문양을 소용돌이치는 현대적 감각으로 적절히 배합한 삼색 국기를 만드는 건 어떻겠느냐, 아니면 우주의 세 구성 요소인 천지인의 삼재사상三才思想, 즉 하늘과 땅, 사람을 철학적 디자인으로 세련되게 그려내면 어떻겠느냐 하는 등의 제안이 그것이었다. 하지만 저마다 하룻밤 더 다잡아 머리 굴려 보자면서 첫날 모임을 마쳤다.

난상토론은 그렇게 별 소득 없이 끝났을지라도 일단 서로가 툭 터놓고 ‘아무 말이나 지껄이는’ 게 통일조국의 상징물을 만드는 데 있어서의 마중물 역할이었지만, 나는 여전히 조금 더 무거운 마음으로 회의장 밖을 나와 가방 속에 가져온 믹스커피부터 찾아 타 마셨다. 그때 마침 살가운 낯빛의 북쪽 인민작가가 내 곁으로 다가왔다. 나는 반겨 믹스커피를 꺼내며 이거 한 잔 하겠느냐고 물었고, 그는 내가 타준 커피

● 검불덤불: 한데 뒤섞이고 엉클어져 갈피를 잡을 수 없이 어수선한 모양.

잔을 받아들면서 발거리• 하듯 말했다.

"이런 회의 백날 만날 춤춰 봐야 결론은 빤하디요. 이 막대커피 맛보다도 훨씬 못합네다."

"그러게 말입니다. 회의라는 게 늘 그렇지요, 뭐."

엉거주춤 되받으면서 내가 계속했다.

"헌데 저도 우리말의 고유성을 잃지 않는 북한의 어문정책을 참 좋아합니다만, 이 믹스커피만큼은 한국식 외래어가 참 괜찮다는 생각이 문득 드는군요. 봉지나 막대기가 아니라 커피와 설탕, 가루크림을 맞춤한 황금비율로 뒤섞고 혼합해 하나로 합일시키는 맛….."

"맞습네다. 저도 전폭 동의합네다. 그리고 이 기막힌 커피 맛도 그렇고. 이런 절묘한 맛을 만들어 내야 하는 게 곧 우리의 지난한 통일작업이디요."

그렇게 우린 낯선 오후 한때의 휴식시간을 한결 거늑하게• 웃으며 함께 누릴 수가 있었다.

삼지연의 속 깊은 아름다움은 어느 한 호수만의 정경만이 아니다. 그림 같은 백두 줄기를 타고 내려온 산자락에 자작나무와 가문비, 사스레나무들로 둘러싸인 그윽한 숲이 끝없이 펼쳐지고, 얼핏 푸른 들판처럼 보이는 지형 위로 가끔 웅장하고 호쾌한 현무암들이 솟아 있어 절경을 이룬다. 그 사이로 세 개의 호수들이 엇비스듬히 들어앉아 있

• 발거리: 남이 못된 일을 꾸미는 것을 다른 사람에게 몰래 알려 주는 일.
• 거늑하다: 부족함이 없어 마음이 아주 느긋하다.

는데, 땅 아래서 솟아오르는 한 호수의 물은 거의 뜨뜻미지근한 온천수에 가깝다. 1호못 가운데는 울긋불긋 단풍 든 작은 섬이 떠 있고, 그 주변의 비바람에 깎인 부석(浮石)들 또한 천태만상이다. 북한 당국이 왜 이 일대를 치열한 항일 밀영이며 우상화의 정석 같은 정일봉, 위대한(?) 혁명 사적지로 꾸미고 가꿨는지, 그 이유를 너끈히 미루어 짐작할 수 있을 듯하였다.

청옥처럼 투명한 호수를 배경에 두고 우람히 선 김일성 대형 동상과 조각 군상 앞을 지나, 나는 잠시 일행과 벗어난 둑길로 접어들었다. 2호못 쪽으로 걸음을 옮기니 호숫가 한 모서리에 아름드리 자작나무 몇 그루가 한눈에 들어왔다. 야, 저기라면 수목장으로는 참 안성맞춤이겠다 싶어 부러운 눈빛으로 발길을 뚝 멈추는데, 어느 결에 나를 따라붙은 한 사내가 있었다.

"선생님은 또 혼자십네까?"

오전 천지 탐방 때 그 찰랑이는 물가에서 불편하게 마주친 요원이었다. 깍두기 머리를 한 사내는 여기 삼지연초대소 경계 업무도 동시에 떠맡고 있는 모양이었다. 매의 눈초리를 지닌 사내는 이번에도 어김없이 내 오른쪽 어깨에 둘러멘 묵직한 가죽가방을 눈여겨 건너다보았다. 나는 짐짓 무덤덤하면서도 얼마쯤 반가운 너울가지로 아는 척했다.

"어이구, 또 만났군요. 아무래도 우린 보통 인연이 아닌가 봅니다."

"그러게 말입네다."

사내도 지지 않고 짧게 응수한다. 그리고 야릇한 실소를 입가에 흘리며 잠시 무슨 상념엔가 잠겼다가 다시 이었다.

"천지에서도 혼자시더니, 여기서도 일행에서 이탈하셨구먼요. 가능하면 일행과 함께 행동하시는 게 좋습네다."

"아, 혼자 생각할 게 좀 있어서요. 새로운 애국가 가사도 떠올릴 겸, 경치가 너무 빼어나 저절로 넋을 놓게 되네요."

나는 공소한 가락으로 대꾸하며 헛웃음을 날렸고, 사내가 다시 받았다.

"백두산을 배경으로 한 작품 구상이 아니었습네까? 전 김 선생님이 경력 많은 소설가이신 걸 잘 알고 있습네다."

"그래요? 어떻게요?"

"일찍이 돌아가신 선생님 부친 고향이 여기서 멀지 않은 혜산진이라는 사실도 알고 있디요. 맞습네까?"

"맞습니다만, 그걸 어떻게?"

당신들 숨은 그물망 정보력이 정말 대단하다고 내뱉진 않았다. 이러다가 나도 모르는 내 비밀신상까지 샅샅이 털릴 수도 있겠다 싶어, 나는 더 이상 사내와 엮이지 않아야겠다고 속다짐했다. 그에게 다정한 눈인사를 흘깃 흘려보내면서도 나는 천천히 2호못 쪽으로 무리 지어 가는 일행을 향해 걸음을 옮겼다. 하지만 사내는 나를 쉬 놓아주지 않았다. 내 옆으로 적당히 거리를 두고 따라붙으면서 살갑게 다시 입을 연다.

"내래 이산가족 설움, 말씀 안 하셔도 잘 알디요. 그럼, 혜산에는 지금 누가 살고 있습네까?"

"이복 누님이 홀어머니랑 살았댔는데, 아무리 수소문해도 찾을 수가 없네요. 지금은, 아무도 없습니다."

"아, 그러시구먼요?"

사내는 허허롭게 웃으며 머뭇머뭇 돌아섰다. 충실한 자신의 직분으로 슬그머니 돌아가려는 몸짓이었다. 나 역시 문득 아쉬운 기분으로 바뀌어, 저만큼 돌아선 사내의 뒷모습을 우두망찰하여 바라보았다. 왠지 붙잡고 있던 알 수 없는 끈이 시나브로 사르르 풀려 나가는 느낌이었다.

맨 처음 백두프로젝트에 참여하게 되었다고 통보받았을 때, 나는 반사적으로 아버지를 우선 떠올렸다. 이미 30년 가까운 세월 저편의 망각 속에 묻혀 있는 당신을 본능처럼 끄집어낸 건, 아마 당신이 돌아가실 때의 긴절한 유언 때문이었으리라.

나를 화장해 다오. 그래야 통일이 되든 고향 쪽으로 옮겨 가기도 한결 쉬울 게다. 거기, 백두산 줄기 어디쯤에 파묻거나 압록강 가에 휙 뿌려 다오.

그랬던 아버지여서 나는 이 절호의 기회를 적절히 활용하고자 에멜무지로● 마음 다잡아먹었던 것이다. 지금껏 시립 납골당에 고이 모셔진 아버지의 유골 한 줌이라도 옮겨 가 백두산 천지에 뿌려 드리는 게 당연한 도리일 것만 같았다. 그래서 몇날며칠 혼자 끙끙 앓으며 얻어낸 결론은, 잿빛 유골의 절반만 아침마다 곧잘 즐겨 먹는 선식 비닐봉투에 미숫가루인 듯 속여 담아 가자는 것이었다. 어렵사리 납골당 유골함을 열었을 때, 당신의 뼛가루는 이미 삭을 대로 삭아 금세 곰팡이가 슬 지경이었다. 그래서 이참에 아예 다 가져가 온전히 이장移葬해 드리면 얼마나 좋을까도 싶었으나, 그건 여러모로 여의치 않을 생억지

● 에멜무지로: 결과를 바라지 아니하고, 헛일하는 셈 치고 시험 삼아 하는 모양.

일이었다. 더욱이나 남북이 자유롭게 오갈 수 있는 날이 곧 눈앞에 전개될 터인데, 그때 정식 절차를 밟아 여보란 듯 당신의 고향 쪽에 모셔도 결코 늦지는(기왕에 늦어도 한참이나 늦었는데) 않을 터였다.

그 아쉬운 차선책으로 선택한 게 바로 절반만의 절충이었거니와, 나중을 도모키 위해 유골의 절반쯤만을 가져가 우리 민족의 영산인 백두 천지에 남몰래 뿌려 드릴 심산이었다. 그랬는데 오늘, 그 초장부터 그만 예기치 않은 부라퀴● 복병을 만나고 말았다.

다음날은 국가國歌에 대한 열띤 설왕설래가 전개되었다.

"우리가 부르는 〈애국가〉는 우선 눈물과 감격의 덩어리지요. 언제 어디서나 이 노래만 나오면 그만 부동자세로 발딱 일어서면서 나라사랑하는 마음이 울컥 솟게 마련입니다."

"그건 우리 조선도 마찬가집네다. '아침은 빛나라 이 강산 / 은금에 자원도 가득한 / 삼천리 아름다운 내 조국 / 반만년 오랜 력사에 / 찬란한 문화로 자라난 / 슬기론 인민의 이 영광 / 몸과 맘 다 바쳐 이 조선 길이 받드세!' … 이 얼마나 씩씩하고 박진감 넘치는 가사이고 곡조입네까? 이 〈아침은 빛나라〉 노래만 나오면 우리 인민들도 하나같이 영생불멸의 혁명정신으로 일떠나 무장하게 됩네다. 그래서 국가는 그저 단순명쾌하게 불리어야디요."

"하지만 그 역사성이나 전통, 사상성에 있어선 남쪽의 애국가를 결코 앞설 수는 없다고 봅니다. 3·1 독립운동 같은 때 여기 북쪽에서도

● 부라퀴: 몹시 야물고 암팡스러운(몸은 작아도 야무지고 다부진 면이 있는) 사람.

다 같이 애국가를 부르지 않았습니까.”

“역사성으로 따지면야 우리 공화국 〈애국가〉를 따를 순 없디요. 남조선 국가는 법적인 보장을 받지 못하지만, 우린 헌법에까지 엄연히 명시돼 있단 말입네다. 아무튼 남조선의 애국가는 도대체가 그 내용이 너무 추상적이고 지리멸렬, 너무 깁네다. 태극기의 4괘도 그려내기 어려운데 이 애국가마저 길고 긴 4절까지 다 외워 불러내는 인민이 대체 얼마나 되갔습네까? 국기나 국가는 그저 누구나 그리기 쉽고 부르기 쉬워야 합네다. 게다가 그 작곡가는 또 진즉부터 친일 문제로 말썽이 많지 않았습네까?”

“물론 그런 적이 있지요. 작곡가 안익태가 독일 유학 중 나치 치하의 베를린에서 만주국 건국 10주년 기념음악회를 지휘했던 건 사실입니다. 대한제국 출신의 스페인인으로, 대한민국 국적을 취득한 적도 없구요.”

“가사를 쓴 윤치호도 친일파가 아니었습네까? 그렇다면 남조선의 애국가는 가사나 작곡에 있어 백 퍼센트 친일파가 만든 노래입네다. 그 가사 속 내용도 문제가 많지요. 남조선 기독교도들은 거의 ‘하느님이 보우하사’를 ‘하나님이 보우하사’로 부른다고 들었습네. 그러면 불도는 부처님으로, 무슬림은 알라로 불러야 하지 않갔습네까? 그래서 아예 특정 종교에 종속되지 않도록 하늘님으로 못박는 게 옳지 않갔습네까?”

“허허허, 별걸 다 알고 계시는군요. 우리도 그와 같은 문제점은 충분히 인식하고 있습니다. 따지고 보면 그 가사 중에서도 가장 걸리는 대목은 4절에 숨어 있지요. ‘이 기상과 이 맘으로 충성을 다하여’나 ‘괴로우나 즐거우나 나라 사랑하세' 같은 것 말입니다. 이는 그토록 우리 국민을 괴롭혔던 군사 독재정권의 파시즘을 옹호하는 의미로도 읽히니까요. 하지만 애국가를 무조건 친일적으로 보는 건 어폐가 좀 있습니다. 안익태 전에도 이 노래가 곡조를 달리해 불렸고, 가사자도 윤치호 한 개인으로만 국한돼 있지 않으니까요. 여러 선각자들 손을 거쳐 수정 보완되면서 오늘날의 애국가가 만들어졌습니다. 1896년의 독립문 정초식에서 배재 학생들에 의해 〈올드 랭 사인〉 곡조에 맞춰 작자 미상의 이 노래가 불리어진 게 최초인데, 일제 말기의 1941년 광복군 결성식에서 불린 걸 계기로, 해외 독립지사들의 귀국에 따라 본격적인 애국가 보급이 이루어졌다고 봅니다."

"아무리 그렇더라도 애국가의 친일 논란은 심각한 문제가 아닐 수 없습네다."

"남쪽에서도 일찍이 새로운 애국가 제정 문제가 대두된 적이 있습니다. 그때 백범 선생이 뭐라 일갈하신 줄 아십니까? '우리가 삼일운동을 무엇으로 했는가. 일본과 관계 깊은 태극기, 독립선언서, 애국가로 했는데, 이제 와서 애국가 작사자가 왜 문제인가!'였어요. 하찮은 곁가지로 본질을 덮지 말라는 거였지요."

"그때는 그때고 지금은 지금입네다. 아니, 우린 지금 통일조선의 미래를 얘기하고 있습네다. 애매하고 추상적인 가사보다는 자유와 평등, 인간 존엄성의 가치를 담은 진취적인 내용으로 바꾸고, 무미건조한 곡조도 우리의 '아침은 빛나라'처럼 씩씩하고 경쾌한 행진곡풍으로 만들어야 합네다."

"만약 누구나 쉽게, 그러면서 대중 취향의 애정을 갖고 부를 수 있는 애국가 후보곡을 고르라면 저는 남쪽 가요인 〈아름다운 강산〉이나 〈아침이슬〉을 대안으로 제시하고 싶습니다. 남쪽에서 아주 사랑받는 가수들이 저 엄혹한 군사독재 시절에 불렀는데, 지금도 여전히 조국찬가처럼, 경쾌한 응원가나 혁명가처럼 뜨겁게 불리니까요."

"우리의 〈휘파람〉이나 〈반갑습니다〉처럼 말이디요? 딴은 그런 방법도 괜찮을 것 같기는 허구먼요."

한바탕 가벼운 웃음판이 일었다. 중구난방의 토론은 두서없이 더 계속되었는데, 여기에서 어렵사리 내려진 결론은 남북의 전체 인민을 상대로 한 공개모집이 가장 합당하고 적절하겠다는 것이었다. 일단 위대한 통일조국의 국기든 애국가든, 그 바탕이 되는 가사와 기본 디자인을 그렇게 모아 보자는 방안이었다. 그렇게 범민족적으로 공모된 것을 다시 남북의 전문가들이 모여 완성도 높게 최종 작업하자는 게 뒤늦게 쏟아져 나온 빤한 대책이었는데, 참석자들은 쉽게 그에 동의했다. 조금은 싱거운 결론이었고, 처음부터 누구나 예단해 온 상투어린 결과이기도 했다.

오후에는 삼지연 시내로 나가 바람을 쐬었다.

나는 어느 기념품 가게 앞에 이르렀을 때 저만큼 떨어져 어슬렁거리는 비밀요원 강형철을 손짓으로 불렀다. 우린 벌써 명함을 서로 주고받을 만큼 가까워져 있어서, 내일 아침 떠나기 전 그이에게 작은 선물이라도 미리 안겨 주고 싶어서였다. 당신한테, 아니면 당신 아이한테 뭔가 기념이 될 만한 걸 건네고 싶다고 말하자, 그는 단박에 손사래부터 치고 나왔다.

"일없습네다. 절대 그런 거 못 받게 돼 있습네다."

"아니, 아무리 그래도 ….."

"나중에 서울 가믄, 그때 가서 맛있는 남쪽 음식이나 좀 사주시라요."

"아, 그래요, 그럼. 꼭 서울서 다시 만납시다."

우리가 평양이나 백두산을 간절한 그리움으로 찾고 싶듯이, 이들도 영락없이 그렇구나 싶어 잠시 가슴이 찡했다. 겸연쩍게 돌아서려던 강형철이 주변에 다른 사람이 없다는 걸 확인하고 나서 얼른 속삭였다.

"이따가 숙소로 돌아가시면, 해질 무렵 어제 만났던 1호못 동상 근처로 나오시라요. 그 가방을 메고."

" …… ?!"

나는 그의 뼈진● 말뜻을 이내 간파하고 나서 어리벙벙 고개를 끄덕였다.

그 해질 무렵 헝그럽게● 산책하는 모양새로 약속 장소에 갔더니, 강형철 역시 아무렇지 않은 행동거지로 어슬렁거리며 어제 내가 앉아 호수 맞은편 자작나무 숲을 바라보았던 2호못 쪽으로 나를 유도했다. 우리만의 한적한 분위기를 확보하자 그가 서둘러 말했다.

"아버님 유골을 꼭 천지에 뿌리셔야갔습네까? 우린 여기 삼지연도 민족의 성지로 여깁네다. 똑같은 백두산입네다."

" …… ?"

"일단 가방 속 미숫가루를 빨리 꺼내십시오. 그리고 반드시 천지에 뿌리셔야 한다면 저한테 맡기시고, 선생님 손으로 직접 뿌리셔야 한

● 뼈지다: 겉으로는 무른 것 같으나 속은 옹골차고 단단하다.
● 헝그럽다: 동작이나 태도가 여유가 있다.

다면 지금 여기서, 손 씻는 척 저 호숫가로 내려가 바로 뿌리십시오. 빨리 결단하십시오."

"고맙습니다. 여, 여기서 제가 손수 뿌리지요."

나는 망설임 없이 강형철의 호의를 뜨겁게 받아들이기로 작심했다. 그리고 쫓기듯 약간 경사진 물가로 내려가 가방을 열었다. 그래, 여기도 백두산이야. 천지나 다름없는 화산 연못의 성지이고말고!

천지는 비록 보이지 않지만, 그곳으로 이어지는 좁고 가파른 비탈길이 구절양장처럼 눈앞에 어른거렸다. 아버지의 유골을 움켜쥐고 흩뿌리는 손길은 마치 허공으로 떠오르는 감각인 듯 중심을 제대로 잡기가 어려웠다. 하늘을 가린 숲 사이로 우렁찬 폭포소리가 멀리서 들려온다. 천지의 푸른 물이 지하로 스며들어 계곡을 타고 흘러내리다 문득 세 갈래로 못을 이루어 멈춘다. 나는 거기에 아버지의 삭은 유골을 흩뿌린 다음 속삭이듯 중얼거렸다.

아버님, 이 하늘연못에서 부디 편히 쉬십시오.

그리고 아무 일도 일어나지 않은 것처럼 자리를 훌훌 털고 일어났다. 하지만 고마움의 악수를 나누기 위해 움켜잡은 강형철의 손은, 식은땀을 흘리고 난 뒤끝인지 녹녹히 젖어 있었다. 나는 비로소 안도의 숨을 내쉬며 가까운 나무 밑 등의자 쪽으로 그를 이끌었다. 그리고 미리 가방 안에 준비해 온 작은 휴대용 보온병을 꺼내어, 물감 번지듯 김이 피어오르는 두 잔의 따뜻한 믹스커피를 탔다.

무서운 꽃비

2032년, 코리아민주연방공화국

욕실 타일 바닥이 쩌억 금이 간다. 그리고 수많은 개미 떼의 행렬. 언
제 어디로 해서 이 욕실에까지 저 수많은 개미들이 기어 들어왔단 말
인가. 나는 거의 경악에 가까운 소리를 내지르고 말았다.

"아니, 이게 뭐야? 이거, 왜 이래!"

두어 차례 하늘과 땅이 뒤엎어지듯 세차게 흔들리고 난 뒤끝, 너무
나 순식간에 일어난 일들이었다. 소나기로 쏟아지던 샤워기마저 다
누어 버린 오줌줄기처럼 똑, 똑, 똑 방울져 잦아들고 말아, 나는 마른
수건으로 물에 젖은 몸 닦을 겨를도 없이 문 밖을 향해 소리쳤다.

"여보, 어디 있어? 이게 무슨 일이지?"

"어, 어, 어, 어….."

끙끙 앓는 신음 같기도 하고, 뭔가 절박한 위기 속에서 애타게 구조
를 손짓하는 신호 같기도 한 웅얼거림이, 아내의 대답 대신 들려왔다.

거대한 물너울에 휩쓸린 듯한 어지러움이 다시 한 번 나를 요동쳐 흔들고 지나갔다. 어디선가 우지끈, 고목이 쓰러지는 소리가 들렸고, 곧이어 천둥, 번개 치듯 고압선 변압기 터지는 폭음도 불나게 뒤따랐다. 그와 동시에 집 안팎의 전깃불이 일시에 확 나가 버린 것도 물론이다.

황망히 팬티를 꿰어 걸친 나는 화들짝 문을 열고 용수철처럼 거실로 뛰쳐나갔다. 아닌 게 아니라, 베란다 앞에 기우뚱 널브러진 아내는 뒤틀린 문짝 모서리를 붙잡고 일어나려 한창 낑낑대는 중이었다. 새파랗게 질린 얼굴로 힘들여 나를 돌아다본 아내가 물었다.

"방금 전 뭔가 엄청난 게 나를, 우리 집을 뒤흔들고 지나갔는데, 그게 뭐지, 여보? 이 문짝을, 땅바닥을 가르면서, 거리 전봇대 변압기를 터트리면서 용처럼 지나간 게 뭐지?"

아내는 도무지 현실로서는 믿기지 않는다는 표정으로 어렵사리 중심 잡아 기우뚱 일어섰다. 이리저리 허둥대던 나는 생게망게 외쳤다.

"지진이야!"

"지, 지진?"

"그래, 지진이야. 헌데 미나는 어떻게 된 거야? 그 앤 지금 어디 있는 거야?"

그리고 나는 반사적으로 2층 계단 쪽을 향해 또 소리쳤다.

"미나야, 미나야, 김미나!"

"네, 아버님. 저 여기 있어요."

미나는 하늘대는 잠옷 바람인 채, 아직 잠이 덜 깬, 개맹이 없는 얼굴을 내밀었다. 내 뜬금없는 호들갑에 놀라 금방 잠에서 깬 모양이었다. 그네가 변명하듯 다시 잇는다.

"새벽까지 전시회 준비하느라, 수면유도제 반 알 먹고 늦게 잠들었거든요. 근데, 아버님. 무슨 안 좋은 일 있었나요? 뭔가 꿈틀, 움직이고 지나간 것 같았는데, 꿈이 아니었나요?"

"허, 이런 태평! 지진이야!"

나는 여전히 뜨악한 며느리의 굼뜬 행동거지가 한심했지만, 언제 그걸 탓하고 말고 할 겨를이 없었다. 얼른 손목을 낚아채 식탁 아래를 가리켰다.

"지진이, 더 큰 놈이, 더 무서운 진짜 지진이 또 닥쳐올지 모르니까, 어서 이 밑으로 들어가 있으라구. 당신도 빨리, 어서, 미나와 함께!"

"아니, 식탁 밑에 있다가 지붕이 폭삭 무너지면 어떡해? 집 바깥이 더 안전하지 않을까, 여보?"

"그런가? 그, 그럼, 집 밖으로 나갈까?"

우리는 거의 넋이 나간 듯 우왕좌왕이었다. 아무리 그래도, 지금 당장 지구의 종말이 온다 할지라도, 겨우 팬티나 잠옷만을 걸친 반 벌거숭이 꼴만은 피해 줘야 할 터였다. 그래서 우리 세 가족은 저마다 서둘러 주섬주섬 보이는 대로의 겉옷가지를 바꿔 입고, 서로의 손목을 그러쥔 채 현관 밖으로 허전허전 달려 나갔다. 집에서 2킬로미터쯤 떨어진 지하철 역사의 지하 대피소로 찾아갈 작정이었다. 그 옆에는 또 단골이다시피 즐겨 다니는 대형 마트까지 잇대어져 있어서, 비상시의 피난처로는 여러모로 안성맞춤일 것 같았다. 미나는 내동 영문 몰라 하는 어리벙벙한 얼굴로 두리번거리며 말했다.

"이런 때일수록 침착해야 돼요, 아버님. 마트에 가서 짐 실으려면, 차를 가져가야 하지 않을까요?"

"아니다, 우리 말고도 전부 차 끌고 나올 텐데, 그러면 오히려 꼼짝 못하고 길에 갇힌다. 가까운 거리이니, 빨리 뛰어가자."

"아, 그러겠네요. 제 손 잡으세요, 어머님!"

미나는 재빨리 착한 며느리의 자리로 돌아가 자기 시어머니 손을 잡고 앞차게 발걸음을 재우친다. 한 차례의 여진이 또 용갈이 하듯 어지러이 땅을 흔들어대고 지나갔다.

길거리는 이미 아수라장이었다. 혼비백산 놀라 뛰쳐나온 사람과 차량들로 넘쳐 났는데, 그중에서도 가장 갈 길이 바쁜 불자동차와 병원 응급차, 한전시설 복구차량들까지 한데 뒤엉켜, 그들이 내지르는 새된 경적이 산지사방을 뒤흔들었다. 미리 예상했던 대로 도로 자체가 주차장으로 변해 버린 것 같았다. 우리는 차를 끌고 나오지 않은 걸 다행으로 여기면서 전철역 쪽으로 내달렸다.

"내, 이럴 줄 알았어. 이럴 줄. 오늘 같은 날이 올 줄, 내 진즉에 교회에서 알아보았다구."

무릎 관절이 안 좋은 아내는 한쪽 다리를 절뚝거리며 무슨 주문처럼 연신 혼자 중얼거리기에 바빴고, 미나는 자기 남편 걱정하기에 바빴다.

"베이징에 출장 간 경이 씨는 괜찮겠죠? 거긴 지진 안 났겠죠?"

아닌 게 아니라 사흘 전 백두산과 중국 쪽 조짐이 이상하다면서 평양을 경유, 베이징까지 다녀오겠다고 부랴부랴 집 떠났던 경이가 아까부터 마음에 걸렸었다. 런던에 본사를 둔 UPC통신 서울지국 사진기자로서, 사건사고가 나는 곳이면 동북아 어느 지역이든 물불 안 가리고 달려가야 하는 아들의 직업정신임에랴.

"그럼, 그럼. 갸 있는 곳은 아무 일 없을 게야."

며느리 듣기 좋으라고 그리 쉽게 내뱉으면서도, 내 속은 적이 물색 없이 불안했다. 폭발 조짐을 보이는 백두산과 민주화 운동이 활화산 같은 중국이 모두 이즈음의 불의 고리만큼 뜨겁고 위험한 현장이어서 였다.

전철역 근처에 이르자마자 다리 불편한 아내는 어느새 미나를 이끌 고, 지상의 역 광장까지 뱀처럼 길게 늘어진 대열 맨 뒤로 합류했다. 어느 문어발재벌 계열의 대형마트로 비상물품 사러 들어가는 대열이 었다. 나도 아내 뒤, 미나 뒤에 엉거주춤 따라붙으며 말했다.

"잠깐 스치고 지나간 지진 때문에, 우리마저 이 난리를 피워야 되 남?"

"또 올지도 모르잖아요!"

"암튼, 우리도 의식 수준이 꽤 높아지긴 했군. 이런 비상시에 줄서 기까지 다 하고."

"구입량도 다 정해졌대요. 품목은 많아도 상관없지만, 그 양은 뭐든 1인 1개씩. 그러니까 당신도 이 줄에서 이탈하지 말아요."

"허, 참. 자라 보고 놀란 가슴 솥뚜껑만 봐도 자빠진다더니!"

찌는 무더위와 여진에의 공포에 시달린 나는 여전히 온몸 적시는 비 지땀 훔쳐내기에 여념 없는데, 그렇게 가만히 서 있어도 대기 행렬은 자연스레 안으로 쓸려 들어갔다. 미나는 어느새 제 남편 안위 걱정 대 신 당장의 짜증으로 돌아와 있다.

"날씨가 왜 이리 더울까요, 아버님? 숨을 못 쉴 것 같아요."

"며느리가 일본인인가 보죠? 귀엽네."

뒷자리의 너울가지 좋은 나이든 아주머니가 고른 치아를 내보이며 알은체했고, 나는 무람없이 대답했다.

"아뇨, 어엿한 한국인입니다. 김미나!"

"아, 귀화했군요? 잘하셨어요. 예쁘고 착한 며느리 같아요."

아주머니도 지지 않고 맞받아 준다. 나이 사십 중반의 미나가 아직도 귀엽고 예쁘다는 찬사를 듣는 건, 아무래도 그네 특유의 해맑은 성격과 맨드리,• 깔끔한 몸매 관리 탓이리라. 황망히 집 나설 때 그 두서없는 와중에도 나비무늬 박힌 하늘색 원피스에 날렵한 운동모 눌러쓴 차림새로 나선 것만 봐도, 그 철저함을 쉬 미루어 짐작할 수 있을 터. 웃을 때 살짝 드러나는 보조개와 덧니를 통해 뒷자리 아주머니 또한 숨길 수 없는 일본 여자 분위기를 더덜없이 전해 받았을 것이다. 아이를 못 낳은 불임의 원인이 다름 아닌 자신한테 있음에도, 그네는 전혀 식구들한테 미안해하거나 부끄러워하지 않은 채 자기 갈 길 넘나게 갈 따름이거니와, 그 또한 여태껏 싱그럽게 젊음을 건사하고 세상 편히 살아가는 비결이라면 비결이겠다. 세 해 전 봄 미나는 한국에 오자마자 귀화부터 서둘렀는데, 미리감치 준비해 왔던 그네는 어엿한 한국인이 되기 무섭게 현지인으로서의 새사람 적응에 몰두, 어느새 관할 문화원의 전시실을 빌려 유화전시회를 열 만큼 문문히 발전해 왔다. 경이를 맨 처음 만날 무렵엔 자나 깨나 사진에만 감빨려 있는 것 같더니, 그동안 이런저런 일자리를 전전하면서도 미나는 엉뚱하다 싶을 만큼 그림을 그린다, 사진도 찍고 시를 쓴다 하면서 분야마다 그런 대

• 맨드리: 옷을 입고 매만진 맵시.

로의 재능을 뽐내는 것 같았다. 사람이 크게 성공하려면 어느 한 가지를 끈질기게 물고 늘어져 곰파야 하는 법이지만, 그럼에도 이것저것 재주 많아 보이는 며느리의 감성이 나는 그냥 좋았다. 그런 미나가 문득 생각난 듯 묻는다.

"전시회가 일주일밖에 안 남았는데, 괜찮겠죠, 아버님?"

"글쎄다, 이 한증막 같은 날씨가, 왠지 안 좋은 예감을 주는구나."

"정말, 하늘이 미쳤어요."

며느리의 푸념 섞인 넋두리는 하나도 틀려 보이지 않았다.

이즈음 들어서의 귀살쩍은 기상이변만 해도 진정 불유쾌하고도 불길한 상념을 절로 불러일으키기에 충분했다. 꽃 피고 새 우짖는 봄과 가을은 어느 사이 온데간데없어지고, 오로지 긴 여름과 겨울의 두 계절만으로 좁혀진 것도 요상한데, 올 여름의 장마는 유난히도 일찍 시작돼, 일단 퍼부었다 하면 으레 폭우요, 대홍수였다. 그런데 그 긴 장마 끝나기 바쁘게, 이번에는 실로 무서우리만큼 끔찍한 초가을 무더위가 찾아든 것이다.

사람들은 너나없이 아우성쳤다.

이거, 불의 심판이 다가온 게 틀림없어!

목욕탕의 뜨거운 물이나 자신의 몸 속 체온쯤의, 섭씨 37도를 오르내리는 가마솥 폭염에 사람들은 헉헉 숨을 몰아쉬면서, 속절없이 쓰러지거나 누군가를 목 조르고 싶은 충동에 사로잡혔다. 일사병으로 죽어 넘어진 사람만도 벌써 수백 명에 이른다고 했다. 한여름도 지났는데, 살인 무더위로 죽어 나자빠진 목숨은 단지 사람들만이 아니었다. 안 그래도 긴 장마에 축축 늘어져 짓뭉개어진 농작물은, 이번엔

정반대의 불볕에 사그랑이 말라비틀어지고 뿌리째 녹아 없어졌다. 소나 돼지 등의 가축들 또한 지난 구제역 때의 떼거리 생매장 못지않은 살풍경으로, 지레 목말라 죽거나 기진맥진 병들어 죽어 갔다.

사람들은 놀라 두리번거리며 말했다.

정말 말세가 가까워졌나 보다. 모든 동식물을 불로 태워 죽이면 우린 앞으로 뭘 먹고 살지?

저 이글거리는 태양이 폭발해 버리면 어쩌지? 온 땅덩이가 희한한 기상이변에 휩쓸려 허덕이는 걸 보면, 땅 밑에선 지금 멸망의 불덩이가 지글지글 끓고 있는 게 분명해!

사실이 그런지도 몰랐다. 조금 과장된 표현일지 모르나, 이즈음의 미국 쪽 사정만 눈여겨보더라도 보통 사나운 게 아니었다. 불의 토네이도와 합세한 거대한 모래폭풍이 드넓은 밀밭, 옥수수밭은 물론, 기름이 펑펑 터져 나오던 유전지대까지 초토화시켜, 떼거리 인명 피해와 농지 황폐화는 물론이고, 원유 생산마저 싹둑 막아 버렸다고 했다. 거기에 우리보다 훨씬 더 뜨거운 불볕 폭염이 한 달 이상이나 미국 전역을 뒤덮어, 대부분의 경제활동이 멈춘 상태이다. 안 그래도 천문학적 나라 빚에 숨통이 막혀 국가부도에 허덕이고 있는데, 울창했던 서부 쪽 밀림 숲들은 쏟아지는 불볕에 절로 불이 붙어 사방으로 지글거리며 타들어 갔다. 살갗이 타고 숨 막혀 죽은 사람이나 가축의 숫자를 일일이 헤아릴 수 없을 정도라 했다.

그래서 그들은 진정 간절한 염원으로 애꿎은 하늘만을 눈이 빠져라 쳐다보았다.

오, 주여, 빗줄기여, 하고 빌고 또 빌어대는 사람들은 비단 콧대 높은 미국인한테만 해당되는 게 아니었다. 그동안 오랜 가뭄으로 쩍쩍 강물이 말라 버린 아프리카나 중동 쪽은 말할 것도 없거니와, 온 땅이 살걸음●의 사막화로 내치닫고 있는 중앙아시아 일대도 애타게, 목 빠지게 비를 기다리는 건 마찬가지였다.

세 식구가 땀 흘려 줄서서 사온 생수와 양초, 라면, 휴대용 밥, 이런저런 통조림, 종이팩 우유, 과자, 손전등 따위를 한 가득 안고 집으로 돌아왔을 때, 그 진가는 곧 낫잡아 드러났다. 전기가 들어오지 않는 집 안에서의 생활은 과연 어둑발●의 답답함 그 자체였는데, 그나마 어렵사리 구입한 비상식량의 존재만으로도 우리는 이드거니 배부를 수 있었던 것이다.

사정이 이러함에도 전기 없는 생활은 정녕 까막별● 같은 불편의 연속이었다. 끊어진 전기가 언제 들어오느냐고 한전에 부리나케 전화를 넣었지만, 똑같은 항의성 문의가 빗발치는지 그쪽으로의 전화 연결은 아예 먹통이었다.

불과 반나절이 지났을 뿐인 냉장고 안은 벌써부터 예사롭지가 않았다. 혹혹 찌는 무더위의 바깥 열기 탓인지, 김치 따위의 발효식품에선 이미 시큼털털한 냄새가 나기 시작했으며, 내면 여기저기에서 작은 기포들이 소름처럼 송송 돋아 나왔다.

그보다도 더 가슴 답답한 노릇은 모든 전자제품이 다 함께 숨을 멈

● 살걸음: 화살이 날아가는 속도.
● 어둑발: 사물을 뚜렷이 분간할 수 없을 만큼 어두운 빛살.
● 까막별: 빛을 내지 않는 별.

쳐 버렸다는 데 있었다. 시원한 선풍기와 에어컨은 물론, 텔레비전이나 라디오, 전기밥솥, 세탁기, 청소기, 컴퓨터, 집전화기…. 문명 세계와의 완벽한 단절이었다. 집 안팎 문들은 다 활활 열어 놓고 다빡거리며 부채질하던 아내가 내뱉었다.

"전쟁 끝내기 정말 간단하겠네. 원자력발전소를 포함한, 발전소란 발전소는 모조리 골라가면서 집중 폭격하면!"

"암은, 그러면 꿩 먹고 알 먹는 격이지. 원자력발전소를 폭격하면 원자폭탄 따로 떨어뜨리지 않아도 그만한 효과를 톡톡히 맛보면서, 어둠에 갇힌 사람들 숨통을 동시에 조일 수 있으니까."

나도 할랑할랑 부채질하면서 맞장구쳤다. 그리고 저 푸른 어린 날, 전깃불 없이도 충분히 느긋할 수 있었던 때를 아득한 그리움으로 떠올렸다. 잔뜩 그을음이 낀 정주간에서 끼니때마다 일일이 아궁이 연기 쐬고 불 지펴 가마솥에 더운밥 지어먹으면서도 아무런 불편함을 몰랐고, 석유냄새 폴폴 풍기는 호롱불 밑에서도 어둠이 어둠인 줄 모른 채 책을 읽었다. 항아리나 오지그릇에 보관해도 상하지 않을 장醬이나 젓갈, 밑반찬 따위 외에는 그때그때 식구들이 먹을 만큼씩만 조리해 오히려 요즘보다 더 신선하고 건강한 자연식을 섭취할 수 있었으며, 그러고도 남는 음식이나 식재료는 함지박 가득 찬 샘물 채워 놓고, 거기에 그것들이 담긴 들통들을 둥둥 띄워 놓거나 졸졸졸 흐르는 개울 한 귀퉁이에 그냥 슬쩍 담가 두어도, 꽉 막힌 무산소 냉장고 같은 건 전혀 쓸 필요가 없었다.

어디 그뿐인가.

찌는 듯 무더운 한여름이면 시원한 대청마루, 혹은 원두막에 나가

반 벌거숭이로 달고 시원한 수박 깎아먹으며 부채질하고, 시리도록 찬 물에 등목하거나 마을 뒤 숨은 계곡, 혹은 넘실대는 바닷물에 첨벙 뛰어들면 그것으로 그만이었다. 듣고 싶지 않은데 들리는 바깥세상 이야기는 찍찍거리는 휴대용 라디오 한 대면 충분했고, 그것마저 없던 그전 시대에는 그냥 아무것도 듣지 않고도 정겨운 육필 편지 나누면서 심심치 않게 한평생 곰살궂게 살아 냈다.

그때 내 손전화기가 몸부림치듯 울렸다. 로스앤젤레스에 사는 율이었다. 뉴스 통해 급한 한국 사달을 알았는지, 딸내미는 다짜고짜 안부부터 묻는다.

"아빠, 괜찮아요? 거기 지진 났다는데, 별일 없는 거예요? 어느 정도예요?"

"죽지 않고 살았으니, 이렇게 전화 받고 있잖느냐. 아무렇지 않으니 걱정 말고, 거긴 어떠냐? 너 사는 데가 불의 고리 한복판이라서, 우린 늘 니 걱정이다."

"여긴 아직 …. 로스앤젤레스가 바닷물에 잠긴다는 말은 뭐 어제오늘 일인가요? 별의별 천재지변이 다 일어나는 미국 땅이라, 그저 그러려니 하고 사는 거죠."

"니 애인은 잘 있고? 연구교수 된 지가 언젠데, 아직 결혼 소식이 없는 거냐?"

"아버진 또 그 소리, 그것도 걱정 마시라구요. 우리 일은 우리가 알아서 할 테니까. 그보다도 다음 달이면 제 영문소설이 책으로 출간돼 나와요."

"그래? 야, 축하한다, 축하해. 우리 딸내미가 드디어 해냈구나. 무슨 이야긴데?"

"한국 도깨비들 얘기예요. 무당, 스님, 군인들도 나오고⋯."

"뭔지는 모르지만, 일단 판타지로 느껴지는구나."

"맞아요, 재미없는 판타지. 너무 기대하진 마세요."

"그래도 난 재미있게, 영한사전 옆에 두고 읽으련다. 한국 오면 출판기념회 열어 줄게."

"고마워요, 아빠. 그때 전격적으로 제 결혼 발표할지 몰라요. 호호."

"그럼, 그럼. 아무리 독신이 유행인 시대라지만, 사람살이는 그저 뭐니 뭐니 해도 먼저 가정을 이루고 봐야지!"

"알았어요, 아버지. 엄마나 바꿔 주세요."

"남은 생 여한은 없다만, 손주 녀석 하나 안아 보지 못하고 이대로 죽는 건, 암만해도 억울할 것 같다."

일찍이 결혼한 아들한테 할 소리를, 아직 시집 안 간 사십 중반의 노처녀 딸내미한테 하소연하듯 털어놓은 게 스스로도 겸연쩍었지만, 나는 자신도 모르게 그런 주책을 불뚱이 떨어대고 말았다. 잔뜩 모들 뜨기 눈을 흘기며 전화기를 넘겨받은 아내가, 암튼 올해는 넘기지 말라고 나처럼 또 뭐라 잔소리를 늘어놓는다. 그래서 율이는 번번이 부모한테 전화하기를 꺼리고, 가능한 한 빨리 끊으려 하는 것이리라. 지금도 통화를 끝내고 싶어 하는지, 아내는 곧 며느리를 부른다. 아래층에서 국제통화하는 기척을 듣고 조르르 층계 밟아 내려와 있던 미나가 전화를 바꿔 받았다.

"율이? 오랜만이네? 결혼은 가고 싶을 때 가는 거지 뭐. 난 율이가 부러워."

　시누이나 올케라는 개념 없이, 미나는 예전 젊을 때 호칭 그대로 발 만스럽게 불러 대면서 시시덕거린다. 그리고 미나는 시누이와의 통화 끝나기 바쁘게, 곧바로 자기 손전화로 중국의 남편을 불러댔다. 불의의 지진까지 된방망이●로 겪은 노부모한테, 그것도 먼 데 사는 율이보다 먼저 안부전화하지 않은 남편이 지레 민망한 모양이었다.

　몇 번을 시도한 끝에 경이가 나왔다. 그쪽 사정 역시 뭔가 감사납게 굴러가는 것 같았다.

　"전 지금 압록강 철교를 건넜어요. 평양에선 도저히 백두산 접근이 어렵기 때문에, 중국 쪽으로 우회해 돌아가 보려구요. 베이징에서도 뜨거운 민주화 바람이 불고 있어서, 아예 백두산은 포기할지도 모르겠네요. 암튼 여러 조짐이 심상치 않으니, 그쪽에서도 만약의 사태에 철저히 대비하셔야겠어요."

　"조짐이 안 좋다면, 백두산 폭발 같은 것?"

　"예, 여긴 지금 천재지변 두루 초비상이에요."

　잠깐 호흡을 가다듬고 난 경이가 다시 말했다.

　"그러니까 아버지, 만약의 경우에 대비해서, 어머니랑 미나 데리고 당분간 샘골로 피신하시는 게 어떨까요?"

　"안 그래도 거길 생각하던 중이었다. 여기선 도무지 숨이 막혀서 …. 그래, 식구들하고 잘 상의해 보마."

　"예, 이만 끊을게요. 숙소 잡히는 대로 다시 전화 드릴게요."

───────────

● 된방망이: 몹시 세게 때리는 매.

그리고 경이와의 통화는 불안스레 툭 끝났다. 나는 내친김에 아내한테 다짐받고자 말을 꺼낸다.

"시골 내려가는 거, 당신도 이제 동의할 수 있겠지?"

"또 그 소리예요?"

"거기 가면 전기가 나가도 아무 불편 없이 살 수 있고, 수돗물 끊겨도 그보다 훨씬 깨끗하고 순수한 생수를 맘껏 마실 수가 있잖아. 이리 숨 막힌 도시공해에서 훌쩍 벗어날 수도 있고. 난 아예 거기 가서 살았으면 싶어."

"별장으로라면 모를까, 난 아냐."

"이제 늙어 가는 우리만 오늘 내일 하는데, 더 이상 망설일 게 뭐 있어?"

수년 전 강원도 최북단 산골에 마련해 둔 빈집을 두고 이르는 말이었다. 아버지 고향인 북한과 조금이라도 더 가까운 땅에 장만한 폐가였다. 어느 해던가, 금강산 여행이 사달 없이 자유로울 때, 이 길목을 오가던 나는 문득 살아생전의 아버지 소원(죽은 다음에라도 꼭 고향땅에 묻히고 싶어 한)을 떠올리고, 그리고 묘하게 북한과 인접한 이곳에 마음이 끌려, 간성읍에서도 한참 더 들어간 그 오지를 냉큼 찾아들었던 것이다.

거의 방치되다시피 한 폐가일망정 동네 소개꾼의 도움 받아 작은 너와집을 구입해 놓고 보니, 나는 그렇게나 아퀴 짓듯 뿌듯할 수가 없었다. 설사 아내가 섣불리 동의하지 않는 나 혼자만의 거처라 할지라도, 산과 바다의 정취를 동시에 즐길 수 있는 한적한 산골 숲속에서 맘껏 책 읽고 글 쓰고, 작은 채마밭까지 운동 삼아 가꿀 수 있는 오달진• 조건임에랴. 지진 터진 오늘따라 내 눈비음•이 한결 유난스럽고도 긴절했던지, 아내는 못 이기는 척 슬그머니 절반 정도 기정사실화하고 나선다.

"당신은 지금도 거기 오가는 거 자유롭잖아요. 그렇게 수시로 오가면서 즐기고 가꾸셔요. 그럼 나도 내킬 때 가끔씩 따라가 머리 좀 식힐테니까."

그 절반쯤의 어중간한 고갯짓이면, 아내의 평소 상투 어법으로 미루어 이제 거의 다된 밥이나 마찬가지인 셈이다. 나는 부채질 속도를 더욱 빨리하며 눙쳤다.

"거기 가면 말이지, 우리 사는 방식은 완전히 한 백 년쯤 전으로 되돌려 놓자구. 아니, 2백 년 정도는 더 뒤로 돌아가야 할까? 그래야 공해 없는 조선시대 삶을 누릴 수 있을 테니까. 교통편은 말이나 당나귀, 우마차를 이용하고, 땔감도 나무나 풀, 숯 정도로 자족하면, 이산화탄소로 뒤덮인 이 땅의 공기가 얼마나 청정해지겠어? 아니, 언젠가 인도 하늘에선 몇날며칠 붉은 비가 내렸다는데, 지구촌이 얼마나 깊게 병들었으면 하늘에서 피 같은 붉은 비가 내렸겠냐구? 아무튼 우리가 조선시대로 돌아가 생활하면 저 뻥뻥 뚫린 오존층도 다시 원상회복될 거란 말이야."

"당신은 다 좋은데, 그 터무니없는 이상주의가 탈이에요. 이미 문명의 이기에 중독돼 버린 현대인들이, 그런 생뚱맞은 비현실을 온전히

• 오달지다: 마음에 흡족하게 흐뭇하다.
• 눈비음: 남의 눈에 들기 위하여 겉으로만 꾸미는 일.

받아들일 수 있을 것 같아요? 당신이 그러면 난 안 가!"

"그럼 제가 가서 살죠, 뭐."

미나가 말결에 불쑥 끼어들었다. 얼핏 농담처럼 들리기도 했지만, 그네는 실제로 너끈히 그러고도 남을 만한 위인이었다. 두어 달 전에 나를 따라 함께 찾아간 적이 있는데, 깊은 산으로 둘러싸인 그 첩첩 오지를 미나는 오히려 그렇게나 마음에 들어 할 수가 없었다. 여기서 맘껏 그림 그리고 사진 찍고 시 쓰며 바닥나기●처럼 살고 싶다는 거였다.

"그래라, 그럼. 우리 죽고 나거든 이곳을 니 창작 작업실 삼으면 되겠네."

나는 진심을 담아 말했고, 미나는 팔짝 뛸 듯이 기뻐했다.

"정말요, 아버님?"

그래, 고맙다, 하고 나는 또 혼자 생각했다. 두 자식은 곁에 없는데, 정작 늙어 힘들고 어려운 때, 곁에서 우릴 지켜 주는 건 너뿐이구나.

"그나저나 이놈의 전기는 언제 들어오나?"

땅거미 진 어둑발이 밤을 재촉하고, 끊어진 전기는 아직껏 들어오지 않았다. 나는 식탁 주변과 거실 탁자 모서리에 새 양초를 하나씩 세워 어두운 밤이 다가오기를 기다렸고, 미나는 그 밤이 오기 전 미리 저녁식사 간단히 마치자면서, 아까부터 휴대용 불판에 식빵 굽고, 계란 프라이를 지지고 법석이다. 부드러운 연어살 섞인 야채샐러드까지 마련하는 걸 보면, 그래도 늙은 두 시부모 입맛이나 건강식에 대한 배려

● 바닥나기: '토박이'를 달리 이르는 말.

는 늘 잊지 않는 편이다. 그 싹싹한 며느리가 주방 쪽 식탁을 가리키면서 재우친다.

"자, 어머님, 아버님, 이쪽으로 오셔요. 더 어두운 밤 되기 전에 후딱 저녁 한 끼 때우시자구요."

"야, 그래도 근사하게 차려 냈구나. 어디 소풍 온 기분인데!"

얼렁뚱땅 준비하는 것 같았는데, 차려낸 건 깔끔하면서 정갈하고 다채롭다. 미나는 늘 이런 식이었다. 먹기 쉬운 간편식을 마련하면서도 영양의 균형을 잡기 위해 우유와 토마토주스, 사과 등의 과일류도 꼭 빠뜨리지 않는다.

그날 밤 늦게야 한동안 생명줄을 놓았던 전기는 저마다의 집으로 다시 다투어 들어왔다. 그래도 응급처치 능력 뛰어난 한전시설 복구팀 덕을 톡톡히 본 셈이거니와, 놀라운 신천지를 새로 맞이하는 기분이었다.

우리는 다시 환히 전등을 켜고, 냉매가 풀려 가던 냉장고도 다시 돌아가게 하고, 오줌 가득 차 있던 화장실 변기 물을 좌악 내려꽂히고, 양손에 움켜쥔 에어컨과 텔레비전 리모컨을 거의 동시에 눌러댔다. 그러자 거짓말처럼 잃어버렸던 일상이 다시 정상으로 달구치듯 되살아났다. 방금 켠 텔레비전 속의 과학 전문기자는 이렇게 열심히 나부대는 중이었다.

"… 이 또한 불의 고리가 맹렬한 활동기에 접어들었다는 증거입니다. 호주와 뉴질랜드에서 시작된 이 태평양상의 불의 고리는 동남아의 인도네시아와 필리핀 등지를 거쳐 남중국해와 우리 한반도 동쪽, 일본을 통과합니다. 그리고는 다시 미국 서부 쪽으로 방향을 틀어 캘

리포니아와 중남미까지 그 영향을 미치지요. 실로 방대한 해역을 끼고 운명적인 이 고리가 형성되어 있는데, 어젯밤 알래스카에서의 화산 폭발이나 남중국 해역에서의 지진에 이은 해일, 오늘 아침 한반도 중심부를 강타하고 지나간 지진도 다 이 불의 고리가 본격적으로 움직이고 있기 때문입니다. 문제는 앞으로 언제, 어디서, 무슨 재앙이 어떻게 터질지 아무도 모른다는 데 있습니다. 우리의 영산인 백두산도 며칠 전부터 이상한 조짐이 계속 관측되는바, 남북한 당국은 물론 양국 국민들의 각별한 관심이 요구되는 시간입니다."

마침내 올 것이 오는 건가, 하고 나는 바짝 귀를 곤두세웠다.

그러나 화면은 이내 다른 진행자의 얼굴로 바뀌면서, 바람서리처럼 돌아가는 '중국사태'를 클로즈업했다. 전기가 끊어진 동안 내가 그토록 끙끙 앓다시피 궁금해 하던 국제 소식이었는데, 정녕 놀랍게도 베이징 천안문 광장이 도도한 민주화 핏빛 깃발들로 붉게 물들어 있었다. 저들의 민주화 혁명은 거의 결정적 성공 단계로 바투 접어드는 모양이었다. 그만큼 진압군 총칼에 속절없이 쓰러지고 탱크에 짓깔려 죽은 희생자도 많이 발생했다는 것이었는데, 지금도 여전히 들려오는 화면 속에서의 그들의 외침은 이러했다.

"일당독재 물러나라, 공산당을 쳐부수자."

"인민의 대표는 우리 손으로, 중국 민주주의 만세!"

"저희끼리만 잘사는 특권층을 인민은 결사 배격한다."

오랜 세월 일방으로 공산당한테 억압받으며 살아온 데 대한 분노가, 땅속 깊숙이 갇혀 있던 활화산이나 거대한 봇물처럼 한꺼번에 터져 버린 결과로, 한번 터진 이 민주화 혁명의 불길은 이제 도저히 그 어떤 무력으로도 막을 수 없고 되돌릴 수 없는 대세로 보였다. 텔레비전 속의 한 해설위원은 또 이렇게 부랴사랴 보충 설명했다.

"이번 중국 민주화 혁명의 성공 요인은, 무엇보다도 중국 전역에서 급속도로 발전과 보급을 거듭해 온 인터넷 사이트 덕분이라 판단됩니다. 스마트폰이나 트위터를 비롯한 온갖 아이티 정보에 의해, 젊은 대학생들과 농민공農民工을 포함한 도시 근로자들이 베이징과 상하이를 포함한 전국 주요 도시에서, 동시 다발적으로 한꺼번에 들고 일어난 것입니다. 심지어는 신장 위구르 사태를 막으러 간 진압군은 그 총부리를 급기야 중앙정부 쪽으로 돌렸고, 남중국해의 쓰나미 피해 지역으로 긴급복구 지원차 파견 나갔던 인민군조차, 이 거대한 민주화 물결에 합류했다고 합니다. 이러한 혁명이 일어난 이유는 다른 데 있지 않습니다. 우선 중국인들의 빈부격차가 너무 심하다는 것입니다. 공자는 일찍이 '부족함을 걱정하지 말고 고르지 못함을 걱정하라' 했는데, 오늘의 중국 현실과 너무나도 딱 들어맞는 경우가 아닐 수 없습니다. 요즘 젊은 노동자들 사이에 무슨 말이 유행하는지 아십니까? '먹는 것은 돼지보다 적지만 일은 소보다 많이 해야 하고, 잠은 개보다 늦게 자지만 닭보다 먼저 일어나야 한다'랍니다. 짐승만도 못한 도시 노동자들의 힘겨운 이 풍자까지 휴대폰과 인터넷에 다투어 뜨면서, 그 불만 수위는 눈덩이처럼 사방으로 번져 나갔다는 것입니다. 그 다음 이유는 공직자들 사이에 만연한 부패 고리의 악순환입니다. 그동안 중국인들은 하루도 빠지지 않고 관료사회와 금융집단, 중앙과 지방정부 지도자들, 신흥재벌, 말단 공무원이나 매판자본가, 부동산업자들이 서로 물고 물리며 얽혀 돌아가는 부정부패 사건에 신물이 날 지경이었습니다. 평생을 벌어도 자그마한 집 한 채 소유할 수 없는 가난한 도시 서민들의 박탈감은, 이들 부패세력에게 상대적으로 감당할 수 없는 불만과 분노를 켜켜이 누적시켜 왔다는 것이죠. 거기에다 젊은 대학생들에게 되풀이 학습된 선진 민주화 의식이 가열하게 가세할 수밖에 없었지요. 일당독재를 너무 오래 끌었다, 장기 집권은 반드시 썩게 마련이고, 그래서 중앙정부와 의회 지도자들은 반드시 우리 손으로, 인민의 직접선거에 의해 선출해야 한다는 공감대가, 이번 중국 민주화 혁명의 또 다른 기폭제로 점화, 확산된 것입니다."

"이거 큰일 났구나. 그럼 경이는 어떻게 된 거야? 얘, 미나야. 니 신랑 소식 없냐? 빨리 좀 알아봐라."

나는 2층을 향해 애타는 목소리로 왜장쳤고, 그림을 그리고 있던 2층 며느리는 침착한 어조로 대답한다.

"예, 아버님. 조금 있다가 아버님께 자세한 말씀 전해 드리겠다고 했어요. 뭔가 급한 일들이 계속 생기나 봐요."

그리고 미나는 다시 꼼짝 않고 자기 할 일에 몰두했는데, 때맞춰 베이징의 아들로부터 전화가 달려왔다.

"당분간은 자주 소식 전하지 못할 것 같아서, 어렵게 전화 드렸어요. 여긴 계속 아수라장이에요. 우리 군사독재 시절 혼란을 영락없이 빼어다 박았네요. 아니, 그보다도 훨씬 심각하고 엄청나다구요. 중국 인민들은 마침내 터질 게 터졌다고 아우성이고, 저마다 정체성을 달리하는 소수민족 지방정부들 쪽으로 불길이 번져 나간다는 거예요. 지금껏 숨 죽여 독립운동 벌여온 티베트와 신장 위구르 지방정부가 함락되었대요. 그동안 줄기차게 독립투쟁 벌여온 홍콩과 마카오도 결국 그 피맺힌 꿈을 성취해 낸 모양이더라구요. 어, 어디서 최루탄이 날아오네요. 아버지, 다시 연락드릴게요."

"허, 이런 …."

갑자기 끊긴 손전화를 움켜쥔 채, 제발 별일이 없어야 할 텐데, 애가 제발 무사해야 할 텐데, 하고 조바심치는데, 2층에서 종종거리며 내려온 미나가 묻는다.

"경이 씨 괜찮다죠? 퓰리처 상 탈 사진거리라도 건졌대요, 아버님?"

"이 와중에 어찌 그런 소리가 나오냐?"

약간 짜증 어린 투로 핀잔했지만, 나는 차라리 하 어이없어 헛웃음이 먼저 나왔다. 그러거나 말거나 미나가 또 입을 연다.

"암튼 이상하긴 하네요, 아버님. 한국은 지진, 중국은 혁명, 일본은 무서운 태풍경보. 하늘이 미쳤나 봐요."

"그려, 별일이다."

미상불 불행은 한꺼번에 몰려온다는 말에 걸맞게, 일본 쪽의 재앙은 중국보다도 훨씬 더했다. 히로시마에 떨어진 원자폭탄보다도 수천 배 이상의 태풍이, 그 어마어마한 위력을 남태평양에서부터 천천히 밀어붙이며 올라오고 있거니와, 내일쯤에는 일본 전역을 직격으로 강타한다는 섬뜩한 기상예보였다. 아나운서는 또 이렇게 곁방망이●로 덧붙였다.

"현재 3천 밀리미터에 달한 엄청난 호우까지 동반해서, 일본은 그야말로 침몰 직전에 놓여 있는지도 모르겠습니다. 이에 비하면 지난날

● 곁방망이: 남에게 듣기 싫은 소리를 할 때 옆에서 덩달아 거드는 말.

동일본대지진 때의 그 무서웠던 쓰나미는 정말 아무것도 아닐 듯합니다."

그래서 그 태풍이 몰고 오는 저기압이 한반도 상공에서 맴도는 북태평양의 고기압과 맞부딪쳐, 애먼 우리나라가 이리 호된 가을 찜통더위에 시달리고 있다는 거였다. 나는 거실 소파에 앉으며 주방 쪽 며느리한테 주문했다.

"얘, 미나야. 우리 일단 커피나 한 잔씩 할까?"

"예, 아버님. 물은 제가 끓일 테니까, 원두 내리시는 건 커피 박사인 어머님이 맡으셔요."

"알았다, 알았어. 커피는 내가 대령할 테니, 넌 저 소파에 가서 일본 쪽 긴급뉴스나 더 들여다보렴."

아내 손은 벌써 식탁 위에 커피세트를 펼쳐 놓고 원두커피 내릴 준비에 들어가 있다. 그러면서도 눈은 온통 특보투성이인 텔레비전 화면으로 자주 옮겨 간다. 일본열도를 단박에 집어삼킬 수 있는 초대형 태풍이 현재 오키나와 해상에 접근했다는 것이었다. 그래서 오키나와는 이미 물바다에 잠겨들기 시작했고, 공포에 질린 일본인들은 그 무서운 재앙으로부터 벗어나고자 애면글면 애쓰지만, 어디로 마땅히 도망칠 데도 없다고 했다.

뉴스를 흘깃 훔쳐보던 미나의 시선은 이젠 아예 창밖으로 돌아가 있다. 그네의 불편한 심기를 눈치 챈 내가 조심 물었다.

"끌까? 아님 다른 데로?"

"아뇨."

"그래, 봐야 할 건 힘들더라도 봐야 해. 현실을 직면해야 된다구."

"당신도, 참. 친정식구들 다 잃은 애가 저 일본에서 직면하긴 뭘 직면해요?"

가시 센 아내의 화살이 단박에 날아들었다. 나는 주춤 사리면서 다른 데로 채널을 돌렸다. 그리고 아내의 타박이 섞인 향기로운 커피를 마셨다. 그 커피 한 모금 입 안에 굴리고 난 미나가 금방 활기 되찾아 입을 연다.

"어머님 커피는 정말 끝내줘요. 저한테는 최고 바리스타예요."

"얘, 머리 쓰는 것 좀 봐. 그래, 난 평생 니 바리스타 노릇 할게."

두 고부가 활짝 소리 내어 웃고 있었지만, 그 미나의 웃음 뒤편에서 나는 지나간 한때의 삽화를 우울하게 떠올렸다.

무서워요.

미나는 그때 눈물 글썽이며 말했었다.

엄마, 아빠 무덤도 없는 땅인데, 사랑하는 언니, 오빠도 다 흔적 없이 바다로 휩쓸려 들어간 일본인데, 그곳이 왜 안 무섭겠어요. 그냥 무서워요.

그래서 남편이 아시아 쪽으로 근무처 배속을 받았을 적에도, 도쿄 지국만은 절대 피해 달라고 신신당부했다는 거였다. 그 올찬 간절함이 통했던지, 미나는 남편 따라 서울로 왔고, 이렇게 시댁 어른들과 오순도순 살아가는 중이다.

밤이 깊어지자 긴급뉴스는 백두산 문제를 집중 조명한다.

"하늘땅 뒤집혀진다는데, 암튼, 큰일이군."

텔레비전 앞에서 대근하게● 일어선 나는, 서둘러 서재로 들어가 컴퓨터를 켰다. 그리고 인터넷을 찾아 들어가 '백두산 폭발'에 관한 정보

바다를 곰파기 시작했다. 각일각 다가오는 일본의 침몰이나 중국의 거센 민주화 혁명도 혁명이지만, 연일 회자되는 백두산 폭발 문제는 당장 우리 발등에 떨어진 불덩이였다.

사실 백두산이 심상치 않다는 건 어제오늘의 일이 아니다. 일정 주기로 대분화가 일어난다는 가설에 걸맞게, 이즈음이 딱 그 주기에 해당된다는 여러 지질학자들의 주장은 차치해 두고라도, 1903년에 마지막 분화가 일어난 천지에선 요 근래 주변의 일부 암벽에 균열과 붕괴현상이 자주 일어나고, 온천수 온도가 무려 섭씨 89도까지 높아졌으며, 화산활동 직전에 나타나는 헬륨과 수소가스 성분이 빠르게 증가, 가까운 지역의 초목이 절로 고사되기도 했다니 말이다.

만약 천지 지하의 마그마 활동이 상승하여 그 임계조건을 넘으면 일시에 고압 화산가스가 팽창, 대폭발이 온다고 했다. 그러면 천지 안의 20억 톤 물이 지하 암반 틈새를 따라 마그마와 만나는 경우, 실로 엄청난 하늘땅의 재앙이 발생한다고도 했다. 가령 진도 7.5 이상의 강진과 함께 화산이 폭발하면 두만강과 압록강, 중국의 송화강이 연속으로 범람해서 북한 지역에 대규모 홍수가 넘쳐나고, 그 위에 다시 1미터 이상의 두께로 화산재가 내려 한반도 전체를 뒤덮는다는 것이다. 그야말로 전 국토의 초토화, 바로 그것이었다.

이건 어디까지나 호사가들의 가설에 지나지 않을 테고!

나는 다시 기록에 남아 있는 '백두산 분화' 대목을 찾아보았다.

〈세종 2년(1420) 5월, 천지 물이 끓더니 붉게 변했다. 소떼가 크게

● 대근하다: 견디기가 어지간히 힘들고 만만하지 않다.

울부짖었고, 이런 기괴한 현상은 열흘 이상 지속되었다. 검은 연기는 인근 지역으로 가득 퍼졌다〉

〈현종 9년(1668) 4월, 한양과 함경도 일대에 일제히 검은 먼지가 하늘에서 쏟아져 내렸다.〉

〈숙종 28년(1702) 6월, 한낮에 함경도 일대가 갑자기 어두워지며 비린내 나는 황적색 불꽃이 날아왔다. 연기 가득한 안개가 갑자기 북서쪽에서 몰려들고, 사방에 생선 썩는 냄새가 진동했다. 눈송이처럼 날아다니는 재는 한 자 두께로 쌓였고, 그 쌓인 재는 마치 곱게 톱질한 톱밥 같았다.〉

그리고 나는 보았다.

화산 폭발로 생긴 호수로는 세계에서 가장 높은 곳이 바로 백두산 천지라는 것과, 그 천지 일대에 장관의 군락을 이루며 피어 있는 야생화들이 정녕 아름다운 천국을 빚어내고 있다는 사실을. 저 지난날 젊은 아들딸과 일본인 며느릿감을 데리고 중국 쪽으로 백두산 트레킹을 갔을 때, 그 애들은 얼마나 이 야생화들에 흠뻑 빠져들었던가. 컴퓨터 화면에 총천연색으로 떠 있는 그 꽃들을 보니, 새삼 그때가 아득한 그리움으로 다시 다가온다. 백두의 하얀 구름 속에서 피어난다는 구름국화를 비롯해서, 키 작은 금매화 군락지와 쪽빛 하늘매발톱, 자주색 구름송이풀, 비로용담, 오이풀, 박새꽃, 좀참꽃, 각시투구꽃, 노란 만병초, 가지돌꽃, 두메분취, 두메양귀비, 화살곰취, 두메자운, 천지진달래 같은 저 눈부신 야생의 천연 고산화원마저도, 만약 백두산이 폭발해 버린다면 한순간에 온데간데없이 사라지고 말겠구나, 부질없이 또 혼자 생각하였다.

아아, 그러나 그 '언젠가'가 이렇게 빨리 우리 앞에 태풍처럼 불어 닥쳐올 줄은 미처 몰랐다. 아니나 다를까, 다음날 아침 불면의 잠에서 깨어나자마자 듣게 된 것은, 마침내 백두산 천지가 폭발했다는 자닝한 소식이었다. 진정 꿈같은 일이었고, 믿고 싶지 않은 기막힌 현실이었다. 텔레비전 속의 아나운서는 잔뜩 긴장된 목소리로, 흥분에 들떠 말했다.

"드디어 올 것이 오고야 말았습니다. 그렇게도 우리의 현실 문제가 아니기를 바랐던 백두산 천지 폭발이, 오늘 오전 6시 23분쯤 마침내 그 엄청난 재앙의 실상을 드러내고 만 것입니다. 진도 8.2의 강진과 함께 대폭발한 천지는, 지금도 여전히 시뻘건 용암 분출을 멈추지 않고 있으며, 갇혀 있던 어마어마한 양의 호수 물도 한꺼번에 범람, 중국 쪽을 포함한 압록강 일대가 완전히 홍수에 잠겼습니다. 백두산 상공으로 하늘 높이 치솟는 검은 화산재로 해서, 동북아 일대 항공로는 일제히 폐쇄되었으며, 절체절명의 위기를 공유하게 된 남북한 당국은 이에 발 빠르게 대응, 방금 전 7시 40분에 서울과 평양 간의 직접 화상 대화를 통해 '남북공동대책위원회'를 결성했습니다. 그에 따라 우리 측 전문가들이 각 분야별로 나뉘어 …."

아내는 망연자실하여 혼잣말하듯 중얼거렸다.

"온 세계가 환호하던 서울평양올림픽 끝난 지가 바로 엊그젠데, 왜 이런 불상사가 생긴 거죠? 그 엄청난 축제가 되레 분에 넘친 불운을 불러오는 건가?"

"엄청나게 좋은 일 생기려고 하느님이 잠시 숨고르기 하는 거라구.

88서울올림픽 때를 한번 뒤돌아보게나. 그거 열리고 나서 천지개벽 같은 일들이 연이어 폭죽처럼 터졌지. 그 이듬해 철옹성보다 더 견고해 보이던 베를린장벽이 무너졌고, 소비에트연방도 도미노처럼 우르르 해체돼 나갔단 말이야. 철의 장막, 죽의 장막으로 굳게 닫혔던 소련, 중국하고 우리가 활짝 문 열어 수교한 것도 그 무렵이었고. 두고 보게나, 이건 분명 우리한테 아주 좋은 징조이니."

"그럼 남북통일이라도 된단 말이에요?"

"그려. 한반도는 곧 지구 중심이니, 이런 금싸라기 땅에서 천재지변 난다는 건 반드시 그에 상응하는 좋은 쪽으로의 개벽이 일어난다는 얘기야. 한 생명이 태어나려면 얼마나 뼈아픈 산통을 겪던가. 자네도 애 낳아 봐서 잘 알 텐데."

"우리 어서 샘골로 갑시다. 일단 서울을 빠져나가야 될 것 같네요."

느닷없는 아내의 성화였다. 나는 반가움 반, 놀라움 반이 뒤섞인 채 두 눈을 휘둥그레 굴렸다.

"그럼 그럴까? 아무래도 그러는 게 낫겠지?"

그리고서는 아내와 텔레비전 화면을 비비대기치듯● 번갈아 살폈다. 이어지는 화면은 카메라가 어떻게 그 절박한 순간을 제때에 포착해 냈는지 실로 웅장하고도 화려, 엄숙했는데, 그래서 차라리 황홀하기조차 한 화산 폭발 장면들이었다. 텔레비전은 연신 생중계하듯 적나라하게 북한과 중국 쪽에서, 또는 공중에서 입체적으로 찍은 것들을 반복해 내보냈으나, 지금은 현장 사정이 너무 위험해 접근이 불가능하

●비비대기치다: 바쁜 일을 처리하기 위하여 부산하게 움직이다.

다고 거푸 토를 달았다.

　나는 일단 경이가 베이징에 있다는 사실에 안도하면서 미나를 불렀다. 시부모 돌아가는 낌새를 이미 간파한 미나가, 간편한 바지차림으로 달려 내려온다. 매사 느긋한 그네도 이번 비상사태에만은 아주 민첩하게 대처하는 것 같았다. 나는 일매지듯 말했다.

　"가자, 시골로!"

　"두 분이서 말씀하시는 거 다 들었어요. 그래서 후다닥 서둘렀지요."

　다시 제 방을 오르내린 그네의 어깨에는 벌써 노트북과 카메라 가방까지 덜렁덜렁 매어져 있고, 손에도 여행용 짐가방이 들려 나왔다. 이런 비상시에 시 쓰고 사진 찍을 겨를 있을까 싶으면서도, 나는 일부러 두남두어 '우리 딸'을 강조해 가며 바람 잡았다.

　"와, 우리 딸이 그러고 나오니까 완전 프로 작가네?"

　그 대신 아내한테는 차가 작으니 꼭 필요한 짐들만 챙겨 싸라 당부했다. 아내의 손은 이미 알아서 척척 움직였다. 어제 사온 비상식량과 물품들에 덧들여, 비상시에 필요한 수저, 냄비 등속에 이르기까지, 낯선 곳에서의 화산 피난살이 고생을 최소한으로 줄이기 위한 묘책을 다 짜내는 것 같았다.

　그래, 위기는 오히려 기회일 수도 있지!

　지금 당장은 좀 어렵고 버거울지라도, 이 아름찬 고비만 잘 넘긴다면 차라리 전화위복의 새로운 삶이, 내가 그토록 바라 마지않던 소박한 자연 속 산골살이가 절로 이루어질 수도 있겠다는 호젓한 기대감이 생겼다. 그래서 나는 아내가 집어 주는 속옷가지와 담요, 수건, 세면

도구까지 착실히 이불보에 챙겨 넣어 쌌다. 그리고 이 날림치● 이삿짐들을 부리나케 차에 실었다. 아들네가 서울 오고서 미나 때문에 바꾼 자율주행차였다. 승용차 뒷좌석과 좁은 트렁크가 마치 등산용품 같은 짐들로 한가득이었다.

그런 허겁지겁한 와중에서도 나의 눈은 틈만 나면 텔레비전 화면에 가 꽂혔다. 거기에서 흘러나오는 중국 쪽 형편은 우리보다 훨씬 더 볼만장만 절박했다. 오랜 공산당 정권 자체가 와르르 붕괴 직전에 놓인 마당에, 그리고 남중국해의 쓰나미와 티베트, 신장 위구르의 지방정부 함락의 뒤처리도 아예 두 손을 놓아 버린 판국에, 저 동북공정의 상징 같은 장백산(백두산의 중국 이름) 마저 대폭발하고 말았으니, 그야말로 엎친 데 덮친 격이었다.

화면 속 뉴스 해설위원은 또 설명했다.

"세계제패를 눈앞에 두었던 경제대국 중국이 저렇듯 허무하게 무너지다니요. 영원한 제국은 절대 존재할 수 없다는 진리를 온몸으로 실감하는 것 같습니다. 그런데 문제는 수면 위로 급부상한 소수민족들의 가열한 독립운동입니다. 억울하게 나라를 빼앗겼던 티베트 망명정부는 아예 자기들만의 새로운 주권국가를 그 지방정부 수도에서 선포했으며, 우리 조선족이 몰려 사는 연변 쪽 움직임도 결코 예사롭지 않다는 것입니다. 다름 아닌 북한의 민주화 내지 한반도 통일 문제와 연계된 움직임이 바로 그것인데, 중국의 민주화 혁명 성공 여파는 곧바로 개방과 자본주의의 새로운 국제국가로의 변신을 도모해 온 북한 쪽

● 날림치: 날림(정성을 들이지 아니하고 대강대강 아무렇게나 만든 물건).

으로 번져 갈 건 불을 보듯 빤한 일입니다. 우리로서는 이와 같은 중국 민주화 물결이 오직 남북통일의 순기능으로 작용하기를 바랄 뿐입니다. 그동안 얼마나 험난한 시행착오를 두서없이 겪어 왔습니까? 반통일, 반민족 세력의 끈질긴 방해책동에도 불구하고, 얼마 전 성황리에 끝난 서울평양올림픽을 계기로 한반도의 평화통일 기운은 이제 무르익을 대로 무르익어 있습니다. 그 절정에 도달해 있는 우리의 통일문제는 어쨌든 바로 눈앞의 현실로 바짝…."

"안 가요?"

떠날 준비를 다 마친 아내가 채근이다. 나는 화들짝 텔레비전 리모컨을 눌러 끄며 다잡아 그네 뒤를 따랐다. 현관과 대문까지 굳게 걸어 잠그고 밖으로 나오니 한껏 불쾌지수가 차오른 폭염이 한창이다. 어디선지 비릿한 계란 썩는 냄새, 혹은 연탄가스 비슷한 냄새도 스멀스멀 맡아졌다.

아니? 벌써?

서울 상공에 화산재가 도달하려면 아직 시간 여유가 남았다고 했는데 이상한 일이었다. 혹시 일본 태풍의 간접 영향권에 이 한반도가 가로놓인 탓은 아닐까. 아무튼 우리 세 식구만이라도 한시 바삐 서울을 빠져나가야 할 것 같았다. 이것이 무서운 자연재앙으로부터의 피난에 불과할지라도, 우리가 빨리 그 시골 빈집에 들어가 사는 것만이, 무슨 피치 못할 시대의 소명인 듯만 여겨졌다.

맞아, 그렇게 사는 거야. 웬만한 먹을거리는 직접 호미 들고 씨 뿌려 재배해 가면서!

호랑이 담배 피우던 시절의 저 미개한 삼국시대까지는 아니더라도,

적어도 자동차나 전깃불이 들어오기 이전의 조선시대 후기쯤의 사람 살이로 되돌아가는 것만이, 공해 덩어리인 우리 현대인이 참답게 구원받을 수 있는 유일한 첩경으로 여겨졌다. 그래야만 모두가 도시로, 도시로만 모여들어 날탕으로 아귀다툼 벌이고, 온갖 쓰레기와 공해물질을 하늘과 땅, 바다에 무한정으로 쏟아내고, 그리하여 분기탱천한 하늘과 바다와 땅의 '천벌'로부터 가까스로 해방될 수 있을 것도 같았다.

운전석에는 젊은 미나가 자리 잡았다. 이 자율주행차는 말 그대로 제 스스로 알아서 움직인다. 비디오카메라와 방향 표시기, 인공지능 소프트웨어, GPS를 통해 정보를 얻은 후, 이를 자체 해석해 스스로 작동한다. 자동차 지붕에 탑재된 센서 장비 라이더는, 여러 원격 레이저와 음파 장비, 3D 카메라로 구성돼 있는데, 주변 환경의 3D 지도를 생성, 사물 간 거리를 측정하고 위험을 감지하는 것이다. 다만 지도에 표시돼 있지 않은 도로가 나타나거나, 교통신호와 경찰 수신호가 다를 때에만 어쩌다 운전자가 직접 판단해야 하는, 절충식 접근 방식의 자율이라는 점만 잘 익히면 되었다. 영리한 미나는 그 또한 아무렇지 않게 잘 받아넘길 터였다.

아내는 차가 출발하자 곧 기분이 달떠서, 한 번도 구순히 관심 보이지 않던 대목을 새삼스레 묻고 나섰다.

"우리 가는 거기, 동네 이름이 뭐랬지요?"

나는 기다렸다는 듯 대답한다.

"샘골. 물맛이 기막힌 곳."

"집은 몇 가구나 들어섰남?"

"띄엄띄엄 일곱 가구. 그래서 동네라고도 할 수 없지."

"주민은 모두 노인네들뿐이겠네? 몇 분이나 돼요?"

"우리 빈집 소개해 준 동네 이장만 남자고, 다 할머니 혼자씩이더라구. 고려장이 따로 없어."

"내 참, 고려장이 뭐야? 앞으로 우리하고 오순도순 정붙여 살아갈 분들한테!"

"허, 그런가? 아무튼 우리가 가서 분위기를 싹 바꿔 놓자구. 지상 낙원, 멋진 유토피아로!"

어렵사리 시내를 빠져나온 우리는 곧 서울양양고속도로로 접어들었다. 차에 오를 때부터 켜 놓은 라디오에서는 연신 중국과 일본을 포함한 동북아에 몰아닥친 경천동지의 사건과 자연재난에 대해 쉴 새 없이 보도하고, 분석하고, 나름대로의 대책을 떠들어 대기에 여념 없었다.

"아, 이런 극한 상황이 여기저기 동시에 일어날 수도 있군요. 마치 《창세기》의 암흑천지를 보는 것 같습니다. 오로지 혼돈 그 자체입니다. 중국 대륙은 원래가 거대한 용광로와도 같아서, 무엇이든 재빨리 빨아들이고, 활활 불태우거나 녹여 버리고, 그것을 다시 하나로 응집시키는 놀라운 저력을 갖고 있습니다. 따라서 지금 대륙에 불고 있는 거센 정권교체 바람이나 남중국해의 쓰나미, 그리고 백두산 폭발도 결국에는 다 용광로 속으로 쓸어 넣어 아주 긍정적인 국가 기제로 다시금 작용할 것입니다. 중국은 그만큼 인구수나 국토 면적, 그것을 품고 있는 사상의 그릇이 워낙 거대하니까요. 문제는 일본입니다. 일본 열도는 지금 누란의 위기에 빠져 있습니다. 나라 자체가 붕괴하느냐 마느냐의 기로에 서 있습니다. 수도 한복판을 강타한 강진의 여파가 채 가시기도 전에, 또다시 엄청난 비바람을 품은 초대형 태풍이 일본 열도에 본격 상륙했기 때문입니다. 이 태풍의 위력이 얼마나 센지, 현재 우리나라 동해안에도 많은 비를 뿌리기 시작했으며, 특히 울산과 포항을 비롯한 해안지역에선 강풍을 동반한 해일 피해에도 각별한 주의가 요망됩니다. 하지만 우리의 발등에 떨어진 불덩이가 더 시급한 문제군요. 북한의 거의 전 지역 도시 기능이 마비 상태에 놓여 있다는 소식입니다. 안 그래도 열악한 도로와 철도, 산업시설이 계속 쏟아져 내리는 화산재와 대홍수로 해서 가동을 멈추거나 전면 통제 중이며, 모든 군인과 학생들을 중심으로 한 북한 인민들이 이의 복구사업에 총동원되었다고 합니다. 그들은 또 남한에서 긴급 지원된 전문 인력과 중장비, 구호물자 등에 크게 기대를 걸고 있는 모양입니다."

"일본은 결국 빈껍데기만 남을 거예요."

미나가 문득 넋두리하듯 중얼거렸다. 거의 움직이지 않고 있는 차의 정면을 멍하니 내다보면서 그네가 다시 말한다.

"저처럼 무서워하는 사람들이 너무 많거든요. 북극과 남극, 히말라야 얼음이 다 녹고, 잦은 지진과 화산폭발, 태풍, 해일이 연이어 강타하면서, 빠져나갈 사람은 이미 다 빠져나갔거든요. 일본 침몰의 날이 얼마 안 남은 거죠, 아버님?"

" ······ ? "

"그러고 보면, 큰 벌을 받는 건 확실한 것 같아요."

"그보다도 미나야, 넌 신을 어떻게 생각하니?"

대답하기가 영 마뜩찮아서 나도 좀 엉뚱한 화제로 되술래잡았다. 미나의 반응을 궁금해 하는데, 뒷자리의 쌓인 짐들에 반쯤 눕다시피 기대어 있던 아내가 먼저 발끈하고 나선다.

"하나님 말고 또 다른 신이 있어요? 당신도 참, 말 같은 소릴 해야지!"

"저의 신은 자연이에요."

"뭐라구? 얘가 못 할 말이 없네. 그 자연을 창조하고 다스리는 분이 하나님이잖아!"

"왜들 이러시나? 세상에 신 아닌 게 어디 있어? 우주만상이 다 신이야. 그래서 난 통 큰 범신론자라구."

내가 중간에 엉너리치듯 끼어들지 않았다면, 두 고부는 자칫 내광쓰광하게● 말다툼했을지 몰랐다. 미나도 얼른 반지빠른 대꾸로 돌아선다.

"맞아요, 어머님. 모든 건 하늘의 뜻이죠."

"하늘 아니고, 하나님!"

"네, 어머님. 하날."

그 하늘에서 부슬부슬 웬 굳은비가 흩뿌리기 시작한다. 조금 전까지만 해도 벌창● 같은 비지땀 날씨였는데, 하늘은 이내 꽤나 불유쾌하고도 음산한 기운을 한껏 내리깔면서 후드득 빗방울을 뿌려 준다.

그런데 기분 나쁘게 이상한 점은 그 빗줄기에 아주 고약한 냄새와 붉은 색깔이 묻어 있다는 사실이었다. 차의 문들을 굳게 닫아걸고 찬 에어컨 바람을 세게 틀었는데도, 비릿하면서 매캐한 그 붉은 빗줄기

● 내광쓰광하다: 서로 사이가 좋지 아니하여 만나도 모르는 체하며 냉정하게 대하다.
● 벌창: 물이 넘쳐흐름.

는 쉬지 않고 줄기차게 덤벼들었다. 금방 머리가 지끈거리고 메스꺼운 욕지기마저 치밀어 올랐다. 차는 이미 고속도로 한가운데로 접어들어, 어떻게 옴짝달싹할 수도 없는 진퇴양난이었다. 한꺼번에 너무 많이 몰려나온 차와 차들에 뒤섞여, 어쩔 수 없이 그냥 앞으로 떠밀려 간다고 보는 게 옳았다.

도대체 이 많은 차들이 어디로 가고 있는 것일까.

울울하고 답답한 거북이 걸음이었다. 그리하여 그 무리에 휩쓸려 들어가 노심초사하는 내 자신마저 괜스레 경멸스럽고 초라하게 느껴졌다.

빗발은 점점 더 굵어졌고, 불유쾌한 유황 냄새 또한 갈수록 심해졌다. 가로수 우듬지●가 능청 휘어지도록 세찬 비바람까지 불어 댔으며, 멀리, 가까이서 요란한 천둥과 번개가 번갈아 몰아쳤다.

거북이보다 훨씬 느린 속도로 고속도로에 갇힌 지 벌써 일곱 시간째, 점심때가 한참이나 더 지나 있었다. 그럼에도 차는 아직 가평휴게소에도 미치지 못한 상태였고, 라디오에서는 계속 감당하기 힘든 천재지변과 그로 인한 공포 분위기를 자아내는 데 혈안이었다.

"일본을 강타한 태풍의 위력이 얼마나 엄청나면, 우리나라 동해안까지 이런 황당한 피해를 입히겠습니까. 울산과 포항 일대는 지금 완전히 물바다가 되었습니다. 불과 두어 시간 만에 쏟아진 비가 무려 650밀리리터에 달하니, 가히 물 폭탄을 양동이 째 퍼부어 댄다고 해도 과언이 아닙니다. 이런 엄청난 수해 경험은 지금까지의 기상 관측 이

● 우듬지: 나무의 꼭대기 줄기.

래 한 번도 없었던 기현상이라고 합니다. 그 결과 울산과 포항 시내 도로는 전부 계곡이나 저수지로 변해버렸으며, 불의의 산사태에 파묻히고 급류에 휩쓸려 떠내려간 사람만도 수백 명 선에 이를 정도입니다. 그 물 폭탄에 찢기고 침수된 주택은 수천 채이며, 차량은 수만 대에 이를 것으로 추정됩니다. 국가경제의 중추였던 조선소나 세계적 기업인 자동차공장도 예외 없이 물에 잠겼으며, 끊어진 전력을 복구하는 데에만도 앞으로 수개월이 걸릴 전망입니다."

"우리, 어떻게든, 다시 돌아가야 되는 거 아니에요?"

잔뜩 겁에 질린 아내가 입술을 잘근잘근 깨물며 넋두리처럼 중얼거렸다. 평소에는 더없이 침착하고 냉정한 미나도 휘몰아치는 빗줄기와 차창 밖을 번차례로 번쩍이는 천둥, 번개에는 도무지 어떻게 해볼 도리가 없는 모양이었다. 짐짓 태연을 가장하며 내가 받는다.

"어디로 가든 다 마찬가지야. 여기서 다시 되돌아가는 건 더욱 불가능하구."

"그래두, 무작정 길 위에서, 속절없이, 당하는 것보다는⋯."

"이 사람이, 당하긴 뭘 당한다구 그래? 금방 지나갈 소낙비 같은 거니까, 제발 걱정 말게나. 나만 믿어요!"

그러나 우당탕거리고 그냥 슬그머니 지나갈 소나기는 결코 아니었다. 그럴 만한 천둥과 번개는 더더욱 아니었다. 아니, 지금까지보다도 더 희한하고 해괴망측한 색깔의 비가 하늘 깨지는 천둥 번개와 함께 주렴이듯 주룩주룩 더 쏟아져 내렸다.

"아니. 저게 무슨 꽃비지?"

놀란 아내의 시선을 따라 휘둥그레 차창 밖을 내다보자니까, 아뿔

싸, 비에 섞인 화산재였다. 처음엔 발그스레한 핏물처럼 보이다가 유황 같은 진한 오렌지 빛깔로 변하더니, 점점 검은색에 가까운 잿빛으로 다시 바뀌었다. 막연한 상상으로만 저만큼 밀어 두었던 불길한 우려가, 요지부동의 현실로 한밤의 악다구니처럼 성큼 다가든 순간이었다. 사람의 힘으로는 도저히 막을 수도 피할 수도 없는, 무서운 하늘의 뜻이었다. 나는 낮게 씹어 뱉었다.

"드디어, 왔군."

주룩주룩, 장대 같은 꽃비가 사정없이 쏟아져 내렸다. 세상은 온통 오렌지색과 잿빛이 뒤섞인 이상한 꽃비 천지였다. 거기에 태풍이 불러 일으킨 집중호우까지 무자비로 퍼부어대니, 처깔하듯● 입 앙다문 나는 한 치 앞도 분간할 수가 없었다. 나는 본능처럼 미나한테 소리쳤다.

"얼른 경이 전화 좀 해 봐라. 걔는 왜 여지껏 아무 소식 없다니?"

"아까부터 받질 않아요. 먹통이에요."

"뭐라? 거기도 암흑천지인가 보구나. 그럼 율이는? 걔도 연락 안 되겠냐?"

죽음의 허깨비가 보이는 것인가, 나는 어지러운 절망감에 휩싸여 자식들 이름을 차례로 불러댔고, 미나는 몇 번 제 시누이와의 통화를 시도하다가 곧 포기한다.

"이쪽에, 우리 차에 문제가 있는 것 같아요, 아버님. 신호가 안 잡히거든요."

"허, 그래? 이런 땐 자율차도 소용없구나."

● 처깔하다: 문을 아주 굳게 닫아 잠가 두다.

"하나님이 우릴 버리셨어!"

고림보●처럼 지쳐 쓰러진 아내가 신음하듯 내뱉었다. 그러나 미나는 어떻게든 희망을 잃지 않으려 애쓰면서, 여태껏 틈날 때마다 무서운 꽃비의 바깥 풍경을 찍어 대던 카메라 대신, 이번에는 가방 속에서 주섬주섬 무슨 노트 한 권을 끄집어냈다.

"제 애송시들 적어 놓은 건데요, 이런 때 두 분께 딱 들려 드리고 싶은 시가 있어요. 자, 한번 들어 보세요. 목월선생의 〈빛을 노래함〉이에요."

" …… !? "

"사람은 / 빛으로 산다 / 눈을 밝게 하는 햇빛이나 / 마음의 눈을 뜨게 하는 / 내면의 빛으로 산다 / 장님에게는 / 장님의 빛이 있다 / 안으로 불 밝힌 황홀한 빛 / 손가락에는 손가락의 빛이 있다 / 사물을 더듬는 촉각의 빛 / 코에는 코의 빛이 있다 / 냄새를 맡을 수 있는 후각의 빛/참으로 인간은 / 빛 그것이다 … ."

"야, 좋다. 역시 우리 며느리구나."

죽은 듯 퍼질러 있던 아내가 천천히 몸을 일으켜 세웠고, 나 또한 울적했던 마음이 조금씩 풀리는 느낌이었다.

하지만 차창 밖은 여전히 무서운 꽃비. 모든 차들은 꼼짝할 수 없이 길 위에 갇혀 버렸고, 우리가 애초 목적지로 삼았던 샘골도 이미 헛된 물거품으로 날아가고 말았다. 잔뜩 물먹은 전파 방해로 해서 저 혼자 찍찍거리던 라디오도 이제 더 이상 새겨들을 수 없었으며, 하늘에 구

● 고림보: 몸이 약하여 늘 골골거리며 앓는 사람을 놀림조로 이르는 말.

멍이 뻥 뚫린 듯 쏟아지는 세찬 꽃비는 앙감질하듯● 시간이 더디 흘러도 도통 멈출 줄 몰랐다. 아니, 모든 시간 자체가 일제히 한자리에 우뚝 멈추어 버린 것 같았다.

그리고 아주 가까운 곳에서 우르르 쾅, 산이 무너지는 소리가 들렸고, 우리 차도 에누리 없이 그 흙더미에 무참히 깔리고 말았다. 보이느니 어둠의 성난 아우성과 꽃비. 창세기의 혼돈과 혼돈, 바로 그것이었다.

그렇다면 우리의 남북통일도 여기 어디쯤, 바짝 다가와 있는 게 아닐까?

나는 보이지 않는 그를 향해 애절한 눈빛으로 손을 내밀었다.

병원에 실려 온 우리가 의식을 정상으로 되찾은 것은, 그로부터 사흘이나 훌쩍 지난 후였다. 사람들은 이구동성으로 기적 같은 일이라고 찬탄하고 칭송했다. 꿈같은 일이라고, 도대체 무슨 천운을 타고났기에, 그런 끔찍한 산사태와 꽃비의 무덤 속에서 다시 부활해 살아왔느냐고, 사람들은 입을 모아 우리를 축복했다.

기적은 또 다른 곳에서도 거푸거푸 일어나 있었다. 병원 입원실 침상에서 바라보는 텔레비전 속의 아나운서는, 계속해서 놀라운 소식들을 전했다.

"2011년 동일본대지진보다 더한 피해로 곳곳이 폐허가 된 일본엔참 안됐지만, 그 초대형 태풍과 세찬 빗줄기 덕분에 백두산 화산재는

● 앙감질하다: 한 발은 들고 한 발로만 뛰다.

다행히 한반도에 많이 쌓이지 않고, 러시아와 알래스카 쪽으로 흩어져 날아가거나 바다로 씻겨 들어갔다고 합니다. 그보다도 국민 여러분! 이 무슨 민족의 경사입니까! 꿈은 반드시 이루어진다더니, 마침내 위대한 우리 배달겨레의 숙원이었던 남북통일이 이리 쉽게 성취되다니요. 오늘 아침 전격 발표된 대한민국 대통령과 조선민주주의인민공화국 국무위원장의 '무조건 통일' 선언이, 이제 곧 그 실천 단계로 접어든 모양입니다. 살다 보니 이런 좋은 날도 우리한테 찾아드는군요. 오, 대한민국 만세, 조선민주주의인민공화국 만세! 아니, 새로운 나라 이름으로 채택된 코리아민주연방공화국 만세!"

하루살이

"소설 쓰지 말아요!"

입가에 거품이 묻은 사내는 이제 어지빠른 삿대질까지 해대며 또 소리친다.

"여기가 어디라고 함부로 소설을 쓰고 있어? 진실을 말하란 말이오, 진실을."

티브이 속 야당 국회의원은, 신성한 민의의 전당에서 어찌 국민 모독의 거짓말을 그리 책임감 없이 지껄이느냐 관계 장관한테 욱지르는 것이었는데, 그걸 얼보듯 건너다보던 제갈륭諸葛隆 소설가는 허허 헛웃음부터 나왔다. 수면제 한 알 목에 넘기고도 밤새 뒤척이다 몽혼 같은 가수假睡 상태로 깬 그는, 또 습관처럼 티브이부터 켰고, 입버릇이듯 절로 욕설을 터뜨렸다.

허허, 저놈이 소설이 뭔지도 모르면서 도매금으로 모욕하네? 저 무식한 어리보기 같으니. 소설은 오직 진실만을 말하는 건데, 저, 저런!

혼자 중얼중얼, 부질없는 넋두리로 긴 하루를 시작한다. 아내는 일찍이 '당신은 뉴스맨'이라느니 '왜 뉴스 보면서 욕만 터뜨리고, 생애 한 번밖에 찾아오지 않는 하루의 첫 시작에 아무짝에도 소용없는 욕설부터 하냐'며 괜히 강밭은 뉴스로 기 빨리지 말라고 잔소리했었다. 어휴, 또 욕 시간이군. 제발 나하고 상관없는 남 일로 기 빨리지 말아요, 똑같은 뉴스 보고 또 보고, 이미 한 말 하고 또 하고, 그게 고집 센 꼰대 모습 아니고 뭐냐구요, 이야지야 덧붙이면서.

제갈 씨는 그런저런 아내의 말휘갑 중에서도 '기 빨리다'는 표현이 정곡을 찌른 듯 절묘하고 재미있어, 속으로는 빠히 알면서도 모른 척 그게 무슨 뜻이냐고 되물었다. 아내는 다시 갈망 짓듯 받는다.

뉴스는 보고 듣는 사람한테 기를 넣어주고 에너지 듬뿍 채워주는 게 아니라, 도로 싸악 뺏어 가니까 그러지. 뉴스 보면 스트레스가 얼마나 쌓이는데. 당신도 잘 아시잖아? 좋은 뉴스는 뉴스가 아니다!

맞아, 그대 말이 온전히 다 맞다 싶으면서도, 제갈 씨는 도무지 그 상투어린 일상에서 쉬 벗어나올 수가 없었다. 뉴스보다 재미있고 생동감 넘치는 프로가 뭐가 있느냐. 날것 그대로의 살아있는 현장감, 모든 인생의 희로애락이 개코쥐코 펼쳐지는 적나라한 벌땅!

그는 그렇게 뉴스시간을 간대로 정의하면서 따분한 나날을 보낸다. 특히 이즈음 들어서 코로나 사태 속에서의 절절한 고립감은, 자연 티브이를 벗 삼을 수밖에 없는 각다분한 형편이었다. 흩어지면 살고 뭉치면 죽는다는 엄벙통 방역수칙 아래 거의 모든 외부로의 인간관계는 가차 없이 단절되었고, 저마다 창살 없는 거대 감옥에 갇혀 살지 않으면 안 되는, 죄 없는 죄수들이 되고 말았다. 벗이나 동료들끼리의 친목 모임도 거짓말처럼 뚝 끊어졌으며, 심지어 가족과 일가붙이들 경조사마저 서로 어물쩍 경계하기에 이르렀다. 내가 남 찾아가는 일 즐겁지 않고, 남이 날 찾아오는 것 또한 그리 반갑지 않은 몰강스런 세태이되, 이런 인정머리 없는 현상을 또 내남없이 두루 용인하는 죽살이 지경. 서로가 불편하거나 부담스러운 인사치레 생략하는 걸 아주 당연시하며 은근슬쩍 즐기고 있는지도 몰랐다. 그 어떤 무례와 의무감도 이 코로나 핑계 앞에서는 너끈히 변명될 수 있거니와, 눈에 보이지 않고 손에 잡히지도 않는 발칙한 코로나 바이러스에 2년여 동안이나 꼼짝없이 지배당하는 이 남볼썽 꼬락서니라니! 몸뚱어리 감싼 옷가지만 훌렁 벗겨내면 정말 지상에서 가장 나약하고 볼품없는 존재가 바로 우리 인간이 아닐까, 제갈 씨는 문득 생각하였다. 그리고 다시 채널을 이리저리 돌려댄다. 밤새 무슨 경천동지할 만한 충격 사건사고는 여보란 듯 벌어지지 않았나, 하고.

사실은 그가 수면제 효능이 비몽사몽 덜 가신 잠결에서도, 부스스 눈뜨자마자 티브이 리모컨부터 버릇이듯 움켜쥐는 까닭은, 이 따분하고 처깔한 유폐의 일상을 단박에 확 뒤집어엎어 줄 어떤 천재지변이나 어처구니없는 대형사건을 버름하게 기대하는 탓인지도 몰랐다. 가령 십여 년 전의 저 동일본 일대를 뒤엎어 휩쓴 해일 쓰나미나, 21세기 접어들어 가장 큰 인간참사라 할 9·11 뉴욕 테러 같은 충격 말이다. 그 어망처망한 공포와 깊은 슬픔을 통해서 그는 차라리 근원을 알 수 없는 어떤 귀살쩍은 해방감마저 느꼈었다. 내 안의 이 독한 악마성은 또 무엇일까, 혼자 곱씹으면서.

채널을 이리저리 돌려대도 그런 엄청난 사태는 아직 아무 데서도 일어나 있지 않았다. 그 대신 비쳐 들어오는 대통령 후보들을 보는 순간 자신도 모르게 욱 욕지기가 치밀었다. 아, 저 늑대, 독사떼를 또 주구장창 지켜보아야 하다니.

가면 쓴 사탄, 저 조폭 양아치, 부라퀴● 같은 놈.

그는 화면을 향해 앙앙불락 속으로 욕설을 퍼붓다가 이내 풀이 죽는다. 혼자 괜히 기 빨리고 있다는, 그래봤자 다 부질없다는 상념이 문득 들어서이다. 잠잠히 자고 있던 휴대폰이 부르르 몸을 떤 건 바로 그때였다. 응접소파에 반쯤 기대어 있던 그가 천천히 상체를 일으켰다. 그리고 잠시 탁자 위의 휴대폰을 응시한다. 아직 아홉 시가 안 된 걸 보면, 진종일 골탕 먹이는 검찰 혹은 은행을 사칭한 말 낚시질(보이스 피싱)은 아닌 것 같고, 그렇다고 코로나 핑계로 거의 하나같이 안부 싹 끊은 주변인들은 더욱 아닐 터였다. 그렇다면 서울 쪽 아내가 분명해 보인다. 짐작대로 그네였다.

"잘 살고 있어요?"

응, 대답하면서도 그는 늘 '잘 살고 있어요?'라는 아내의 푸념어린 어법에 또 결나는 괴리감을 느낀다. 마치 당신이 거기서 그렇게 살고 있으면 안 된다는, 뭔가 남 말하는 듯한 무심이 은연중 감지되는 탓이다. 아내가 다시 말한다. 전화했다하면 반드시 속사포로 따라붙는 잔소리.

"당신, 뉴스 보고 있지? 물은 마셨어요? 하루에 2리터, 물마시기 약

● 부라퀴: 자신에게 이로운 일이면 기를 쓰고 덤벼드는 사람.

속 꼭 지키고, 아침은 누룽지만 후루룩 끓여 먹지 말고, 달걀 프라이 같은 단백질 섭취 잊지 말아요. 그리고 아침운동은? 괜히 온종일 실내에 갇혀 뉴스나 들여다보면서 독거노인 행세하지 말고, 지금 당장 티브이 끄고, 마당에 나가서 맨손체조라도 하세요. 그래야 고독사 면하니까."

"참 내, 고독사?"

"하루에 열한두 명씩이나 혼자 외롭게 죽어 나가는 대한민국이라구요. 잘난 종가宗家 혼자 쓸쓸히 지키며 사는 작가님이, 그중의 한 명으로 끼어들면 안 되지."

"그러니까 당신이 내려오면 되잖아. 그림 같은 자연 속에서 함께 오순도순 아름다운 말년 보내면 … ."

"이이가 정말, 당신도 황혼이혼 당하고 싶어요? 요즘 졸혼인가 뭔가 유행이라던데, 그거라도 해서 남남으로 별거살이할까?"

"아아, 알았어. 알았다구."

"당신이 이쪽으로 올라오면 간단한 문제를, 그까짓 다 쓰러져 가는 집 무슨 미련이 남아서?"

"그래, 알았으니까 이만 끊자구. 나도 이제 티브이 끄고 마당에 나가 운동 좀 할게."

"물 살짝 데워서 마시고, 아침 따습게 끝내고 나가요. 독거노인 갑자기 찬바람 쐬면 안 되니까. 근데, 저게 뭐야? 지금 티브이 보구 있어요? 어어? 긴급속보로 전두환이, 죽었다는, 자막이 뜨네?"

"그래? 어? … 저게 뭐야? 정말 그러네?"

그리고 두 부부는 잠시 멍한 공황에 빠져 시르죽은 허탈감을 동시에 느꼈다. 남편이 먼저 물색없이 말문을 연다.

"우리 신혼여행 망친 인간이 드디어 갔네. 허허, 참. 그때 참 황당했지."

"그러게. 그때 남해안 다도해 한 바퀴 돌기로 했잖아. 기차 타고 목포 가서, 다시 배 타고 바다구경하기로⋯."

"그래, 그랬지."

그리고 그는 곡두처럼 스치는 당시의 희미한 기억을 엉거주춤 떠올렸다. 젊은 날의 푸른 밤, 그러나 그 밤을 뚫고 달리던 기차는 광주 초입 송정리역에서 더 이상 앞으로 나아가지 못했다. 도대체 무슨 저지레인지 알 수가 없는 채, 두 눈이 퀭해진 승객들은 허겁지겁 떠나온 곳으로 다시 되돌아가지 않으면 안 되었다. 여전히 그 까닭을 알 수는 없었지만, 광주 시내에 뭔가 끔찍한 비상사태가 벌어졌다는 사실은, 떠도는 입소문과 찬 밤공기만으로도 충분히 감지할 수가 있었다. 달콤한 신혼여행 포기하고 어렵사리 귀가해 지친 두 눈 붙인 뒤, 제갈룡이 광주 소재 신문사의 아는 선배한테 전화를 걸었더니,

"큰일 났어, 큰일. 군인들이 몰려 와!"

선배는 다짜고짜 겁에 질린 목소리로 '나중에 내 전화할 테니 이만 끊자'며 황망히 송수화기를 내려놓았다. 어디론가 서둘러 몸을 피하려는 게 분명해 보였다. 조금이라도 운동권 냄새 나거나 이즈음의 군부 작태에 불만 품은 불온(?) 세력은, 가차 없이 군화발로 조지고 탄압한다는 불길한 소식이었다. 피 묻은 비상계엄은 곧 전국으로 확대되었고, 그의 결혼식장에서 '사람이 너무 덕스럽고 착하게만 살아도 안 된다. 그것이 때로는 독이 되어 되돌아오니, 늘 손해만 보고 살 것 같은

신랑은 앞으로 절대 이 점을 잊지 말라'며 주례 섰던 리李선생은, 엉뚱한 내란음모사건에 연루되어 쥐도 새도 모르게 어디론가 끌려갔다고 했다. 당신의 절친한 시인, 작가 몇도 함께였는데, 평생 활자나 파먹고 사는 백면서생의 문인들이 몹쓸 정치판의 진흙탕에 함께 휩쓸려 들어갔다는 건 암만해도 수상쩍었다. 소위 그 사건 주모자라는 어느 노정객과는 평소 잘 알고 지내는 사이도 아닌 터에 느닷없이 국가전복 꿈꾸는 '역모세력'으로 엮여 들어갔으니, 이건 누가 봐도 급조된 조작사건임에 틀림없었다. 어쨌든 끔찍하고 참혹한 '광주사태'가 포악한 반란군에 의해 강제 유혈 진압된 후, 한참 만에 구치소에서 풀려나온 그이들을 병원으로 문병 갔을 때, 왜 하나같이 뒤늦게 코피를 흘리거나 얼굴이 비누처럼 희멀겋게 떠있을까, 그는 많이 의아하고 마음 아팠었다.

"그나저나 참 허망하네. 온 나라 쥐락펴락하던 3김도 가고, 뛰는 놈 위에 총 들고 날뛰던 노태우, 전두환도 갔으니, 이젠 누굴 씹고 살지?"

제갈 씨가 가살스런 어투로 중얼거렸다. 아내가 시큰둥 되받는다.

"요즘 더 많잖아? 나쁜 놈, 추한 놈, 독한 놈, 질긴 놈, 미주알고주알 씹어대면서, 저놈들은 입만 열면 거짓말한다고 생난리잖아. 당신도 제발 뉴스 좀 그만 보라구요."

"그려, 알았네. 지금 바로 티브이 끌게."

제갈 씨는 어리바리하게 아내와의 통화를 끝내고 나서 벌컥벌컥 냉수 한 컵을 들이켠 다음, 티브이 끄기 전 다시 한 번 화면을 응시하면서 또 혼자 투덜거린다.

저 인간이 정말 눈을 감았다구? 때가 되니 너나없이 다 불려가는군.

돌아보면 한 찰나에 불과한 하루살이 인생들인데, 역시 돈 많은 재벌도 총칼 휘두른 독재자도, 때가 되니 어김없이 다 꼴깍 숨 끊어지는군.

여전히 알 수 없는 비애, 텅 빈 충만, 깊은 슬픔을 뒤죽박죽 의식하면서 리모컨을 누르려는데, 숨 가쁘게 흐르던 화면 밑자락의 자막은 이내 아나운서가 직접 등장하는 장면으로 바뀌었다.

방금 들어온 속보를 말씀 드리겠습니다. 그동안 숱한 화제와 논란을 뿌려온 전직 대통령 전두환 씨가 연희동 자택 화장실에서 숨을 거두었습니다. 오늘 아침 여덟 시 오십 분경 … 어쩌고저쩌고 흉하적하게 이어지고 있었으나, 뭔가에 썰 듯 덜미 잡힌 제갈 씨는 다만 허, 참, 아이고, 그래? 가리새● 없이 뇌까리면서 거실 한복판을 왔다갔다 서성거렸다. 가슴의 체증이 확 뚫린 것 같기도 하고, 볼일을 보고 난 뒤 채 뒤를 닦아내지 못한 개운치 않은 느낌 또한 여전하였다. 긴급속보가 끝날 때까지 그는 그렇게 복잡 미묘한 심사로 냉장고를 뒤지고, 우유에 시리얼을 타먹고, 사과 한 알을 우걱우걱 깨물면서 화면을 지켜보다가, 다잡아 티브이를 끄고 현관 밖으로 나섰다.

어쨌든 어두운 질곡의 한 시대가 끝났구나.

제갈 씨는 깊은 한숨 몰아쉬면서 길 건너 맞은편 비슬산 상공에 떠 있는 방패연을 이윽히 건너다보았다. 하늘하늘 흩날리는 숫눈발 속에서 어떤 아득한 꿈의 상징처럼 그 연이 다가온다. 그 산자락 밑에 목조 전원주택을 짓고 사는 시리아 난민 출신의 아사도가 띄운 연이었다.

● 가리새: 일의 갈피와 조리.

한국인보다 더 한국인다운 그는 바샤르 알 아사드라는 본래 성명을 버리고 '정안 아阿씨'를 창씨해 완전 한국인 아사도阿思悼로 귀화, 이곳 문산리文山里 이장 노릇까지 덤터기로 도맡고 있는데, 거의 노인들뿐인 첩첩산골이라 이런 이국 중년사내라도 터줏대감처럼 상주해 산다는 것 자체가 큰 다행이거니와, 이 마을 조리부자로 소문난 정달호 씨 막내딸 정순정이 파리로 어학연수 갔다가 이 사람을 처음 만났다고 했다. 이미 이승 떠나고 없는 정달호 씨는 일찍이 면장댁인 제갈 씨네 마름 살 만큼 빈한했는데, 그 상전이던 제갈 면장님이 세상 뜨고 난 이후 어느 사이 곰비임비 숨은 부잣집으로 탈바꿈했었다.

어쨌거나 제갈 씨는 처음 아사도의 귀화 이름을 보고선 적이 놀라지 않을 수 없었다. 그래서 아사도한테 사도세자의 그 사도가 맞는 거냐고, 그건 간절한 애도의 마음을 담고 있는데 그걸 이름으로 삼아도 괜찮은 거냐고 닦달하듯 물었으나, 그는 아주 태연스레 대답했었다.

"그럼유. 제가 한국사 공부할 때 가장 인상적이고 가슴 아픈 장면이어유. 아마 세계사를 통틀어도 아버지가 아들을 뒤주에 가둬 죽인 경우는 없을 거구만유. 그것도 다음 왕이 될 왕세자를 말이쥬. 전 거기서 한국인의 아주 극단적인 한 심성을, 무슨 일에든 죽기 아니면 살기로 덤벼드는 무서운 한국혼 같은 걸 읽어냈거든유. 그래서 아예 이름으로 삼아버렸슈."

그랬던 아사도는 가을철 밤농사가 끝난 이때쯤이면 어김없이 저 방패연을 하늘 높이 띄워 올려, 자기네 집 기둥 모서리에 매다는 걸 당연한 연중행사로 삼았다. 폐허의 전쟁터인 고국산천에의 진한 그리움 때문이라 했는데, 현관 밖으로 나오면 어김없이 무슨 동화 속 풍경인

양 그걸 먼 듯 가까운 듯 마주보게 되는 제갈 씨로서도 결코 싫지 않았다. 아니, 오히려 신선한 자극과 그 집주인에의 친밀감마저 은근히 불러 일으켜주는 촉매제였다. 그런데 오늘은 그 방패연 너머 비슬산 기슭의 억새 군락지 곁 은사시나무에, 웬 까마귀 떼까지 모여들어 노니는 모습이 먼발치로 들어온다. 아까부터 까악까악 번차례로 울어대면서 콩켸팥켸 수선을 피우기에, 제갈 씨는 문득 저 까마귀들도 이상하게 살다 간 전직 대통령 죽음을 용케 알아차린 건가, 혼자 씁쓸해하였다. 그중의 한 마리가 무리에서 이탈해 절골 쪽으로 가로질러 날아간다. 희끗희끗 흩날리는 숫눈발 사이를 뚫고 검은 환영처럼 날아가는 까마귀 날개깃이, 한순간 순은純銀으로 반짝인다는 느낌을 그는 전해받았다. 야, 까마귀 날개가 부신 은빛을 띠다니, 하고 잠시 어리벙벙 넋을 놓고 있는데, 그때 휴대폰 신호음이 울렸다. 또 가짜 전화겠지, 물정 모르는 시골노인 울리기 위한 사악한 말 낚시질이거나 별 볼 일 없는 사기성 금융상품 광고이거나 할 터였다. 하지만 이번에는 낯익은 옛 친구이다. 지방대 교수를 지낸 김시형 소설가, 꽤나 긴 나날 서로 안부연락 뜸했는데 웬일인가 싶었다. 저쪽에서 먼저 반긴다.

"어이, 제갈륭 선생, 살아는 있는 겨? 전두환이 갔다는데, 소감은?"

"응, 조금 전에 속보 봤어. 뭔가 허망하네. 참 묘해."

"33년 전 백담사로 유배 간 날 눈 감은 것도 우연치고는 묘한 맥락이고. 그대의 산속 유배생활은 어떤고?"

"유배가 아니라 아예 유폐라네. 암만해도 종말이 다가오는 것 같애."

"난 되레 그대가 아직도 살아있는지 궁금했는데, 요즘 어떻게 돌아가는 겨?"

"은퇴하고 나니 끈 떨어진 갓이지 뭐. 거짓말처럼 싸악 떨어져 나가. 현역 물러나면 바로 고려장 되는 거야. 지금 혼자 마스크 쓰고 동네 뒷산 오르고 있어."

"산에 가면서도 마스크 써야 하니, 무슨 죄를 그리 지은 거야? 그동안 애들 가르치느라 작품 못 쓴 죄도, 서둘러 갚으라구. 더 늙기 전에."

"죽으면 늙어야지, 그놈의 작품은 써서 뭐해? 소설보다 몇 십 배 더 스릴 넘치고 재밌는 게 우리 사는 현실인데. 독자보다 시인, 작가가 더 많은 독서풍토, 나까지 아까운 종이 쓰레기 만들어내면 안 되지."

"허, 늙으면 죽어야지가 맞네. 그대도 살짝 치매기가 왔구먼."

"맞아, 맞아. 기억력이 급속도로 망가지고 있어. 그런데 소설은 무슨 … 늙어가면서 아등바등 기를 쓰는 모습도 보기에 안 좋더라구. 엉덩이 힘 빠지면 내 능력이나 욕망은 여기까진가 보다, 적당한 선에서 절제할 줄 아는 것도 괜찮은 늙음의 미학이야. 하지만 자칭 내가 대통령감이고 킹메이커라면서 선거철마다 이 당 저 당 기웃거리는 정치 기술자들, 무슨 비밀결사체 암구호 같은 화천대유에서 50억 클럽 만들어, 추잡스런 물욕에 눈이 먼 대법관과 특별검사 출신 법조인들 한번 보라구. 곱게 늙는다는 게 저리 힘들어요. 그나저나 요즈음 돌아가는 선거판, 목불인견이지? 이런 대통령선거 처음 겪는 것 같아. 다들 사이코패스에 소시오, 함량 미달, 증오와 적개심 유발자, 끝없는 편 가르기, 분노조절 장애자뿐이니, 정말 이래도 되는 거야?"

"그려, 오징어게임이 돼버렸네."

"아냐, 지옥이야, 지옥 그 자체야. 대한민국 민주주의의 일대 위기라구."

"죽 쒀서 개 준 꼴이지. 그래서 참된 혁명은, 건국보다 더 힘들다고 했나 봐."

그리고 제갈 씨는 살처럼 지나가는 지난 한때의 눈 매운 회억에 사로잡혔다. 그해 6월 10일, 뜻이 맞는 문인들은 삼삼오오 시청광장 맞은편 한 다방에서 모였다. 평범한 직장인이던 제갈룡 역시 현실참여 쪽 어떤 단체 핵심인 김시형의 연락을 받고, 퇴근시간 조금 앞당겨 주저 없이 그곳으로 갔었다. 전두환의 '4·13 호헌護憲' 선언을 절대 용납할 수 없다는 명분이었는데, 그동안 사악하고 무자비한 군사독재에 시달릴 대로 시달려온 시민들은, 젊은 대학생들한테만 그 저항운동 맡겨둘 수 없다면서 벌건 대로상으로 뛰쳐나갔다. 소위 '넥타이 부대'로 일컬어진 이들은 점조직으로 서로 연대하여 서울시내 중심부 여기저기에 잠복, 국기 하강식을 신호로 일제히 도로 한복판에 뛰어들었던 것이다. 이때 외친 구호는 거의 '호헌철폐, 직선관철'이었다. 총칼 앞세운 놈들끼리 서로 담합해 실내 체육관에서 거짓조작으로 만들어내는 게 아닌, 내 손으로 직접 뽑은 대통령을 새물내 나게 한번 가져보겠다는 절박한 아우성이었다. 시위 날짜를 6월 10일로 잡은 것도 조선조 마지막 왕이라 할 수 있는 순종 장례식 때 그 맨주먹의 '6·10 만세운동'을, 포악한 일제를 향해 온몸 내던졌던 그 가열한 독립정신을 그대로 답습, 실천해 보이기 위해서였다.

도도한 시위대 물결은 서울의 온 도심을 뒤덮었다. 물론 젊은 대학생들이 맨 앞장을 서고는 있었지만, 그 중심엔 지금껏 적당한 방관자로 물러나 지내온 일반인 월급쟁이들이 주축을 이루었다. 명실상부한 시민혁명이었는데, 김시형이 이끄는 제갈룡 등의 문인 무리가 명동

국립극장 근처에 이르렀을 때 갑자기 최루탄이 파, 바, 방 터졌다. 조용히 숨죽여 지켜보고 있던 경찰 쪽에서 본격 제압작전으로 돌입한 모양이었다. 물신선 같은 문인 시위대는 연거푸 터지는 최루탄과 공포소리에 놀라 순식간에 혼비백산, 사방으로 낱낱이 흩어졌다. 자칫 투구 쓴 전경들에 의해 강제로 붙잡혀 끌려가는 형편이어서, 제갈륭은 다른 동료와 함께 신세계백화점 뒷골목을 거쳐 남대문시장 쪽으로 허청거려 몸을 피했다. 이리저리 쫓겨 다니는 사이, 최루탄 연기 자욱한 거리와 시장골목은 금세 아수라장으로 돌변했다. 그 피신 인파에 떠밀려 숭례문이 보이는 시장 초입에 이르렀을 때, 제갈륭도 별 도리 없이 최루탄 세례를 직격으로 마주 받고야 말았다. 큰길 한복판에서 빈지게 걸머진 채 덩더꿍 춤추는 허름한 지게꾼 향해 뜨거운 환호를 보내는데, 잠시 정적을 유지하던 경찰 쪽에서 새로이 요란스런 최루탄을 발사했고, 그중의 한 발이 그의 왼발 구두 뒤축을 강타한 것이었다. 혼비백산 지하도 입구로 내달리던 그는 그대로 폭 고꾸라지듯 주저앉았다. 도저히 눈을 뜰 수 없고 제대로 숨을 쉴 수도 없었다. 눈물, 콧물로 범벅이 된 얼굴이었지만, 가까스로 정신을 되찾은 그는 그래도 전경한테 붙잡히지 않으려 기를 써 지하도 안으로 숨어들었다. 지독한 최루가스를 하얗게 온몸 뒤집어쓴 바람에, 그는 그날 밤 결국 택시나 버스조차 이용하지 못한 채 혼자 먼 밤길 터덜거려 걸어서 한밤중 귀가하지 않으면 안 되었다.

그리고 6월 29일이 되었을 때 시민혁명은 비로소 소박한 결실을 맺었다. 다음 대통령 후보로 지목된 노태우가 국민의 직선제 요구를 전격 수용한다는 내용의 6·29 선언이었다. 애면글면 어깻숨 쉬던 시민들은 벅찬 환호를 내질렀으며, 그날 문인들이 모였던 다방은 온종일 찻값을 안 받을 만큼 들뜬 축제 분위기에 젖어들었거니와, 순수하고 위대한 4 · 19 학생혁명이 탱크 앞세운 5 · 16의 군홧발에 맘껏 유린당한 이후, 군사독재에 맞서며 그 참혹한 고문과 분신, 자살을 숱하게 겪은 민주화운동은 이 '6월 시민혁명'으로 허위허위 한 변곡점에 이르렀다고 보아야 한다. 두 김 씨의 가리튼● 욕심으로 12 · 12 반란군인 노태우에게 한때 아까운 민주정권 넘겨주긴 했지만, 그 이후 과정은 어쨌든 이 땅에 다시는 무장군인들이 불법 독재할 수 없도록 단단히 여며 법으로 제도화되었으니까. 휴대폰 너머에서 김시형이 맹물스럽게 중얼거린다.

"선량한 국민들만 불쌍할 뿐이야."

"다 업보지 뭐. 한 나라의 지도자 품격은 그 나라 국민들 의식 수준이라고도 하잖아. 뭔가 힘 있어 보이는 쪽에 엉겨 붙는 사대의식이나 식민근성이라고나 할까, 아직도 그걸 못 버린 우리 국민 참 많아."

"와이에스가 하나회 척결하면서 이놈저놈 감옥 보내고 사형 때렸을 때, 그때 그대로만 실행했으면 우리 민주주의가 이리 엉망으로 꼬이진 않았을 거라구."

"그러게. 그 또한 덜 성숙한 우리 민주주의의 업보고 숙명이 아니겠나."

"늙어가는 그대도 어쩔 수 없는 운명론자가 돼버렸군. 그, 그런데 말이지."

● 가리틀다: 한몫을 무리하게 청하다.

이만 통화를 끝내야겠다는 듯한 어조의 김시형은, 잠시 저어하는 투로 주춤거리다가 내치듯 다시 이었다.

"그대 아우 제갈령이 있잖아? 행복신도시 시의원, 어젯밤 그쪽 지방방송 뉴스에 그 친구가 3주일째 실종 중이라고 나왔다는데, 알고 있남?"

"아니, 몰라!"

인연 끊고 산 지 십수 년이 흘렀는데 왜 그 인간 말종을 홍두깨처럼 들먹이는가 싶어, 제갈 씨는 뜨악한 가락으로 잘라 받았다. 그리고 일찍이 제갈 씨 집안의 선산先山이기도 했던 건너편 비슬산 한 자락을 시린 눈으로 훑으며 다시 덧붙였다.

"죽건 살건 나와 상관없으니, 내 앞에서 그놈 얘긴 꺼내지 말라구."

"알았어, 알았어. 그냥 궁금해서 한번 던져 본 소리였네. 이만 끊지. 이 풍진 세상, 건강이나 잘 살펴."

그리고 김시형은 곧 휴대폰 저 너머로 유령처럼 사라졌다. 예고 없이 뒤통수를 얻어맞은 듯 제갈 씨는 여전히 멍한 표정으로 비슬산 허공을 헤매던 시선을 거두고, 천천히 마당 밖으로 걸음을 떼어놓았다. 오늘의 가벼운 운동 겸한 산책길은 아사도네 집 쪽이었다. 그쪽 하늘 높직이 떠오른 방패연도 연이지만, 거기 억새 군락지의 은사시나무에서 까악까악 노니는 까마귀 떼가 누구보다 먼저 그를 향해 이드거니 손짓하고 있었다.

그래, 업보 많은 나는 자네 말마따나 어쩔 수 없는 운명론자인지도 모르지.

개울 옆 논틀밭틀 산길을 걸으면서 제갈 씨는 혼자 쓰게 웃었다. 엄혹한 군부독재 끝나고 김영삼의 힘찬 문민정부가 들어섰을 때, 그의 현실참여 문학은 적바르게 날개를 접었다. 소속돼 있던 단체가 자꾸 정치에 종속되는 분위기와 색깔을 피우고, 목소리 높은 비문非文들이 극성 부려 설치는 바람에 아, 불의와 부조리, 병든 사회악에 저항하는 내 작은 직선의 몸짓은 여기까지인가 보다, 하고 선선히 닻을 내렸던 것이다. 더욱이나 이제 역사바로세우기와 백화제방의 문민정부가 활짝 들어서지 않았는가. 그러므로 그에게서의 문학은 정치나 경제, 문화, 사회 등을 선도하는 운동 이상의 그 무엇이어야 했다. 종교와도 같은 감동과 신념의 형이상학을 통해 어지러운 현실을 깨우치며 개혁하되, 그 운동장은 어디까지나 순백의 원고지 위여야 한다는 생각이 었다. 참여하되 순수하게 하라. 작가는 그 스스로가 한 우주이며 창조주이니, 집단이 아닌 단독자로서 더욱 견고하고 치열하게, 영혼의 붉은 피를 홀로 흘려라.

하지만 그의 아우 제갈령은 달랐다. 소설가 형의 알선으로 어느 제약회사 홍보부에서 일하고 있던 그는, 문민정부가 들어서자 곧바로 다니던 직장을 때려치우고 작은 출판사를 헝겁지겁 차리더니, 어찌어찌 여당에 줄을 대어 어쭙잖은 정치활동으로 냉큼 들어섰던 것이다. 하긴 제약회사 다닐 때에도 사보편집이라는 주업무보다는, 조금 엉뚱한 노조활동에 더 깊이 빠져들면서 노동 운동권 행세하고, 이미 처자식 딸린 가장으로서 중년의 늦은 나이임에도 어느 야간대학 정치외교학과에 적을 두었던 걸 보면, 야심 많은 제갈령은 나름대로 치밀하고도 알이알이하게• 그쪽으로의 본격 투신을 계산하고 있었던가 보았다. 그가 어렵사리 꾸려가는 출판사에선 주로 내로라하는 정상배들의 대필 자서전이나 자전 에세이 따위를 출간했는데, 그것을 남의 일처럼 수수방관하던 제갈룡이 불뚝 폭발한 건, 전두환의 오른팔이라던 12·12 주모자 허장세 국회의원 책을 냈을 때였다.

"이 쓸개 없는 놈아. 아무리 빌어먹을 게 없다 해도 어찌 그런 인간 쓰레기 책을 낸단 말이냐? 너도 정말 쓰레기 되고 싶어?"

"형은 뭐가 그리 잘나서 그래요? 세상 살아가는 덴 무엇보다 균형감각이 중요하다 해놓구선. 저는 좌와 우, 진보와 보수 어느 편도 안 들고 당당한 중도를 걷기로 했슈."

그리고 제갈령은 민주지도자 김영삼도 권세 좋은 정권을 쟁취하기 위해 노태우와 김종필이 손도 쾌히 잡지 않았느냐고 강변했다. 이와 같은 주장의 흐름은 김종필과 박태준 손잡고 집권한 김대중 정부에 이르러서도 계속되었는데, 정치판은 그렇듯 경우에 따라선 오랜 적과도 내통하고 감빨리듯 동침할 줄 알아야 한다고 배운 제갈령은, 또 반지빠르게• 허장세 의원의 보좌관으로까지 날탕 변신해버렸다.

까악까악, 까마귀 우짖는 소리가 들려온다. 온갖 꽃밭으로 둘러싸인 채 꽃차체험관까지 운영하고 있는 아사도네 집엔 아무도 보이지 않았다. 꽃을 중심으로 한 개인방송이나 체험관 운영, 꽃차 판매는 순전히 아사도 아내 정순정의 몫이지만, 2만여 평 밤농사에 표고버섯 재배, 토종꿀치기와 이장노릇까지 도섭부려• 바삐 수행하노라면, 바지

• 알이알이: 약삭빠른 수단.
• 반지빠르다: 말이나 행동 따위가 어수룩한 맛이 없이 얄미울 정도로 민첩하고 약삭빠르다.
• 도섭부리다: 모양을 바꾸어서 원래의 모습과는 전혀 다르게 변하다.

런한 그들 내외가 기실 한가로이 집에 붙어 있을 시간이 없을 터였다. 기둥 모서리에 줄이 묶인 방패연만이 한공중에 높이 떠올라 한가로이 하늘하늘 하늘거릴 뿐이어서, 제갈 씨는 다시 그 집 뒤 좁은 에움길로 접어들어 비슬산 은사시나무 쪽으로 발길을 돌렸다.

하지만 마른 잡초와 칡덩굴로 산길이 곧 막혀버려 더 이상 앞으로 헤쳐 나갈 수가 없었다. 전원주택 단지 조성하려 쌓아놓은 축대 아래 쪽도 오래도록 방치한 탓에 우거진 잡초넝쿨만 무성하였다. 유행처럼 번지던 전원주택 바람이 한물 간 바람에 토건업자이기도 한 산주가 오래도록 놀려 둔 버덩 땅. 인기척에 놀란 까마귀들이 후드득 깃을 치며 절골 쪽으로 날아간다. 제갈 씨는 어쩔 수 없이 큰길로 되돌아 나오지 않으면 안 되었는데, 그가 돌아서는 순간 어디선가 덜 삭은 듯한 퇴비 냄새가 사르르 코에 스몄다. 바지런한 아사도가 수확 끝난 밤나무 밭에 밑거름을 뿌렸나 하고 사방을 둘러보았지만, 퇴비 뿌린 흔적은 쉬 눈에 띄지 않았다. 그렇다면 시큼한 어떤 동물 시취屍臭?

까악까악, 새로 날아든 까마귀 서너 마리가 억새 군락지 위를 또 까작대며 맴돈다. 큰길로 나온 제갈 씨는 그 수상쩍은 까마귀 노니는 모습을 우두망찰하게 바라보았다. 바람이 스치듯 불현듯 눈이 부시고 가슴이 시리다. 거기, 은사시나무 아래 옴팍하게 우거진 억새군락지 는, 예전엔 다섯 분의 제갈 씨 선대 어른들이 묻힌 산소 터였으므로. 차령산맥을 타고 유장하게 흘러 내려온 등성이의 비슬산 줄기 한 자락은, 일찍이 제갈 씨 집안의 볕 바른 선산이었다.

무거운 산책길에서 돌아온 제갈 씨는 거실에 들어서기 바쁘게 티브이 리모컨부터 찾았다. 사위를 둘러 감싸는 오솔한 적막이 몸서리나도록 싫어서였다. 그러나 리모컨이 얼른 보이지 않는다. 버릇이듯 놔두는 탁자 위에도 없고, 소파 모서리나 주방 쪽 식탁 위에도 놓여 있지 않았다.

아까 여길 나갈 때 내가 어디에 나뒀지? 맞아, 그러고 보니 혈압약도 아직 먹지 않았군. 글쎄, 내가 정말 먹지 않았을까? 초기 당뇨와 고지혈증까지 포함된 아침마다의 그 약봉지를 내가 정말로 잊고 나갔을까? 아냐, 먹었어. 그나저나 이 리모컨은 도대체 어디로 날아간 거야? 나도 이제 어쩔 수 없는 널감•인가 보다. 참 상막하다, 상막해.

제갈 씨는 혼자 중얼거리다가 문득 손위 누님한테 전화를 건다. 2남 6녀 중의 맏딸. 일찍이 어머니 돌아가신 이후, 어머니 대신해 집안 대소사와 여러 동생들을 멀리 가까이서 뒷바라지해 온 피붙이다. 그네가 어머니처럼 반색한다.

"아이고, 니가 웬일인 겨? 무너져 가는 고향집 혼자 지키고 사니라 많이 힘들제?"

"힘들기는요. 뭐 별일 없는가 하구."

"별일은 무슨, 그냥저냥 사는 게지. 니는?"

"괜찮아요. 별일 없으면 됐구, 누님 목소리 듣고 싶어서 한번 걸어 봤어요."

"싱겁기는 … 암튼 고맙네. 그저 건강이 제일이니께 몸조심혀. 귀찮다고 끼니 거르지 말구."

• 널감: 죽을 때가 가까워진 늙은이를 속되게 이르는 말.

"알았어요. 누님이나 부실한 몸 잘 챙기셔요."

그렇게 통화를 끝내고 나서 제갈 씨는 묘하게 나라진 안도감을 느꼈다. 누님이 아우 소식을 까맣게 모르고 있다면, 아직 제갈령한테 아무런 일도 일어나지 않았을 수 있으므로.

그나저나 이 리모컨은 어디로 사라진 걸까?

그는 거실과 주방 사이를 먹이 찾는 매의 눈으로 서성인다. 집 안에서의 동선은 너무도 빤해서, 화장실 간이 책꽂이대며 소파 옆, 침대 이불깃까지 샅샅 뒤졌지만 리모컨은 용용 얼굴을 내보이지 않았는데, 우연찮게 냉장고 문을 열자 그제야 생뚱맞게도 그 안 선반에 얌전히 똬리 틀고 앉아 있었다.

뭐야? 내가 왜 여기에 이걸 모셔 두었지?

반가움보다도 미심쩍의 당혹감이 더 커서 그는 또 혼자 중얼중얼 자탄하며 거실 티브이를 켠다. 전두환은 이제 가까운 대학병원 영안실로 옮겨졌다고 했다. 전직 국가원수의 마지막 길이 참담할 만큼 시르죽고 괴이쩍다. 다른 곳으로 채널을 돌리자 거기엔 앞으로의 대통령을 꿈꾸는 가면假面들이 갖은 위선과 거짓으로 또 파리지옥 분위기를 연출하고 있다. 서로가 소설 쓰지 말라고 어줍은 쏘삭질이다. 정말 뉴스는 보지 말아야 하나보다, 하면서 소슬한 정적이 싫은 그는 다시 바장이듯 채널을 돌린다.

때 맞춰 휴대폰이 부르르 몸을 떨었다.

오늘따라 왜 이러는 거지? 여느 때엔 사그랑이 절간처럼 조용했는데, 밀려있던 전화들이 오늘 하루 한꺼번에 달려드는 듯싶다. 이번에는 아사도의 아내 정순정이었다.

"오라버니, 아까 산에서 내려다보니까 우리 집 근처 산책하시던데, 무슨 일 있으신 거예요? 아사도랑 마지막 토종꿀 채밀하러 산에 올랐었거든요."

"어, 그래? 그냥 한번 들여다봤어. 잘 살고 있나 해서."

"전 연하의 외국 서방님이랑 잘 살구 있어요. 호호, 오라버니, 아직 점심 전이죠? 저희가 김밥 싸갖고 그쪽으로 가려는데, 괜찮죠?"

"와, 나야 대환영이지. 먹는 것도 귀찮아 손가락 하나 까딱하기 싫은 판인데."

"우리 이장님이 이것저것 알려드릴 것도 있나 봐요. 그럼 김밥은 거의 다 됐으니, 겸사겸사 곧 건너갈게요."

그려그려, 하고 제갈 씨는 모처럼 사람 사는 재미를 느끼며 울근불근 들여다보던 티브이에서 시선을 거두었다. 그리고 어지러운 거실을 일매지어 치우고 괜스레 냉장고 안도 가지런히 정리한 다음 청소기까지 바투 돌렸다. 야, 얼마만의 손님맞이냐. 한동네 살면서도 함께 마주앉아 김밥조차 나누어 먹지 못한 지난 시간들이 그저 비현실만 같았다.

하긴 제갈령 이놈과는 십 년도 훨씬 넘었군.

차로 오가는 데 겨우 두어 시간 남짓한 거리를, 그토록 멀고 길게 형제끼리 눈 한번 안 맞추고 지냈다는 사실도 제갈 씨는 내심 믿어지지 않았다. 한 번 정 끊어지면 남보다도 더 먼 게 한 피붙이의 사막한 원한관계였다.

"아이고 행님, 안녕하세유?"

축대 아래 공터에 차 닿는 소리 들리더니, 곧바로 아사도의 늘쩡한 인사치레가 딸려 나온다. 싱글거리는 그의 한 손에 작은 꿀단지까지 들려 있다. 아들 같은 나이차임에도 제갈 씨는 오히려 그로부터 아저씨나 선생님으로 불리지 않은 걸 다행으로 여긴다. 그만큼 가깝고 친밀감 있게 다가오는 동네 이장이었다. 제갈 씨가 사뭇 큰 소리로 반긴다.

"우리 앗싸 이장님이 오셨구나. 앗싸 가오리! 어서 와요, 어서."

"오라버니, 별일 없으셨죠?"

남편 뒤따라 운전석에서 내린 정순정의 양손에도 보자기에 싼 찬합 도시락과 보온병이 보기 좋게 들려 있었다. 이들을 집 안으로 들일까 잠시 망설이는데, 정순정은 벌써 야외식탁 위에 올려놓은 찬합 도시락 보자기를 풀어 젖힌다.

"아직 춥지 않으니 여기서 먹어요, 오라버니."

"그럼 그러지. 오랜만에 소풍 기분 나겠는걸."

"그나저나 행님네 닭장은 별일 없쥬? 산 너머 광덕면이 온통 난리여유. 마을 교회당에서 코로나 떼거리로 걸리고, 거기에 조류독감까지 사방 퍼지고 있다면서, 그 일대가 통째로 봉쇄될 거라는데유? 닭장 소독하려 당국에서 찾아올지 모르니 알고 계셔유."

개울 건너 빈 밭과 닭장 쪽을 빠른 시선으로 훑으며 아사도가 말했다. 유정란이나 겨우 빼먹으려 키우는 여남은 마리 토종닭들뿐인데 무슨 사달 생기랴, 생각하는 제갈 씨한테 아사도가 다시 잇는다.

"행님네 텃밭에 퇴비 안 뿌렸쥬? 여기선 냄새 안 나는디, 그럼 누구네가 뿌렸지?"

"퇴비가 아니라니까 그러네. 멧돼지나 고라니가 내려왔다가 어디선가 죽어 나자빠진 거야. 참, 전두환 가신 건 오라버니도 알고 계시죠?"

346

정순정이 주춤 손길을 멈추고 제갈 씨를 돌아보았다. 시큰둥한 제갈 씨가 별 감응 없이 받았다.

"응, 아침녘에 뉴스 봤어."

"아, 그래요? 그럼 됐고, 맛있는 음식 앞에서 냄새나는 퇴비나 죽음 같은 이야긴 좀 멈춥시다. 밥맛 떨어지니까."

귀엽게 미간을 찌푸린 정순정이 두 사내에게 어서 자리에 앉기를 권하는 손짓을 했다. 야외식탁 한가운데에 정성스레 싼 찬합 도시락을 펼쳐놓으니 미상불 어디 즐거운 소풍이라도 나온 분위기이며 풍경이었다. 개울 건너 맞은편 된비알에 서있는 야생 감나무의 붉은 홍시들이 마치 피를 머금은 꽃숭어리 같다. 김밥을 한입 맛나게 베어 물어 삼키고 난 제갈 씨가 좀 더 부드러운 쪽으로 화제를 유도했다.

"두 사람이 파리에서 만나 처음 연을 맺었다는 건 충분히 알고 있는데, 좀 더 자세하게 들려줄 수 없나? 언제 어디서 누가 먼저 프러포즈했던 겨?"

"오라버니도 참, 케케묵은 육하원칙 옛 얘기 뭐할라 꺼내셔요? 그냥 인연 따라 그렇고 그리 만나게 된 걸."

까르르 웃음을 날린 정순정이 잠깐 머뭇거리더니 내친김이라는 듯 계속하였다.

"제가 주제넘게 파리로 날아가 식당 알바하면서 어학 연수할 때였어요. 모처럼 휴일 하루 개선문 옥상을 오르려고 지하도로 내려가는데, 아랍계 소매치기 두셋이 행인처럼 저를 에워싸더니, 순식간에 제 손가방을 낚아채 달아나는 거예요. 전 그만 외마디를 지르며 그 자리에 얼어붙었죠. 그걸 처음부터 지켜보고 있었던지 또 다른 아랍계 청년이 쏜살같이 그 뒤를 쫓는 거예요. 그냥 같은 패거리이겠거니 싶었는데, 조금 후에 보니까, 거짓말처럼 제 손가방을 이이가 떠억하니 가져오잖아요. 그게 바로 아사도였어요."

"야, 멋진 미담인데! 잃어버린 손가방 되찾아 준 덕분에, 낯선 시리아 청년이 이리 어여쁜 한국 아가씨를 감동시켰다?"

"말하자면 그런 셈이죠. 그게 고마워서 샹젤리제 거리 한 카페를 함께 찾아 들어간 게 그만…."

"그래서?"

"오랜 독재에 시달리는 나라 어렵게 탈출해 나온 난민이라 그냥 보고만 있을 수 없더라구요. 그래서 제가 알바하는 한국식당에 임시 취직해 함께 일했죠. 심성이 착하고 바지런해서, 주인도 금방 사람 됨됨이를 알아봐 주었구요."

"원래 시리아 있을 때부터 한국 그리움이 컸어유."
하고 아사도가 이죽거리며 끼어들었다. 잔뜩 호기심 보이는 제갈 씨를 향해 그가 계속한다.

"아이에스 반군한테 끌려간 우리들 중 하나가 미군 미사일로 온 마을 쑥대밭 됐을 때 죽었는디, 장례도 못 치르고 한참 버려진 그 시신을 한국에서 온 어느 아줌마 특파원이, 정성껏 뒷수습해 주더라구유. 그런저런 이유로, 파리로 나와서도 한국인만 보면 그렇게 반가웠지유."

"야, 그래서? 정작 한국에 와서 살아보니 어뗘셔?"

"정말 대단한 나라여유. 그저 뭐든지 빨리빨리 정신으로 척척 해결해 나가는 걸 보문. 6·25전쟁 끝났을 땐 아프리카보다도 못한 최빈국에 들었는데, 그 폐허에서 오늘 같은 산업화, 민주화를 이룬 건 그저

기적이라고 할밖에유. 한국인은 가만히 있질 않어유. 일하거나 저축하거나 투자하거나, 아무튼 뭔가를 해유. 무서울 정도여유. "

"그려, 맞네. 바로 우리 세대가 전쟁 끝났을 때부터 그 놀라운 산업화, 민주화 과정을 온몸으로 다 겪어냈지. 또 놀라운 거 없어?"

"서비스 정신. 우편배달부든 택배든 전화고장이든 짜장면 한 그릇이든, 부르면 언제 어디서든 당장 달려오는 그 빨리빨리 정신이, 오늘의 한국을 만들었다고 봐유. 좋아도 아이고, 힘들어도 아이고, 아이고, 하문서. "

"핫핫핫, 그러고 보니 정말 그런 것 같군. 그래, 아이고 … 맞는 말이야. "

"밤에 먹고 마시고 노는 문화도 아마 세계 제일일 걸유. 도시는 그냥 밤새도록 불이 꺼지지 않잖아유. 그래서 한국인은 노래를 잘 부르고 좋아하는 것인지. 콧대 높은 서양애들 저리 꼼짝 못하게 하는, 비티에스나 트와이스 같은 케이팝 스타들 한번 보세유. 기생충이나 오징어 게임은 말할 것도 없구. "

"그려, 그것도 맞는 말이고. 그렇다면 안 좋은 점은?"

"급히 도와달라고 해서 달려온 소방차나 112, 또는 119구급차한테 행패 부리고 폭력 쓰는 주정뱅이들. 공권력에 덤비면 더 무겁고 무섭게 처벌해야 하는데, 안 그러는 한국 법 너무 이상해유. 술 취해 살인 저질러도 심신미약 어쩌구 봐주구. 살인 행위는 그저 무조건 사형으로 갚아줘야 하는데 말이쥬. 피해자 인권이 우선이지, 어찌 가해자 편에서 정상참작 어쩌구 하냐구유. 살인자는 무조건 사형으로 때려잡아야 해유. 안 그러니까 계속 흉악사건이 그치질 않잖유. 알다가도 모를

게 한국 사형제도여유. 법이 무섭지 않으니까 요즘 얼마나 많은 나쁜 일들 생겨납니까. 차마 입에 담을 수 없는 범죄들이 짐승처럼, 아니, 짐승보다 못한 일들이 자고 나면 생기니 이거 겁나서 살겠냐구유. 베트남인가 어디 전쟁터 갔다 오셨다는 행님은, 사람 죽여 봤슈?"

"그, 글쎄. 그게 ⋯."

"전 죽여 봤슈. 시리아에서, 반군에 끌려갔을 때, 그 책임자가 병사 아닌 우리한테도 총을 나눠 주더라구유. 그래서 미친 듯 총을 쏴댔쥬. 사실은 어릴 때 제 꿈이 총 한번 가져보는 거였거든유."

"아니, 이 사람이 무슨 소릴 하는 거야, 지금?"

보온병 찻물을 따라 마시려던 정순정이 자기 남편을 날카롭게 째려보며 컵을 탁 내려놓았다. 그녀 스스로도 처음 듣는 소리인 듯 표정이 버성기듯● 일그러진다. 제갈 씨가 얼른 아사도를 두둔하고 나섰다.

"전쟁터에선 흔히 일어나는 일이니까 놀랄 거 없어요. 난 월남전에서 포병 화력지휘소 근무로, 보병이 작전 나가면 후방에서 지원포 때려 줬거든. 그때 떼거리로 베트콩 날려 보냈으니, 소총으로 죽인 거하곤 차원이 달라. 이거 참, 갑자기 양심고백하려니 목이 마르네? 우리 송순주로 입가심이나 좀 해야겠다."

실제로도 갈증이 나고 가벼운 낮술 생각도 일어서 제갈 씨는 작은 주전자 챙겨 들고 송순주松荀酒 항아리가 있는 창고로 향했다. 그 향긋한 솔냄새라도 음미해야 답답하고도 울적한 심사가 조금 풀릴 것 같았다. 아침부터 지금껏 갑자기 세상 뜬 전두환이나 도토리 키 재기의 대

● 버성기다: 분위기 따위가 어색하거나 거북하다.

통령 후보자들, 코로나, 아우에 대한 암암한 상념으로 짜장 시린 통증과 압박감에 시달려 온 것 또한 숨길 수 없는 사실이었다. 그리고 저 뜨거웠던 젊은 날의 월남전.

말라리아 예방을 위한 정제 소금을 매일 두세 알씩 먹어가며 무더위, 모기, 습기와 싸우느라 지친 병영생활의 어느 날, 본대와 뚝 떨어진 독립기지의 찰리(c) 포대 관측병인 제갈륭 상병에게, 전혀 예기치 못한 전통 하나가 사단사령부로부터 날아들었다. 별 두 개짜리 사단장이 자신을 부른다는 것이었다. 도대체 무슨 아닌 밤중의 홍두깨인가 싶어 놀라 톺아봤더니, 어찌어찌 제갈륭의 문장력을 살피고 검증한 사단장의 필요에 의해, 그쪽으로의 차출을 명령한다는 내용이었다. 어엿한 개선장군으로 귀국해 전역하면 곧 사자어금니 같은 존재로 정계 진출을 꿈꾸고 있던 사단장은, 그 치밀한 물밑작업으로 다섯 권짜리 두툼한 전집 출간을 염두에 두고 있었는데, 그 난감한 원고 집필 글쟁이를 급하게 찾아대고 있었던 것이다.

정규 군대의 어느 직제에도 편성돼 있지 않은 아주 은밀스런 자리였다. 사단장 공관을 오가는 길목의 귀빈숙소 맨 바깥쪽 방을 전용 작업실로 배정받은 제갈륭은, 거기에서 오롯이 먹고 자고 쓰는 비밀요원으로서의 일에만 몰두하지 않으면 안 되었다. 아침 출근길에 사단장이 들러 지난밤 쓴 두툼한 일기장을 건네면, 제갈륭은 그걸 바탕으로 〈내가 본 월남〉이라든가 〈365일의 여름〉, 〈나의 지휘방침〉, 〈나의 사랑 나의 조국〉, 〈그리움은 가슴 가득〉 따위로 분류, 뼈와 살을 붙이고 덧입혀 제법 그럴싸한 저작물로 포장, 둔갑시켜 내는 일이었다. 그 완성도를 높이기 위해 제갈륭은 사단장이 시찰한 예하부대라든가 민간 방문지를 찾아가 그 행적을 다시 점검할 수도 있었고, 경우에 따라선 민간인 위장복장 안에 권총을 숨긴다거나 사단장 전용헬기를 이용하는 숨은 특권을 스리슬쩍 누리기도 했거니와, 소설가가 된 이후 되잡아 가만 더듬어보면, 그 다종다양한 체험과 반복 학습, 비밀스런 정보들을 이용했을 경우 얼마든지 속 깊은 '전쟁소설' 두세 권 걸쭉하게 펴낼 수도 있었으리라. 하지만 30여 년의 서울살이 중 너무 잦은 이사질 통에 긴 중편 분량의 월남소설 초고를 한 번 잃어버리고 나선, 이상하게도 다시 재우쳐 그쪽으로 손을 댈 수가 없었다. 정체를 딱히 알 수 없는 어떤 비사치는 부끄러움이 자꾸만 앞을 가로막는 것이었다. 정면으로 빤히 들여다보고 속 깊이 알았으면서도 결코 쓰지 못한, 40여 년이 넘는 그의 작가생활 중의 꽤나 아쉽고도 아픈 숙제이며 덧나는 상처였다.

아무튼 그 당시 사단장의 일기 속에 두남두어 자주 등장하는 한 인물이 있었으니, 다름 아닌 전두환이었다. 예하 29연대장으로 귀국이 얼마 남지 않은 그 전 대령을 '아주 유능하고 똑 부러진 군인'이라느니 '사람이 똘똘하고 야무져서 썩 괜찮은 전투 전과를 올리겠다'느니 하면서 거의 칭찬 일색으로 묘사하는 것이었는데, 어느 날 예하 부대장들 지휘관회의가 끝난 뒤, 운동복으로 갈아입은 그들이 귀빈숙소 맞은편 정구장에서 복식 정구시합 벌일 때 제갈룡이 언뜻 훔쳐보니, 딴은 충분히 그럴 만하겠다고 여겨졌다. 잘 단련된 근육질의 몸매며 승부욕 강한 스매싱을 팡팡 터뜨리는 들무새 팔 힘이 상대 팀을 쉬 압도하고도 남는 데가 있었으되, 그러나 전두환은 사단장이 기대하던 혁혁한 전과 대신 무기 밀매상한테서 다량의 무기들을 사들여, 그걸 적군으로부터의 노획물이라 속여서 있지도 않은 전공戰功까지 터울거려 조작하는 꼼수를 부렸다. 그는 그때 이미 나라를 말아먹거나 상관 능멸하는 반역자로서의 기질이 농후했다고 보아야 한다. 그런데 훗날 12·12 군사반란이 터지고 박정희를 쏜 김재규 군사재판할 때 보니까, 특별재판장은 놀랍게도 예전의 그 사단장이었다. 어랍쇼, 자기 부하였던 전두환의 수족으로 저리 가오리흥정하듯 활약해도 되는 것인가? 세상에 어찌 저런 낯 뜨거운 인생역전이 있단 말인가, 하고 제갈룡은 그때 떫은 생감 씹듯 입맛이 뚝 떨어졌었다. 군복 벗은 사단장은 그 이후 어쨌든 평소 넘성거려 갈망하던 국회의사당에 보란 듯 입성하였다.

하지만 마지막 철수부대로 월남에서 귀국한 제갈룡은, 제대를 두어 달 앞둔 시점에서 그만 말 못할 저지레의 구렁텅이로 굴러 떨어지고 말았다. 월남에서 피땀 흘려 번 전투수당의 상당액이 든 예금통장을 어머니한테 맡겨 두었는데, 대전에서 재수생으로 떠돌던 아우 제갈령이 그걸 도장과 함께 훔쳐 빼들고 어디론지 잠적해버린 것이었다. 대학입시에서 낙방한 놈의 하이에나 불량기가 제멋대로 발현된 건 이때가 처음으로, 당장 놈을 어떻게든 찾아내서 박살내고 싶었으나, 그보다도 더 화급한 건 어머니의 자책으로 인한 화병火病부터 달래드리는 일이었다. 당신의 손재봉틀 서랍에 작은 자물쇠 채워 탐탐히 보관해 둔 장남의 서울살이 전세방 보증금을, 하루아침에 애먼 작은아들한테 넉장거리로● 앗겼으니 그 괴란쩍은 분노의 가슴앓이가 얼마나 클 것

● 넉장거리: 네 활개를 벌리고 뒤로 벌렁 나자빠짐.

인가. 아직 머리에 피도 안 마른 것이 삿된 계집년한테 빠져 그런 도둑질 저질렀다고, 당신은 거의 저주에 가까운 악담을 작은아들한테 쏟아 퍼붓는 것이어서, 어처구니없는 제갈룡은 어쩌면 불길한 전쟁터의 마魔가 그 돈에 스며들어 있을지도 모른다는 쪽으로, 얼른 마음을 고쳐 다잡았다.

그래, 그 피 묻은 돈은 애초부터 내 몫이 아니었는지도 몰라. 검불처럼 없어진 게 더 큰 액운을 미리 막아 준 건지도….

시간이 좀 더 흐르면서 제갈룡은 차라리 속 시원한 자기 합리화로 나름 매듭지어버렸다. 그는 자신도 모르는 사이에 어쩔 수 없는 변통머리 운명론자가 돼 있었다.

맞아, 난 돈 벌러 거기 갔던 게 아니야. 부도덕하고 명분 없는 그 전쟁터에, 난 결단코 미국 용병傭兵으로 팔려 갔던 게 아니라구.

머리에 수건 동여맨 채 안방 아랫목에 몸져누운 어머니한테도 그까짓 전쟁터 돈 빨리 잊으시라고 다그친 제갈룡은, 개구리제대복 그대로 상경해 시난고난한 서울 객지살이를 시작했었다. 그로부터 4년쯤 흐른 뒤 군대에서 또 생게망게 제대하고 돌아와 무릎 꿇은 아우한테도, 그는 별 추궁 없이 괜찮은 취직자리까지 발 벗고 주선, 새 살길을 서그럽게 마련해 주었었다.

주전자에 송순주 옮겨 담아 창고를 나오려던 제갈 씨는, 주춤 헌 장롱 안의 산탄 공기총을 떠올린다. 지퍼 입구 쪽에 살짝 곰팡이 슨 인조가죽 케이스를 열자 지난 시절 애지중지하던 총신이 빠끔 고개를 내민다. 그는 주저 없이 케이스에 담긴 그것까지 함께 집어 들고 본채 잔디마당으로 돌아왔다. 그 사이 두 부부가 웬 말승강이가 있었던 듯,

"오라버니, 앗싸가 소설가님 앞에서 괜한 소설을 썼대요. 시리아에서 사람 죽였다는 말, 말짱 거짓말이래요. 참, 내."

일러바치는 투로 정순정이 웃으며 내뱉는다. 하지만 창고에서 가져온 것들을 내려놓은 제갈 씨는 단박에 아사도가 거짓말로 자기 아내를 안심시켰다고 어림짐작했다. 그게 아니라면 꼭 그렇게 믿고 싶은 정순정이 또 다른 거짓말을 짓고 있거나. 아까 아사도가 그 사실을 선바람에 실토했을 때의 거짓 없는 눈빛을, 눈썰미 좋은 제갈륭은 분명 또렷하게 상기하였지만, 이내 아무렇지 않은 표정으로 받는다.

"그래? 그렇다면 다행이지, 뭐. 아무리 이교도끼리의 다툼이어도, 살인은 살인이니까. 그러면 사형을 당해야 하니까. 그런데 소설가 앞에서 소설 썼다니, 그건 또 무슨 뚱딴지야?"

"말 그대로, 거짓말했다는 거죠, 뭐."

"이런!"

무식한 정상배나 범죄자들이 걸핏하면 소설 쓰지 말라며 되술래잡아 구박하고 시시비비하더니, 순진한 너희들도 겨끔내기로 그와 똑같구나 소리치고 싶은 것을 제갈 씨는 애써 눌러 참았다. 소설은 바로 아사도가 정말로 사람을 죽였는지 아닌지의 진실을 찾아가는 길이며 도구라는 말도, 그는 결코 입 밖으로 내뱉지 않았다. 그 대신 송순주를 부부에게 한 잔씩 따라 준 제갈 씨는 알기 쉽게 다시 덧붙였다.

"모든 인생은 이야기로 이루어져 있어. 아니, 천지창조 자체가 이야기이고, 그게 곧 소설이라는 거야. 그 형식이나 내용은 거짓말인 게 맞지만, 거짓말 속에서 참말을 찾아내는 게 소설의 소임이기도 하구. 거짓의 거미줄로 이루어진 이야기 속에서 진실을 찾아내는 일이지.

우리가 도스토옙스키나 톨스토이, 폭풍의 언덕, 어린 왕자에 감동하고 열광하는 것도, 바로 그 속에서 인생의 참된 진실을 찾아내고 있기 때문이라구."

"저도 그쯤은 알고 있는데, 잠깐 오버했네요. 오라버니 미안해요. 소설을 거짓말로 일반화시켜서."

가리사니● 좋은 정순정이 향기로운 송순주 잔을 입맛 다시듯 홀짝이고 나서 계속한다.

"하지만 요즘 사람들 소설 별로 안 읽잖아요. 소설뿐만 아니라 활자화된 신문이나 책 자체를 별로 안 읽어요."

"그건 그래. 모두가 휴대폰만 들여다보거나 천박한 영상에 빠져 있으니, 가짜가 판치는 천민문화로 치달을 수밖에. 그래도 순정 씨가 끌어가는 개인방송 '생각하는 꽃밭'은 가짜 없는 세상을 만들고, 병든 지구를 살려내자는 깊은 속뜻이 숨어 있어 참 좋더라. 모두가 거짓선동으로 날뛰고 가짜광고로 돈 벌고 난리던데 말이지."

제갈 씨는 진심으로 정순정을 두둔하며 치켜세웠다. 사실이 그랬다. 매일 한두 편씩의 꽃과 나무에 관한 시, 노래를 들려주면서 그에 얽힌 이야기를 재미나게 풀어나가는 너울가지 말솜씨가 보통이 아니었다. 정순정이 말한다.

"하지만 저도 방송 시작할 땐 거의 충격요법을 썼어요. 매일같이 세계 어디에선가 벌어지고 있는 지진이나 화산폭발, 대형 산불, 토네이도, 허리케인, 쓰나미, 대홍수, 폭설, 산사태, 모래폭풍 같은 무서운 자

● 가리사니: 사물을 판단할 만한 지각.

356

연재해 현장을 보여주는 것으로 문을 연다구요. 그래야 시선을 끌 수 있어요. 그렇게 끔찍한 자극을 주고 나서 꽃과 나무 이야기를 노래하듯 들려줘야 조금 먹혀들어요. 꽃들은 다 나름대로의 이야기를 갖고 있는데, 가령 목련은 아주 원시적인 방법으로 꽃 안에 수술과 암술을 동시에 품고 번식하는 속씨식물이지요. 세상에서 제일 큰 꽃은 뭔지 아셔요?"

"글쎄, 뭘까?"

"라플레시아라 불리는 시체꽃. 식물 중 가장 큰 꽃줄기를 가지는데 그 지름이 일 미터, 무게가 십 킬로그램까지 나가죠. 상큼한 향기 대신 시체 썩은 내를 풍기는 이 꽃은 칠 년에 한 번씩 피어나지만, 그 개화기는 고작 이틀 정도밖에 안 되어요. 잎과 뿌리가 없는 기생이라서 시체 썩는 냄새로 파리를 빨아들여 먹고 사는 식충식물이기도 하구요. 꽃이 곤충을 잡아먹고 살다니, 조금 으스스하죠?"

"으스스하긴 하지만, 난 꽃 이야기 지겨워. 집 밖에 나오면 안 듣고 싶다구."

남은 김밥 안주 삼아 송순주 들이켜고 난 아사도가 피식 싱거운 웃음을 날리며 끼어든다. 그리고는 아까부터 꽤나 궁금했던지 제갈 씨가 창고에서 가져와 보리수나무 밑둥치에 기대어놓은 인조가죽 케이스를 턱짓으로 가리키며 묻는다.

"저건 뭐여유, 행님? 낚시도구?"

"아니, 총이야. 청설모 잡던 산탄공기총인데, 결코 사람은 죽일 것 같지 않은 우리 앗싸한테 선물하려고 가져 왔어."

"그래유? 정말, 저 주시는 거여유?"

"어릴 때 꿈이 총 갖는 거라고 했잖아."

그리고 제갈 씨는 그걸 앞으로 당겨와 케이스를 열고, 아직 몸매 반 뜩이는 공기총을 쑥 꺼내어 들었다. 기분 좋은 아사도가 황홀한 듯 들 여다보더니 직접 어루만지며 또 확인한다.

"행님은 정말 필요 없슈? 이 멋진 총?"

"자기는 좋겠네. 요즘도 호두, 밤나무밭에 청설모, 다람쥐 들끓는 다면서 맨날 공기총 타령이더니."

그리고 정순정은 아사도가 만지작거리는 공기총을 유심히 건너다 보면서 문득 되술래잡아 제갈 씨에게 묻는다.

"오라버니는 왜 저걸 샀던 거예요? 무슨, 과수원이나 밤농사 크게 짓지도 않았는데, 굳이 총까지?"

"그래도 그땐 집 주변에 청설모가 많았어."

대답은 그렇게 내뱉으면서도 제갈 씨는 그 당시의 을씨년스런 마음 의 풍경이 새삼 떠올라 혼자 전율했다. 정순정의 말마따나 오래 묵은 호두나무가 폐허 같은 고가古家 뒤란에 겨우 대여섯 그루뿐이었는데, 그까짓 청설모 없애려 무슨 사냥총까지 필요했겠는가. 툭 까놓고 좀 더 솔직히 표현하자면, 그것은 천륜을 저버린 아우에의 살의殺意 때문 이라고 해야 옳다. 고향 쪽의 국회의원 선거에서 내리 두 번이나 낙선 한 제갈령은, 이제 모든 걸 잃고 파산해버린 빈털터리 벌거숭이였다. 몸도 인격도 재산도 다 거덜이 나서 낙담한 가솔 이끌고 거의 만신창 이로 이 빈 종가를 찾아들었던 것인데, 그렇게 두어 해가 흐르는 사이 다시 재기를 도모한 건 아무도 모르게 선산을 팔아치우면서였다. 가 족 동의서 같은 서류를 몽땅 위조해 어느 부동산업자와 손잡고 전망 좋은 전원주택 단지로 손색없는 명당 선산을 댓바람에 팔아 없앤 그는, 만만찮은 그 돈으로 그때 마악 개발바람이 불던 행복신도시로 이주, 또 새롭게 삶의 터전을 제 나름대로 일구어 나갔던 것이다. 저간의 속사정을 훤히 꿰뚫고 있는 정순정이 제갈 씨를 흘깃 건너다보며 다시 입을 열었다.

"오라버니는 에코이스트예요. 착한 사람 증후군, 고민 많은 평화주의자. 화가 날 땐 그 화를 속에 담아두지 말고, 때로는 팍팍 터뜨리세요. 늘 좋은 사람이어야 한다는 강박증에 시달리지 마시구요."

"……."

"사실은, 령이 오라버니 때문에 여기 온 거예요. 벌써 SNS에 떠돌더라구요. 남의 불행 물어뜯으며 즐기는 하이에나가 얼마나 득실대는 세상이에요? 실종된 지 3주일이 지났는데, 그 시의원이 저지른 죄가 한두 가지 아니라면서 난리법석이에요. 령이 오라버니도 참 팔자 기구해서."

"그래, 짐작은 하구 있었네."

가까스로 입을 뗀 제갈 씨는 고개를 들어 먼 허공으로 시선을 던졌다. 거기, 정순정네 집 위에는 여전히 연이 떠 하늘거리고, 비슬산 억새 군락지에 몰려든 까마귀 떼도 까악까악 속절없이 우짖어대고 있었다.

가없는 모래사막이다. 땡볕 내리쬐는 사막 한복판을 붉은 옷에 검은 이슬람 두건과 복면 뒤집어쓴 우람한 아랍인이 걸어온다. 옆구리에 긴 칼을 차고 성숙한 여인의 유방처럼 부드러운 모래언덕을 향해. 언덕 위에는 비바람에 씻긴 죽은 허연 고목이 서있는데, 그 아래 무릎 꿇고 앉아 있는 수꿀한● 저 사내는 또 누구인가? 사내 역시 붉은 천으로 온몸이 휘감긴 채 두 눈마저 검은 띠로 칭칭 가려져 있다. 얼핏 보니 죄 짓고 쫓겨 다니는 아우 같기도 하고, 다름 아닌 제갈륭 자신이기도 하다. 무릎 꿇은 사내는 타는 듯 목이 마르다. 물, 물을 좀 달라고 하늘 향해 애원한다. 그러나 가까이 다가온 아랍인은 그에 아랑곳없이 무릎 꿇은 사내의 머리칼을 움켜쥐고 마구발방 흔들어댄다. 알아들을 수 없는 외마디로 뭐라 소리친다. 그러다가 마침내 옆구리의 긴 칼을 하늘 높이 빼어 든다.

넌 참수당해야 해. 목을 잘려야 해!

아악, 비명 지르며 눈을 뜨니 꿈이다. 제갈 씨는 이게 정말 꿈인가, 하고 스스로의 목덜미를 어리벙벙 쓸어 본다. 땅거미 내린 창밖은 이미 낮과 밤의 어중간한 어스름 속에 푹 잠겨 있다. 티브이는 그의 어지러운 숙면 중에도 여전히 혼자 켜져 있었던지, 저 혼자 시끄러이 왈왈거린다.

모처럼의 깊은 잠에서 깨어난 제갈 씨는, 아직도 기연가미연가 꿈의 여운을 마저 털어내지 못한 채 소파에서 천천히 몸을 일으켰다. 불 면어린 지난밤 수면제의 남은 성분이 분에 넘친다 싶게 마신 송순주와 뒤섞여, 생각 많은 그를 깊은 단잠 속으로 스르륵 밀어 넣었던 모양이다. 아까 정순정 부부가 떠나고 나서도 그는 혼자 앉아 남은 술을 더 넘나게 홀짝였었다. 당신들이 있어 세상은 아직 희망이 있네, 하고 두 부부가 떠난 빈자리를 응시하며 그는 생각했었다. 특히 인정 많은 정

──────────

● 수꿀하다: 무서워서 몸이 으쓱하다.

순정은 한순간 바다를 짊어지고 사는 지구 그 자체처럼 여겨졌다. 불우한 난민 출신의 아사도를 서글프게 남편으로 거두어들여 사는 모습도 그렇지만, 꽃을 통해 삶의 의미를 안다미로 확장시키면서 무서운 기후재앙을 두루 알리고, 나날이 병들어가는 지구를 어떻게든 다시 살려내려는 안간힘이 어찌 장하고 아름답다 하지 않으랴. 그래서 그는 더욱 감빨리듯 남은 술잔을 기울였던 것 같다.

나도 정말 거짓 없이 세상 살리는 그런 소설 한 편 쓰고 싶은데, 이대로 영영 손을 놓게 되는 건 아닐까. 아무도 소설 읽지 않는 세상이 온다면, 내가 지금껏 아등바등 그거 하나만 온몸으로 믿고 붙들어 걸머진 채 살아온 인생은 과연 어떻게 평가, 정의되는 것인가?

그리고 도무지 벗어날 수 없는 아우를 향한 저주어린 애증.

비로소 제정신으로 돌아온 제갈 씨는 거푸 냉수를 들이켰다. 그러면서 티브이를 보니, 낯이 좀 익다 싶은 한 노인이 병원 복도에서 즉석 인터뷰하는 장면이다. 다름 아닌 허장세였다. 저이가 아직 살아있었나, 하고 화면 가까이 다가가는데, 허리가 구부정 휘고 머리칼이 하얗게 센 허장세는 여전히 전두환의 생전 치세를 두남두어 추켜세운다.

"바로 그분이 계셨기에 오늘의 대한민국 민주주의가 활짝 꽃 필 수 있었지요."

저런 육시럴…. 너희들 반역이 아무리 그악해도 어쨌든 질곡의 한 시대는 끝났다. 그래도 어쨌든 우리 민주주의 가는 길이 참으로 멀고도 험난하구나.

제갈 씨는 다시 아우를 생각한다. 제갈령을 가량맞게 정치판으로 불러들인 이가 바로 저 허장세였고, 그리고 정치는 평범한 한 인간을 에누리 없이 폭삭 파멸시켰다. 선거철만 되면 아우는 이상한 돈귀신으로 돌변해 형제자매들은 물론 온 집안을 풍비박산 들쑤셔 놓았으며, 세월이 흐를수록 호전성 넘치는 싸움꾼으로 바뀌더니 결국 형도 아비도 몰라보는 패륜아로 발전했다. 밖에서는 제법 말 잘하는 차세대 지도자로 인정받기도 하는데, 안으로는 형편없는 만무방, 야차 같은 위선자이며 이중인격자였다. 형한테 입에 담지 못할 쌍욕 터뜨린 어느 날은 종갓집 한옥 들마루에 도끼날을 찍은 적도 있었다.

휴대폰이 부르르 몸을 떤다. 그 뚜껑을 열자 이미 여러 번 전화가 와 있었다. 정순정한테서 두 번, 아사도 한 번, 아내한테서 두 번, 김시형한테서 한 번. 이번에는 다시 근심 많은 아내였다.

"별일 없어요?"

"응, 별일은 뭐."

"뉴스에 떴어요. 제갈령 시의원 얘기. 거기 고향마을 야산에서, 억새밭에서 시신 찾았다는데, 어떡해요?"

"… 어떡하긴, 지 선택인데. 난 이제 뉴스 안 볼 거네. 나중에 다시 전화할게."

열뜬 어조로 아내와의 통화를 끝내자 기다렸다는 듯 연달아 다시 신호음이 울린다. 이번에는 전혀 낯선 전화번호였다. 잠시 저어하다가 마지못한 듯 제갈 씨가 받았다.

"큰아버지, 저, 몽夢이에요. 자주 찾아뵙지 못해 죄송합니다. 아버진, 여기 행복신도시 대학병원 영안실로 모셨어요."

"어, 우리 몽이구나. 그래, 알았다. 내일 날이 밝으면 내 그쪽으로 가마."

김상렬 연작소설집
헛개나무 집

흙에서 피어난 우리 민초들의
질박한 삶의 이야기!

우연한 기회에 산뱅이 마을의 '명당' 자리에 자리잡은 '나'는 '특이한 이방인'이다. 뜨내기 주제에 마을유지인 이장님네 땅을 차지한 것부터가 꼴사나운 데다 현실성 없는 유기농 농사를 고집하니 세상물정을 모른다고 비웃음을 사는 건 당연지사. 그러나 우체통에 둥지를 튼 새 한 마리도 잘 보살펴 주고 어려운 이웃에게 늘 따뜻한 관심과 도움의 손길을 아끼지 않는 '나'에게 마을사람들은 어느새 조금씩 마음을 열기 시작하며 자신들의 속 깊은 이야기를 들려주는데 ….

신국판 | 324면 | 값 13,800원

햇살 한줌

김상렬 지음

소설가, 자연을 살다!
15년 차 귀농인 김상렬의 생명 감성 에세이!

너나없이 시골살이를 꿈꾸는 도시인들의 시대. 그 꿈을 위해 15년 전 귀농한 소설가 김상렬이 연재한 원고를 모아 엮은 책이다. 초보 농사꾼 시절 좌충우돌과 농군들의 살림살이 켯속, 사람과 삶, 글쓰기에 대한 사색 등을 담은 지은이의 '일기장'이자 '가슴 시린 명상록'. 때로는 따뜻하고 부드러운 시선으로, 때로는 신랄하고 묵직한 상념으로 도시인의 가슴을 파고든다.

4×6판 | 384면 | 값 14,800원

나남 nanam www.nanam.net | 031-955-4601

푸른 왕관

김상렬 시집

지친 영혼을 위로하는 생명의 시집

45년간 소설가로서 자신만의 작품세계를 구축했던 김상렬 작가의 '첫 시집'이다. 전 세계적인 코로나 팬데믹으로 인해 상처받은 영혼을 위로하기 위해 쓴 생명의 시편 100편이 수록되었다. 코로나 시대를 살아가는 우리들의 삶과 죽음은 끝을 모를 우울로 전화되었다가 생명의 본질과 아름다움을 노래하는 희망의 시로 승화한다. 이는 종말과도 같은 이 시대에 구원의 손길을 내미는 희망이고 우주와 소통하는 영혼의 속삭임이다.

4×6판 변형 | 140면 | 12,000원

우리들의 유토피아

이승하 시집

날카로운 지성과 따뜻한 시선으로 바라본 현대인의 삶

시, 소설, 평론 등 다양한 분야에서 활발히 작품활동을 펼치고 있는 이승하 시인이 학부 시절에 쓴 시를 30여 년 만에 재출간한 '실질적 첫 시집'. 스승 서정주, 구상 시인에게 혹독한 가르침을 받으며 절치부심하는 심정으로 완성한 62편의 시를 담았다. 인간성을 상실하고 박제된 삶을 살아가는 도시인의 운명, 폭력과 테러리즘이 반복되는 비극적 역사를 날카로운 지성과 따뜻한 시선으로 바라본다.

4×6판 변형 | 176면 | 12,000원

나남 nanam www.nanam.net | 031-955-4601